大秦宣太后

芈月传

未见君子

叁

蒋胜男 著

作家出版社

蒋胜男

知名作家、编剧，温州大学网络文创研究院院长，第十三届全国人大代表，中国作协第九、十届全委会委员，浙江省网络作协副主席，温州市文联副主席。代表作《芈月传》《燕云台》《天圣令》《历史的模样》等。

叁 ◆ 未见君子

喓喓草虫，趯趯阜螽。未见君子，忧心忡忡。亦既见止，亦既觏止，我心则降。

——《诗经·国风·召南·草虫》

◆ 前 言 ◆

　　新华网西安6月13日电：2009年6月13日，秦兵马俑一号坑第三次考古发掘如期进行。这是其沉寂20多年后迎来的考古发掘。秦兵马俑一号坑是一个东西向的长方形坑，长230米、宽62米，坑东西两端有长廊，南北两侧各有一边廊，中间为九条东西向过洞，过洞之间以夯土墙间隔，估计一号坑内埋有约6000个真人真马大小的陶俑。

　　此前，陕西省考古研究所秦俑考古队在1978年到1984年间，对兵马俑一号坑进行了正式发掘，出土陶俑1087件。其后，考古队1985年对一号坑展开了第二次考古发掘，但是限于当时技术设备不完善等原因，发掘工作只进行了一年。

　　据资料显示，1974年兵马俑出土不久，因其军阵庞大，考古专家推断"秦俑坑当为秦始皇陵建筑的一部分"。此后，各家就以此为定论。

　　但是不久之后，学界就有人提出异议，认为这种先入为主的印象并不准确，而秦俑真正的主人，更有可能是秦始皇的高祖母，史称宣太后的芈氏，芈氏是秦惠文王的姬妾，当时封号为"八子"，所以又称为"芈八子"。

　　后来，在出土的秦俑中发现了一个奇异的字，刚开始学界认为是个粗体的"脾"字，后来的研究证明，另外半边实为"芈"字古写，所以这个字实则为两个字，即"芈月"。据学界猜测，这很可能是芈八子的名字。

目 录

第一章

乱象起

此时天气转凉，芈姝已经从避暑的清凉殿中搬到了以椒泥涂壁取暖的椒房殿中，她入宫多月，早已经适应了王后这个位置，不再是当年初入宫时的茫然无措。且之前又挫败了魏夫人的一次阴谋，正是心满意足的时候。

这时候却忽然有人来报说，大王昨日去了蕙院看望季芈，玳瑁更是大惊失色地将芈月昨日意图勾引秦王，扑入秦王怀中的事情，加油添醋地与芈姝说了。

"奴婢早说过防人之心不可无，王后就是心地太善良，对那季芈太信任了。她的母亲是个惯会勾引人的贱人，她也好不到哪儿去。您这般信任于她，她却背着您勾引大王！"玳瑁说着越发觉得自己早有先见之明，眼前的主子却是一味地善良宽容，更觉得要铲除狐媚子的责任重大。

芈姝却知她性情，摇了摇头："她身为媵女，便是要侍奉秦王，何必私下勾引，不与我说？"想了想还是道："你去叫她过来吧，若是当真有事，我也当问她。"

玳瑁一惊，忙阻止道："王后，慎勿打草惊蛇。"当真要除去对方，怎么能够容她狡辩。

芈姝不以为然："有什么可打草惊蛇的？傅姆，你太多疑了。"

玳瑁急得顿足："王后待人太诚，须防着有人狼子野心才是。"她在楚宫干惯了这些的，如今看着眼前的王后，却有一种恨铁不成钢的急切与无奈。

芈姝却扭过头去，倔强地道："我知道傅姆的意思——若是母亲在，必会严加提防。可是——"可是，她在心里说，我不要做母亲那样的人，心太小，苦了自己也害了别人，更令夫君疏远厌恶。

她虽然在感情上更亲近楚威后，但从小所见所闻，却实实在在地看出来，为什么父王与她的母亲不亲近，而更愿意亲近莒姬这样温婉顺从的女子，实在并不只是男人喜新厌旧或者是什么狐狸精勾引，她母亲的多疑多忌、性子暴躁，莫说男人不喜欢，便是为她一心所宠爱的儿女们，有时候也会受不了她的那种恶劣脾气。

她也是年少女子，正青春年华，她有她的骄傲和自信。她就不信，凭着自己的努力，凭着自己的真心，不能打动一个男人？她要让她的夫君真心喜欢她、信任她，而不是让他厌恶她、防备她。

玳瑁看着她的神情，心中暗暗叹息，却是无可奈何。她亦是服侍楚威后多年，眼看着一个也曾经是骄傲自负的女子，在这深宫中，渐渐磨成了一副浑身长着尖刺的模样，却依旧不肯放下自己的骄傲。而今，她看着眼前的小公主，她如她的母亲一样骄傲自负，但是，她还没有经历世事，内心仍然保留着柔软和温暖。

她暗自想，若是她下不了决心，她就替小公主去弄脏双手吧，横竖，自己的手，在楚宫之中，也早已经不干净了。

王后的旨意，很快得到了实施，过了一会儿，芈月便已经来到了椒房殿，见礼之后便问："阿姊寻我何事？"

芈姝试探着问她："妹妹，天气渐凉，你看这椒房殿如何？"

芈月已知其意，笑答："椒房殿以椒和泥，在秋冬的确更增温暖，大

2

王关爱阿姊，实是令人羡慕。"

芈姝又问道："妹妹若是羡慕，是否有与我共享之心？"

芈月听到她此言，便知她已经得悉昨日之事，沉默片刻方道："阿姊何出此言？"

芈姝眼睛紧紧盯着芈月，不肯放过她一丝一毫的变化，脸上却笑道："妹妹当日曾说，你进宫只是权宜之计，你不会对大王有非分之想，求的只是过几年出宫去，是与不是？"

芈月点头："自然。"

芈姝见她表情不动，心中也有些疑惑，终于还是把话说出了口："那怎么会有人来跟我说，看到妹妹扑在大王的怀中，十分亲热。"

芈月轻叹，她这样的性子有什么话都藏不住，虽然完全意识不到对别人的无礼和羞辱，但说开了，倒是好事。只是昨日之事，却有些难讲，此事若完全承认，实是有些暧昧难说，但纵然解释起来也是叫人难信，索性否认了事。便道："昨日大王说发现了子歇的遗物，就还与我。我见物伤感，哭了一场，大王只是站在一边相劝了两句，怎么传到阿姊耳中，就传成这般谣言？"

她心内冷笑，有本事便叫那看见之人与她当面对质，她只消抵死不认，便是叫了秦王来，难道秦王还能当着王后的面说曾与她有亲热行为不成。

芈姝本就将信将疑，如今见芈月澄清，顿时放下心来，只是心中终究还是有些吃醋，便又问了一声："当真？"

芈月镇定地道："阿姊不信可以去问大王。"

只是她虽然举止镇定，心中却不免暗忖，昨日自己确因悲伤而失态，但细想来，秦王的举动却有些可疑，难道是他竟有意……她暗中摇摇头，甩开这个念头。

见她敢如此说，芈姝不禁将信将疑又道："那怎么会传成那样？"

芈月心中一动，见芈姝神情，倒不像是她派人监视自己，想起魏夫人曾经于她药中动了手脚，亦知蕙院外头，也有魏夫人所派之人监视，索性来个一石二鸟，当下坐到芈姝身边道："阿姊可知，众口亦能铄金，天下之事在君子眼中自然处处是坦荡，若是在小人眼中自然能想象出许多龌龊来。更何况我那日得罪了魏夫人，后宫一直是魏夫人主持多年，那些跑来告诉阿姊的寺人宫女，焉知不是受了她的指使，来离间我们姐妹，分而治之？"

芈姝顿时就信了，大怒："妹妹说得有道理，我险些中了别人的计谋。"心中却是越想越有理，抓住了芈月的手，表白道："妹妹放心，以后若有人再来跟我说这个，我必是不信的。"

芈月见她信了，心中忽生一计，道："阿姊能这样想我就放心了，不过，阿姊还可以试探一下……"她想了想，附在芈姝耳边说了几句话。

芈姝挑起了眉头，看她一眼："当真？"

芈月微笑："阿姊不妨一试。"芈姝听了此言，不免心动，当下便点了点头。

两人计议已定，室外侍女便听得室内传出芈姝的骂声："你给我滚，花言巧语，休想我相信你。"随着骂声，还传来一两声重物掷地的声音，过了一会儿，便见芈月狼狈退出，呜咽一声，掩面疾走。

众侍女惊愕地看着她匆匆而去。芈月强自镇定，看了几人一眼，更远远地看到庭院中几个内侍匆匆走避，露出一丝冷笑，走了出去。

秦宫虽不比楚宫奢华，但此处毕竟亦曾是周人旧宫，回廊曲苑亦是处处，芈月走了一段路，便独自于苑中坐了片刻，又转回宫道，却见虢美人带着侍女采艾迎面而来。

芈月便避到一边，让虢美人先行走过，不料虢美人却并不前行，反而停了下来，走到她的面前，笑得甚是得意："咦，这不是季芈吗？"

芈月见了是她来，心中倒是诧异，当下亦是点头示意："见过虢姬。"

虢美人一双眼睛上上下下将她打量一番，这番又与椒房殿初见不同，细看着她果然年轻美貌，心中妒意升起，当下便冷笑："自大王不再专宠椒房殿，王后心里是不是急坏了，当真把季芈派上了用场？看来再过不久，我可真的要称你一声妹妹了。"

芈月微笑："看来虢姬果然消息灵通，连王后跟我说什么话都知道。"

虢美人矜持道："好说，好说。"

芈月看着这个面容姣好脑中却是一包稻草的蠢人，心中暗叹，脸上却带着有意激怒她的冷笑："虢姬可还记得初次朝拜王后的时候，我几位姊妹给虢姬的忠告？"

虢美人一时不解："你说什么？"

芈月冷笑着提醒："虢姬若是忘记了，我便再提醒您一声，休要把自己的性命交到没有信用也没有实力的人手中，免得累及自身。"

虢美人气冲上头，当下不假思索便上前一巴掌就要打在芈月的脸上，却被芈月伸手挡住。

旁边侍女见她鲁莽也是吓了一跳，见芈月已经避过，方松了一口气。却见芈月握着虢美人的手看着她摇了摇头，啧啧连声："虢姬可知，为何其他的妃子们都有了子嗣，您位分不低亦是长相甚美，却唯有你没有子嗣？"

子嗣之事，原是虢美人心中之痛，被当面揭了疮疤，她实是气到发疯："你、你大胆！"却见芈月甩开她的手，也不理她，径直向前走去。

虢美人被她挑起怒火，岂容她一走了之，当下便追了上去，一把拉住了芈月的衣袖："你站住。"却被芈月凛然一眼看得心头一怵不禁松了手，却听得芈月冷笑一声，当下怒气不息，便指挥着手下寺人道："你竟敢顶撞于我？来人，将她拿下。"

芈月正往前走，却见在虢美人的招呼之下，几名寺人挡住了她。芈月只得站住，看了看虢美人，叹道："可怜，可叹。"

虢美人见她身边并无侍从，自己已占上风，心中得意，冷笑道："现在你想向我乞怜，却是迟了。"她素来骄纵，又得了人挑唆，只当要借此给诸芈一个教训，以显示自己在后宫的分量。且又看到芈月与芈姝翻脸，这落水狗她不去打，岂不可惜。当下便一步步上前，冷笑道："你躲，我看你能躲到哪儿去，你敢胡言乱语，我非打烂你的嘴不可。"当下便伸出手去要来打芈月。

芈月退后一步，却并不畏惧，只是冷笑道："虢姬误会了，我是说你可怜。"

虢美人方自诧异，便听得一人道："大胆虢姬，你是什么身份，竟敢在我面前擅施刑罚。"

虢美人惊愕地回过头，便看到芈姝率人站在不远处，方才这话，便是她说的。她心中一凛，只得勉强侧身行礼道："参见小君。"

便听得芈姝喝道："跪下。"

虢美人冷不防被她这样一喝，还未回过神来，惊愕地看着芈姝，见芈姝沉着脸，虢美人一脸委屈，却不得不跪下。

芈姝脸色恼怒，直问到虢美人脸上："我竟不知道，在这宫中竟有人可以越过我，去处置我的媵侍。敢问虢姬，你一介美人如何就敢主持后宫刑罚？"她顿了顿，又故意悠悠地道："还是你得了大王的特许，可以无视我的存在不成？"

虢美人见芈姝出来，就知道上了当，只得忍气吞声道："妾身不敢，请王后恕罪。"

这便是方才芈月与芈姝所定之计，昨日秦王去了芈月院中，便有流言传到芈姝耳中，显然是宫中有人设计离间她们姐妹，若是她们之间故意发生一场吵闹，想来那离间之人必会迫不及待地出来幸灾乐祸了。

芈姝便依计而行，故意装作与芈月吵架，让芈月出宫之后，稍作停留，再引那幕后之人出来，自己便跟在后面，果然就有虢美人迫不及待地出来示威。

芈姝想到这拨人从自己入秦开始，上庸城的下药、草原上的伏击、椒房初见的难堪、宫中处处设计的陷害，越想越怒，当下皆对着虢美人发作出来，冷笑道："你既知罪，便自己掌嘴吧。"

虢美人大惊失色："王后，你……"她只是骄纵，此时已经明白自己中计，当下只想退让一步蒙混了事。却不想芈姝不肯放过她，当下喝问："还是要我叫人帮你掌嘴？"

虢美人只得求道："求王后给妾身存些颜面。"

芈姝冷笑："我若不来，你便要掌季芈了？己所不欲，勿施于人。你自己要颜面，却不肯给别人颜面，这公平吗？"

虢美人大惊失色，迫不得已只得求饶："妾身错了，求王后饶妾身这一回……"见芈姝不为所动，只得含恨又转头向芈月求道："季芈妹妹，我向你道歉，是我冒犯了你，请你向王后求求情，我侍候大王这么多年了，若是今日受此羞辱，如何能活下去？"

芈月本意亦不是要与虢美人为难，只是借此摆脱芈姝猜忌，也不愿意让芈姝把矛盾激化，结下仇怨来，只得向芈姝求情道："阿姊，略施薄惩即可，掌嘴还是算了吧。"

芈姝暴躁地道："妹妹不必为她求情，你以为她欺负的是你吗？你有什么值得她恨到这样咬牙切齿的，不过为的是你是我的媵侍而已，她要打的也不是你的脸，而是我这个王后的脸。"见虢美人还不动手，喝道："虢美人，你自己不动手，是要我叫人帮你动手吗？"

虢美人见芈姝不依不饶，她亦是骄横之人，虽易受人支使，但连魏夫人对她也要拉拢哄劝为多，虽然明知道一时失措叫人捉住把柄，却也是受不得气的，当下便闹了起来，哭道："王后何必如此刻薄，妾身就不信，大王会让您这般对我，妾身要去见大王……"

芈姝气得脸色涨红，怒道："来人，给我掌嘴。"便叫内侍们捉住虢美人，喝道："想给人家当马前卒，看你有没有这个命。阍乙，掌嘴！"

阍乙只得上前，卷起袖子，对着虢美人掌起嘴。

虢美人从来不曾受过这样的羞辱，被掌了两个耳光，已经是破口大骂："孟芈，我是先王后的媵人，你以为你是谁，居然敢打我……你们是死人啊，还不赶紧去找大王给我做主，我不活了……"

虢美人身边亦是带了寺人,虽然不敢在王后面前相争,但见虢美人被掌嘴,又这样叫着,当下便有两个寺人拔腿就跑。

芈姝厉声道:"挡住他们。"当下便有几个寺人去追那两个寺人,却不料前方忽然传来一声尖叫。

芈月抬头一看,脸色也变了。

却原来刚好樊少使由侍女采葛扶着,正从那一头来,那两个寺人一边奔跑一边回头看着追兵,不想其中一人正一头撞上了樊少使。

虽然那寺人及时收腿,但樊少使已经怀胎七月,这一撞之下,便跌倒在地,惨声痛呼起来。

采葛冲上去扶住樊少使,尖叫道:"不好了,樊姬出血了……"

顿时将众人都吓住了,当下七手八脚,忙将樊少使送回宫室,又急召了太医来。

樊少使提前早产,这事情迅速传遍了后宫。秦王驷得报,急忙赶来。芈姝连忙迎上去,正欲解释,偏此时秦王驷心急如焚,哪有工夫听她解释,拨开她斥道:"休要挡在寡人面前。"说着也不管芈姝如何,径直向里面走去。

便见太医李醯从室内匆匆出来,向秦王驷行礼道:"樊少使是受到了惊吓早产,里面有医女正在施救,请大王放心。"

秦王驷微觉安心,便坐了下来,芈姝亦是急着要开脱自己的干系,又要上前含泪解释:"大王,此并不关妾身的事……"

秦王驷来之前也略听到说是王后要处置虢美人,误撞了樊少使以至早产之事,心中本是焦急,哪有心思听芈姝啰唆,再听她一张口并无半点对后宫妃嫔和子嗣的关心,尽是为自己开脱,不耐烦地挥了挥手:"住口。"

芈姝吓得住口,也不敢说什么,委委屈屈地坐在一边,紧紧拉住了芈月的手,心中尽是担忧。

这一夜,十分漫长,樊少使的尖叫,响了整整一夜,直到天明,已经变得十分微弱，太医院的太医们，俱被召了来，宫中女巫女祝，亦在彻夜跳祭。

就在近乎绝望的时候，忽然传来了婴儿微弱的哭声，秦王驷站起来便要往里冲去，便见女医抱了褴褓出来道："恭喜大王，贺喜大王。"

秦王驷站起，快步迎上去接过褴褓，欲问："是……"

李醯已经是满头大汗地随后出来道："恭喜大王，樊少使生了一位公子。"

秦王驷露出一丝微笑："善！樊少使如何了？"

李醯微一犹豫："樊少使失血过多，身体虚弱。"

秦王驷道："李醯，寡人将樊少使交给你，务必要让她恢复。"

李醯忙应声道："是。"

芈月见状，忙推了推神情恍惚的芈姝，提醒道："阿姊，快去向大王道贺。"

芈姝回过神来，勉强笑着向前贺道："臣妾恭喜大王又得了一位公子。"

秦王驷本来心中甚怒，及至见了樊少使生了一位小公子，心中怒火冲得淡了些，见芈姝上前来贺喜，勉强挤出一丝笑意来，不料内室帘子掀开，一个侍女端着满是血水的铜盆出来，芈姝陡然闻到血气，忍不住冲到门边，大声呕吐起来。

秦王驷忍无可忍，挥袖道："王后，你要不愿意在这里，便出去，不要碍事。"

芈姝呕得泪水涟涟，心中十分难受，见了秦王驷的嫌恶神情，心中一慌，忙解释道："臣妾，臣妾不是故意的……"

不料正在此时，却见虢美人的侍女采艾披头散发地闯进来，扑在地上哭道："大王，大王，救命啊……"

秦王驷大怒："又怎么了？"

采艾扑在地上，仰起头来，便已经泪流满面，泣告道："大王，虢美人被王后施以掌刑，不堪受辱，投缳自尽了！"

一室皆静。

只有婴儿微弱的哭声，更让这份寂静变得让人心寒。

秦王驷转头，看了芈姝一眼，这眼中的冰冷之意，让芈姝整颗心都如堕冰窖，芈姝握着芈月的手，颤抖不停。

芈姝张口欲言，秦王驷已经转回头去不再看她，只对采艾道："带路。"便大步走出，缪监等人连忙跟随而出。

芈姝倒在芈月的怀中，浑身颤抖。芈月忙推她道："阿姊，阿姊，你快起来，虢美人那儿，你要有所防范！"

芈姝脸色惨白，不住摇头，握住芈月的手已哭出声来："妹妹，妹妹，大王恼了我了，他一定记恨上我了，怎么办，怎么办？"

芈月用力摇着她："阿姊，你镇定下来。听着，这不是你的错，你一定不能自乱阵脚，一定要想办法挽回大王的心。"

芈姝慌乱地道："我、我能怎么办呢？怎么会出这种事情，怎么会出这种事情？"

芈月轻叹一声："虢美人挑起事端，虽然有错在先，阿姊对她略施薄惩，也是没有错的。只是没有想到遇上樊少使难产，虢美人又再度生事……"

芈姝眼睛一亮："你说，虢美人她是故意的？"

芈月却摇头道："阿姊，就算她是故意假装自尽，阿姊却也不可说出来。阿姊毕竟是后宫之主，大王将后宫交与阿姊掌管，阿姊自有权力处置后宫妃嫔，但后宫妃嫔不管发生什么事，却也均是阿姊的责任。如今阿姊只有向大王请罪，求得大王原谅才是。"

芈姝脸色惨白，又呕了几声，芈月见她如此娇弱的模样，心中大急，劝道："阿姊，你见了大王，千万不要再这样一副过于娇贵的样子，我观大王为人，是希望阿姊为他承担起后宫事务来，若是阿姊显露不能胜任的样子，只怕就会让魏夫人得逞了。"

芈姝一惊，连忙点头，当下便匆匆而去。

那时她因为樊少使早产，只急着叫太医等，又去通知秦王，并不理会虢美人之事，本以为此事便可了结。细究起来，她责罚虢美人，原是虢美人欲对芈月动手，撞到樊少使，亦是虢美人的寺人所为。她自忖问心无愧，谁想到虢美人竟然会以自尽来逃避追究，却不免只将她一个置于事态中心了。

樊少使与虢美人均住掖庭宫，两人相去不远，待芈姝赶去之时，已经有太医诊断，虢美人悬梁虽然未死，但却因为抢救误时，至今仍然生命垂危，情况竟是比樊少使还要严重。

芈姝本以为虢美人是伪装自尽，不想她竟真的生命垂危，当下大惊，又见掖庭宫中人来人往，将虢美人所居的小小院落挤了个水泄不通。又见秦王驷并不理睬她，她又插不下手去，又过得一会儿，魏夫人、唐夫人、卫良人等人皆又来了，人人都显出焦急万分，说着对虢美人、樊少使关切万分的话，她更是觉得形单影只。

当下见秦王驷出来，也忙跟了上去。

秦王驷见她如此，更觉得她对虢美人、樊少使无慈爱之心，心中已经不悦，脸上却不显出什么来，只道："王后，你还是回去吧。"

芈姝委屈地咬了咬下唇，虢美人院中站了魏夫人，樊少使院中站了唐夫人，两人均是极为熟练地指挥着侍人行事，她竟是插不上手，便是回去又能如何。更何况此时她需要和秦王解释清楚事情发生的始末，当下道："臣妾来向大王请罪。"

秦王驷皱眉，叹道："你是后宫之主，出了乱子，你首要之事，便是应该去处理事端，而不是向朕解释原委。"

芈姝心中委屈，却想起芈月嘱咐，只得强忍了道："臣妾有罪，大王定罪之前，可否容臣妾申辩。"

秦王驷站住，侧转半身道："哦，你还有申辩？"当下看了看左右，便一路直去了自己所居的寝殿承明殿，方问芈姝："你要说些什么？"

芈姝忙道："臣妾有罪，臣妾昨天只是见她太过嚣张，所以略施薄惩，臣妾并非故意辱她，也没有想到她竟然如此想不开，更没有想到樊少使居然那么巧会出现在那儿……"

秦王驷见她狡辩，沉了脸："寡人当着人前，欲为你留些情面，不想你毫无悔意。须知打人不打脸，你身为王后，初掌宫务，就行此刑罚，实属太过狠毒。寡人还听说虢美人曾经向你求情，说念在她服侍寡人多年的分上，休要辱她至此，否则会让她无颜存活，可你不但不听，反而加倍辱她。孟芈，寡人只道你为人单纯，却不知你竟还如此骄横，轻贱宫人至此？"

芈姝大惊，跪地泣道："大王明鉴，臣妾从未罚治过人，又怎么会想到行此刑罚。臣妾是气那虢美人对季芈蓄意挑衅生事，无端就要对季芈掌嘴，所以才叫她自刑，为的只是告诫她己所不欲，勿施于人，并无他意啊！"

秦王驷一怔："哦，这么说，是虢美人生事在前，你只是让她自作自受？"

芈姝想到芈月嘱咐之语，忙道："是，臣妾只是太生气了。因为，因为……"

秦王驷问："因为什么？"

芈姝咬咬牙，说道："因为之前就有内侍来密告臣妾说，大王和季芈在蕙院举止亲热，臣妾召季芈过来询问是否属实，臣妾好安排她给大王侍寝。幸得季芈解释说原是一场误会，谁知转眼季芈出去就遇上虢美人挑衅，指责季芈勾引大王，甚至连臣妾为什么召见季芈也知道。她还想无端生事，借此对季芈下毒手。若非臣妾及时赶到，无辜受刑的就变季芈了。臣妾恼怒她居然窥探中宫……"

秦王驷心中恼怒，他昨日不过一时兴起，去看了芈月，不想今日就演变成一场风波。听了芈姝解释，他是何等聪明之人，立刻就想到了原因所在，一摆手道："寡人知道了。哼，她不但窥探中宫，更胆敢窥探寡人的行踪，王后起来吧，此事……"他正想说，此事就此作罢，一转头却见芈姝皱着眉头，一脸娇弱不胜地扶着头喘气。一想到樊少使险些难产，虢美人亦是还在昏迷不醒，虽然虢美人有错在先，但她身为王后，不能安抚后宫，处事不当，略有委屈便矫情至此，实是令他失望。当下又转了态度厉声道："可是你身为王后，不能很好地尽职，控制后宫的是非，甚至自己还跟着听信谣言，举止失常，惩罚失当，以至于虢美人投缳自尽，樊少使受惊早产。王后，寡人把后宫交给你，是指望能让寡人省心，而不是频频出事。甚至在出了事以后，还这般没心没肺，毫无悔意。"

芈姝当时只觉得肺腑之中一阵阵难受已极，直想反胃呕吐，已经是忍得十分辛苦，闻听秦王驷之言，更是如万箭穿心，她脸色惨白，软软地跪倒，抚着胸口泣道："臣妾，臣妾不是有心的，臣妾实在是难受……"说着，再也忍不住反胃之意，捂着嘴巴强忍。

秦王驷见她如此，又想起甘茂曾有奏报，说她入秦之时，诸般矫情生事以至于行军拖延，才被义渠人所伏击。虽然他知这也是甘茂为自己脱罪之词，但芈姝矫情还是给他留了一些印象。如今见她如此，仿佛更是印证，心中更加不悦，也懒得理会她，只警告了她一句："你如今是大秦王后，不是楚国公主，不要指望别人替你解决繁难，而是要主动为寡人排忧解难，解决好后宫的纠纷。你若管不好后宫的事，寡人也没办法让你继续管。好了，你出去吧。"

芈姝闻听此言，再也无法支撑下去，只脆弱地叫了一声："大王……"就晕倒在地。

秦王驷本是心烦意乱，竟是不曾注意到芈姝有异，此刻方觉察到不对，忙冲上去扶住芈姝，见芈姝脸色惨白，额头都是汗水，心中也急了，叫道："王后，王后……来人，叫李醯！"

太医李醯急忙而来，诊脉完毕，便笑着向秦王驷道贺："恭喜大王，贺喜大王。"

秦王驷听出了他的意思，当下一喜："如何？"

李醯道:"王后有喜了。"

秦王驷大喜,扶住了芈姝叫道:"王后,王后!"

芈姝睁开眼睛看到了秦王驷,便急切地抓住他的手欲解释:"大王,您要相信臣妾,臣妾绝非故意……"

秦王驷忙温言安慰:"寡人知道了。王后,你是有喜了,要好好安胎,来日为寡人生一个嫡子。"

芈姝闻讯,也是怔了一怔,方惊喜地抚着自己的腹部,仿佛不敢置信:"有喜了?"

李醯亦是见着刚才在樊少使院中,芈姝晕血惹得秦王驷生怒之事,趁机进言讨好道:"想是因为王后怀孕,所以容易心情急躁,身体虚弱,闻不得血腥气……"

秦王驷闻言,不觉点头,芈姝知道李醯有意助她,不由得感激地看了李醯一眼。

李醯见状心中暗自得意,知道自己这般适时为王后进言,得王后感激,将来必将得到更丰厚的回报。

秦王驷心情大悦,又令李醯照顾她,当下亲自将她送回椒房殿,安抚半日方离开。

他虽然生有数子,却至今未有嫡子,先王后多年不孕,如今娶得芈姝有孕,心头自是一喜。走了数步,忽然想起一事,便问缪监:"虢姬怎么样了?"

缪监早已经向诸太医打听明白:"虢美人如今还是昏迷不醒中,能不能醒过来也是未知。"

秦王驷手一握紧,沉吟:"她不似会自杀的人,给寡人查!她身边的人统统拿下拷问。"

缪监忙答应了。

秦王驷又道:"以虢美人的心术手段,若不是她窥探寡人行踪,必是听人挑唆,你说会是谁在挑唆?"

缪监怔了一下，欲言又止："老奴不知。"

秦王驷看着缪监，心中已经有数，脸上升起怒气，他走了两步，平复一下情绪，问："你当真不知？"

缪监从容道："大王，后宫清静了这么多年，那是因为有人管着。可如今事出两主，到底如何处置，那要看大王心意如何？"

秦王驷一怔，好半日，才指着缪监笑道："你这老货，都成精了。"

缪监仍然恭恭敬敬地道："老奴除了服侍大王外一无所长，岂敢不用心。"

秦王驷问他："那依你之见呢？"

缪监沉吟片刻，方谨慎道："那要看大王是要让王后更清静，还是让王后更能干。"

秦王驷已明白他的意思，后宫多年无事，那是因为自魏女入宫之后，他便将后宫交与魏王后执掌，待魏王后生病，便由魏夫人执政。这两人均是极为聪明，政出一门，任专一人，此人便要战战兢兢，不敢出错。

而如今王后入宫，表面上看来，是王后执掌后宫，可是实际上魏夫人多年执掌后宫，各种人事上，只怕仍然掌握在魏夫人手中。如今政出两头，若是魏夫人有意为难，王后与魏夫人相斗，只怕后宫多事矣。

秦王驷略一思索，问道："你看王后接手后宫，需要多长时间？"

缪监圆滑地回答："王后自是才慧过人，可后宫事务千头万绪，劳神耗力，便是无人掣肘，也得一年半载的才能熟悉起来。"

秦王驷反问道："若是有人掣肘，就更麻烦了，是不是？你说，后宫是否仍然交给魏夫人主持呢？"他心下暗叹，若换了平时，他既立了王后，自然要将后宫之事交与王后。魏夫人纵要为难，只要王后权柄在握，自然慢慢也磨炼出来了。

只是此时王后有孕，确实不是让她劳心劳力的时候，索性还是借着她"犯错"之事，将后宫仍然交与魏夫人执掌，这样的话，若是后宫有事，便只问责魏夫人，反而可以借此套住魏夫人不敢再生事。

缪监已经明白他的意思，恭敬地道："就恐王后不安……"

秦王驷微一犹豫，不答："去查查是谁敢窥测寡人行踪？"

缪监立刻应声："此事掖庭令责无旁贷。"

秦王驷顿时被提醒："唔，现在的掖庭令是井监？"井监原是魏夫人所任，若是王后有孕，须得换一个掖庭令才是。

缪监又恭敬道："樊少使忽然会出现在那儿，老奴以为，她身边的奴婢就逃不了职责。"

秦王驷冷笑："查，彻查到底。"在他的眼皮底下发生这种事，若不能查个水落石出，他这个秦王还敢说争霸天下，岂不成了活生生的笑话。

披香殿，金兽香炉香烟袅袅。

魏夫人微闭着眼睛，轻摇白鹤羽扇，叹息："王后有孕？她运气也太好了些，刚好这个时候怀孕。"她本来算计此番樊少使早产、虢美人生死不明，这王后是无论如何难以翻身了，岂料她运气竟是如此之好，甚是可惜："唉，山高九仞，功亏一篑。"

卫良人却一直阴沉着脸，听了此言，幽幽地看她一眼："你倒真是狠心，差点就出了人命！"

魏夫人见她如此，也有些尴尬，解释道："昨日你也在跟前，当知道我也是为了她好……"

虢美人的投缳自尽，自然也是魏夫人计划中的一环了。虢美人是听了她的挑拨而去生事，若是秦王驷问起，自然要追究当事人责任。虢美人既受了掌掴，羞辱已极，更惧秦王驷追问，当下便叫人去请魏夫人，闹着要魏夫人为她出头。

魏夫人便劝她道，妹妹若是忍了下去，自然大王也就息事宁人了；妹妹若是大吵大闹，大王也未必有耐心管你；但若是妹妹不堪受辱，以死相抗，则王后就不能这么轻易脱身。虢美人便依了她的计，假装投缳。

不想此事本是简单，谁知道其中却出了岔子。虢美人本是关上了门假装自尽，待侍女推门进来的时候，门后却不知道被什么东西挡住了，一时竟未能推门进去。直至采艾吓得叫来一群内侍撞门进去的时候，才发现虢美人已经进气少、出气多了。

一场假自尽变成了真自尽不算，本以为这样至少可以让芈姝不死也脱层皮，谁晓得芈姝竟然怀孕了，整个计划赔了虢美人，反而教芈姝安然无恙。

此时见卫良人脸色不好，魏夫人知道她是为了虢美人之事，起了兔死狐悲之心。卫良人素来智计百出，是她得力的智囊，此时也不愿意冷了卫良人之心，忙叹道："我原本是为了她好，她昨日被芈家姐妹那样欺负，丢尽了脸。若不制造事端，日后如何能够在人前立足。这样一来，她就从一个即将被取笑的角色，变成一个受人同情的身份，岂不是好。若是虢妹妹情况越严重，王后岂不是越下不了台？谁又晓得会出这样的事，我心中也是不好受啊。"

卫良人见她假惺惺，心中不免兔死狐悲，脸上却不显，叹道："阿姊却想不到吧，大王不但没有怪罪王后，反而为了她换了掖庭令，还帮她把后宫都料理干净了。"

魏夫人闻听此言，顿时脸色铁青，一下子坐了起来，问道："你说的是真的？"

卫良人反而笑了，显见魏夫人还未知道这消息，心中甚快，坐在那里轻摇着竹扇道："是真是假，转眼便知。阿姊这么辛苦在后宫布局，如今被大王亲自出手拔了，感觉如何？"

魏夫人恨恨地站起来，来回走动着，忽然停下来，眼睛炯炯有神地盯着卫良人道："你说，我们现在应该怎么办呢？"

卫良人停下扇子，看着魏夫人道："阿姊，楚国也是大国，大王千里迢迢把人求娶来立为王后，王后还陪嫁了全套乐器和百卷书简，其中有许多都是孤本。休管大王宠爱是真是假，这人刚进门，新鲜劲儿也得有个一年半载的，这一年半载不管什么事，大王都会偏向她、扶着她，她对也是对、错也是对……想当年先王后刚进宫的时候，不也是这样一言万钧的？你平白出手，还惹了大王猜忌，这又何必呢？"

魏夫人恨恨地道："一年半载？如今不到半载她就怀上孕了，我还有什么可作为的！"

此时便见井离匆匆进来，回道："夫人，出事了。"

魏夫人冷笑道："是你阿耶的事吗？我知道了。"这井离便是井监义子，皆为魏夫人心腹，井监被撤了掖庭令，魏夫人不免要另外设法才是。

不料井离却急道："夫人，大王让公子华搬出披香殿，住进泮宫，另择傅姆教习。"

魏夫人冷不防听到这个消息，顿时呆住了，惊道："子华，我的子华……"她心如电转，已经明白原委："大王果然开始疑我了……"光是撤了井监，还能够说是为王后怀孕安全考虑，但是让公子华搬出去，而事先毫无打招呼，那就是秦王驷对她的一个警告。

卫良人见状，只得跟着站起来，劝道："阿姊，我倒有一计。"

魏夫人一喜："妹妹快说。"

卫良人附在魏夫人耳边轻声说了一番话，魏夫人大喜："果然是妹妹聪明。"

王后怀孕的消息，也传到了芈月耳中，此后秦王驷的一系列举动，亦是由薛荔打听了来："果然不出公主所料，大王不但没有怪罪王后，反而下令更换掖庭令，还将公子华移出宫去了。"

女萝道："这是在惩治魏夫人了。唉，若不是季芈早有预防，叫王后向大王陈情，恐怕王后这次不会这么容易脱身，不过王后怀孕，更是意外之喜。"

芈月长嘘一口气道："是啊，总算是借这件事，洗清了自己，也躲开了旁人的暗算。"

薛荔道："是啊，你看这次樊少使虽然生了儿子，却伤了身子。虢美人挑衅季芈，反而是自己找死，这真是大快人心。"

芈月叹道："触蛮之争，有什么可高兴的？女萝，你去问一下太医院，虢美人的伤怎么样了？"

薛荔怒道："公主，她根本就是该死，而且她还装自杀陷害王后，您何必这么好心？"

芈月摇头叹道："我只是怀疑，她不是一个会自杀的人，如今弄成这样子，我猜背后必有人作祟，她也不过是个工具而已。这后宫之中的争斗，输赢都是同样的可悲，虢美人也不过是个可怜人罢了。"

女萝小心地看着她的脸色，道："季芈，您这是同情虢美人吗？"

芈月长长地嘘了一口气，摇头道："一个虢美人生死不明，另一个樊少使早产伤身，只不过是一天的时间，物是人非。她们让我想到楚宫的那些女人……我不是同情，我只不过是兔死狐悲、物伤其类罢了。"

薛荔嘟哝着道："您跟她哪是一类啊！"

芈月苦笑道："后宫的女人，都是一类。譬如一个罐子里，放着两只蛐蛐，你拿着草棍子，看着一只蛐蛐咬死另一只。那只蛐蛐赢了吗？没有，转眼主人就会又放进另一只来。"

女萝百感交集："季芈……"

芈月道："那罐子虽然镶金琢玉，可是当罐子里那锦衣玉食却整天整天掐斗的蛐蛐，却不如当草丛里饮清水食草根自由自在的蛐蛐。"

薛荔道："季芈，您怎么会这样想？"

芈月道："我是要好好想想，我不能再这么继续下去。这宫里是泥潭，我不能为了这一时的意气，让自己陷在泥潭里出不去了。"

夜深人静，只有芈月的窗子仍然亮着灯，天色已经全黑，一轮圆月升起。

芈月推开窗子，她坐在窗边，拿着呜嘟吹着悲悯的楚乐。

这悲悯的乐声，穿过围墙，在夜空中幽幽传去，却只是有心人才能够听得懂其中的意味。

秦王驷坐在御辇上走过宫道，忽然听到了呜嘟之声，他顿了顿足，御辇停下，他侧耳听了一会儿，问道："这是什么曲子？"

缪监亦侧耳听了听，道："奴才见识浅陋，似乎是楚国的呜嘟所吹奏的乐曲。"

秦王驷道："哦，是谁在这时候吹曲？曲声悲悯，这时候，不应该是人人心里头都只有算计吗，居然还有悲悯之音？"

缪监看了看方向，赔笑道："大王，那个方向似乎只有季芈住的蕙院。"

秦王驷道："是她？难得她竟然是一个有心的人。"

缪监道："大王要过去看看吗？"

秦王驷想了想，还是摇头道："不了。"

椒房殿内室，芈姝抚着肚子喝完一碗保胎药放下，烦躁地道："我就是不明白，大王明明知道我是冤枉的，我也跟大王解释清楚了，大王为什么还要放纵毒妇继续待在后宫，甚至连那个虢美人不过闹场假自杀，就什么都不追究了。"

玳瑁道："王后，您入宫以来，大王对您不也是处处呵护吗？何况大王不是为了让您更安心养胎，还把掖庭令的人选给了您来定吗？"

芈姝恨恨地道："可我还是看着那个毒妇得意，大王为什么不追究虢美人闹假自杀的原因，为什么不管樊少使是怎么被惊吓到的，为什么不治罪那个毒妇，反而抬举她？"

玳瑁劝慰道："王后，魏夫人毕竟主持后宫多年，如今我们没有证据，只能等下次机会。不过，有件事，王后却要早做准备……"

芈姝道："什么事？"

玳瑁道："王后您怀孕了，这一年半载没办法服侍大王，若您不安排媵女侍寝，那大王岂不都被魏夫人那边的人拉走了。"

芈姝沉默了。

玳瑁小心翼翼地道："王后——"

芈姝忽然抬起头来，恼乱地道："我做不到，玳瑁，我做不到。大王后宫有妃子，我没有办法，谁叫我认识他的时候，这些女人已经存在了呢。可我这边怀着他的孩子，那边还要亲自找别的女人去服侍他……我这心里，过不了自己这一关。"

玳瑁心疼地道："王后，既然如此，那就算了吧。"

芈姝幽幽地道："你说，男人为什么要有这么多的女人呢？"

玳瑁扶着芈姝缓缓躺下道："王后，庶民奴婢，自然只能娶得起一个女人，甚至好几个人合娶一个女人，越是尊贵的人越是要妻妾众多，如此才能够繁衍子嗣，绵延万代啊。"

芈姝沉默着，一动不动。

玳瑁给她盖上被子，转身就要出去。

芈姝道："玳瑁，那你看安排谁服侍大王为好？"

玳瑁转身道："以奴婢看来，不如按年纪大小来排列，孟昭氏最为年长，就安排她先侍寝吧。"

芈姝看着玳瑁道："依亲疏，应该是九妹妹，你为什么不提呢？"

玳瑁尴尬地一笑道："王后，您不是答应了季芈，不安排她服侍大王吗？"

芈姝道："我知道你心里在顾忌着什么……算了，就依你吧。"

孟昭氏侍寝了，这样的小事，在后宫似只溅起了一点小浪花，随即就淹没无声。

然而，对于芈月来说，却迫使她不得不面对一件事：身为媵侍，很可能在某一天就要面对和孟昭氏同样的问题。

她相信芈姝并不愿意她来争宠，可是从那日秦王将黄歇留下的玉箫带给她时表现出来的异样，以及后来发生的事，却让她不得不面对自己当初决定进宫时的草率与天真。

当时，她只是想为黄歇报仇，当时，她并没有想过更远以后的事，乃至于一生一世的事情。而如今，她已经知道了凭个人的力量，哪怕找到证据，也不能为黄歇报仇，这一切操纵在秦王的手中，而秦王只要还想庇护魏夫人，她就无法报仇。

那么，再继续待下去，还有什么意义呢？她想，她不如离开吧。

她逃离了楚宫，不是为了陷入另一个后宫的。想起向氏临死前的嘱托，想起她的含恨而死。不，她绝对不能让自己再走上和母亲一样的命运。

她必须离开。

想到这儿，她站了起来，她想，她要寻求一个人的帮助。

这个人，就是张仪。

此时张仪的府第，又换了一个，因为，他又升官了。

芈月打量着张仪的新居处，此时的张仪居室整洁，整个人再不是当日那种科头跣足、钻在竹简里爬不出来的样子了。

如今他身边日日有美姬侍候，自然不会如此不修边幅。

芈月见了面便戏谑道："恭喜张子，好些日子不见，张子又是得了谁的馈赠，如今起居举止，都更上层楼了。"

张仪笑了笑，挥退侍人，单刀直入问道："季芈寻我，必是有事？"

芈月笑了笑，道："你猜！"

张仪道："我猜猜看，王后怀孕，必要安排媵侍，季芈不是想进一步，那就是想退一步了。"

芈月点头道："不错，我想出宫。"

张仪道："为何要出宫？"

芈月坐下来道："我离开楚国，原是为了逃出泥潭，结果却将自己陷入另一团泥潭。后宫的触蛮之争，看似可笑，可落入局中，照样也是非死即伤。如今阿姊已经怀孕，孟昭氏作为媵女已经被派去服侍大王。你说得对，我以前说我入宫却不服侍大王这种事是掩耳盗铃，既为媵女，有些事只怕轮到头上来就身不由己了，还不如及早逃开。"

张仪微微点头，道："难得你有如此清醒的认识。"他一伸手，从旁边的柜中取下一个木匣，递给芈月道："你的东西，我早就备下了，这里有三份地契，一份是在秦都咸阳，一份是在魏都大梁，最后一份在齐都临淄。你选定一个地方，等你出宫以后，我再赠你奴仆百名、一千金备用，如何？"

芈月一怔，她没有想到，张仪早就想得这么周全，这么慷慨，她并不推辞，她欠张仪的，张仪欠她的，并不需要计算得太清楚，有些事，彼此心里知道就行。当下接过木匣打开，取了一份地契，道："多谢张子。"

张仪问："你定于何处？"

芈月道："魏都大梁。"

张仪一怔，击案大笑："善。"秦有芈姝、齐有芈姮、楚有威后，她既然要避开这些人，自然就不可长居这些地方。当她离开宫廷的时候，魏人便不会再成为她的敌人，魏都大梁，反而成为她最好的栖居之地。何况从大梁到周都洛阳亦是极近，在洛阳观察天下，则是更好的选择。

芈月微笑："张子如此慷慨，可是哪里发财了？"

张仪道："你也猜猜看？"

芈月道："猜不出来。"

张仪道："往我们都熟悉的地方。"

芈月吃惊地道："楚国？你又回郢都去了，那儿你可是满地仇人啊，不是得罪了这个，就是骗了那个。"

张仪道："哎，当初我张仪是无名游士，自然是不敢再入郢都。可我如今是秦国使臣，就算回去，他们也得将我奉若上宾啊。"

芈月道："你去做什么了？"

张仪道："劝楚国与齐国断交，与秦国结盟啊。"

芈月吃惊道："大王能同意？"楚王槐可不是这么容易听从别人的人，

况且齐楚联盟已久，又是联姻。纵然秦人娶了芈姝，但终不能与齐国的芈姮在齐国更久，更有手腕左右齐政啊。

张仪道："自然，我说大秦会送他商於之地六百里，他当场就答应了，还怕与齐国断交得不痛快，派了勇士去辱骂齐君。"

芈月抚额道："那六百里地呢？"

张仪道："大王给了我一块封地，我给它取了个地名叫六百里。"

芈月道："那块地有多大？"

张仪笑眯眯地伸出手来比画道："六里。"

芈月扶着头觉得不能支持了："大王肯定会发疯的。"

张仪得意地道："不怕他发疯，就怕他不发疯。他要发疯，就会乱来，他要乱来，就会死得更惨。"

芈月忍不住问："张仪，你为何要这么做？"

张仪表情忽然凝住，长叹一声道："为什么？"他忽然伸手打开一张大的羊皮卷，那是一张列国的地图，道："季芈，你来看。"芈月探头，看着地图，张仪道："你看到没有，这地图上的国家，在周天子时代，曾经有三千诸侯，自平王东迁以后，大国并吞小国，封臣瓜分大国，甚至臣下夺国篡位。到三家分晋之时，只剩得二十余家诸侯，势力最强者，为秦楚韩赵魏燕齐七家。此后这国与国之间的形势，看似疆域时时在变，但大国对峙之势却仍然僵持不变，已经一百余年。"

芈月看着地图，半晌才说道："那现在是不是又到了变的时候？"

张仪击案道："不错，周天子之制，是维持封建之制不变，而在当今之世已经完全不合时宜。所以自三四十年前，列国纷纷变法，其中李悝于魏国变法、吴起于楚国变法、申不害于韩国变法、邹忌于齐国变法，你可知这些变法，结果如何？"

芈月低声道："都没有成功。"

张仪道："为何不成？"

芈月道："屈子曾经说过，变法害宗族之权，侵封臣之利，因此变法之臣，不是不得好死，就是妥协退缩了。"

张仪一拍桌子道："就连秦国的商君之法，也差点人亡法消，列国之中，继任之君无不废新法、复旧法。可只有当今的秦王，杀商君，却仍然推行新法。"他眼中透着狂热的光芒道："你知道这意味着什么？"

芈月隐隐有所感觉，不由得问："意味着什么？"

张仪道："意味着只有秦国才有可能成为破局之国，改变这天下的运势。"

芈月忍不住道："那会出现什么样的结果？"

张仪握住芈月的手道："不管什么样的结果，都可以让你我不枉此生，青史留名。"

芈月抽离了自己的手，看着张仪仿佛陷入了某种狂热中，兴奋地走来走去。

张仪道："所以我张仪，要做这个推动之人，要成为大秦青史上最重要的人。"

芈月道："大秦最后会走向何处？"

张仪道："不知道，也许如长虹贯日，一气呵成冲天直上，让这个天下为之改变。也许撞得粉身碎骨，我们所有的人都会化为尘灰。但是，大丈夫生则惊天动地，死则轰轰烈烈，绝不可无声无息过此一世。我张仪，要借秦国的风帆，若能一怒而诸侯惧，安居而天下息，则不枉此生，不枉此生。再疯狂的事，我又何惧去做，再强大的人，我又何惧去得罪他。"

他近乎癫狂地来回走动，忽然停下来直视着芈月道："季芈，你不应该走的，此时此刻你能够在秦国，这是上天赐给你的机会啊，你不可以逃避，不可以放弃。"

芈月看着他的神情，仿佛自己也受到了莫名的影响似的，竟似乎也要与他一起狂热，一起欲投身这种撼动天下、改变历史的行动之中。

她收敛了心神，只站了起来，向张仪行礼，道："多谢张子，只是，我只不过是个小女子而已，这样的江山争霸，非我所能。"

张仪也不说话,只看着她走出去,才微笑道:"你以为你想走,便能走得了吗?"

张仪以六百里地为诺,游说楚王与齐国断交。那楚王果然贪图利益,迫不及待地和齐国绝交,又向张仪索取六百里地,谁知那张仪就给了六里地,还说那块地就叫六百里。楚王恼羞成怒,发兵攻秦,丹阳之战秦由樗里疾率兵,俘楚军统领屈匄和楚将七十多人,斩首八万楚军,楚国还失去了汉中郡。

此事一出,天下震惊。

政治上的格局,也改变着后宫的格局。

披香殿,魏夫人将手中的竹简往下一拍,哈哈大笑道:"天助我也。"

卫良人拾起竹简,看完之后思索片刻才道:"楚国经此一仗,在列国面前丢尽了脸。魏阿姊,此事若是运用巧妙,就可以教王后不得翻身,甚至连她腹中的孩子也……"

魏夫人道:"怎么说?"

卫良人附在魏夫人耳边低声说话。

魏夫人大喜,握着卫良人的手道:"妹妹不愧是女中鬼谷,此事若成,必与妹妹同分富贵。"

卫良人低头,掩去眼中异色道:"阿姊,我倚仗阿姊才能够在秦宫立足,这原是我分内之事。"

魏夫人看着竹简,百感交集道:"我魏国当年本也有争霸之能,只是先王在时,先失卫鞅于秦,又失孙膑于齐,才落得受秦齐攻击,国势衰落,而我更是因此失了王后之位。列国争霸,一步错,步步皆错,国势一弱,翻身就比登天还难。"

椒房殿外室,芈姝将手中的绢信重重拍在几案上,怒道:"张仪小人,张仪小人,枉我信他,枉我赠他厚礼,竟然如此卑鄙无耻。"

玳瑁道："王后息怒，事情已经发生，生气也是无济于事。王后怀着身孕，凡事要多为孩子考虑才是。"

芈姝怒冲冲地道："我如何能息怒？我为楚国女，嫁入秦国，楚国兴则我地位稳固，楚国弱则我地位不稳。这张仪害我楚国，我岂能容他？"

孟昭氏是昭阳侄女，她比芈姝更着急其中的政局变化，依着楚国惯例，如若政局有重大失误，楚王虽然伤了颜面，却依旧是楚王，但负责国政的令尹却很可能要换人。当下着急问道："王后，这信里说的是什么啊？"

芈姝气得眼睛都红了："那张仪去了楚国，欺骗我王兄，说是要赠他六百里地，换取楚国和齐国断交。"

孟昭氏吃了一惊，道："齐乃大国，屈子几次出使齐国，才换得与齐国的结盟，更得齐国愿意拥楚国为合纵长。六国合纵是建立在齐楚联盟之上。若是齐楚断交，则六国合纵就毁了，我楚国这么多年在列国中发号施令的地位就完了。"

芈姝痛苦地道："可不是，丹阳一战，屈匄大败，我楚国竟失去了汉中郡。"

孟昭氏霍然站起道："此皆张仪为祸，此人当初就是个无耻小人，因盗和氏璧被我伯父毒打，此人必是因此而恨上我楚国。王后，此人不除，必将为祸。"

阍乙匆匆忙忙地跑进来道："王后，王后，不好了。"

芈姝道："怎么？"

阍乙道："大王今日在朝堂上，新设官位。封张仪为相邦，司马错为将军。"

芈姝转头问孟昭氏道："这是什么意思？"

孟昭氏道："公孙衍原为大良造，如同楚国令尹，集军政大权于一身，乃大王之下可以制定法令号令群臣的至尊之人。可如今权力三分，国政归于相邦，军政归于司马错，大良造的权力就被架空了。王后，您一定要想办法，万不能由此佞臣，既坏楚国，又坏秦国。"

芈姝看向孟昭氏道："那怎么办？"

孟昭氏急道："必须除去张仪。"

玳瑁连忙劝阻道："王后，不如召季芈一起商议？"

孟昭氏冷冷地道："玳姑姑太相信季芈了吧，却不晓得季芈与那张仪往来密切……"

芈姝脱口道："我不信季芈会坐视张仪危害楚国。"

孟昭氏道："季芈怎会涉及此事……不过，她与张仪交好，必会偏信张仪袒护张仪。"

芈姝点头道："不错。"

孟昭氏道："王后，如今张仪成了相邦，他接下来必会推行以楚国为目标的国策，且会在行动上无所不用其极，若是秦楚交恶，王后您可怎么办啊？"

芈姝道："不行，我必须要去阻止大王。"

孟昭氏道："不错，王后您就算不为自己着想，也得为肚子里的小公子着想，若是秦楚交恶，将来若是想立小公子为太子，必会招致大将的反对。"

芈姝一掌击下道："我现在就去找大王。"她说完带人坐着辇车，直往宣室殿。

见了王后辇车到来，缪监忙匆匆从殿中跑出来，赔笑迎上芈姝："老奴见过王后。"

芈姝道："让开，我要见大王。"

缪监道："王后请留步，大王正召见大臣，恐有要事商议。"

芈姝道："见哪位大臣？"

缪监犹豫道："这……"

魏夫人的声音从芈姝身后传来："王后还是别为难缪监了，大王正在见相邦张仪，嘉奖备至，如何有空见您呢？"

芈姝猛地转过头来，看到魏夫人笑吟吟地走过来，芈姝怒道："怎么什么事都有你啊？"

魏夫人道："大王如今嘉奖了张仪，转眼他就更得宠了，王后嘛，就更奈何他不得了。楚国新败，王后，您就别这个时候进来自找没趣了。"

芈姝被激起怒火，推开缪监，闯进殿去。缪监阻止不及，深深地看了魏夫人一眼，转身追了进去。魏夫人冷笑一声，转身离开。

此时殿内秦王驷正与张仪一起站在几案旁，看着地图指点江山，门外却忽然传来缪监的声音："王后，王后，您不能进去。"

秦王驷眉头一挑，抬起头来，看到芈姝不顾缪监阻拦，已经闯进来了，不悦道："王后，你来此何事？"

芈姝一眼看到张仪，指着张仪道："此为何人？"

张仪一揖道："臣张仪，见过王后。"

芈姝怒气冲冲地一甩袖，怒斥道："哼，反复无常的奸佞小人，滚开。"秦王驷的脸顿时沉了下来，芈姝却犹未发觉，上前一步，走到秦王驷的几案前絮絮叨叨："大王，您怎可任这样的小人为相，岂不让列国笑我秦国无人，岂不让列国以为我秦国也是反复无常、欺诈无信之国？"

秦王驷恼羞成怒，用力一拍几案，喝道："大胆！"

芈姝怒气冲头，失去了畏惧，道："臣妾说得难道不对吗？列国之间，以信为本，如此失去信用，将来如何能在列国之中立足。更加会让列国都一起排斥秦国，敌视秦国，包围合剿秦国。为图小利而失大义，得不偿失。"

秦王驷凛然而立道："大秦自立国以来就是在别国的包围合剿之中杀出一片天来的，大秦从来不惧与天下为敌。王后，你应该好好闭门反思，怎么样才是一个合格的秦国王后。"

芈姝急怒攻心，道："大王，难道臣妾如此良言相劝，您竟然还执迷不悟吗？"

秦王驷道:"执迷不悟的是你,妇人干政!王后,你眼中已经没有寡人了吗?缪监,送王后回宫。"

缪监上前行了一礼道:"王后,老奴送您回宫。"

芈姝用力一挥袖转身欲走道:"谁敢动我。"不料她举动过大,一时失去平衡摔倒在地。

缪监吓得声音都变了,赶紧伸手去扶,道:"王后小心……"

芈姝捂着肚子痛叫道:"啊,我肚子好痛……"

秦王驷一把推开缪监,将芈姝抱起,急道:"快叫太医。"

第三章

君
王
心

　　李醯匆匆赶来，为芈姝诊完脉，向秦王驷行了一礼道："禀大王，王后脉象时促时缓，胎位不稳……"

　　秦王驷打断他的话道："可有关碍？"

　　李醯忙道："臣让女医为王后扎上几针，以稳胎象，再开上两剂安胎之药，还得观察数日，才能看得出胎象是否能够稳定下来。"又嘱咐接下来应安卧养胎，不可随意走动，不可有大喜大怒之情绪，不可操劳忧心，至于摔倒颠簸，更是大忌，等等。玳瑁等忙一一应下。

　　缪监暗暗观察了一下芈姝神情，只见芈姝虽然闭着眼睛，听到秦王驷的话却仍然是任性地一转头，心中暗叹。上前一步轻声提醒道："大王，王后安卧养胎，不可操劳忧心。"

　　秦王驷已然会意，心下暗叹。这一步他不想迈出，如今却是不得不迈出了。早在刚开始知道芈姝怀孕时，他就想过后宫事务繁多，如果芈姝不熟悉情况又有人捣乱的话，必然会因为过于劳累而伤及胎儿。但若是就此让她安胎，又恐其心不安，思虑伤身。但王后今日的举动，让他失望，更让他担忧，最终让他确定了心思。当下便道："王后既然要安胎，后宫除王后之外，位分最高当数魏夫人，就由她来主持后宫吧，况且她也有经验。从今日起，妃嫔们来向王后请安，都不必见了，只在门外问安一声就是。王后必须安卧养胎，无寡人之令，不得离开椒房殿。"

芈姝听到这一番话，猛地睁开眼睛，却看到秦王驷已经转身向外走去。她心中委屈万分，她现在身怀有孕，只不过为自己的母族争一下意气，为何秦王对她如此不体谅不宽容，甚至竟然还要用这种羞辱之至的手法来处罚她，剥夺她主持后宫的权力，当下两行眼泪流下，她用力坐起，向着秦王驷的背影急喊："大王……"

不想却见秦王驷听到喊声，脚步微一停顿，还是头也不回地离开了。

芈姝气愤地就要掀被而起，太医李醯大惊，忙呼道："王后，您现在要安卧养胎，休要激动！"当下玳瑁等人也忙上前按住了她，芈姝只见秦王驷已经走得不见人影，便是再闹，也是无济于事，气得将身边的几案也掀翻了。

而魏夫人的披香殿中，却正在鼓乐声起，饮宴庆祝。姬姓诸妃嫔向魏夫人道贺的时候，魏夫人亦不过矜持谦让道："不过是因王后如今怀孕不能理事，少不得我再辛苦一回，也好为大王分忧解劳，为各位妹妹执役。但求妹妹们肯体谅我的辛苦，只求这一回能够圆满妥帖地把事情混过去，待王后身体好转，我交了差，自当请客谢谢妹妹们的帮助罢了。"

诸姬皆笑，一时其乐融融，魏夫人拍手，歌舞声起，酒宴共欢。

这一夜饮宴甚久，因夜深人静，再无杂声，这丝竹之声自披香殿竟隐隐传到了椒房殿来，诸宫女和内侍亦知道这乐声从何而来，不禁窃窃私语，却不敢让王后知道。

芈姝却因为白天日头太好，昼寝甚久，到夜间反而不易睡着，翻来覆去间，似乎隐隐听到了乐声，便问玳瑁："傅姆，外面是什么声音？"

玳瑁亦是知道此事，忙掩饰道："王后，是风吹动树叶的声音。休要去管它，您如今怀着小公子，好生歇息才是。"

芈姝却因为怀孕而更显狂躁："我这里不能下榻，日也是睡，夜也是睡，睡得全身都要烂了。这日夜颠倒地睡，有什么早晚之分？"

玳瑁无言以对，芈姝便喝道："这室中气闷得紧，把窗子打开了吧。"侍女不敢打窗，只偷眼看着玳瑁，芈姝更加疑心，问："你看傅姆做什么？"侍女无奈，只得将窗子打开，这一打开，那丝竹之声便更加明显，芈姝走到窗边，侧耳听了听，转头问玳瑁："这是哪里来的乐声，竟夜不歇？"

玳瑁的脸色更为难看，她稍一犹豫，便让芈姝看了出来，命令道："傅姆，你莫要欺我。"

玳瑁只得用最轻视最满不在乎的语气笑道："王后，此乃披香殿的乐声，不过是那魏姬在得意罢了，真真可笑，王后身子不适，允她代为管事，等王后日后生下小公子，一切还是恢复原样……"

她话未说完，芈姝便已经掀了几案，几案上的什物乱滚了一地，吓得玳瑁忙膝行上前，抚着芈姝心口不住安抚："王后休恼，仔细伤身……"

芈姝掩面嘤嘤而泣："傅姆，我如今叫人欺到这等地步，如何还能熬到日后呢……大王为何如此凉薄，我如今还怀着他的子嗣，不过稍违拗他一二，他便叫贱人欺到我的头上来了。傅姆，我当如何是好，可与我思量一二主意？"

玳瑁被她哭得心都软了，见她黄着脸儿，甚是可怜，她心中一个念头盘旋良久，但却是不甘不愿。如今见芈姝如此，衡量利害，最终还是将主意说了出来："办法倒是有，可就是不知道王后您愿不愿意。"

芈姝听得出她话中有话，思忖了一下，苦笑一声，看了看自己隆起的腹部，道："我知道傅姆之意，事到如今，我连孟昭都已经安排去服侍大王了，还有什么看不开的，你的意思是，再安排谁去服侍大王；又或者是，大王看中了谁……"她的话语中，已经没有往日的嫉妒之心，却只有淡淡的无奈。

玳瑁犹豫片刻，方小心翼翼道："依老奴看，大王对孟昭淡淡的，倒是对季芈……"

芈姝似触电般猛地坐起:"季芈?"

玳瑁吓了一跳:"小君小心些。"

芈姝脸色有些奇怪,忽然反问:"你为何有此言,是你看出了什么?是大王有意,还是季芈有心?"

玳瑁反问:"若是王后是大王,在孟昭和季芈之间,会更宠爱哪个?"

芈姝沉默片刻,有些软弱地道:"所以我才更不愿意……"

玳瑁亦知她的心事,只是如今在秦宫她们已经面临困境,到了此时一些小心思也只得先抛开,再怎么对芈月有心结,也好过她们这一群人当真让魏夫人扳倒了,当下劝道:"老奴有罪,不应该说这样的话。可王后您细想,要拉回大王的宠爱容易,长得够美就行了。可是如果想要夺回宫中的权柄,那就只有让季芈去争宠……"

芈姝不解道:"为何是九妹妹?"

玳瑁又细细解说道:"孟昭便再得宠,可是那日见礼之时,您也看到了,她实不是魏夫人的对手。要对付魏夫人,唯有季芈。如今她欠的只是位分,只要她得到后宫的位分,那时候王后便有理由说服大王,让季芈代您主持后宫,让那魏氏贱妇空欢喜一场。"

芈姝脸色犹豫反复,道:"可我答应过她,不让她为媵……"

玳瑁立刻道:"此一时,彼一时也,季芈既已经入宫,她若不为媵,难道教她这一生便这样无名无分埋没于后宫不成?小君既然爱重她,对她有姊妹之情,自然当相携相助。您予她富贵,她辅您主持后宫,岂不两全其美?"

芈姝听了这话,只觉句句有理,渐渐变得坚定,终于下定了决心道:"好,你去问问她,她若是愿意,便这么办吧。"

玳瑁一喜,斩钉截铁地道:"她如何会不愿?奴婢这便去寻她。"当下便退出,到库中寻了一套首饰,叫侍女捧着,随她去了蕙院中去寻芈月。

蕙院内，芈月正为魏冉讲解着秦诗，先是教魏冉背了一遍："交交黄鸟，止于棘。谁从穆公？子车奄息。维此奄息，百夫之特。临其穴，惴惴其栗。彼苍者天，歼我良人！如可赎兮，人百其身！"才又拿起竹简，在竹刻着的秦篆边用笔写下对应的楚篆来，两种文字对应着看，以便早早学会秦字的写法。

芈月先是教会了魏冉用秦语念了几遍，问道："这首你知道讲的是什么吗？"

魏冉似模似样地点点头，道："知道，讲的是殉葬。"

芈月又解释道："这首诗讲的是秦穆公去世时，让子车氏三子，随穆公殉葬，此三个皆为百人之敌的壮士，就此殉葬，使得国人为他们惋惜，说若是能换回他们，一百个去赎他们一个也行。"既已入秦，便要尽快学会秦语，所以芈月便将原来学《诗》的顺序转换，开始先教秦风系列，教魏冉时，亦是尽量用雅言和秦语，楚语反而只是作为辅助的解释。

魏冉听了后，想了想，不解地问："既然国人惋惜，穆公为何要让他们殉葬？"

芈月沉默良久，才道："以人为殉，自古有之，君王死后，常以妻妾、爱宠、护卫等殉葬。子车氏三子，是穆公生前最喜欢的勇士，所以穆公希望到了黄泉，仍然能够得到他们的护卫和追随。"

她说完，便因今日的功课已毕，便低头收拾竹简等物，却不晓得魏冉忽然沉默下来。忽然间，魏冉说了一句话："阿姊，娘亲她是不是殉葬了？"

芈月整个人都僵住了，她手一颤，竹简落地发出连串的脆响，她一动不动地站立了很久，那远去的记忆又一次活生生地浮现眼前，向氏的血、向氏的恨，让她心头的疮疤又似被揭开了，心里痛得简直无法站稳，她抚住心口，微稳了一下心情，沉下了脸转身严厉地问魏冉道："谁告诉你这话的？说！"

魏冉却低下了头，一声不吭。

芈月惶急交加，伸手拿起竹简威胁道："说，你这话是从哪儿听来的？"

魏冉见她如此，反而更倔强了，竟是一声不吭。

芈月扬了扬手，欲要打在他的身上，最终还是蹲下，将竹简拍在他的腿上，竹简相扣，发出一声脆响，芈月知道自己这一下，必是有些打疼了他，便继续问："你说，到底是哪里听来的？"

魏冉却倔强得不再说了。

芈月大急，手中的竹简一下下打在魏冉腿上，一边打一边喝问道："说不说，你到底说不说？"她每一下打下去，都指望魏冉能够听话地妥协，不想魏冉虽然被打得皱眉缩脸，但却仍然咬着牙、含着泪不说话。

芈月放下竹简，气得哆嗦道："你站着，我去找荆条来。"说着便真的转身进屋找了荆条出来，见魏冉仍然站在原地不动。

芈月将荆条在魏冉面前的石案上打得啪啪作响，威胁着道："你说不说，不说我真的打下去了？"

不想魏冉低下了头，还是不说。

芈月气极了，手中荆条当真朝着魏冉抽了下去，但见魏冉整个人痛得一哆嗦，芈月手都软了，荆条落地，跌坐在地上，自己先哭了起来："你这样子，是要活活气死阿姊吗？"

魏冉看到芈月哭了，也慌起来，扑到芈月的怀中，哭道："阿姊，阿姊，你别哭……"

芈月抓住他问道："那你告诉我，你是从哪里听到的这种话？"

魏冉支支吾吾半天，终于说了实话："就是那些女人，她们说，她们说我不是你弟弟，还说娘亲早就给先王殉葬了……阿姊，她们胡说，她们说的不是真的，对不对？"

芈月心中一痛，知道必是芈姝宫中侍女所言，一股怒气升上，令她只想杀人。这些侍女皆是楚威后的人，她们嫉妒她、轻贱她倒也罢了，为什么要用这样残忍的话，去伤害一个还这么小的孩子？

她紧紧地抱住魏冉，一字字道："是，她们胡说，她们说的不是真的，你和我是同一个娘亲所生的，骨血相连。这个世界上你我之外，还有在楚国的你哥哥子戎，我们三个是最亲最亲的亲人，没有人比我们更亲近。"她一次又一次地说着，安抚着魏冉，魏冉的哭声渐渐停歇。

芈月站起来，拉着他的小手走进屋中，拿了巾子给他拭净了小脸，魏冉却忽然又问道："那娘是怎么死的？"

芈月浑身一颤道："你、还记得娘吗？"

魏冉点头，他吭哧吭哧地说着："我记得，娘给我唱歌，娘整夜抱着我哄我睡觉……可是有一天我醒过来，就再也找不到娘了……阿姊，娘到底去哪里了？别人都说她死了，她若不是殉葬的，那她是怎么死的？"

他当时毕竟年纪小，记忆也已经很模糊了，当年向氏死后，他就被抱走，然后就在向寿身边长大，幼儿时的记忆虽已经模糊，然而午夜孤独地醒来，记忆中却有一个温柔的女人曾经抱过他，给他唱过歌，亲着他、疼爱着他。芈戎或许已经忘记了曾经与向氏共度的时光，那里因为同样也有一个母亲疼着他爱着他，让他把两份记忆混淆了，然而魏冉幼小的生命中，向氏是他所能够得到的唯一温暖怀抱，他自然是记得牢牢的。虽然后来芈月常来看望他，甚至这一路相依为命，然而，这种感觉，终究是不一样的。

芈月轻抚着弟弟的小脸，真相对于这么小的孩子来说太过残忍，但望着他的眼睛，她终究不能让他怀着猜疑，再去闯祸吧。她想了想，苦涩地道："那一天有一群强盗，闯进你们家原来住的草棚，杀死了娘亲，还有魏……你爹，那天刚好你发烧了，女葵抱着你去找医者，所以躲过了这一劫。"

魏冉怀着数年的疑惑，总以为可以得到解答，却不想只有这寥寥几句，他有些畏惧芈月，本不敢再问了，可终究不甘心，还是怯生生地问道："可是，如果我们是同一个娘生的，为什么阿姊是大王的女儿，我家里这么穷？"

芈月一怔，看着魏冉的小脸，问："你心存这个疑惑是不是已经很久了?"魏冉低下了头，芈月道："为什么一直藏在心里，不跟我说?"

魏冉可怜兮兮地抬起头，拉着芈月袖子看着她，满怀依恋和恐惧道："我、我怕你不要我……"他说完这一句，便哇的一声哭起来，压抑了许久的疑惑、恐惧和忧心都随着这一场大哭尽泄而出。

芈月心情沉重地抱住了魏冉，轻轻地劝道："小冉，别哭，阿姊是永远不会不要你的。小冉，你现在还小，等你长大了，阿姊会把所有的事情都告诉你……"

姐弟两人相偎，互相劝慰，在这遥远的国度，步步为营的深宫，只有这一对姐弟相依为命罢了。

也不知过了多久，女萝在外面道："季芈，傅姆来了。"

芈月一怔，叫魏冉出去，这边自己对着镜子稍作修饰，便道："请进。"

女萝掀帘，便见玳瑁手捧着一个匣子进来，笑盈盈道："我方才看到小冉出去，似乎是哭过，这是怎么了?"

芈月笑了笑，道："不过是小孩子淘气不认真习字，教我教训了几句罢了。傅姆此来，可是阿姊有什么事情吩咐于我?"

玳瑁坐下，将手中的匣子放到地板上，打开推到芈月面前，芈月定睛看去，但见一片珠光宝气，里面却是一整套的首饰，从头簪到耳饰到组佩等俱全。

芈月一怔，看向玳瑁："傅姆，这是何意?"

玳瑁看着芈月，笑得饶有深意道："季芈，你的福分到了，这套首饰，乃是王后特意赏给你的。"

芈月心中一凛，勉强笑道："我倒不明白了，这不年不节的，王后何以忽然赏我首饰?"

玳瑁盯着她，悠悠地道："季芈，你是何等聪明的人，何须我来说?王后如今的处境，你应该也看到了。你说，王后应该怎样才能够获得大王的欢心，重掌后宫权柄呢?"

芈月已经有些明白，口中却道："我、我不知道。"

玳瑁双手按地，双目炯炯："不，季芈，你是知道的。你应该知道，贵女出嫁，为什么要以姐妹为媵，就是为了在怀孕的时候，有人代替她服侍夫君，代她处理内政事务。"

芈月不再回避，直视玳瑁："阿姊不是已经安排孟昭氏服侍大王了吗?"

玳瑁笑了，膝行两步，坐到芈月身边，故作亲热地拍拍芈月的手，道："孟昭氏如何能与你相比，你才是王后的亲妹妹，论亲疏论才能论美貌，最应该为王后分忧的是你才对啊!"

芈月忽然笑了："这话，若是别人说，我信;可若是傅姆说，我不信。傅姆最是疑我，漫说还有其他媵女，便是再无媵女可用，傅姆也不会让我能有与阿姊争宠的机会啊!"

玳瑁也叹息："老奴亦知季芈不会信我，可是此一时、彼一时也。当日老奴亦是无知，所以对季芈诸多不理解。可如今王后被困，魏氏得势，若是我等不能同舟共济，将来便生死付诸人手了。"

芈月看着玳瑁："傅姆，你可知道，我与阿姊曾有约定?"

玳瑁却已经想到此节，只流利地道："季芈，此事王后亦曾言讲。可是季芈当知，王后若能做主，她自然愿意照应保全你，可是如今王后身怀有孕，坐困愁城，自身难保……季芈，王后一直念着姊妹之情，多方照应你，可你……也要为她着想。再说，你一心要为公子歇报仇，若不能够得了大王的宠，如何为他报仇?"

芈月看了玳瑁一眼，这件事，她曾经放在心头想过百遍，正因反复想过，才知道是徒劳，玳瑁这样的煽动，对她并没有用，她只是淡淡地道："事过境迁，傅姆，不必再说了。"

玳瑁没有再劝，只是站了起来，道："季芈，老奴言尽于此，有王后在，我等才有一切。若是王后失势，我等更是刀俎之肉。季芈是聪明人，当知何去何从。"她说着往外走去，走到门边顿住脚步，又说了一句话："王后今晚会请大王到椒房殿用膳，到时候希望季芈能够戴上这套首饰。"

芈月看着玳瑁出去了，忽然一反手，将那匣子首饰掀飞，噼里啪啦一地脆响，女萝闻声掀帘进来，吃了一惊，连忙问道："季芈，出了何事？"

芈月忽然站起来，向外走去，女萝连声呼唤，她置之不理，只管冲了出去。

她一个人无意识地走着，不知道要往何处去，也不知道何时停下。此刻，她只想把这一切抛到身后，不去理会。

此刻芈月的心里充满了愤怒和无措，从黄歇的离去，到报仇的无望，到陷入深宫的困境，本已经让她的精神不堪压力。今日在魏冉揭开了旧日的伤痕之后，再加上玳瑁的逼迫，让她连保持表面上的若无其事也已经不可能了。

她急速地奔走着，内心充满了不甘不忿。为什么，为什么？她苦苦挣扎了这么多年，还是要走到跟她母亲同一条路上去。难道媵的女儿就得是媵，世世代代都是媵妾？

不，她不信，她不甘心。

可是，她怎么办呢？她要拒绝，她肯定是要拒绝的，那么拒绝之后呢？她要带着魏冉离开，越快越好，她已经从张仪手中得到了地契，只要她一出宫，便可远走高飞。

但是，大争之世，哪儿都不是安全的地方，她一个孤身女子，带着年幼的弟弟，没有兵马没有人手，这一路上野兽、战乱、强盗、溃兵、流民、胡人、饥饿……每一种都是难以避开的危险。

她慢慢地走着，想着，她应该离开，可是离开秦宫，她要去哪儿呢？洛邑，对，就是洛邑。她可以借助张仪的力量，搭上一个商家的车队，一起去洛邑，那是周天子住的地方。要避开战争的阴影，就要去列国都不会伸手的地方。没有一个国家能够保证完全的安全，列国之间合纵连横，没有一定的能力，很容易成为牺牲品的。但列国都不会把战火燃到周天子的身上，虽然周天子近乎傀儡，但是，在他所居住的地方，反而是最安全的地方。而且洛邑之中，各种政治势力交错，却无法一家独大，正可以施展手段在各家中取得一个立足之地。

她走着，走得心神恍惚，也不知道拐到了何处，忽然听得耳边有人喝道："大胆，竟敢冲撞大王。"

芈月一惊，抬头却看到自己已经走在官道上，前面正是秦王驷的车驾，连忙退到一边行礼道："妾参见大王，大王恕罪。"

秦王驷正坐着车驾而来，见芈月神情恍惚，也是诧异，停了车驾下来，走到她身边扶起她，温言问道："无妨，出了什么事，你跑得这么快？"

芈月正因玳瑁之言，见秦王驷挨近，下意识地一缩手，见秦王驷诧异之色，这才恍悟自己反应过度，忙立正了身子，低着头道："妾觉得屋里气闷，所以想出来走走，不承想冲撞了大王。"

秦王驷见她神情淡淡的，便也不勉强，只聊了几句寒温，又对她说若觉得气闷，可以到后苑马场骑马，见她今日却有些心不在焉话不对题，心中诧异，也不多问，便让她去了。

缪监见秦王驷神情，便凑在他耳边，悄悄地将听到的消息说了，秦王驷听说王后派人来请他共进晚膳，其实是欲令芈月服侍，神情忽然变得极为愠怒，沉下了脸，竟是险些发作，他顿了顿，神情又恢复了平静，只淡淡地哼了一声："多事。"

缪监见了他这般情况，心中一动，见秦王驷回辇重向前行，他心念一转，忽然上前回禀道："大王，宣室殿还有一堆奏折要处理，司马错将军也在等候大王的召见……"

却见秦王驷看了缪监一眼，淡淡地道："既是政事要紧，那便去宣室殿吧，你去王后宫中说一声便是。"缪监忙应下了，见秦王驷却又补充道："带几个寡人日常爱吃的菜肴送与王后，就当寡人陪她用膳，好生安抚。"

缪监忙领了命，送了菜去椒房殿中，先宣布了秦王驷的旨意，见芈姝不但没有失望之色，反而有点如释重负，心中亦已经有数了。也不说破，只是悄悄退了出去。走出椒房殿，他顿了一顿，似乎在犹豫着下一步的动向。

他的假子缪辛忙上前问道："阿耶，您要去何处……"

缪监笑了笑，摆摆手，自己慢慢地走在宫道上，缪辛连忙跟了上去，却不住地打量着缪监，见他似乎在想着什么，不知不觉已经走到了宫道尽头，正是两处分岔路口。缪辛留心看缪监，却见他似乎也是怔了一怔，站在路口，竟是有些沉吟。

缪辛留心观察着，眼前的两条分岔路，继续走下去便是魏夫人所居的披香殿，若往右走，却是诸低阶后宫所居的掖庭宫。却见缪监似乎也陷入了犹豫之中，竟站在那儿不动了。

缪辛有些奇怪他为何犹豫，如今魏夫人代掌后宫，他走到此处，必是去找魏夫人，何以又站住了呢？他想出声提醒，话到嘴边，却又咽下了。身为寺人，最紧要的就是有眼力见儿，不知道看眼色的，熬死了也出不了头。

缪监此时却在沉吟着，身为寺人，最紧要的就是有眼力见儿，他在秦宫混到今天寺人中的第一人，自然是个中翘楚。虽然他没有跟从到楚国去，但是从新婚大典的宴席上，他便已经看出，王后的五个媵女中，秦王驷唯独对这个叫季芈的媵女是另眼相看的。而这个媵女最独特的一点，便是一点也没有想成为秦王后宫的意愿。

秦王驷是骄傲的，唯其如此，他就算对这个女子有一点心动，却也不会想倚着君王之势，来得到这个女子。他的心里分量最重的自然是江山争霸，若是没有其他的事情，这一点点心动，不会成为他挂记心头太久的东西，而缪监也只会默默旁观，不会有什么想法和行动。

然而似乎冥冥中有什么力量，在一点点地推动事情演变。芈月追查铜符节之事，叫缪监也为这个鲁莽大胆的少女捏了把冷汗，这件事，涉及的不只是一个后宫妃子，背后更大的力量在于几个国家之间的角力，一个涉世未深的少女卷入这件事，只怕将死得无声无息。

然而，秦王驷出手了，他踩碎了那些泥制的符节，阻止芈月探知更深的深渊，也让她避开了危险。然后他赐美玉，敲打心里有鬼的人，用更大的行动，掩盖了芈月之前的探究行为。

然后，是黄歇的玉箫，他亲自送到了蕙院，让芈月扑在他怀中哭泣，这是有意，还是无意，缪监自嘲自己是个寺人，未经历过男女之欢，他不懂这里头的进退试探，然则他比谁都懂他的主上，任何微妙的心思，甚至在君王自己还没意识到的时候，缪监就能够先看出来了。

而今日，如果说，秦王驷在撞到芈月，并且温言安抚的时候，还没有特殊的感觉，在缪监说出王后有意安排芈月侍寝的时候，秦王驷脸上的恼怒之色，虽然一闪而逝，缪监却相信，自己没有看错。尤其是在他此后又试探着随便找了个政务紧急的理由时，秦王驷竟是一口允下，令缪监几乎是肯定了自己的设想。

秦王驷对这个女子有些动心了。

动心和动欲，是不一样的。

身为君王，看到一个女子，有了兴趣，接受这个女子的侍奉，这是极为水到渠成的事。事后，有赏赐、有宠幸、有抬举，甚至这女子若运气好，生下儿子来，便能够在后宫位列较前的一席之地，这都不难。

一个君王明明有兴趣的女子，要被王后安排去侍奉君王，他为什么不喜反恼？这只能说明，他感兴趣的，不仅仅是她的"侍奉"而已，他要的是"侍奉"之外的东西，是她的心甘情愿，是她的真情实意。

既然他的君王有这样的心意，哪怕他自己还没有意识到这点，哪怕他还没有想到出手，哪怕他不曾吩咐过他，能够事事想到主人跟前，那才是一个好奴才应该做到的事。

那么，怎么把这个女子以君王认可的方式送到他的面前呢？

王后的做法，已经证明是适得其反了，那么，从反方向呢？让王后的对手来反推一把？

他应该去找魏夫人吗？不，这样做太明显，也落了下乘。最高明的做法，应该是风过无痕、水到渠成，要事情过后，仍然无人能够想得到，背后是有人在推动的。侍候主子，也要润物无声，而不是过于明显和刻意。

　　想到这里，缪监微微一笑，转向右边，进了掖庭，向着一处院落走去。

　　缪辛跟在他的身后，已经看出，这间院落便是卫良人所居之处。

第四章　绝－处－谋

见缪监进来，卫良人的侍女采绿忙迎上去，接了缪监入内。

缪监脱了鞋子，穿着袜子走入廊中，采绿掀起帘子，缪监入内，见卫良人的住处没有华丽的布置，却带着淡雅的氛围。窗户开着，窗前一片绿荫。

卫良人正在窗前专心烹煮着酪浆，见缪监进来，微停下手，带着些许恭敬和亲热招呼："大监可是好久没来我这里了。"她手中正忙，只打了个招呼，便又继续手上的活计。

缪监进了这里，倒有些熟不拘礼，挥挥手令跟着的小内侍缪辛退到门外，见室内只余二人，这才笑道："惭愧，老奴侍候大王，不得自便。知道良人唤老奴好几日了，今日才得前来，望良人恕罪。"

卫良人笑道："大监说哪里话来，都知道大王一刻也离不得大监。说句玩笑话，朝上的重臣可换，我这等后宫的婢子可换，独有大监是无可取代的。"

缪监道："良人这话，是把老奴放在火上烤了。"

两人开了几句玩笑，相互坐定，卫良人在黑陶碗里倒上乳白色的酪浆道:"大监且喝喝看,我这酪浆制得如何?"

缪监端起碗,先饮一口,再于口中品味半晌,请教道:"老奴品良人的酪浆,不腻不黏,入口则五味融合,老奴的舌头拙,只品出似加了蜜和盐,却又不止这些,想请教良人,这里头还有什么?"

卫良人知他有心恭维,却也受用,忙指着几案上的几个小小陶罐介绍道:"还有果仁和姜,再加了茶。"酪浆多少有点腥气,加姜去腥,加茶去腻,加果仁增香,只是这其中的多少分量,多则损味,少则不至,需要妙手调和。

缪监击案赞叹:"怪不得,皆说良人的酪浆宫中无人能比,也只有良人的巧手,才有这易牙之功。"

卫良人听着他的赞美,却忽然叹了一口气道:"唉,纵有巧手有什么用,也不知道为谁辛苦为谁忙。"

缪监微眯着眼睛,漫不经心地道:"良人这是……想大王了?"

卫良人叹息:"后宫的女人,哪有不想大王的,唉……"她欲言又止,实是说不出地为难。

缪监自然知道后宫妃嫔为何要讨好他一个寺人,这些后宫妃嫔的心思,在他面前便是一览而尽,他只微闭着眼睛享受着,口中却似闲聊般道:"良人有子,还愁什么?"

卫良人叹了一声:"正因为有子,方是替儿女愁。"

缪监眼神闪烁:"大王诸子虽多,对诸公子,却是一视同仁,良人何愁之有?"

卫良人叹道:"我愁的是朝秦暮楚,无所适从。宫中王后和魏夫人意见相左,我们这些妾婢夹在中间,左右为难。若是我有什么差池,岂不连累公子?"

缪监试探着问道:"那良人想要老奴做什么?"

卫良人抬头,用诚恳的眼神看着缪监:"王后身怀六甲,可魏夫人却主持后宫,两宫若有吩咐,我等妾婢当何去何从?"

缪监悠然道:"鹬蚌相争,渔翁得利。卫良人就不心动?"

"大王心里到底在想什么?"

缪监道:"卫良人不愧封为良人,心地纯良得很。王后和魏夫人,可都是厉害的人,说不定瞬息之间,风云立变。"

卫良人眼睛一亮道:"大监知道了什么?"

缪监似乎不经意地道:"王后手头,可还有个季芈呢……"

卫良人诧异:"季芈如何了?"

缪监似乎忽然发现自己说漏了嘴,忙打个哈哈道:"啊?老奴说什么了?哈哈,老奴刚才忽然走神了,一时竟忘记说到哪儿了。"

卫良人本是极聪明的人,见缪监故意打哈哈,当下也笑了:"哦,是我听错了,大监不必在意。"

缪监似乎有些自悔说错了话,当下便东拉西扯,说了许多废话,过了一会儿,便找了个托词,匆匆走了。

卫良人看着缪监走远,便匆匆更衣梳妆,就要去寻魏夫人商量对策。

缪监回到自己房中,听得小内侍来报,说是卫良人去了披香殿,才露出了一丝微笑。

从头到尾一直跟着看完一切的缪辛始终如云山雾罩,忍不住好奇地问道:"阿耶,您刚才是什么意思啊,孩儿看了半天都看不明白。"

缪监笑着看看缪辛,拿手指凿了他脑袋一个爆栗道:"看不明白?看不明白就对喽。你要能看得明白,就应该你是大监,我是你这小猢狲了。"

缪辛摸摸头憨笑道:"孩儿这不是正跟阿耶您学着吗?"

缪监慢悠悠地道:"自己看,自己想。"

缪辛苦苦思索着道:"卫良人向阿耶您打听大王的心思,阿耶说了季芈,这就是提醒卫良人,王后打算让季芈服侍大王……阿耶,卫良人真的心性纯良吗?"

缪监冷笑道:"她心性纯良,那天底下就没有心性不纯良的人了。"

缪辛继续苦思道:"卫良人一向是魏夫人的人,她若是知道了,就等于是魏夫人知道了。若是魏夫人知道了，肯定会对季芈不利……哎，阿耶您这不是把季芈给坑了吗？"

缪监摸着光光的下巴，微笑道："孺子可教。"

缪辛有些不解，也有些为芈月抱屈，问道："阿耶，季芈怎么得罪您啦？"

缪监眼一瞪："谁说她得罪我了？"

缪辛迟疑地问："可您、您似乎……是在算计她？"

缪监嘿嘿一笑，索性教他道："算计，和坑害是两回事，知道吗？"见缪辛呆呆地点头，又摇摇头，他实在不明白这明明是一回事，怎么在阿耶的口中，竟变成两回事了？缪监却负着手，缓缓地道："一个人有被人算计的价值，是她的福分。有被我算计的价值，那就是她的大福分。"

缪辛呆呆地看着缪监，他实在看不懂这其中的福分在哪儿。

芈月快快地回到蕙院，先是未进门便遇上女萝飞报，芈姝宫中已经来催她快马加鞭梳妆前去，待得她回到房中，欲将首饰匣子退回给芈姝之时，却又听得椒房殿派人过来，说是大王今晚不去椒房殿了，令她也不必过去。

芈月松了口气，便欲第二日将首饰退回，再与芈姝说明白，自己这便带着魏冉出宫去。

不料第二日她带着女萝携着首饰去了椒房殿，却根本没有机会见到芈姝。原来芈姝本因怀孕心绪不宁，再加自她被禁止出行之后，昨晚是秦王驷第一次答应去她宫中一起用膳，没想到事到临头却又取消。芈姝一夜辗转反侧，既惧自己失宠，又怀疑是魏夫人或者宫中其他妃嫔进谗，如此一来，一早上便有些腹痛，椒房殿顿时大乱，请旨叫御医等忙了个底朝天。

芈月等了半日，也无机会与芈姝说话，又思此时不便，只得自己照应了半天，这才回去。

不承才回到蕙院，却见院中一片凌乱，恰似乱兵过境一般，又见薛荔披头散发，哭着迎了上来。细问之下，才知道原来是早上井监带了一群人，以秽乱宫闱的名义，将魏冉抓走了。

芈月心中暗惊，井监乃是魏夫人心腹，此事看来是魏夫人出手。如今便只有寻芈姝去了，她方出了院子走了两步，旋即醒悟，此时秦王已经将后宫交与魏夫人执掌，又禁止芈姝出宫，魏夫人若是要寻机生事，只怕芈姝便是肯出手助她，单凭一句命令，也不能教魏夫人乖乖听命行事。更何况芈姝此时身怀有孕，更兼胎象不稳，若是魏夫人借此生事，实则针对芈姝腹中的孩子而来，那么，她若是举动错失，反而会埋下大祸。

芈月已经知道魏夫人的用意了，她抓走魏冉，必是因为听说了芈姝要让自己侍奉秦王，借此与魏夫人争权之事。她来回走了几步，心中想着自己既已经准备出宫，不涉后宫之斗，倒不如直接告诉魏夫人，让她也熄了将自己当作对手的心思。

想到这里，便急匆匆奔到披香殿，求见魏夫人。

芈月走进来的时候，魏夫人正在试香，她面前的几案，摆着一盒盒香料，魏夫人正在一盒盒地闻香。

采薇行了一礼道："夫人，季芈来了。"

魏夫人似乎没有听到，仍然慢条斯理地准备着焚香的步骤，她打开铜炉，用火钳夹起炭炉中的小块香炭墼①，放进香炉中，又将放在旁边木制小碟中的细白炉灰倒进去，埋住香炭，再取过几案上铜瓶中的银筷，在香炉上戳几个小孔，再用银筷夹起玉片放进去，用银勺舀起盒中的香丸，放在玉片上。用手试了试火候，这才满意地盖上香炉的盖子，深吸一口气，闻了闻空气中的香味。

芈月站在那儿一动不动，仿佛没有看到魏夫人故意装作没看见而慢吞吞的动作。

---

① 炭墼（tàn jī）：用炭末做成的块状燃料，多呈圆柱形。

魏夫人似乎沉醉在香气中，好半日，才悠悠睁开眼睛，瞟了一眼芈月，见她仍然站着不动，神情漠然看着自己。魏夫人心中倒是暗赞她一声，可惜了。

只不过，再可惜，她也不能放过她。

她抬起头，忽然像刚发现芈月似的，笑道："咦，季芈你什么时候来的，怎么一声不响站在这儿，倒是我慢待了。"这边又嗔采薇不早告诉她，采薇亦笑着赔不是，芈月见她们这般作态，也只淡淡地笑道："能看魏夫人合香是难得的机会，我正想学而无机会呢。"

魏夫人微笑："这正好，素日还请不到季芈来呢。"这边只顾绕着话题说着，却见芈月亦是顺着她的话题也在打圆场，却不急着问她为何抓走魏冉，也不露异色，不焦不躁陪着她玩。

倒是魏夫人失了耐心，问道："季芈素日从未踏足我这披香殿，不知今天来是何事？"

芈月垂下眼睛，笑道："不是夫人要我来的吗，我正听着夫人吩咐呢？"

魏夫人笑道："我若是不说呢？"

芈月道："那我就当来陪夫人说说话罢了。"

魏夫人笑了："不愧是季芈。"转过头却问采薇："我倒不知出了何事，惹得季芈来兴师问罪于我？"

采薇亦故作不知，这边便说自己去打听一下，说着退了出去。

芈月看着她们主仆一唱一和，也不说话，只静静坐着，魏夫人若有话，她就答上几句，若无话，就静静坐着。过得不久，采薇便回来了，于魏夫人耳边低低说了句话，魏夫人笑道："原来如此。"转问芈月："季芈可知，这宫中不可藏外男？"

芈月心中一惊，表情却不变，道："我院中并无外男，只有幼弟，不知井监为何要抓他一介小童？"

魏夫人笑道："季芈也是读过书的人，岂不知'男女七岁不同席'。此处是我秦国后宫，除了大王以外，不可以有其他男子。除非……"

芈月已知其用意，却不能不问道："除非什么？"

魏夫人笑了："季芈何等明白之人，怎么明知故问？宫中除了女子，便是处过宫刑的寺人。你若要留他在宫中，便要将他净身才是……"

芈月已经明白她的恶毒用意，脸色一变："此人是我母族的一个弟弟，如今也不过是一个小童，再说此事我已经得王后许可……"

魏夫人冷笑道："季芈，我知道你智计甚多，行事大胆。只不过我的脾气，你还不太了解。王后许可是私情，我行的却是宫规。那个小童抓来以后，我本可以立刻施以宫刑……"

芈月脸色大变，厉声道："你说什么？"

魏夫人悠然道："后宫不容外男，若是偶然闯入，或可逐出了事；若是奉诏而入，也不可过夜。但你那个弟弟，在后宫居住已非一日，为避物议，只能宫刑。"

芈月大怒，袖中拳头紧握，硬生生忍下来，看着魏夫人道："律法不外乎人情，若是夫人要施宫刑，早该动手了，更不用等我过来。"

魏夫人微笑拍手："季芈果然是聪明人。"

芈月长身立起，道："想来是夫人要我做什么。"

魏夫人笑着站起，走近芈月的身边，蹲下来抚着她的脸，附在她的耳边轻声道："季芈长得真是好看，怪不得人见人爱。我听说王后强迫季芈侍奉大王，而季芈却并不怎么情愿，是吗？"她的声音充满了诱惑和邪恶。

芈月只觉得左耳边也受到她轻轻吹来的热气，强抑着厌恶和不安，扭过头避让道："此乃谣言。我本王后媵女，服侍大王原是应有之分，何必王后强迫，何来我不情愿？"

魏夫人低声诱惑道："若是我令季芈出宫，安置你弟弟，你可愿意？"

芈月一惊，反而更不敢相信她，冷冷地道："我说过，我是王后的媵女，任何事皆听王后安排，实不敢自作主张。"

魏夫人轻笑一声："好个强项的孩子！"她转坐了回去，吩咐道："把那孩子带上来。"

芈月听着越来越近的男童呼叫声，她的手用力抠着席子，紧紧地咬着牙关，一动不动，额头的汗珠却在一滴滴地滴落。魏夫人观察着芈月的神色，神情越发轻松，她轻轻击掌，旁边的门打开，井监揪着魏冉走进来。

魏冉在井监的手里拼命挣扎道："放开我，放开我。"抬头看见芈月，忽然停住了声音，紧紧地咬住了牙关。

魏夫人饶有兴趣地看着魏冉和芈月表情的变化，招手令井监把魏冉提到她的身边，抚着魏冉的小脸蛋，饶有兴趣地问："这孩子叫什么名字？"

芈月答："他叫魏冉。"

魏夫人笑了："这可巧呢，你也姓魏，与我同氏呢，回头查查看，或许是我魏国的同宗呢。这么可爱的孩子，没个正经出身来路可惜了，将来如何立足！不如我收你做族弟，如何？"

魏冉年纪虽小，却极是机灵，自然看得出魏夫人是敌非友，怒瞪着魏夫人，紧咬牙关不开口。

魏夫人说了半日，见芈月与魏冉都没有接话，掩嘴打个哈欠道："真是无趣，井监，把那孩子带下去吧。"

井监赔笑一声："是。"这边拎着魏冉出去，笑道："那老奴今日又要多个假子了，蚕室已经准备好了，老奴这便领这孩子去……"

芈月听到"蚕室"二字，脸色已变，见井监拎着魏冉已经走到门口，厉声道："且慢！"却见井监并不理她，只管往外走，她看着魏夫人，终于颓然道："夫人有什么话，只管说，何必如此作态？"

魏夫人笑吟吟地道："井监，你且先带这孩子下去，净身之事，待我吩咐。"

井监已经走到门外，这时候才回头行了一礼，道："是。"

芈月心中痛恨，她纵然再智计百出，但遇上绝对碾压一切的势力之时，竟是毫无办法。此时她痛恨自己竟是没有半点反抗的能力，甚至她后悔，若是早早不顾一切地推动芈姝，不顾一切地除去魏夫人，哪会有今日之困境。见井监出去，魏夫人犹在慢条斯理地清理着香炉，只得低头道："夫人有话，便吩咐吧。"

魏夫人掩口笑道："妹妹说这话就差了，我从来都是与人为善的。"她停下手，冲着芈月嫣然一笑："妹妹这样绮年玉貌，若是只以媵女身份终老秦宫，实在是可惜了。"

芈月看着魏夫人，没有说话，她在等对方说出目的来。

魏夫人扭头吩咐道："采蘩！"便见侍女采蘩捧过一个匣子来，送到芈月跟前打开，听得魏夫人道："先王后陪嫁中有个小臣之子叫魏诚，今年二十余岁，与季芈年貌相当呢。我意欲为你们做个媒，这一对玉笄为聘，如何？"

芈月不信道："就只如此？"

魏夫人笑道："我都说了，我是与人为善的，季芈信也罢，不信也罢，我当真就是爱重季芈为人，怜惜季芈无助，知道季芈之志，所以助季芈一臂之力罢了。"

芈月冷笑："夫人若是善意，只管与我说便罢了，何必做出这般阵仗来，哪有人做这样的事，却是为了好心的？"

魏夫人掩口笑道："我若不这么说，只怕季芈身不由己，便有这样的心，不敢有这样的胆子违拗了王后，只好委屈着自己，倒教我空抛了好意来。"

芈月跪坐于席上，双手紧紧地握着，脑中却是在急速地想着魏夫人的用意，表面上看来，魏夫人的要求既简单又出于善意，简直是完全为了芈月着想，便是芈月自己所筹谋的事，也不过如此。

可是，芈月在心中冷笑，楚威后将她的母亲向氏逐出宫的时候，用的亦是"恐你绮年玉貌，空误青春，让你出宫再配良人"这样的名义，可最后向氏却是活在地狱之中。

她发过誓，她的命运，要由自己主宰，她不会再任由别人摆布自己的命运。

尤其是眼前的这个蛇蝎女子，这个杀死黄歇的凶手，用这样的手段逼迫她就范，那是绝不可能的。

她知道魏夫人为什么重重提起、轻轻放下，因为如果现在就把她的企图亮出来，达到目的的可能性就会小，而唯有提出来一个看似对芈月毫无伤害的主张，才会让她以为就这么简单可以渡过难关而轻易答应，那么只要迈出这一步，那便是对芈姝的背叛、对楚国的背叛，那么从此就落于魏夫人之手，任凭她摆布。甚至因此连累到身在楚国的芈戎、莒姬等人。

芈月垂下眼："那夫人要何时放了我弟弟？"

魏夫人微笑着上前，亲手将匣中的玉笄取出，轻抚着芈月的头发，帮她梳好了乱发，再把玉笄插到她的头发上，笑道："三日之内我会安排你们出宫成亲，你们成婚之后，就离开咸阳，随他去大梁吧。你弟弟姓魏，我可给他在大梁安排个出身，如何？"

芈月抬起眼，微笑："多谢夫人想得周到。"

魏夫人微微后仰，似在欣赏着芈月插上玉笄的模样，满意地点了点头："那好，明日我会派人跟王后提亲，到时候季芈知道怎么答复王后了……"

芈月苦笑道："王后会杀了我的。"

魏夫人掩袖轻笑道："季芈真会说笑话，我在这，自然能够保得你姊弟平安。"她有意加重了"姊弟"二字，想芈月应该能够听得懂她的意思。

芈月垂首应是。

魏夫人自然知道她心中暗恨，但是她心中笃定得很，一个小小媵女，就算想挣扎，又有多少能量。便是芈姝这个王后想在这件事中出手，也是无可奈何。不管此时她依不依从，她这个主持后宫的夫人要找她麻烦，真是随时随刻都可以。她的弟弟，便是她永远的软肋。

芈月伏地一礼，站了起来，走了出去。她看似脸上什么情绪都没露出来，但走到门边的时候，却是精神恍惚间，竟撞上了门柱，虽然她很快回过神来，挺起身出去了。

但看在魏夫人眼中，却让她露出了会心一笑。

芈月神情恍惚，如梦游般走在宫巷中，魏夫人的狠毒、魏冉的哭叫，和芈姝的冷漠、玳瑁的阴险交织在一起，让她发狂，让她恨不得要杀人。

那一刻，她忽然明白了张仪当时要入虎狼之秦的心情，人到了最绝望的时候，只余恨意，什么样的代价，都愿意去付出；甚至是什么样可怕的敌人，也都无惧去挑战；再疯狂的事，都做得出来。

她神情恍惚地走着，忽然被人挡住，道："季芈，大王在此，还不见礼！"

芈月一惊，回过神来，却是缪监挡在了她的面前，抬头一看，却是秦王驷正坐在辇上，已经停了下来，正关切地看着她。

这一场景，与昨日何其相似，恰就在昨日，她也是面临着这样一场天人交战的内心冲突，却在这时候遇见了秦王驷，然后……

电光石火间，她想到了昨日之事。

昨日，她抗拒着芈姝给她安排的侍寝之事，然后她遇上了秦王驷，然后当晚，秦王驷取消了与芈姝共进晚膳之事，于是，她逃过了一劫。

那么秦王驷取消此事，是临时兴起，还是……还是见了她以后，知道了她内心的抗拒而取消的？

他会是这样体察女儿家情绪的男人吗？那么，将自己面临的困境告诉他，他是不是会帮助她解决这件事，会救她于危难？

芈月眼中闪过一丝兴奋之情，正向前踏上一步，张口欲言，转眼神情又黯了下来，她想到了铜符节之事，想到了自己当日的天真。眼前的这个人，就算是善解人意的好郎君，可他同样是一个君王，一个善于操纵权术、平衡内外的君王，魏夫人是什么人，是他的爱子之母，是替他主持后宫多年深受他倚重的爱妃，疏不间亲这个道理，她应该懂的。

不是吗？之前，他不是明知道魏夫人参与了伏击新王后的阴谋，明明以赐蓝田玉的方式察觉了真相，可是他什么也没有做。他依然在成婚的时候，让魏夫人去操办他与芈姝的婚礼，依然维护着魏夫人的体面，甚至在芈姝怀孕心情浮躁无意得罪他之时，用魏夫人来敲打芈姝，用魏夫人继续代掌后宫。

就算她把真相告诉他，他又会怎么做？也不过这一次让魏夫人放了魏冉罢了，连已经实际造成对王后的伤害，他都不会处罚魏夫人，那么对魏冉这个小童还未曾实际造成的伤害，魏夫人当然是不会受到任何处罚的。

而这一次以后，她依旧还是媵女，魏冉依旧在宫中，魏夫人下一次出手，甚至可能会让他们姐弟在宫中死得无声无息。

这一刻，不知为何，她的脑海中莫名想起了张仪说过的话。他说："季芈，你不应该走的……"他又说："再疯狂的事，我又何惧去做？再强大的人，我又何惧去得罪他……"

是，我不能走，因为我已经走不了啦。是的，人到了绝境，再疯狂的事，她亦不惧去做，再强大的人，她也要去斗上一斗。

她数番想过退，想过逃，想过离开，如今，她已经没有退路，那便进吧，那便斗吧。

她心中从茫然失措到心思千转到下定决心，历经无数念头，但表面上看来，却是毫无异色，只避让、行礼，眼见着秦王驷略一停步，关怀地看了看她，见她行礼退到一边，便上辇摆摆手，车驾又要起步前行。

芈月忽然脱口而呼道："大王——"

秦王驷疑惑地转头，芈月双手握紧，无数句措辞翻转，却张口结舌说不出口来，许多事想到的时候容易，可是真要去实行的时候，却是千般勇气忽然消失。

见秦王驷只疑惑一下，便又转回头去，芈月忽然间一句话冲口而出："大王想看妾身跳舞吗？"

秦王驷一怔，又回过头来，有些搞不清她的意思："跳舞？"

芈月只觉得心跳得快要蹦出胸口了，她理了理思路，鼓足勇气上前一步，提起了旧事道："大王大婚之日，妾身欠大王一支舞。近日妾身自觉练习此舞已经熟练，不知大王有空一赏否？"此时秦王驷神情甚是严肃，她说第一句的时候，声音犹自颤抖，但这一句出口以后，不知为何，却是越说越流利，说到最后一句的时候，还不由得露出一个女师所教的妖媚笑容来。

秦王驷凝视着她的眼睛，她已经紧张到双手颤抖，却努力保持着那妖媚的笑容，眼里极力掩住那丝惶恐和惧意，带着盈盈期盼迎上他的眼眸。秦王驷严肃的表情在她醉人的笑容中慢慢融化，露出一丝微笑来，颔首道："寡人今日便有空。"

第五章

山鬼舞

明月当空，丝竹声起，秦王的寝殿承明殿前的云台上，诸侍人皆已经退下。

芈月换了一身长袖舞衣，在月下翩翩起舞，这是一曲她在楚国之时就练习很久的《山鬼》之舞。

秦王驷并不要乐师弹琴，而是亲自弹琴伴奏。他是个善于用心的人，入楚国不过数月，他便把九歌的曲子全部学会了。此时他慢拢轻抹，偶尔取酒盏抿上一口，也沉浸于舞与乐的共鸣之中了。

> 若有人兮山之阿，被薜荔兮带女萝。
> 既含睇兮又宜笑，子慕予兮善窈窕。
> 乘赤豹兮从文狸，辛夷车兮结桂旗。
> 被石兰兮带杜衡，折芳馨兮遗所思……

长江以南的荆楚女子，肤白腰细，楚舞之中的翘袖折腰之妖媚，是他国女子所不及的。贵女们的舞蹈是不可多见的，除了于祭祀上作祭舞之外，也只有这种私底下为自己的夫君舞上一曲了。

　　他看过芈姝的舞蹈，也看过孟昭氏的舞蹈，他看过魏氏的舞蹈，看过许多后宫女子的舞蹈，这种舞蹈就是一种很私密很亲昵的表达，他看到了女性的柔媚，看到了公主宗女的高贵，可是此刻，看芈月的舞蹈，他又有一种与众不同的感觉。

　　他曾经见过她在汨罗江边跳的《少司命》之舞。那时候，她化身神女，与神灵应和，与天地共鸣。她高歌时，人群齐和；她低吟时，人群敛息；她狂舞时，人群激动；她收敛时，人群拜伏。那一刻的舞姿，深深地埋入他的心底，在她入秦宫后的无数次回眸顾盼间，他总能想起她那一次的舞姿来。

　　他想，他总要见着她再跳一次舞的。然而这一次，她跳的不是《少司命》，而是《山鬼》之舞。"被薜荔兮带女萝，乘赤豹兮从文狸"，这么充满野气的歌词，这么充满野性的舞蹈，让她的身上不再是万众簇拥的神性，而是野性。这一刻她似乎变成了山鬼，变成了那容颜如朝露的山中精灵，披着藤萝、骑着赤豹、跟着文狸，洁白的皮肤在山林里熠熠生辉。桂旗到处，她便是山中神祇，纵情来往，巡视着自己的领地，啸傲山林。

　　那种不是天生血脉带来的雍容华贵，而更像是凭着自己强大的神力，令得猛兽伏首、狡狸跟从。

　　秦王宫似乎变成了云梦大泽、莽原荒林，她尽情挥洒着长袖，如神祇般野性奔腾，引起他身为帝王、身为男人、身为雄性的征服之欲。

　　他弹着琴，琴声越发高昂，似风啸云起，冲上高天。

　　她跳着舞，舞姿越发狂野，像雷填雨冥，撼动山林。

　　琴声和舞蹈，已经不是相伴相和，而更像是挑战与征服，琴声愈高，舞姿愈狂，相抗衡相挑逗，如同丛林中的雌雄双豹，一奔一逐，追逐不上她奔跑的速度，就休想和她交欢。

　　芈月在琴声中狂野地舞着，那一刻她几乎忘记了今天的目的，忘记了面对着的是君王，舞蹈激起了她的野性、她的本能，挑起了她心中压抑着的不平之气，她不愿意就此伏首，不愿意就这么退让和放弃，这一刻他们之间不是君王和媵女，而只是雄性和雌性的互相征服。

琴声直上九霄，长袖击中壁顶。

琴弦绷断，盘旋着飞舞的人儿也支撑不住，落入他的怀抱之中。

云衫飞出、珠履飞出、弁冠飞出、玄衣飞出……

枕席间，生命在搏杀、在较量、在发现、在融合……

芈月整个身体都绷紧了，她从来没有这样近地接触到一个男人的身体，尤其马上要面临的一切，只令她觉得前所未有的紧张，与前所未有的恐惧。那种感觉，仿佛楚威王带着她第一次行猎时，在马上听到那远远的一声虎啸，虽然她还不曾见着老虎，但这种感觉已经让她恐惧到了极点，让她只想逃开。然而在极度害怕之余，却似乎还有一点激起她的好胜之心，让她跃跃欲试，激起她无穷的挑战之欲。山鬼之舞，余韵犹存，此刻她就是山鬼，怀着征服猛兽的心情。

秦王驷轻轻地吻着她，安抚着她的情绪，他是猛兽，也是猎人。他耐心地安抚、细致地挑逗、耐心地等待、果断地捕猎……他是一个最善于安抚处子的情人，也是最善于挑起情欲的高手。

如山林崩，如洪水决，芈月只觉得被洪水席卷着，忽然间一箭穿心般巨痛，转眼间又如泡入温泉般欢畅。

一颗珠泪落下，落于枕间，便消失不见了。

这是她自己的选择，落子无悔，她必须面对，也必须承受。

秦王驷似乎并没有察觉芈月情绪的变化，这一夜，他如同一个战士，又重新面临一场新的战争，他运筹帷幄，他冲击于战阵之中，一枪枪地刺杀，将对手一个个挑落马下，他一冲到底，却又返回来，再度冲击，数番来回，酣畅淋漓……

这一夜，无比漫长，又无比短暂，直到云板敲了三下，这才沉沉睡去。

凌晨，宫女内侍们按时备好洗沐之物，缪监在屏风后低声道："大王，时辰到了！"

秦王驷睁开眼睛，欲要起身，芈月亦已经惊醒，屏风外透入的烛光，让她在刚醒来时刹那地迷茫，在看到秦王驷时，骤然变得清醒，她亦坐起身子，低声道："大王！"

秦王驷倒有些诧异，只摆了摆手："你且歇着，不必起身。"

芈月却已经迅速坐起，披了衣服，这边缪监亦已经闻声进来，芈月的侍女女萝薜荔进来服侍芈月更衣，这边缪监带着人服侍秦王驷洗漱更衣。

两个侍女直至昨日芈月承幸，才被通知前来服侍，心中虽然惊骇，却也不免有几分欢喜。此时早上进来，两边分头服侍，却也不断偷眼打探。

却见秦王驷嘴角含笑，神情甚是愉悦。可是她们服侍着的主子，却并不像传说中那些初承君恩的女子那样又是羞涩又是得意的样子。正相反，此时芈月的神情颇为复杂。就在女萝为她着衣的时候，却听到芈月在她耳边低声说了几句。女萝脸色一变，以为自己听错了，抬起头来，却见着了芈月坚毅的神情。

她自是知道芈月与魏冉的姐弟之情，思来想去，这的确是无奈之举，只得依命。当下便故意用紧张的神情左顾右盼，引得几个内侍好奇看过来的时候，再在芈月耳边装模作样说着悄悄话，芈月装模作样地听着，脸色却是数变，甚至低呼出声，引得秦王驷更衣之时，也被她引得转头看去，问道："何事？"

芈月却恍若初闻惊变，满脸是泪扑倒在秦王驷脚下，颤声道："求大王救我幼弟？"

秦王驷一怔："你幼弟？"

芈月扑在他的脚下，仰起脸来，如梨花带雨，哭诉道："我侍女方才同我说，魏夫人抓了我弟弟魏冉，说是要对他施以宫刑，求大王救救我弟弟。"

昨日她不假思索，欲留住秦王驷以图解救魏冉，但是要如何向秦王驷诉说此事，才能够安全救回魏冉，却是她苦思半日才得的办法。

若是昨日便去求秦王驷救人，那么，必然会扫了秦王驷之兴，亦显得她对他的献媚非出诚心，而变成利用，那么其结果如同她直接向他求助一样，只能救得一时。她要先得到他的宠爱，然后在次日，再把这件事向他求助。这样，她的这份求助，就不是自己走投无路，而是变成她侍奉秦王而为后宫所嫉妒的后果。她相信男人的自负和保护欲，足以在魏夫人对魏冉下手之前，将魏冉救回来。便是退一万步说，魏夫人可以拿捏她一个小小媵女，却未必在知道秦王已经过问此事后，还敢继续对魏冉下手。

不管是被芈姝安排成为棋子，还是被魏夫人所迫成为牺牲品，两种选择，她都不愿意。就算她无可选择，就算她注定不得自由，但是自己的命运，哪怕是粉身碎骨，她也要自己选择。

与其成为别人的棋子，不如成为自己的赌注。就算要做秦王的女人，她也不愿意自己只是一个被安排的侍寝媵女，就像她的母亲一样，身份不由己、儿女不由己、连命运也不能由己。

如果注定要取悦秦王，那么，就让她以自己可以把控的身份吧。

可是她万万没有想到的是，秦王驷听了她这句话，先是怔了一怔，然后看着她，脸上闪过极为复杂的神情。他并没有如她所料想的勃然大怒，甚至也不如她所料想的先是不信，然后派人去查。那一刻，他似乎陷入了沉思，她跪伏在他的脚边，甚至看得到他的手指在一二三四地扣数着，似乎在分析着什么。

然后，秦王驷弯下腰，扶起了她，表情很是和气，但他口中说出的话，却令她心胆俱碎："魏夫人是今日早上抓的魏冉，还是前日下午啊?"

恍若九天惊雷，当头劈下。芈月听了此言，整个人都僵住了，好一会儿才慢慢地醒转过来，顿时身子不能自控地颤抖起来，脸色惨白，浑身汗透重衣。

秦王驷神情安详地看着芈月，芈月近乎绝望地抬头，看到秦王驷面无表情。

芈月放开抓住秦王驷衣服的手，一步步退后，五体投地，绝望地道："妾身无知，向大王请罪。"

秦王驷对缪监使了个眼色，缪监会意，悄悄退了出去。

秦王驷俯视着芈月，道："你可知，这是欺君之罪?"

芈月伏地颤声道："是，妾身知罪。"

秦王驷却忽然笑了："若寡人不治你的罪呢?"

芈月闭目，身形微颤，见秦王驷似乎不在意，只提了剑便又要出去，终于鼓足勇气重重磕头："求大王治罪。"

秦王驷轻轻托起她的下巴，问道："为何?"

芈月闭目，用尽所有的力气道："妾身有罪，愿受大王治罪，只是幼弟无辜，不应该受此酷刑，求大王救幼弟一命。"说罢，重重地磕下响头来。

秦王驷眼睛斜看她一眼，却不理会，转头伸了伸手，众侍女上前为秦王驷披上外衣。

芈月孤零零地跪在外围，想伸手却又犹豫不决，见秦王驷更衣完毕，整整衣冠，提剑欲出门进行每次清晨的练习之时，芈月再也忍不住，绝望地叫道："大王——"

秦王驷挥了挥手，众侍女退了出去。芈月心生期望，膝行到秦王驷面前，伏地不语。

秦王驷却将剑放下，坐了下来，问她道："那魏冉，当真是你的弟弟?"

芈月应声道："是，是我同母所生的亲弟弟。"

秦王驷一怔："寡人听说你的生母不是在十一年前就跟着楚威王殉葬了吗? 这魏冉如今看上去不过八九岁，到底从哪儿来的?"

芈月犹豫了一下，秦王驷观察着她的神情，伸过手去相扶道："你若不想说，就算了。"

芈月退缩一下，直起身子，决绝地道："妾身没有什么好隐瞒的，魏冉的确是我的亲弟弟。我的生母侍奉先王时，生下了我和弟弟子戎。父王驾崩以后，母亲本欲为先王殉葬，但因为曾遭威后所忌，所以将被强遣出宫，被逼嫁给一个姓魏的贱卒，受尽折磨，后来又生下魏冉……"

秦王驷微微点头："嗯。"

芈月再度犹豫了一下，有些孤注一掷地说："妾身十岁的时候，发现生母的下落，去寻生母，谁知……"她想到向氏死状之惨，想到向氏临死前的三个要求，要自己不入王室、不为媵女，这两条自己已经违背，难道自己的命运，当真要如母亲一样吗？想到此不禁悲从中来，哽咽难言："我的生母将弟弟托付于我，便……自尽了，所以妾身答应一生照顾弟弟，所以就算明知道会冒犯大王，也不敢放弃。"

秦王驷看着她，像是要看进她最隐晦曲折的心里去："所以才会被别人作为把柄，所以你才会为了救他不惜算计于寡人。"

芈月决绝地说："是妾身欺君，妾身愿领罪，只是稚子无辜，不应该受宫中恩怨连累，还请大王施以援手。"

秦王驷忽然大笑，探头到芈月面前道："在你眼中，寡人就如此暴戾、如此可怕吗？"

芈月诧异地看着大笑的秦王驷，秦王驷伸手将她拉了起来："你手足情重，是为仁；遵守亡母遗托，是为信；敢为此来算计寡人，是为勇；能够差点算计到寡人，是为智。有仁信智勇，是为士之风范，寡人的后宫有如此佳人，寡人当高兴才是。"

芈月有些反应不过来，吃惊得说话都有些结巴了："大王、大王不、不怪罪妾身算计吗……"

秦王驷不在意地道："寡人每日见天下策士，个个都一肚子的心计，无中生有恐吓吹嘘设陷下套的，那才叫算计。若是只以谋略而取富贵倒也罢了，有些人甚至是对手敌国派来下套设伏的，若是不小心错允一句，损失的就可能是几十万将士的性命，乃至割土失地、丧权辱国，毁却百年基业……你们这些后宫妇人的小心计，也叫算计吗？"

芈月不知所措，慌乱地道："可妾身毕竟欺君……"

秦王驷微笑道："为人君者，荫德于人者也；为人臣者，仰生于上者也。就算是为君者，又岂能期望一厢情愿的忠贞？故而君示臣以德，臣待君以忠，夫待妇以恩，妇待夫以贞。寡人不曾荫德于你，又怎能苛求你未曾全心全意倚仗于寡人呢？"

芈月怔在当场，所有的倔强忽然崩塌，颤声叫了一声："大王……"崩溃地伏入秦王驷怀中大哭，仿佛将楚威王死后所有的痛苦一泄而出。

秦王驷轻抚着芈月的背部，默默无言。

事实上，就在芈月伏地向他求救的那一刹那，他已经想明白了所有的事情，那一刻，他陡然升起的怒火，令他不得不暂时站在一边，慢慢地压抑着、调和着，而不愿意在情绪愤怒的时候，做错误的决定。

他是君王，也是男人。于他来说，后宫女子唾手可得，可是他亦有着某种隐秘的骄傲，他要征服人心，并不想只靠他的君王身份，他希望是他自己的手段、魅力和智慧令世人倾心相从。

芈月，这个生命力蓬勃的少女，的确可令男人心动，可是于他而言，得到一个女人的身心，从来不是问题，他更喜欢用顺其自然、水到渠成的方式得到她。若是不成，亦不为憾。

可是世间总有无数双看不到的手，在推动着事情的变化。

前日他遇见她的时候，知道了王后准备安排她来侍奉于他，他也看到了她内心的抗拒，他亦不喜欢这样的安排，于是他取消了这次的安排，放过了她。

结果，昨日她又如前日那样，失魂落魄地走到他每日所行的宫道上，同样的两天，如出一辙的行为模式，他开始觉得有些意思了，他以他的经验，判断这并不仅仅是意外，很可能是某种精心的安排。

果然，在他要走的时候，这个少女叫住了他，向他送上最妩媚的微笑，要向他献舞。他同意了，他的内心有着洞察一切的微笑。这是个他喜欢的女人，若是她自己心不甘情不愿，他亦是懒得勉强。既然她自己含情脉脉，他又何乐而不为呢？

这一夜，月下抚琴，翩翩起舞，水到渠成的征服，软玉温香，令人沉醉，他将之视作与平常无异的又一夜而已。然而这个早上，这个小女子扑到他的面前，泪流满面地向他求援，事情发生得如此之巧、如此之奇，令他这个在无数谎言和阴谋中浸淫过的君王，在刹那间明白了真相。

这个小女子，从昨晚勾引他开始，便怀着心计。

那一刻他有些难堪、有些愤怒，还有些更复杂的感情。

她的确欺骗了他，可他昨天吞下了这个甜蜜的香饵之后，两个人之间的关系，便不只是骗人与被骗这么简单了。他忽然有些想笑，已经好多年没有人骗到他了，尤其还是一个女人，一个非常美丽的小娘子。他得承认，出于男人的劣根性，一个长得如此漂亮又如此聪慧狡黠的小娘子，不管做错什么事情，都可以轻易获得男人的原谅的。

他有些怜惜她，想通了她在骗他以后，很快就可以想通她为什么骗他。她是个骄傲的小娘子，若不是走到绝境，又何至于此。她不曾向他求助，或者是因为她不信任他吧，不相信他能够为她做主，保护她，想到这里，他不禁有些微的难堪，但却也更欣赏对方的理智。她是聪明的人，不会作不切实际的妄想，她知道他的公平也是有亲疏远近的，知道自己无法要求他绝对的公平，那么她就把自己变成他更亲近的人。

他看穿了这一切，却反而对她更多了一分爱怜。她是如此可怜可爱的小娘子，她所求于他的，与其他人相比，是何等的微小、何等的无奈。这样年纪的少女，应该是青春无忌、肆意放纵才是。他这一生，从出生即为公子、太子直至君王，人人均对他有所求、有所算计，他已经习惯。旁人所求的是富贵、是权势、是操纵一切的欲望，甚至包括后宫女子，所求的也无非是宠爱、子嗣、荣耀家族等等。大争之世，人人都是这么肆无忌惮地张扬着自己的欲望，而她所求的，不过是自保，不过是为了保护至亲之人罢了。

　　或许当真是她所信奉的那个"司命"之神的注定吧，如果在昨日他知道她所有的目的和想法，他未必就会顺水推舟地接受她的投怀送抱，可是如今她已经是他的女人了，那么，他何不用一种更好的方式，走进她的心呢？

　　他抱着怀中的女子，她还这么年轻，这么青春活泼，她不应该承受这样的压抑、恐惧和无奈，他真心希望她能够活得更自在些、更从容些、更张扬些，他既然给得起，又何乐而不为呢。

　　人心是最幽暗难测的东西，但用不同的手段去征服人心、改变人心、束缚人心甚至释放人心，这才是世间最有意思的游戏。

　　秦王驷微微笑了，他轻抚着芈月的头发，温言道："寡人知道你亦是无奈之举，只是此事可一不可再。须知世间事，最好直道而行，卖弄心计若为人看穿，反而适得其反。"

　　芈月迷茫地抬头看着秦王驷，问道："大王的意思是，妾身以后有事，只管倚仗大王，直言就是？"

　　秦王驷温柔地道："你这个年纪，原该无忧无虑才是，何必时时忧心忡忡、眉头不展？从今以后，寡人就是你头上的一片天，你是安全的、自由的，不必再怕有飞来横祸，也不必怕言行上会出什么过错，只管无忧无虑、言行无忌。"

　　芈月惊愕地看着秦王驷，半晌，忽然又伏在秦王驷怀中痛哭起来。

　　整个宫殿的人皆已经退了出去，偌大的宫殿之中，只有芈月伏在秦王驷的怀中低低哭泣。

　　也不知过了多久，秦王驷已经离开，芈月犹伏在地上低泣。直到女萝重又进来，将她扶起，服侍她梳洗之时，她犹有些回不过神来，如梦游般道："女萝，你掐我一下，我刚才是不是在做梦？"

　　女萝笑道："季芈，你不是在做梦，刚才大王就在这儿，而且并不问罪于您，我看，小公子马上就可以救回来了。"

芈月依旧有着不真实的感觉，抓住女萝的手道："我曾经设想过无数回是怎么样的结果，可我想过最好的结果，都没有这么好得不像真的一样。大王他，他……"她说不出来，她曾经设想过最难最不可攀的经过，却没有想到，得到的是最不可思议的幸运，她似乎还沉浸在感动到要哭的感觉中。

门打开了，她转头，以为是秦王驷又回来了。

可是，门口站着的并不是秦王驷，而是缪监牵着魏冉的手站在那儿。

芈月怔怔地坐在那儿，脑子有些错乱，是狂喜，还是失落？是激动，还是混乱？一时间，她理不出头绪来。

魏冉见了芈月，一下子挣脱了缪监的手向前冲去，一直冲到她的怀中，搂着她的脖子才放声大哭起来，不住口地叫着："阿姊，阿姊，小冉以为再也见不到阿姊了……"

芈月再也顾不得其他，只紧紧抱住了魏冉，如同劫后余生，眼泪也不住地落下，哭叫道："小冉、小冉，你放心，阿姊再不会让你有事了……"

两姐弟抱头痛哭，好一会儿，才慢慢停息，女萝与薛荔忙替两人净面梳洗，芈月这才看到微笑着站在门边的缪监，知道必是他刚才去救了魏冉回来，连忙向缪监行礼道："多谢大监！"

缪监不敢受礼，忙侧身避让："季芈说哪里话来，这是老奴分内之事。"

芈月沉默了一下，才道："是，我应该谢的是大王。"

缪监恭敬地垂手："大王要的，可不是季芈的感恩啊。"

芈月看着缪监，想了想，让女萝等将魏冉带了下去，这才看着缪监，行了一礼，直率地问："大监，请教我应该怎么做？"

缪监忙侧身避过，恭敬地道："季芈客气了，您是贵人，老奴何敢言教，能教您的只有大王。"

芈月看着缪监，渐渐明白，她思索着方才与秦王驷的对话，沉吟道："大王……"她停了停，看着缪监，却见缪监虽不说话，嘴角却有一丝微笑，芈月慢慢地说："大王跟我说，君者荫德于人，才有臣者仰生于上。大王荫德于我，我当仰生于上。"

缪监微笑不语。

芈月继续思索着道："大王说……凡事直道而行……"

见缪监眼中露出赞赏，芈月敏感地抓住这点，上前一步问道："我还应该做什么？"

缪监慢吞吞地道："宫奴卑微，不敢言上。若是季芈不嫌老奴多事，老奴就随便说说，季芈爱听则听，不听也罢。"

芈月点头道："有劳大监。"

缪监垂手侍立一边，半闭着眼睛，似不经心地道："大王国事繁重，后宫应是他安心歇息之处；大王是绝顶聪明的人，看得穿真心和假意。"说到这里，他朝芈月长揖道："请季芈勿令大王失望。"

芈月看着眼前的老内侍，他今日在这里提醒她，是一份好意，但这份好意，并不是冲着她来，而是希望她能够令君王消烦解颐，若是她做不到这一点，他自然也会收回他的好意。想到这里，她已经明白了，当下点头道："多谢大监。"

缪监行了一礼，走了出去。

芈月回到蕙院，独坐窗前，犹自心悸不已。

这一夜，似乎让她明白，当日芈姝为何见了他一面就以身相许，甚至不在乎是不是会因此失去王后之位。这个人，他的确有令人心折的魅力，哪怕他不是秦王也一样……

他聪明，聪明得可以将人一望到底；同样，他也温柔，温柔到愿意看穿你以后，仍然愿给你以庇佑、给你以保护。

芈月抱紧双臂，蜷缩在地上，如同小时候受了惊一般，只要这样蜷着，就有一种安全感。

她已经很久没有这种感觉了，风雨深宫，她一直是孤独一人，黄歇能够给她慰藉、给她温暖，可是她已经很久很久，没有感受到在一个羽翼之下的安全和无畏，不管你如何天真任性，都可以全然无畏地快乐着、舒展着，不必步步为营、如履薄冰，不必害怕突如其来的灾难和伤害。

好多年了，她已经忘记应该如何任性了，她已经忘记了那种可以飞翔的感觉，自楚威王死后，她以为不会再有这种感觉了，可是今天，她似乎又被庇护到了一片羽翼下，有人告诉她，她可以安心，可以任性，可以快乐地生活。

这种感觉，是甜蜜的引诱，亦是恐惧的深渊。这种感觉对她的吸引，可以让她如飞蛾扑火，可是从小到大，太多的失去，太多的希望破灭，又让她觉得害怕，她害怕她真的不顾一切地相信了、踏入了，结果又会失望，甚至跌落深渊，那么，她是否还有力量重新站起来？

夜深人静，月光如水，洒落窗前。

芈月坐在窗前，看着天上的月光，秦国楚国，不管远隔几千里，看到的都是同一轮明月吧。

在楚国她曾经多少次与黄歇携手并肩在这样的一轮明月下，互诉衷情。但此时，天人永隔，只剩下她独自对着这一轮明月，无处可诉。

子歇，你魂魄安在，你若有灵，你能够看得到我吗，听得到我的声音吗？子歇，对不起，我负了你，委身了他人，你能原谅我吗？

我知道，我原该随了你去，可我抛不下活着的人；我本想代你去齐国，可阴差阳错，为了给你报仇，却踏入了我最厌恶最想逃开的后宫。一步错，步步错，深陷泥潭再也无法脱身。

我曾用尽一切办法企图逃脱宫廷，以避免我母亲那样可悲的命运，不想落到魏美人那样可怕的结局。可是司命之神阴差阳错，却驱逐着我一步步走向后宫争宠、为媵为妾的命运。

如今我成了秦王的媵侍，与你之间阴阳相隔，只怕将来到了黄泉也无法同归。我只能将你深深地烙在心底，从此以后不能再提、不能再念、甚至不能再想,可是你在我的心里,什么时候都不会消失。

子歇,我以前只想快意恩仇,结果我对母亲的寻找害得母亲身死;我想了结与姝的恩怨,结果却害了你;我想为你报仇,结果把自己陷入绝望,还险些害了小冉。对不起,子歇,我错了,如今才明白,再快意的恩仇也比不上为生者的忍耐和保全。

子歇,我心里很苦,你可知道?自父王驾崩以来,再也没有人能够宠着我、爱着我、庇护我,叫我无忧无虑。我本以为可以与你携手比翼双飞,可是中途折翼,我如惊弓之鸟,再也没有独自飞翔的勇气。如今,却有人为我撑起一方天空,让我不再孤苦挣扎、惊惶流离,我竟开始依赖于在他羽翼下歇息的安逸和喜乐了。子歇,我甚至害怕我快不是自己了。子歇,子歇,我怎么办,我一个人已经没有力气逃开了,我快要真的辜负你了。子歇,你在哪里?你今夜能入我魂梦给我支持吗?

这一夜,黄歇没有入梦,入宫之后,她就再也没有梦到过黄歇。她不知道从今以后,她会不会再梦到他。可是她知道,不管经历了什么,黄歇是她心中永远不可触碰的伤痛。

月光如水,不管远隔多少路,都在同一片月光之下。

此时东胡的营帐中,黄歇静静地倚在树下,看着天上的一轮明月。

一阵脚步走近,一直走到黄歇的身边,那人蹲下,却是一个戴着彩色羽冠、一身宝石璎珞的胡族少女。

那少女的脚步如同春天的小鹿一般轻盈,笑声却如云雀一般清脆,但听得她笑道:"我真不明白你,为什么不肯在帐篷里头躺着,非要出来看月亮,月亮在天上,天天都是一样的,有什么好看的?"

黄歇淡淡地道:"不一样,今夜的月亮,特别圆。"今夕何夕,千里之外,她可安好?

那少女咯咯娇笑:"唉,你们南蛮子就是讲究多,对了,你上次念的那个什么辞的,你再念给我听听?什么兰汤啊彩衣啊……"

黄歇无奈地纠正她："是浴兰汤兮沐芳，华采衣兮若英。灵连蜷兮既留，烂昭昭兮未央……"这一段是说云中君的祭辞。

那少女拊掌笑道："正是正是，你念这些的时候，当真是叫人喜欢。"说着，她也坐了下来，倚在黄歇的身边，也抬头看着月亮。

黄歇轻叹一声："公主，我的伤什么时候能好？"

那少女嗔道："你都问了多少遍了，你以为伤问问便能好吗？你可知道，我把你从战场上救回来，你如今能够活下来，便已经算是命大了。"

黄歇长叹一声："我知道，可我还有更重要的事，要急着去做。这件事，比我的性命更重要。"

那少女问道："什么事？"

黄歇道："我要早些养好伤，去找我的未婚妻。"

那少女声音忽然变得尖锐："什么未婚妻，你把我当成什么了？黄歇，难道你真是个铁石心肠，我怎么都焐不热吗？"

黄歇叹息："公主，你对我有救命之恩，黄歇不胜感激，若有机会自当报答。可是，情之为物，不可相强。"

那少女的眼睛顿时红了，她愤怒地指着黄歇道："我要你什么报答，你拿什么报答得了我？我为了保你，早早从战场撤退了，白让义渠占了大便宜，让儿郎们白跑一趟，枉费了他们流汗流血，还惹了我阿爹动怒。我救你回来的时候，你几乎都是个死人，只剩一口气了，躺在那儿几个月，都是我亲手服侍你穿衣吃饭……你现在翻脸不认人，你、你对得起我吗？"

黄歇看着这少女，长叹一声，无言以对。

那少女便是东胡公主，名唤鹿女，那日东胡一族受义渠之邀，去伏击楚国的送嫁队伍。那日黄歇与义渠人交手，先是中了暗箭，后落于马下又被奔马踏伤，险些死于乱军之中。

那鹿女却是在乱军之中，一眼看中了黄歇，因此在黄歇落马之后，便救了他回来，甚至连战利品也来不及分，便带着黄歇直接从战场撤离了。

她也不知道，为什么就是千万人之中，只看中了这一个，或许是他峨冠博带风度翩翩的样子，大异于她素日所见的戎胡男子；又或许是他虽然看着文弱，但弓马娴熟，不弱于人，若非遇上义渠王这样天赋异禀的男子，若非中了暗箭，他未必会败。

又或者是在他昏迷不醒的时候，仍然念念不忘叫着"皎皎"的名字，如此地痴情，如此地真挚，感动了她。

她也不知道自己是怀着什么样的心情，因为一个男人对别的女人的痴情而爱上了他，却又希望他能够拿同样的感情去对待自己。

她相信只要自己足够付出，能够感动于他，她就能够收获这样的一份感情，得到这样一个男人。

黄歇欲要站起，却是因为伤势未愈，无法直立，险些跌倒。鹿女忙扶住了他，道："你现在还不能走动呢，你且等着，我叫人来抬你回去。"

黄歇长叹一声，无可奈何，他这次的伤势实是很重，不但背后一箭险些穿胸而过，而且还跌断了腿骨，连肋骨都伤了几根，因此他纵然心中焦急，却无法自主，只能躺着养伤，而不能离开。

见鹿女又恢复了原来的样子，黄歇想了想，还是狠狠心道："公主，我感激你救命之恩，我感激你折节服侍，我这条命是公主所救，公主若是不忿，只管将我这条命拿走。"

鹿女愣在那儿，伤心之至，嘴唇颤抖："你说这话，你说这话……是生生把我一颗心往脚底下踩。我鹿女堂堂东胡公主，难道就没羞没臊到这地步了？我只问你，那个女人是谁，凭什么就这么牢牢占住你的心？"

黄歇轻叹一声，声音也变得温柔起来："她、她是楚国庶出公主，这次我们本打算借秦楚联姻之际，在路上一起私奔，可没想到，中途遇伏……"

鹿女一怔："私奔？你们、你们好大的胆子……"她说到这里，似忽然想到了什么，问道："这次楚国有几个公主出嫁？"

黄歇不解，还是道："只有嫡出公主为王后，另外就是她为媵陪嫁……"

鹿女忽然笑了，笑靥如花："好好，黄歇，我告诉你，你死了这条心吧。你那个心上人，只怕早就嫁给义渠王了！"

黄歇大惊，厉声问："你说什么？"

鹿女道："我当日带你先走，后头的儿郎们回来后，同我说这次伏击劫的竟不是财物，我们东胡劫了个男人，他们义渠劫了个女人，听说还是楚国的公主……"她自劫了黄歇回来，一开始便摆明态度说自己喜欢黄歇，黄歇便不太敢与她多作交谈，唯恐被她误会。今日月圆之夜，黄歇便一定要出了帐篷来看月色，她拗不过，便只得令侍女抬了他出来，也是黄歇觉得伤势渐好，今夜又思念故人，才说了这许多话。

黄歇听了此话，心中一紧，只觉痛得差点无法呼吸，他本以为芈月一定是进了咸阳，没想到还有此一遭，想到这里，更是无法抑止："你……你说的是真的？不、她不会有事的，义渠王要劫的，应该是嫡公主才对……"

鹿女摇头："不对，我可听说了，我们回来没过多久秦王就大婚了，王后就是楚国公主。若是楚国只有两个公主出嫁，你那个心上人，若不是被义渠王掳走，那便是嫁给秦王，此时你再要去找她，也是迟了。"

黄歇看着鹿女，暗暗咬牙："你、你为何不早告诉我？"

鹿女冷笑："就算早告诉你了，你那时候半死不活，连动弹都不能，又有何用？"

黄歇心中一痛，喃喃地道："她在义渠，她居然在义渠……我要去义渠找她，她必不会负我……"

鹿女见他如此，恨恨地顿足："好，你去，去了就死在义渠不要回来，别以为你回来我还会再要你，别指望我给你收尸……"她说到一半，已经说不下去了，一顿足，便哭着掩面而去。

黄歇仰头对月，如痴如狂，只恨不得身插双翼，飞到义渠，飞到咸阳，飞到芈月的身边，然而他空负一身武艺，空怀一腔怨恨，却无能为力，这种感觉，令他心急如焚，感觉自己快要被烤焦了。

第六章

芈八子

秦王驷又增了一个新宠。

在秦宫，秘密永远不成秘密，或者，秘密永远是秘密。后面，是对有些人而言。但对于魏夫人来说，前者才是永恒。

她一夜睡醒，便已经听到了芈月承宠的消息。这令她吃了一惊，她没有想到，自己费尽心力布下的罗网，竟然变成对方助飞的踏足点。

而令她更没有想到的是，在她还在部署应对之策的时候，缪监已经来到，提走了魏冉。

她虽然心计甚多，手段厉害，然而在缪监面前，却是无从施展，对方是比她更高明、在深宫中浸淫更久的老狐狸，这些年以来，她主持后宫，拿谁都有办法，就是拿这个老内宦没有办法。

眼睁睁地看着手中的人质被带走，魏夫人实是咬碎银牙。然而等到卫良人闻讯匆匆赶来时，魏夫人已经恢复了脸色，反而取笑道："你急什么，不过是小事一桩而已。"

然而一向温文尔雅的卫良人，此时的脸色却是比魏夫人还难看："魏姊姊，这是我的错，我昨日不应该来与姊姊说这样的话，不但事不成功，反而适得其反。"

魏夫人本是心中如梗了一块大石，辗转不安，此时见卫良人的脸色比她还差，心中诧异，反而安慰她道："妹妹，这不是你的错，谁也算不到她竟有这一招。"

她自己说着，也慢慢理出头绪来，其实算来此事未必全输，王后本就已经安排芈月侍寝，若她们不动手，王后又添一羽翼。但如今季芈自己去勾引大王，以王后的心性，岂能容她，若是操作得当，能让她们姐妹失和，也未必不是一件好事。

然而今日卫良人的神情实在是太过奇怪，在这件事上，她的恼怒和愤恨，实是超过了仅仅是"秦王又多一新宠"的底线。魏夫人心中诧异，难道卫良人与那季芈另有过节不成？若是如此，倒是更有好戏看了。

果然过不得多久，卫良人便是一副心神不属的样子，只勉强说得几句，便推说头痛，明日再来商议，便起身告辞，匆匆而回。

卫良人走出披香殿，便一路疾步而走，侍女采绿见她出来，忙跟随其后，竟因她步履匆匆，险些无法赶上，一路小跑着跟着卫良人回了掖庭宫的庭宇中，见卫良人踢飞双履匆匆上阶入内，方欲喘口气，却见前头卫良人走得过急，不知道踢到了哪里，竟是痛得俯身握足跌坐在地，失声叫了出来。

采绿见状大吃一惊，连忙也踢飞双履匆匆追入，扶住卫良人惊呼道："良人，您怎么了？"

这才看清原来是卫良人只着了足衣的脚指尖踏着了室中铜鼎，她小心地扶着卫良人坐下，正为她脱去鞋袜察看着，抬头却见卫良人竟是泪流满面，吓了一大跳，惊呼道："良人，您何处踢伤，可是疼得厉害吗？"

卫良人跌坐在地，怀着一肚子郁闷而回，匆匆之下竟是误踢到了铜鼎的一足，她这肉足如何能与铜足相比，这一踢之下竟是痛极，眼泪不由夺眶而出，这满心痛楚索性借此皮肉之伤，尽情流泪。当下也不理会采绿，只扑在席上，捶打着席面，失声痛哭起来。

采绿吓坏了，只在一边徒劳劝解，自然是毫无效果，心里不禁着了慌。卫良人一向沉稳内敛，喜怒不形于色，她倒是从来不曾见过她这样失态，只劝得语无伦次，越来越慌张，当下便要叫来其他侍女，去请太医。

卫良人这才止住了哭泣，哽咽着道："不过是小伤罢了，你这样闹起来，教人以为我娇气倒罢了，弄不好还当我是借故生事呢。罢了，你去拿些药膏给我擦擦吧。"

采绿无奈，只得取了药膏来，一边为卫良人揉着足尖擦药，一边不解地问："良人莫非是为季芈承宠不高兴？可是这件事，最不开心的不应该是魏夫人吗？我看良人素日也不是特别厌恶季芈啊！"

卫良人阴沉着脸，也不说话，听采绿多说得几句，便令她闭嘴，却是气无可出，拿起小刀，将几案上正在绣的一幅蔓草龙虎纹的绫罗绣品割裂成了碎条。

这绣品她断断续续绣了几个月，原是欲为秦王驷做一件骑射之服，此时采绿见她割了此物，吓得忙来抢夺，却是已经来不及了，吃惊地劝道："良人纵然有气，也莫要拿这个来撒气，数月辛苦，岂不是可惜了。到底是什么事，教您如此生气？"

卫良人狠狠捶了一下席子，低声咒骂："我恼的是，我从来自负聪明，不承想却被这老阉奴算计了！"

采绿吃了一惊，忖度着她的意思："您是说……缪监？他怎么算计您了？"

卫良人摆了摆手，却不说话，心中却在冷笑，她怎么如此天真，这老奴从来没有把她们这些后妃放在眼里，就算送他再厚的礼也换不得他的半点诚意。可她却为他素日那点卖好示惠所骗，竟当真以为，他会对一向低调温良的自己另眼相看，会真心帮助她。却不曾想到，这个在深宫底层奴隶堆中搏杀出来的人怎会是善类，自己于妃嫔之中心计再深，又如何能够比得上他。自己只道他是好意，却不知道你以为他要跟你说真心话，实际上他却是挖坑给你跳。

采绿看着卫良人脸色，也知道她心中所想，她在卫良人身边能被倚为心腹，自然也不是心思简单的人，想了想近日来缪监的举动，无非是把芈月将要承宠的事告诉了卫良人，而卫良人又将此事告诉了魏夫人罢了。可是在这一系列举动之中，又有什么计谋可深究？当下便问："可奴婢想不通，大监为什么要这么做？他不挑拨良人出手，季芈不也照样会侍奉大王吗，何必多此一举？"

卫良人闭目，两行泪水流下，冷笑："哼，这老货才不会多此一举，他是大王肚子里的蛔虫，这么做自然是为了大王。"

采绿连忙递过绢帕为卫良人拭泪，不解地问："为了大王？"

卫良人接过绢帕拭泪，看着采绿的神情，欲言又止，挥手令她出去了。

她独自倚在窗前，握着足尖，心中痛恨。她已经完全想明白了缪监的用意，这个老奴，不过是太会迎奉上意了，甚至迎奉得连秦王驷承了他的安排，也没有感觉到他的用心。

缪监为什么要这么做？她心中冷笑，无非就是为了秦王驷心中那点男人的小心思罢了。

这世间之人穿上衣服论礼仪分尊卑，可若脱了衣服在枕席上就只分男女。一个女人装扮可以是伪饰的，笑容可以是虚假的，情话可以是编造的，可偏偏床笫之间，这具身体是从命服侍还是真心爱慕，是迎合还是高兴，是欢悦还是做戏，都是半点也假不了。

秦王驷自负聪明过人，若是他不怎么上心的女人倒将就罢了，可若是他上心了的女人，这床笫之间，必是不肯将就的……一想到秦王竟然对一个女子有了这样隐藏的心思，不但不肯硬召强令，甚至不肯诉之于人，这般前所未有的用心，她从来不曾见过。

意识到这一点，让她的心扭成了一团，又酸又涩，痛不可当。而自己和魏夫人这两个自作聪明的蠢货，偏还在这其中凑了一手，帮助缪监将芈月推向了秦王的怀中，更是让素日自负的她，痛恨这种被愚弄的感觉。

她对秦王驷有情，她自认在后宫妃嫔中算得上是最聪明的人，可是在她出手谋划行动之后，换来的却是芈月承宠的结果。这个结果，是结结实实扇在她脸上的两记耳光。

秦王驷是她的夫君，多年夫妻，甚至生有一子，素日与秦王驷相处之间，她也能够感觉得到秦王驷对她是另眼相看的，因为她是后宫妃嫔中，难得的聪明又懂得进退的人。可是她从来不曾见过秦王驷会对一个女人有这样的用心，这种感悟，让她只觉得从足尖一直痛到了心口，酸痛难言。

她一向自负，从一开始她对缪监就有着刻意笼络，她从来不认为这个深宫中能够爬上大监位置的人，会是简单之辈，所以她处处对他示惠卖好，甚至可以说，后宫妃嫔中，她算是与缪监关系数一数二的人，所以她想不到缪监提供给她的信息，竟是一份算计。愤怒过后，她再想着昨日的一言一行，却是惊出一身冷汗来，如果缪监认为只要将这个消息略一透露，自己便有办法将芈月逼得不得不投身于秦王怀中，那么……自己素日自以为聪明的手段，为魏夫人私下献计的事情，则根本就不是一个秘密，而只是赤裸裸摆在缪监面前的事情了。

缪监知道，便是等于秦王驷知道了。自然，缪监不会闲着没事，把所有鸡毛蒜皮的事都告诉秦王，可是只要秦王需要，那缪监所知道的一切秘密，就不再是秘密了。

想到此处，卫良人脸色惨白，接下来的事情，她应该如何应对、如何策划？她想，她应该是到了慢慢把自己从魏夫人的亲信这个定位抽离出去的时候了。

这一夜，月光如水，魏夫人拿着"六博"之棋，看了看月色，令人点了灯树，照得室里一片通明，百无聊赖地摆放和算计着棋盘。

有时候人的欲念太过炽热，的确会让人如置火山一般，烧灼不安，辗转反侧，日不能食，夜不能寝。

她不知道，这是她的第几个不眠之夜了。

她轻轻地敲着棋子，她手中，还有几个棋子，而对方手中，又还有几个棋子呢？

卫良人病了，自那日从她宫中离开以后，就病了，甚至一病不起。魏夫人不相信她是真的病了，这么聪明的人，真是太懂得什么时候病了。她很了解卫良人，这个人如果自己打定了主意要退缩的话，那是谁也没办法叫她往前冲的。她这时候病，是表示，现在不宜行动了吗？

接下来，就是虢美人，那个蠢货本是一把最好使的枪，只可惜……只可惜她做的蠢事，差点把自己蠢死。魏夫人是知道她蠢的，却不晓得她居然会蠢到这种程度，叫她做一场戏，她居然还假戏真做到差点弄死自己，幸而当日她昏迷了数日醒来后，竟然对当日的事情记得不甚清楚了，自己便令采艾煽风蛊惑，令其深恨芈姝与芈月等人。只是她如今还未完全恢复，却不好用她。

另一个樊少使，却是刚刚早产完，还要卧病静养，且这个人一向自私畏事，前头有人，她倒好跟着助个太平拳，若是叫她出力，只怕装死得更快。

再一个，魏少使，是她的族妹，她太了解她了，胆小无能，不过是个凑数的罢了。

再一个，就是唐夫人，这个人从来就不能算是她的人。当日诸姬势大，她不敢反抗，如今诸芈得势，她更不可能为了诸姬而对抗诸芈。

魏夫人手中的棋子，撒进了玉盒之内，又抓起对面的黑子，一粒粒地数着。

王后芈姝已经怀孕，若是她生下儿子，那便是嫡子，自然就立于不败之地。想到这里，魏夫人暗暗咬牙，她不能接受她在秦宫熬了这么多年，最后落败于一个愚蠢无知的傻丫头，就因为她是楚公主，就因为能够生个儿子？

她愤愤地想，她也是魏公主，她也生了儿子，她的儿子已经长大到可以出征、可以议政，就这么败给一个还在娘胎里的小东西，她不甘心，更是替她的儿子不甘心。

她冷笑着，既然她现在没有人手可调用，那么，让诸芈之间自相残杀，岂不是更为有趣。

不知不觉，远处隐隐传来敲更声，魏夫人放下棋子，看着窗外，天边已经露出一点鱼肚白了。

又是一夜过了。

天边，一弯新月如钩。

天色在黎明前昏暗将亮中。

宫阙万重犹在寂静中。

承明殿内，秦王驷看了一眼犹在睡梦中的芈月，悄悄起身。缪监轻手轻脚地捧着衣服进来。芈月却在秦王驷起身的那一刹那醒来，支起身体，看到秦王驷的举动，眼神一闪："大王，可是晨起习武吗？"

秦王驷看了芈月一眼，笑着摆摆手道："你继续睡吧。"

芈月却掀被起身，眼睛闪闪发亮："妾身可否有幸，也与大王一起习武？"

秦王驷失笑："你？"他本以为是开玩笑，然而看着芈月的神情，却忽然来了兴致，点头道："好，来吧。"

芈月大喜，连忙去了屏风后，换了一身劲装出来，跑到廊下，候着秦王驷出来。

秦王驷提剑走出来的时候，看到廊下这个少女，心中一动。这些年来他不管在哪儿，都是每天准时晨起练剑，侍寝的姬妾们一开始也忙着或服侍、旁观，但他却不耐烦这些事，时间长了，便是姬妾们也只是安静地待在自己的房中，但却从来没遇上一个女子要与他一起对练。

或许，若干年前也曾经有过一个跟他对练过的女子，但是……秦王

驷摇摇头，把那段记忆按下了，他看着眼前的芈月，或许，这个小女子
能够给他带来一段新鲜的感受吧。

可是等到两人一起练剑的时候，秦王驷倒有些诧异了，这个小女子
还真是练过的，一看就明显不是为了讨好他的举动，而是自己真的沉浸
其中。

他想起初幸那一夜的山鬼之舞，山鬼之野性，在她身上，是一直存
在着的。她真的很适合做山鬼之舞，因为她身上有山鬼之魂。

这一种野性的东西，他在别的女人身上是不曾感受到的。而她，不
只有野性。她的身体是山鬼，她的头脑却是一个男人。他和她，与他和
芈姝相处的时候不同。他与芈姝谈得更多的是官务，是交代整个秦宫的
过去和未来。但与芈月在一起，两人更多的时候，是讨论着诗书，讨论
着时政，讨论着稷下学宫的辩论，讨论着国与国之间的争霸。

他们讨论管子的轻重之术，讨论孟子的义利之辩，讨论鬼谷子的谋
略……但讨论更多的是芈月所熟悉的老子、庄子，还有屈原。

秦王驷尤其喜欢《天问》这一卷书："'遂古之初，谁传道之？上下
未形，何由考之'……这《天问》之篇，问天问地、问鬼问神、问古问
今，实是难得的好文章。此等辞赋，长短不拘，与诗经四字为句十分不
同，却更能抒发胸怀，气势如虹。"他看到酣处，不禁击案而叹："此子
若能入我秦国，岂不妙哉！"

芈月笑了："大王如富人行街市，见着所喜之物，便要收入囊中。岂
不知世间之物，见之用之，倒未必样样收入囊中。屈子志不在此，您看
这篇《橘颂》，乃他自抒胸怀。"

秦王驷接过来看了一看，放下叹道："嗯。'受命不迁，生南国兮'
'深固难徙，更壹志兮'，心志如此，倒是不可勉强。"他放下书卷，看着
芈月意味深长地道："你给寡人推荐这些书卷，可有用意？"

秦楚文字有异，秦王驷虽然博学，但有些字形和典故，还是需要芈
月的解说。这一个多月来，两人同行同宿，一起骑射，一起观书，尽情

享受着在一起的美好和欢乐。

这一个月，芈月没有要过财物、没有要过封号，他在等待着，她提出她想要的东西来。

芈月直率地道："大王曾对妾身说过，凡事当以直道而行，妾身对大王就直言了。"

秦王驷笑了："你想直言什么？"

芈月这才说出了用意，楚人送嫁，嫁妆虽然在武关外被劫过，但义渠王只掠走了少量珠宝金器，最珍贵的百卷书简还有全套青铜乐器都还完好无缺。只是这套嫁妆自入宫以后就没有动用过。秦楚两国文字不同，这些书简若是无人整理，放着实是可惜。乐器虽在，但有几个乐人遭逢意外，因此全套乐舞不全。芈月便自请整理书卷，重训乐人。

秦王驷听了她这话，沉吟道："王后欲让你侍奉寡人，是想你有了名分，可以帮她打理后宫，魏夫人也因此生了事端。如今你正可因此而扬眉吐气，为何反生退缩之心，可是以退为进吗？"

芈月坦然直视："妾身初入宫的时候，因为放不开执念，所以做了一些糊涂的事情，也把自己置身于是非浪尖。如今妾身只想和弟弟过自在安静的日子，看几页书，练几段歌舞……"

秦王驷摇了摇头："寡人不同意。"见芈月惊诧，不明白他为什么不同意。秦王驷便说道："你若是喜欢书籍，喜欢乐舞，任何时候都可以去翻阅整理、去观赏训练。可是寡人不愿意看到你为了避是非躲进这些事里去。寡人不缺打理后宫之人，也不缺整理书籍之人。天地广阔，宇宙无垠，月，寡人知道你自幼生长在楚宫，拘住了你的眼和你的心，但大秦不一样，你尽可放下忧惧。须知寡人带你去骑马、去行猎，与你试剑，与你共阅书简，让你去结交张仪，就是为了不让你成为那些浅薄妇人，为了让你按自己的心愿活得多姿多彩，不必活得战战兢兢、如履薄冰，不必活得枯燥无聊、钩心斗角……"

芈月怔住了，心中一种莫名的情愫涌上心头，忽然觉得眼睛有些酸涩，她颤声道："大王……"

秦王驷摆了摆手，道："寡人一直很怀念当时见到你的时候，那无畏无惧的样子，还嫌寡人留着胡子，叫寡人作长者……"

芈月扑哧一声笑了，不好意思地道："大王……"

秦王驷看着她微笑道："终于笑了？"

芈月欲抑止自己，却忍不住又笑了起来。忽然之间，她只觉得身上沉重的枷锁，似在这一个多月的相处中，一层层被卸下了，是否从此之后，她真的可以不必再忧惧、不必再如履薄冰，而可以自在地哭、自在地笑呢？

秦王的诏书终于还是下了，丹书放在几案上："册封季芈为八子，位比中更，禄秩千石。"秦宫规矩，王后以下称夫人，然后是美人、良人、八子、七子、长使、少使等，这个位置，只能属于中偏下，不至于引人侧目，又不至于太低。

薛荔欣喜地捧入丹书，贺道："恭喜季芈，贺喜季芈。如今您封了八子，王后以下，只比魏夫人、唐夫人、虢美人和卫良人低，若到将来，还不定谁低谁高呢……"

芈月沉着脸喝道："住口，这样的话若是叫别人听了去，将你立毙杖下，我都救不得你！"

薛荔吓了一跳，连忙伏地求饶道："奴婢再不敢了，求季芈饶我。"

见芈月神情严肃，正在为芈月卸妆的女萝不禁停下手来，也走到薛荔身边跪下，求情道："季芈，念在薛荔服侍您多年的分上，这次就饶过她吧。"

芈月自己伸手取下簪珥，放在梳妆台上，轻轻一叹："女萝、薛荔，你们还记得，当日曾经对我说过的话吗？"

两人对视一眼，不觉有些心惊，女萝左右看了看无人，才道："是，奴婢记得。"

芈月看着两人："当日你们向我效忠的时候，我曾经说过，那时候尚无法允你们什么，但倘若以后我可以自己做主时，一定不会辜负你们两个的。"

两人又对视一眼，齐声道："是。"

芈月肃容道："当日你们原是威后指派过来的，我能够明白你们的身不由己，就算我自己又何尝不是无枝可依，所以不敢给你们什么许诺，也不敢完全要求你们的忠诚。"见两人欲张口说话，她摆了摆手："大王说得很对，世间没有一厢情愿的忠贞，衣食财帛换的是效力和服从，但忠诚和贞节却只能以诚意和恩德交换。可如今我的命运不再操纵在威后的手中，也不会再操纵在阿姊的手中。"

女萝道："奴婢和薛荔这么多年以来，从未对季芈您做过任何不利的事情。"

芈月点头道："我知道。从在楚国开始到现在，玳瑁都会定时向你们打听我的事儿，我也曾许可你们这么过。但现在不一样了，我要掌握自己的命运，就要掌握身边之人的绝对忠诚。我给你们两个选择，一是完全听命于我，从此只有我这一个主人，不管在任何情况下都不得出卖我、背叛我。如果不愿意的话，那么从今天开始，我另给你们安排去处，只是不能再留你们在我身边了。"

女萝先反应过来，磕了个头道："奴婢尽忠之心，至今未变。主子如有吩咐，无不效命。"

薛荔也反应过来，摇了摇头道："奴婢也与女萝阿姊一样。"

芈月点了点头："你们若还有顾忌，也只管告诉我。莫说你们，便是我，亦还有戎弟与母亲在楚国，掌于人手。你们若是还有亲眷，先告诉我，我或可令人相助脱身。"

女萝苦笑："我是云梦泽的夷族，如今连部族也没有，哪里还有亲人。"

薛荔亦道："我家原是奴籍，只是年幼时旧主人家落了难，我一家都被分卖，如今都不记得谁是谁了。我们这些奴婢若不是自己得势了记得亲人回去找，谁会管我们这些微贱之人有无亲眷。"

芈月也自嘲地笑了笑："是啊，当日她挑中你们的时候，也不过以为我是一只随手可以捻死的蝼蚁，哪会有这般深的安排。女萝、薛荔，今日我给你们选择的机会了，若是要留下来，从此之后，我会给你们想要的一切，是放你们脱籍出宫成家立室，还是在宫里权倾一方，都不是问题。可我也要你们绝对的效忠，因为我的身边不能有不安全的存在。"

女萝和薛荔对望一眼，一齐拜伏下来道："奴婢愿为主人效死。"

芈月站起来，走到窗边，看到窗外去，看到天空，晴空万里，一鹤引喉。

从今天起，她的人生，又是一个新的篇章了。

既然她避不开入宫为妃的命运，既然她避不开为妾为媵的命运，那么，所有对纷争的逃避已经不可能，她必须直面后宫的搏杀，今后的生活，她要好好把握，她不会给任何人以机会，把她踩落。

芈月初封，谁也没有想到，第一个来道喜的竟是卫良人。芈月收了礼物，看着卫良人的神情，见她颇有憔悴之色，但神情却和蔼可亲。

两人坐下，侍女均在室外侍候着，室内只有两人，芈月观察着卫良人的神情道："还未谢过卫阿姊上次出手相助。"

卫良人一怔，脸色忽然变得十分扭曲，好一会儿才恢复道："季芈说笑话了，我何时助过你。"

芈月微笑道："当日若非卫良人的铜符节，我还不知道是谁令我们差点死在义渠人的手中。"

卫良人定了定神，方悟芈月说的是这个，骤然站住，想说什么又忍下了："季芈妹妹误会了，那日我不过是接了家书，无意中失落了铜符节而已。你能查到，那是你的能耐，我可没有任何暗示。"

芈月道："可我却因此而找到了真凶，并且让大王也知道了一切。卫良人可还记得大王赐下蓝田美玉并要你们送回母国之事吗?"

卫良人叹气道："我知道，从大王赐下蓝田玉开始，我就知道魏夫人必有一劫。"她眼望着窗外红叶飘落,叹息道:"我们都是身不由己的人,身后都站着一个母国。母国若强,是一种倚仗,也是一种负累。母国若弱,虽然矮人三分,但也不必担心风云变幻连累己身。"芈月听得这是她肺腑之言,亦觉得有同感。见了芈月神情,卫良人微微一笑,转过话题道:"大王专宠妹妹近一月,妹妹可知宫中因此议论不已?"

芈月却不解,问她原因,卫良人道,只有先王后和当今王后初入宫时,大王才专房独幸了三个月以上。其他如魏夫人、虢美人和卫良人初承恩的时候,却也有十来天的专房独幸,如今芈月专宠一月,自然令得宫中侧目。

芈月听了她这番话,知道她是特意来提醒自己,也深为感激,却问卫良人何以提醒自己。

卫良人苦笑:"在你眼中,是不是把我们和魏夫人算成一党了?"

芈月亦道:"我亦不解,魏夫人似与樊长使魏少使更为亲近,但却又更倚重卫良人。"

卫良人却同她解释,贵女出嫁,以同姓为媵。当年魏国嫁女于秦,一嫁四媵,除魏夫人是她的亲妹妹,小魏氏是她的族妹外,樊氏和死去的温氏是同姓小族。但卫良人和虢美人却非魏女陪媵,却是周天子所赐同姓之女。

芈月诧异:"周天子为何要赐嫁媵女?"

如今周天子已经衰落,列国对周天子也不过是讨一纸诏书的时候才会送点礼物,秦魏结亲,又与周天子何干?

卫良人却道周天子如今也只剩下个名号,实则连个小国都不如,偏偏还内斗连年。周天子怕见各国诸侯,于是仿周公的例子,封公子根为东周公出面应付诸侯的要求。后来韩赵两国占据王城并瓜分,周天子带着九鼎又寄住西周公处,西周公拿捏着天子和玉玺又想要和东周公分权。所以秦魏联姻,两家都想插一手进来,就抢着各送一个媵女。卫良人是东周公所赠,虢美人却是西周公所赠。

芈月这才明白，为何魏国诸姬，似合似分，却是各不相同。听了卫良人如今这一番话，便感激她的提点。

卫良人却道："我看到你，就像看到我当日初入秦宫时的样子，自以为聪明得能看穿一切，却因为身份低人一等，不得不屈从于环境。你与我一样的心高气傲、不甘不愿，却无可奈何又想努力改变……我帮你，就像帮助过去那个孤立无援的我一样。"她说得动情，芈月也听得不禁唏嘘。

卫良人又道："妹妹是聪明人，当知后宫的鸡争鹅斗不过是闲极无聊自寻烦恼罢了，女人安身立命一靠的是母族，二靠的是夫婿，三靠的是子嗣。你便掐死九十九个女人，男人转眼迎进第一百个，你除了落得两手血腥一身肮脏还有什么可剩的。"

芈月见她说得诚挚，似是句句金玉良言，心中既有感激，却又有疑惑。宫中楚魏两边相争不下，卫良人此番跑来表明立场，故示亲近，不知却是何因。

卫良人却又东拉西扯，屡屡提到秦王驷又提到王后，甚至宫中诸女的印象，芈月却是无心于此，只是淡淡几句敷衍罢了。直到卫良人离开，她犹在思索着对方的来意。

卫良人走出蕙院，却是心中暗叹。她与芈月接触并不多，除了头一次的唇枪舌剑，见芈月将魏夫人等一干人压倒，不过是反应敏捷、口舌厉害，且那次也不过是她起个引子，此后诸芈一齐开战，并不见得她有多少突出。其次就是那次的铜符节之事，但是此事已经被秦王驷压下，便是秦王驷以赐下蓝田玉试探后宫，亦可视为秦王驷对王后受伏之事本来就会追查，并不觉得她有什么高明之处。

但是，能够让秦王驷这么上心，独宠一月，这却不能不让她开始改变对芈月的看法。旁人的观察永远是有偏差的，最好的办法，便是自己亲自来试上一试。

她一边为的是试探，另一边也是示好。她能够在宫中混得如鱼得水，凭的便是"与人为善"四字，于魏夫人跟前，她是个出主意递刀子的人，但魏夫人的刀子落下的时候，她又是那个递药救伤的人。如此一来，官中人人只感激她的好处，魏夫人示人以威，她却能示人以惠。

她坐在蕙院中，与芈月不动声色地聊着天，却是越试越是疑心，这少女虽然容貌艳丽，但却也不是难得的绝色，且并不算得上特别玲珑剔透，亦不算有突出的特点。论能干不及魏夫人、论美貌不及嬴美人、论温柔不及她自己，再细想起来自己或亲自观察，或旁敲侧击楚国诸女，她亦是论高贵不及王后、论心计不及孟昭氏、论活泼不及季昭氏、论才气不及屈氏、论英气不及景氏……

唯一可取者，不过是她心气极高，并不以后官位分、男女情爱为意，论到秦王驷，也并无其他官中妃嫔那种情不自禁的争宠之意，对王后芈姝，却也无其他媵女对自家主母的倚仗之念。或者说，她和卫良人一样，是官中绝少的想借着自己能力立足，而不是寻找依附之人。

想到这里，卫良人不禁微微一笑，也许，芈月和芈姝之间的裂缝，她可以利用。但是这一次，她不会再去提醒魏夫人了，缪监的事情之后，她会更警惕这个老奴对后官的掌控手段。

第七章

公子荡

芈月承宠，芈姝自然也是极早得到消息的人。当她听到这个消息的时候，整个人也怔住了，好半天才不敢置信地转向玳瑁："傅姆，这是你安排的吗？"

玳瑁亦是惊疑不定，好半日才道："或许是因为……大王知道王后要向大王推荐季芈，当日失约，次日便……"次日便收用了她吗？

可是，王后推荐媵女，与大王自己收了媵女，是两回事。从某种意义上来说，这是对王后的轻视，也是大王不应该犯的错误。用一句齐国的比喻，是官盐作了私盐卖。

如果说当天的宠幸可以只当成一场意外产生的欲望，那么接下来的一个多月，大王一直宠幸着那个媵女，甚至给她正式的册封，而所有的一切，只是派了缪监去跟王后说了一声，而不是由王后补一个引见的仪式，或者由王后提出册封，则真是完全打破了"意外"的可能。

虽然可以用此时芈姝正在怀孕，或者官务交由魏夫人处置这个理由，然而这个理由毕竟太过牵强，这只能视为大王在这件事上对王后的失礼或者说是轻视。

芈姝又是愤怒，又是惊恐，她的人生太过顺利，以至于永远只会单线思维。秦王驷本以为楚国八百年王业能够为他求到一个符合标准的王后，但他错娶了幼女，而非长女。

他可以容忍她的天真，毕竟宫中娇养的嫡公主，天真是正常的，但他错误地认为，她应该是从小接受一个王后的基本教养，但是楚威后对幼女的宠溺，让芈姝在这一点上，造成了致命的缺陷。

从小到大，她从来没有接受过犯错需要付出的代价，不管她出现任何的失误，永远会有人代替她接受错误的代价，而她对此一无所知。所以，当秦王驷以王后的标准来要求她的时候，她却完全不知道，如果她做错了，会是怎样的后果。

楚国的王业，历史足够悠久，后宫也足够稳固，所以甚至连楚威后都是任性的，只要她不踩到楚威王的底线。而秦王驷对王后的要求却是不一样的，秦国刚刚称王，他需要王后从她的母国带来足够的经验帮助他管理后宫，甚至建立后宫的秩序，而这一点，却恰恰是芈姝致命的缺陷。

她甚至不懂得如何做一个王后，甚至不知道如何处理母国和夫君之间的矛盾，甚至……她连如何做好一个母亲都没有准备好。在她接二连三出现错误之后，秦王驷不得不把全部的精力从前朝分出来一些，亲自来重新管理后宫。

在芈姝还未能够学会如何管理后宫之时，她只能先管理好自己的胎儿，让魏琰来管理后宫。而秦王驷，他需要一个可以放松自己精力的温柔乡，这个人，不是芈姝，也不能是芈姝挑中的人；不是魏夫人，也不能是听命于魏夫人的依附者。

所以，他挑中的，是芈月。

自然，这样做，会让芈月面临麻烦，面临王后的愤怒和身处后宫的尴尬。但是，他给了她位分，给了她宠爱，这就是她必须自己解决的麻烦。

每个人都要学会自己成长，自己站立。君王面对着的是江山、是天下争霸，而不是为了解决女人的小烦恼。

芈月站在椒房殿门口，微微仰起头，在她颈后边缘上黑色的绣纹，让她的脖子更显洁白修长，如同天鹅一般优美。她微笑着，明眸皓齿，闪亮着光芒："烦请通传，芈八子前来拜见王后。"

那侍女匆匆地进去了，里面嗡嗡的声音忽然停了一下，忽然又变得更加嘈杂起来，她独自站在外面，更显得影单形只。

但是她不在乎，依旧微笑地站着，直到那侍女又匆匆地出来，请她进门。

她沿着檐下的回廊慢慢地走着，两边往来的都是旧日楚宫的媵女、侍婢，见了她进来，谈笑的顿时停住，在她走到的时候慌忙避开，这一切的一切，倒显得像是这原来楚宫的团队，已经将她排除在外了似的。

芈月一步步走到正殿前，侍女珍珠打起帘子，芈月走了进去，向着芈姝行礼道："参见阿姊。"

芈姝坐在上首，看着芈月走进来，从她改变的头饰服装，再到她娇艳的容颜、婀娜的身姿，侧头看到自己蜡黄的脸色、隆起的腹部，越对比越是嫉妒心酸，冷笑道："我哪里还配让芈八子你叫我阿姊？受不起。"

芈月微笑着，不顾芈姝的冷眼走上来，坐在芈姝的身边握着芈姝的手，镇定地道："阿姊是不是要骂我放荡无行，勾引大王？是不是要骂我野心勃勃，眼中没有阿姊？"

芈姝没想到芈月的大胆，一时哽住，想抽回手却被芈月握住没有抽回，气愤地道："事到如今，你还想说什么？"

就连坐在一边的玳瑁，也想不到芈月竟如此大胆，明明整个椒房殿乃至芈姝本人，已经对她摆出一副排斥和拒绝的态度来，她怎么还敢这么厚着脸皮当什么事都没发生一样？

芈月却不理会芈姝的态度，直视她的眼睛，道："阿姊何不想想，若说我有心勾引大王，阿姊本来就要安排我服侍大王，就算我什么都不做，照样也会有机会服侍大王，为什么我要多此一举？若说我有野心，阿姊这时候要我服侍大王，难道不是为了让我帮你夺回主持后宫的权力？我依着阿姊行事，得到的身份和权力岂不是更多……"

芈姝莫名地有一丝心虚，想说什么说不出口，她和玳瑁对视一眼，终于问："那你这是为什么?"

芈月放开了芈姝的手，以帕拭泪道："阿姊岂不闻:'君不密失国，臣不密失身。'阿姊若有此心，不应该让傅姆亲自捧着簪环来找我，事未成而宫里的人皆已经知道，岂有不算计于我之理?"

芈姝一惊："谁在算计你?"

芈月长叹："阿姊，除了那魏夫人还有谁啊!"

芈姝问："她如何算计于你?"

芈月掩面，哽咽道："她把小冉抓走，说他是外男入宫，要实行宫刑……"

芈姝惊叫一声道："怎么会……那你为什么不找我……"

芈月道："阿姊怀着孩子，被大王禁足;魏夫人又代掌宫务，执行宫规……我若告诉阿姊，阿姊若是为了救小冉和她发生冲突，焉知她不是想借这个机会，算计阿姊的孩子?"

芈姝听得不由得点头，看了看自己微隆起的腹部，心情复杂地张口欲要解释："其实我、我、我……"我什么，她也说不出口，她和玳瑁算计着自己的利益时，她是知道芈月另有所爱，她是知道芈月曾经说过不愿意服侍秦王驷的，她亦是知道芈月有一个重逾性命的弟弟，亦是知道魏夫人是个心狠手辣之人。可是在她下决心的时候，并没有想到对芈月的伤害，此时细思，不免惭愧。不知不觉间原来的怨怒之气早已经不知何时消失，只余一腔愧疚。

芈月垂泪道："我不能拿弟弟的性命冒险，更不敢拿阿姊的孩子冒险，正是走投无路之间，还冲撞了大王的车驾。大王盘问于我，我只能将一切都说了……我知道这样做不是最佳之策，只是我人笨计拙，乱了头绪，不知道如何是好?阿姊，你若是我，应该怎么办呢?"

芈姝不由得反握住芈月的手，羞惭地道："好妹妹，难为你了，原是我不曾想到这些，唉，你这孩子实心眼，便是来告诉我，也不至于叫你这般难为！"

芈月叹息："阿姊能够明白我就好，阿姊英明，自不会让他人的图谋得逞，坏了你我姐妹的情分。"

芈姝逞强地道："我当然不会这么笨！"

芈月没有说话，只看了玳瑁一眼。玳瑁素来对她警惕十足，见状便反射性地问："既是如此，你这一月来，不曾向王后禀报请安，却是为何？"

不等芈月回答，芈姝便已经代她答道："傅姆，这孩子哪里晓得这些事情，此事……此事必是大王还在恼我。拿宠爱于她的事，来撒我的气呢。"

芈月低头不语，玳瑁被芈姝亲自噎了回来，无可奈何之下，只得气愤地拿眼刀狠狠地剜了她一眼。

芈月未曾说话，芈姝先不悦了："傅姆，我同你说过多少次，我们如今大敌当前，自己人须要团结一心，你休要心胸狭窄，自家人闹得不合。"

玳瑁无奈，只得应声道："是，老奴遵命。"

芈姝便问芈月："大王可有同你说过，让你代掌宫务？"

芈月却摇了摇头："不曾，阿姊，我又不曾管过人，大王料想是看不上我。他只说、他只说……"

芈姝急问："他说了什么？"

芈月暗忖了一下秦王驷之心，道："大王说，只让我帮阿姊整理一下楚国带来的书籍。阿姊，我听大王言下之意，魏夫人代管宫务，只是暂时，为的是让阿姊不受打扰，专心生下小公子。等阿姊养好身子以后，宫务自然还是要还给您的。"

芈姝大喜："当真？"

芈月低头："大王没说，只是我从他的言语中听出来的，也不知是真是假。"

芈姝矜持地点头："既是如此，那必是真的，所以大王才会不让你代掌宫务。唉，你本来就什么也不知道，便是让你管，也不是那老奸巨猾的魏夫人对手，自然是想管也管不了的。"

芈月见不止芈姝松了口气，便连那玳瑁似也松了口气，自己心中也不禁松了口气。

秋去春来，百花争艳的季节里，王后芈姝生下了一个儿子。

披香殿内，魏夫人正在为瓶中的花朵修剪枝叶摆放位置，听到这个消息，手一颤，将正在修剪的一朵牡丹花剪了下去。她停了停，方问道："哦，不知道大王起了什么名字？"

采繁战战兢兢地道："大王取名为荡？"

"荡？"魏夫人怔了怔，轻声问道，"是什么意思？"

见采繁低头不语，魏夫人反而笑了："你又何必支支吾吾，若是有什么好的寓意，我自会听到，你早些说，我亦早些知道。"

采繁只得道："大王说，荡之从汤，乃纪念成汤之意；荡字又有荡平列国之意。"

"纪念成汤？荡平列国？"魏夫人神情恍惚，重复了一次，竟似觉得胸口一股气堵着出不来，直捂着心口，跌坐在地。

她的儿子，名华，亦是秦王驷当日所起，她清楚地记得秦王驷当日对着她说："吾儿就名'华'吧，光华璀璨，是父母的骄傲和珍宝。"

当时她很高兴，"光华璀璨，你是父母的骄傲和珍宝"，她以为这会是一种暗示，表示子华会是他最心爱的儿子，可是到了此刻，他却为王后的儿子取名为"荡"，"纪念成汤""荡平列国"，此刻，她终于明白了他当初为自己的儿子取名"华"的真正含义。

什么光华璀璨？什么父母的骄傲？什么父母的珍宝？哼哼，说得再好听，也不过是一个爱子，不是嫡子，更不是寄以"纪念成汤""荡平列国"这种深远期望的储君。大王啊大王，你可真会玩文字游戏，原来你从一开始就没有想过立子华做太子啊？是我傻，我真傻，我怎么会让你哄得以为你会立我做王后，会立子华当太子呢？你一个字也没说，却让我这个傻子自作多情，自做白日梦！甚至为此不惜一切，做了许多利令智昏、不能回头的事情。

魏夫人的眼泪一滴滴落下，落在满地的残叶碎叶中，她抹去眼泪，镇静地吩咐采蘩："叫井监来。"

既然已经不能回头，那就只能继续走下去了。

井监来了，在等着她的吩咐。

魏夫人道："明日你再准备一批礼物，给相邦张仪送去。"

井监有些不解，欲言又止。

魏夫人看出了他的意思，淡淡地道："我知道你想问，他坏过我们的好事，何必还要寻他？"她长长地嘘了一口气，道："你却不知，此一时彼一时也。这世间没有永远的朋友，也没有永远的敌人，只有永远的利益。如今王后恨透了张仪，那张仪若还想在秦国扎下根来，就必须得跟我们合作。"

井监有些羞愧，忙问："夫人要张仪做什么？"

魏夫人眼中光芒一闪："告诉他，我会在大王面前进言，帮他排挤走大良造公孙衍，让他独揽大权，他的回报就是给我多坑几次楚国，要让秦国上下以楚国为主要敌人……"她的手握得更紧了，王后，你是怎么失去了执掌宫务之权的，这样的错误，只要你再犯几次，就算你生了嫡子，只要你的儿子跟你一样愚蠢，那么什么纪念成汤，什么荡平列国，都是空话了。

见井监退下，魏夫人看了欲言又止的采蘩一眼道："想说什么就说吧。"

采蘩已经有些兴奋了，喜道："大王有密旨，让夫人想办法让公孙衍离秦入魏，夫人可是要行动了？"她说的大王，自然不是指秦王驷，而只指如今的魏王塑，魏夫人的父亲。

魏夫人轻叹一声："那张仪不过是个跳梁小丑，公孙衍才是真正的国士无双。本来公孙衍若在朝，我儿立为太子的筹码就会更多。可惜王兄一意孤行，急着再三催促要我尽快促成公孙衍离秦入魏之事。唉，若是公孙衍离秦入魏，则秦必衰弱，魏国必兴。"

身为女子，应该如何在夫族与母族之间保持平衡，这对她、对王后来说，都是一个极大的问题。没有母国，便没有她们在夫族中的立身之本，可若是为了母族而失欢夫君，那她们这些孤身远嫁的女子，命运又能何寄？

见魏夫人怅然不乐，采蘩劝慰道："夫人这么做是对的，若能令魏国强大，令得秦又与楚交恶，对夫人和公子的将来会更好……"

魏夫人轻拈着花枝，一枝枝插入瓶中，她的眼神有些茫然："我也不知道怎么样算是对子华更好。可如今王后生下嫡子，我若不行动，只怕希望越来越渺茫了。且大王如今权力三分，对大良造来说，实在是太不公平。公孙衍一向心高气傲，就算我不动手，他也会负气而去。当然，最重要的是，他负气离秦可以，却必须要入我魏国……"她细细地嘱咐着："你去见公子卬，此事，当小心谨慎……"

采蘩睁大眼睛，不住点头。

椒房殿内，欢声笑语。

众人皆围着刚出生的婴儿，啧啧称赞。

季昭氏好奇地逗弄着婴儿，笑道："才出生的婴儿就是这样的啊，真有意思。"

孟昭氏抱了一会儿婴儿，又递给了芈月。芈月看着襁褓中的婴儿，一时有些出神，此情此景，似乎激起了她久远的回忆。记得当日芈戎初生的时候，云梦台中，也是这样一片欢声笑语。母亲向氏温柔地倚在软枕上，莒姬抱着婴儿应付着她的顽皮，然后是父亲走进门中，将她和弟弟一起抱起，纵声大笑。

眼前的婴儿无知无识，可是长在这深宫里，却是注定他这一生不能平静。

芈月逗弄了一会儿婴儿，忽然感觉到了一股令人不悦的视线在注视着她，她并不抬头，不动声色地又将婴儿递给了一边的侍女琥珀，顺势抬头看去，就看到玳瑁似乎松了一口气。

她忽然觉得好笑，她以为自己会怎么样，会当着这么多人的面，将婴儿害了不成？这个老婢对她的敌意到底有多大，她心底有太多不能诉之于口的隐秘恶事了吧，所以才会这么处处视她为敌，这么处处地防着她，算计着她。或许只要她不死，玳瑁对她的杀机和恶意，就不会消除吧。

如今与高唐台不同，在高唐台的时候，芈姝毕竟是个单纯的被宠坏的孩子，有着任性与天真，但有更明显不怀好意的芈茵在，反而令得芈姝对她更为信任。但如今在秦宫，有这样一个心思恶毒、对她怀着敌意的人日日夜夜在芈姝面前，只怕她和芈姝之间，难以善了。

过一会儿，乳母将婴儿抱下，一时喧闹才止。

玳瑁便状似无意地道："王后，季芈所居蕙院僻静，老奴觉得她往来实是不便，不如搬回殿中来，大家也好一起热闹。"

芈姝看着芈月，笑道："妹妹之意如何？"

芈月手一摊，笑道："我搬回来，却是住在什么地方去？"

几个媵女听了这话，脸色便有些不安起来。

椒房殿虽然不算小，但芈姝一开始便不愿意分宠，主院中便只有她一人独居，两边侧殿均做了别用，只拨了后面两处偏院分别住了昭氏姐妹和屈氏景氏，芈月若是搬回来，要么住于两间偏院，挤占了她们的空间，要么便住在主院，更是叫她们不安。

芈姝看了众人神情，也是有些意外，她听了玳瑁的话，便有意试探芈月，却不曾想到此处来。

芈月却又笑了笑道："如今公子荡降生，将来必还有许多弟弟妹妹，阿姊这殿中，只怕将来是连几位妹妹都要挪出去让位呢，我可不想才搬回来，又要搬出去。"

芈姝见她这话说得吉利，不禁也笑了，转眼看到芈月头上一对蓝田玉钗剔透晶莹，雕琢成流云弯月之状，自己从未见过，想是秦王驷所赐，不觉心中又酸楚起来："妹妹头上蓝田玉钗当真不错，我看这玉质，实是难得。"

芈月知道她有些小酸，却不应答，反若无其事地伸出双手笑道："若说珠玉珍宝，秦宫如何比得上楚宫，玉钗虽好，可我手上还缺一对玉臂钏，阿姊便找一对给我吧。"

这般有些小无赖的举动，反将芈姝一丝酸意冲散，掩袖一笑嗔怪地说："你啊，真是个孩子。成，珍珠，你开我的首饰箱子，找一对玉臂钏给季芈。"

芈月也笑道："多谢阿姊。看来我今天不亏啊，送了块金锁片，却换了对玉臂钏。"公子荡三朝，她不过是随大流送了块金锁片而已。

芈姝也笑了，心中生起一种上位者对下位者的宽容之情，也打趣道："何止不亏，赶明儿你再来，我得紧闭大门了，来一次我就要损失些首饰，这样的恶客可招待不起。"

两人嬉笑着，一场酸风醋意微妙和解。

芈月走出椒房殿，心中暗叹，看上去她和芈姝似乎一如既往，可是芈姝对她却是越来越有猜忌之心了。毕竟做姐妹和做服侍同一个男人的女人，终究不一样。可是这种猜忌若有若无，就算是挑明了，芈姝恐怕也根本不会面对，更不会承认和改变。可是若不破解，时间长了，就越发恶化了。她再这么插科打诨也只能解得一时，敌不过日积月累的猜忌。

魏冉已经出宫了，芈月请求秦王驷将他送于军中，秦王驷有些不解，曾经问她："沙场凶险，刀枪无眼，这么小的孩子，你真的忍心就让他从军吗？"

芈月却道："后宫原不应该有外男，哪怕他年纪再小，终究是个事端。在宫里我纵然庇护得他一时，庇护不得他一世。我知道沙场凶险，可是大好男儿，宁可战死沙场，也不应该死于后宫妇人的阴谋和算计。"

魏冉还是走了，看着他小大人似的束好行装，跟着缪监出去了，芈月看着他小小的背影，泪如雨下。

纵然心底有再多的不舍，然而，他终要长大的，外面的天空广阔无比，他是男孩子，不必像她那样，终身只能困于这四方天地中，只能倚着父、夫、子而立身。

他将来，注定会比她好。

第八章 公主嫁

这日，正午时分，日头炎炎，芈月走在回廊间，忽然听得道旁有人在轻声道："你说，大王要将大公主嫁于燕国？"

芈月一听，不由得驻足，自她承宠之后，一时不知道如何面对孟嬴，两人竟是也有几月未曾见面了。她倒并非故意要逃避，只是一时却想不出理由去见她，竟是有些情怯，却终究是挂念着的，此时听到相关之事，不由得挂心。却是两个内侍正在里头一边擦洗着地板，一边闲聊着：

"哎，你听说了没有，燕国派太子来求亲了。"

"求亲，向谁求亲啊？"

"我们秦国除了大公主以外，还有什么可与列国结亲的公子公主啊。"

"对，肯定是向大公主求亲，其实大公主也是该到出嫁的时候了。不过，燕国远不远啊？"

"听说燕国是离我们秦国最远的国家，听说是很远很远的地方，天之涯，海之边，而且到了冬天就会下很大的雪，会冷得冻掉人的鼻子和耳朵……"

"大王竟然要把大公主嫁到那么远的燕国去？"

"为大国王后，再远也得嫁啊！"

芈月一怔："燕国？"燕王年纪老迈，孟嬴青春年华，两人并不匹配，想来必是配与燕太子哙吧。

她成了秦王驷的妃子，对于别人都敢面对，唯有对于孟嬴，却不免有些愧意。本来她去寻找孟嬴，都是大大方方地去了，但那日以后，竟似觉得，找不到一个理由好让她可以再次迈进孟嬴所居的引鹤官一般。

如今听了这事，正中下怀，便正可寻了机会，去见孟嬴。当下径直进了引鹤官，正是孟嬴的侍女青青迎出，笑道："季芈好些日子未来了，我们公主前日还念着您呢。"

芈月察其神情与往日无异，心中暗暗松了口气，也若无其事地道："我听说你们公主的喜事近了，特来贺喜呢！"

青青果然是知道的，当下也笑了："季芈休要再提这话，我们公主正为此不悦呢。"

芈月诧异："女大当婚，这是喜事，何以不悦？"

青青却也叹了一口气："不是这话，季芈，燕国太远，实是让人有些害怕……"

芈月理解地点头，这时候孟嬴的心情，也当如她们当初在高唐台的时候，听到要嫁到秦国的心情一样吧。

青青引着芈月去了后院之中，此时正是春暖花开之时，孟嬴坐在花丛中，脸上却是极为纠结矛盾着。青青禀道："公主，季芈来看您了。"

孟嬴站起来见了芈月，脸上的神情反而开朗了，笑道："好啊，你终于肯来见我了。"

芈月脸一红："公主，我、我……"

孟嬴摆了摆手："我知道你的心事，你以为这样我便会怪你了，会不理你了吗？"

芈月知道她的意思，坐到她的身边道："不是，我只是……不好意思见你。我原对你说，并无此心，谁知道还是走到了这一步！"

　　孟嬴拍了拍她的手，道："你不必对我解释，我又不是第一次认识你。我结交的是你，不是你的身份。我只恨自己人微言轻，护不得你。"

　　芈月听她这么一说，知道她已经明白经过，道："这又是谁告诉你的？"

　　孟嬴道："你且猜猜。"

　　芈月摇头："我在这宫中都不识得几人，如何猜得？"

　　孟嬴笑而不言，芈月却猜想必是缪监，当下转了话头："不知道公主近日可曾听过消息？"

　　孟嬴知道她要说的是什么，脸一红，啐道："好啊，我只道你是好意来找我的，谁晓得也是拿我来开心的。"

　　芈月笑道："男婚女嫁，这是好事啊，如何是拿你开心？"

　　孟嬴的脸也有些羞红了，好一会儿才道："你、你也听说过了？"

　　芈月点头："是啊，听说燕国的太子哙年少有为，喜爱上古之制，颇有君子之风，料想是难得的良配。"

　　孟嬴有些害羞，又有些不甘："燕国那么远，唉！"

　　芈月看出她的心事，问道："公主可是怕远嫁吗？"

　　孟嬴低声道："我，我哪儿也不想去……我的确是害怕，我害怕所有未知之事……"

　　孟嬴素来英气豪爽，芈月看着她少有的儿女之态，想起昔日自己与芈姝等人在闺中之事，也不禁轻叹一声："是啊，我也跟你一样，当日大家都说，秦国是虎狼之邦，我们还吓得都不敢来，甚至还说若是嫁秦人，宁可跳汨罗江。可是嫁过来一看，咦，还不是两只眼睛一张口，跟我们一样是人啊。"

　　孟嬴被逗得扑噗一笑，问道："真的吗，哈哈哈，你们竟然这样想过？"

　　芈月说："可见害怕未知的事，是所有人的本性啊。不过事情未见到真相以前，与其害怕，不如试上一试，公主，你说对吗？"

　　孟嬴自嘲道："是啊，身为国君之女，嫁谁都不是可由得自己选的。"说到这里，却是顿了一顿，还是有些犹豫："可燕国冰天雪地，是离大秦最远的国家，我，我只是有些……"

芈月知道这是少女皆有的离乡怯意，劝道："公主如果不喜欢燕国，也可以请大王改让其他宗女出嫁啊，反正公主是大王最喜欢的女儿，大王总该为您考虑。"

孟嬴眼睛一亮，但却又息了心思，摇头道："季芈你说得对，我总归是要有一嫁，嫁谁不也是一样，何必费此周折。"

芈月也叹："是啊，终究要有一嫁。"她意味深长地看着孟嬴，"可是这嫁谁，却未必一样。你是秦国公主，你要嫁，六国尽可嫁得。只是人选，却须好好挑选。"

孟嬴好奇地问："你们当日在闺中时，也是这样犹豫反复的吗？"

芈月笑道："是啊，谁不是这样过来的呢。"说着压低了声音："当时我们还把六国可嫁的诸侯、太子、公子等都历数了一遍呢。"

孟嬴也来了兴趣："嗯，那我父王，你们是如何说的？"

芈月掩口笑道："虎狼之国，虎狼之君，偌大年纪而且前头还死了一个妻子，自然是下等之选。"

孟嬴拍案大笑起来，又道："是极是极，若是我们如今说起楚王来，岂不也是说，荆蛮之君，偌大年纪前头还死了一个妻子……"说到这里，自悔失口，忙讷讷地看着芈月道："我、我并不是这个意思……"

芈月掩口笑道："不妨事，我们私底下说得你们，你们自然私底下也说得我们。"说到这里也不禁叹道："其实若说起楚王来，也当真是下等之选。"

孟嬴诧异："这又是何意？"

芈月苦笑道："此处只有你我，说也无妨，我国大王耳根子软，好听妇人之言。如今王后去世，宫中唯有夫人郑袖横行，此人的心计手段，唉，当真是险恶之至！"

孟嬴吃惊道："我素未听你对人下过如此差的评语，难道……那魏女劓鼻之事，当真是郑袖进谗所为？"

芈月点了点头，孟嬴倒吸一口凉气。

芈月道："你瞧着吧，我看楚宫，从此便只有郑袖夫人，而无王后，谁要做了王后，只怕也要死在她的手里。"

孟嬴不信地问："宫中便无人管她？"

芈月道："大王宠爱，谁能拿她怎么办。就连威后这样的人，也拿她没有办法，只能死死扣住'毋以妾为妻'这点，让她无法成为王后罢了。"见孟嬴神情郁郁，忙转了话题道："除了楚国之外，想来你也是不愿意嫁到魏国去的。"

一提到魏国，孟嬴的脸色也变了，哼了一声："不错，我讨厌魏国。"她对魏国女，是从来看不顺眼的。

芈月又问："那公主有没有想嫁的国家？要不，赵国？"

孟嬴诧异道："为什么是赵国？"

芈月分析："韩国自申不害死后，国势日衰，在魏秦之间犹如骑墙，东倒西歪，且韩王平庸，大王岂会将公主嫁给韩王。可赵侯倒是人中龙凤，如今列国相率称王，只有赵侯仍不肯称王，却在厉兵秣马，备战不已。如此有大雄心之人，不在大王之下。"

孟嬴嗔怪地白了芈月一眼："我以为季芈无所不知，却不知道竟连这个也不晓得。"

芈月低头细想了想，赧颜道："是了，原是我忘记了。"赵国先祖造父，本出自嬴姓，与秦国同姓，同姓自然不能婚配。当下也惋惜："可惜了，人人都说列国诸侯，最出色的是秦王与赵侯，偏一个是你的父王，另一个却又是嬴姓同宗。"再往下数，更是摇头："齐王年老，齐太子暴戾成性，更非良配！"

孟嬴拍了拍芈月的手，知道她原是一番好意："季芈，你转了一圈话题，无非是想让我解忧罢了。我也不是胆小之人，只是一想到可能此去以后，千万里外家国远去，再也见不到父王，且听说燕国冬天冰天雪地，极为难熬，不免伤感。"

芈月亦是唏嘘，她们素日虽然也曾经骑马射猎，有过男儿之志，但终究不能真的像男人那样驰骋沙场，无非是从这一个深宫，嫁到另一个深宫罢了。而人对于未知的事物、对于远方总有一种恐慌，会把将来想象得非常可怕。可是真的身临其境，也不过如此而已。

芈月见已经开解了孟嬴，也十分高兴，两人便相约一起去骑马，直至尽兴方归。

芈月别了孟嬴回蕙院，因天色渐晚，她见晚霞甚美，就带着薛荔上了阁道，在高处缓行，看着夕阳西下、晚霞璀璨。

她正边走边看，却见对面也迎来两人，芈月细看之下，却认得是魏夫人带着侍女采蘩与她迎面走来。因着贪看夕阳，且傍晚处处是阴影，等到她发现对面的人是她不想见的人时，已经是来不及了，只得硬着头皮也迎上去，距对方有一丈距离时，方退到一边，让对方先过。

魏夫人却不等她退让，先笑吟吟地对她打招呼："芈八子，好久不见，如何不到我宫里来了，可是嫌弃我了不成？"

芈月想到自己陷于此境，便是对方所迫，心中暗恨，脸上的表情却是不变，只浅笑着答："魏夫人客气了，我身份低微，如何好去无端打扰魏夫人。"

魏夫人掩袖轻笑："哪里的话，芈八子如今甚得大王宠爱，只怕来日我也要称您一声夫人了，何必妄自菲薄。"

芈月肃容："夫人这话，可不能妄言，位分之事，权属大王、王后，夫人慎之。"

魏夫人似笑非笑："可不是，位分之事，权属大王、王后，芈八子你既得大王宠爱，又得王后信重，要提升位分，只怕也是不难吧。"

芈月敛袖一礼，神情却是极为冰冷，已经不愿意再与眼前的人搭话了。

魏夫人却不肯放过她，上前一步冷冷地问："芈八子有今日，也可以说是由我促成，怎么没有半点感激之情呢？"

芈月本不欲与她做口舌之辩，此时见她步步进逼，也不禁恼了，反口相讥："魏夫人好算计，想来也是没有料到，我不但没有受你所制，反而因祸得福。如今魏夫人心中，不知道作如何想？"

魏夫人却也不恼，反而轻笑一声："你以为我的算计错了吗？如今你与王后，还可能同心如一？那些与你一样的媵女，是不是也心中不平？季芈啊季芈，你可知，天底下最不平的就是人心，最大的敌人，永远不是来自远方，而往往是你最亲近的人。"

芈月脸色一变，抬头看着魏夫人，对方这话，却是正中了她的隐忧，她得到秦王之宠，与芈姝心结已成，而似孟昭氏这般曾经受幸而被冷落的媵女，自然是心怀不甘的，而似季昭氏、景氏、屈氏等人，却又在跃跃欲试中。

可是此刻，她自然不会如了魏夫人之愿，夕阳的映射，将人的脸映得半明半暗，教人看不清真实的表情，芈月抬起头，淡淡一笑："我知道夫人心中不忿，才出此言。失败者有权力愤怒不平，我能理解。"

魏夫人的脸色也变了，轻哼一声："谁输谁赢，还未可知，季芈，你说这话，未免太早。"

见魏夫人匆匆而去，芈月冷笑一声，转身离开。

回了蕙院，女萝打来水，芈月洗去这一天的尘灰，卧席便睡，直至次日清晨醒来，也提了竹剑，到院中练习剑术。

她这一个多月受幸秦王，刚开始只是跟着秦王习剑，但回到自己的居室之后，每次清晨却也习惯了早起练剑，竟是一日不练，便觉得不适应起来。

等她练剑毕，女萝这才服侍着她净面更衣梳妆等，芈月想起孟嬴之事，当下便让薛荔取了钱币，派了个寺人出宫去燕国使馆打听一下此番求亲是不是为了燕太子哙而来，燕太子哙为人如何、性情如何等等。

不料到了下午，薛荔听了消息回来，竟是整个人都一脸的不敢置信，悄悄地同她说，打听来的消息竟是燕国王后去世，此番燕国向秦国求婚，竟是为燕王求婚。

芈月也怔住了，如今的燕王已经五十多岁了，孟嬴未满二十，这桩婚姻，如何使得？

想了想，终究还是不能轻易下判断，当下便匆匆去了椒房殿去寻芈姝。

而此时刚做了母亲的芈姝，正是兴致最高的时候，见了她便亲亲热热地拉着说个不停，但却喜滋滋地只说着些婴儿的趣事："……你都不知道，这小小的人儿就这么有趣，他就这么含着指头看着我，一会儿又转过头去，一会儿又转回来……我看着他一两个时辰都看不够……"

芈月赔笑听芈姝说上足足半个时辰了，也不见她停下，无可奈何终于说了来意："阿姊，有件事我想求你。"

芈姝心不在焉地问："何事？"

芈月婉言道："阿姊可曾听说过，燕国来向大公主求亲？"

芈姝"啊"了一声："有这回事吗？我还不知道呢。"她转向芈月，诧异地问："此事又与你何干？"

芈月只得道："我听说，燕国是为了燕王来向大公主求亲，可是大公主未满二十……"

芈姝吃惊地道："什么，这不可能吧？"

芈月心中一松，道："是啊，我也怕是听错了，若是当真，这着实是不能相配的。"

芈姝有些明白了："你是要我帮你问问大王吗？"

芈月点头："正是要请阿姊帮忙。"自公子荡降生之后，对芈姝的禁足之令自然解除，甚至连秦王驷亦是常常来椒房殿看望小公子，芈姝与秦王见面的机会实是极多的。

却听得芈姝问道："我问问大王容易，只是，若真是要嫁给燕王，那应该如何是好？"

见芈姝答应，芈月松了口气，也旁敲侧击地劝道："其实，大公主不一定非要嫁给燕王啊，列国自有年貌相当的诸侯和太子，虽然列国间通婚是平常之事，可是年纪悬殊这么大，岂不是终身尽毁?"

芈姝同情地点点头道:"是啊，若是换了我，也是不能答应的。"

芈月心中暗喜，忍不住确认一句:"那么阿姊是会为大公主向大王求情?"

芈姝自信地道:"我亦算得是孟嬴的母后，对她关照，也是应当。且我为大王生下荡，大王总要给我这个面子。"

不想芈姝说得自信满满，只当自己若向秦王驷求情，必能得到答应。这日便乘着秦王驷来看儿子，一脸高兴地抱着儿子逗弄着之时，赔笑问:"大王，小童听说燕国来向大公主求亲，不知是替燕王求亲，还是替太子求亲?"

秦王驷正举着婴儿，一上一下地晃动着，那婴儿被逗得咯咯大笑，秦王驷一向严肃的脸上也露出笑意来，正在此时，听了芈姝之言，脸上的笑意顿时凝结，他抱着婴儿，小心地放在悠车里，令乳母抱下，这才道:"你怎么问起此事来了?"

芈姝虽然觉得有些不对，但却没有太过警惕，只赔笑道:"小童亦为大公主的母后，关心大公主的婚姻之事，也是理所应当。"

秦王驷不动声色地道:"你想知道什么?"

芈姝笑问道:"敢问大王，是想将大公主许配给谁?"

秦王驷沉默片刻，方道:"燕王。"

"那怎么成?"芈姝脱口而出。

秦王驷眼神冷冷地看向芈姝:"如何不成?"

芈姝在这样的眼光下，也不禁有些怯意，小心翼翼地道:"燕王与大公主，实是年貌不能相配。"她本将此事想得极易，此刻见了秦王驷脸色，心中才有些怯意。只想着她只说这一句话，也算是尽了力了，若是秦王驷当真不听，她也是无可奈何。

不料秦王驷只深深地看了她一眼，转身便走了。

芈姝怔在当场，欲言又止，欲阻不敢，只能眼睁睁地看着秦王驷就这么走掉了，竟是茫然不知所措。

　　芈月心下稍安，过了几日，又来打听，不料这次竟被芈姝拒之殿外。芈月悄悄打点了芈姝身边的侍女，方知芈姝的确为孟嬴向秦王求过情了，不料却触怒秦王，芈姝失望之下，迁怒芈月，将芈月骂了个狗血淋头，再不肯见她。

　　芈月无奈，想了想，还是去了引鹤宫，先见到孟嬴再说。虽然此番为孟嬴求情得罪了芈姝，但是，她却不在乎。孟嬴给了她一份在这秦宫难得的情谊，为了孟嬴，就算要她付出代价，她也在所不惜。

　　她进了引鹤宫，迎面而来的便是侍女青青红肿着眼睛来向她行礼。

　　芈月一看就明白了，道："你们，已经知道了？"

　　青青哽咽着点了点头道："您快进去劝劝公主吧。"

　　芈月匆匆随着青青进来，就听到屋里噼啪作响，孟嬴正在大发脾气，也不知道砸了什么东西，听到有人来，怒声道："要我嫁到燕国去，除非抬着我的尸体过去。"

　　芈月听得里面数名侍女的相劝之声，见门口无人，想是孟嬴发怒，都进去相劝了，只得自己掀了帘子进来："公主。"

　　孟嬴看到芈月进来，先是有些惊喜，继而委屈得差点落泪："季芈……你、你都知道了？"

　　芈月握住她的手，难以理解："怎么会这样，大王不是一向都最疼爱你的吗，怎么可能会把你嫁给一个老头……"

　　孟嬴一腔怨恨化为委屈，伏在芈月怀中大哭："你说，我都已经愿意嫁到燕国去了，哪怕万水千山、冰天雪地我也认了。可为什么不告诉我，要嫁的是个连孙子都有了的老头子？秦国也是大国，我也是秦国公主，天底下男人都死光了吗，凭什么要逼我走这样的绝路？我不嫁，我死也不嫁，再逼我我就一头撞死……"

　　芈月抚着孟嬴的背，轻声劝慰着她："公主，公主，你别哭，事情没到最坏的时候，大王不是还没有下旨吗？事情终有可以挽回的余地吧。"

孟嬴听了此言，眼睛一亮，推开芈月坐正道："对，父王还没有下旨，事情结局尚未可知，我……我这就寻父王去。"说着站起来，叫道："来人，与我更衣、梳妆，我要去见父王。"

芈月看着孟嬴瞬时又恢复了活力，当下也忙着帮她梳妆完毕，见了她离开，本也打算自己回去，却终是有些不放心，还是留在了引鹤宫，等着孟嬴带回消息来。

不料才过了没多久，便见孟嬴大哭着奔了回来，芈月惊问："大公主，怎么了？"

孟嬴愤怒地挥着鞭子，将屋内所有的器物统统扫落一地，碎片无数，这才扔下鞭子，扑到芈月怀中大哭："季芈，季芈，我父王，父王他好狠心，他、他真的要将我嫁给燕王那个老头。我不嫁，我死也不嫁，他要嫁，就抬着我的尸体嫁出去！"

孟嬴却是说到做到，自那一日起，便不肯进食，要以绝食相挟。

直到第三日上，芈月再也没有办法，只有硬着头皮去了承明殿，欲求见秦王。

消息递了进去，却是毫无信息，芈月等了半天，才终于看到缪监出来，迎上去问："大监，大王可愿见我？"

缪监却是满脸为难的表情："季芈，大王还有要事，无暇见您。"

芈月怔了一怔，这时候，却隐约听得一个女子的娇笑声传来，芈月细辨，却是虢美人的声音，她脸色一黯，对缪监道："我明白了。"见缪监眼神飘忽，芈月转身欲走，想了想还是再努力一下："大监，我不是为了自己而来，我是为了……"

缪监却打断了她的话："老奴知道，老奴感激季芈有心，可是此事，真不是您能插手的。"

芈月咬咬牙道："我只是不忍大公主……"

缪监神情严厉："季芈……有些话，不是您这身份能讲的。"

芈月黯然道:"我明白了,多谢大监指点。"

她是为了孟嬴之事来见秦王,可是没想到却吃了个闭门羹,那么,还有谁能救孟嬴?芈姝已经为了这件事恨上了她,其他人……她当真是想不到,还能够有谁可以帮助她。

无奈之下,她只得又去了引鹤宫。

孟嬴显得更为苍白虚弱了,听到外面有人走路的声音,她吃力地抬起头来,看到芈月走进来,先是眼神一亮,看向她的身后无人,眼神又变得黯淡下来:"怎么样,父王没有来吗?"

芈月走上前,跪坐在她身边,歉疚地说:"对不起,我根本见不到大王。本以为可以劝动王后替你说情,谁知道连王后都受到了斥责,说她不应该干政。"

孟嬴愤怒地一捶席子:"这算什么干政,父王,你好狠心。原来我一直错看你了,错敬你了。"

见孟嬴只捶得两下,便无力坐倒,芈月知她是饿得太久,全身乏力,不忍看她继续下去,想了想还是劝说道:"公主,你还是吃些东西吧,指望大王心软是不可能的了……"她咬了咬牙,终于说道:"要不然,我们再想想其他的办法?"

孟嬴狐疑地看看她:"其他的办法?什么办法?"

芈月犹豫矛盾,看着孟嬴的眼神又不忍心,看了看两边的侍女,欲言又止。

孟嬴看出她的意思,挥退了侍女,问道:"你说,什么办法?"

芈月俯下身,在孟嬴的耳边低声道:"孔子曰,小杖受,大杖走。父母对儿女做有些事情,可忍则忍,不可忍则走。"

孟嬴一怔,似有所觉,又似一时还没有听懂:"走?去哪里?"

芈月紧紧地握住了孟嬴的手:"去哪里都比嫁给一个老头强啊。"这一刻,她想到了自己,她曾经想过逃离楚宫,逃离秦宫,可是最终她没有逃离她的命运,泥足深陷,而此时,她希望眼前的这个好姑娘能够逃离她的既定命运，如果她能够看着她最终逃离了，那么也似乎等于自己的期待有一部分随着她逃离了，得到了自由。想到这里，她更握紧了孟嬴的手："孟嬴，你既然有死的勇气，还有什么不敢做的？"

孟嬴喃喃地道："不错，我既然有死的勇气，还有什么不敢做的？"孟嬴忽然站起来，一阵晕眩又让她站立不稳。

芈月连忙扶住孟嬴："公主，小心——"

孟嬴眼睛闪亮拉住芈月，笑道："你放心，我会小心的，我如今不会让自己再被动无奈地承受命运了，又怎么会让自己不小心呢。"说到这里，便高声道："青青——"

早候在外面的青青忙掀帘进来："公主！"

孟嬴高声道："你去取膳食来，我要吃东西。"

青青喜极而泣："公主，您总算愿意用膳了，奴婢这就吩咐人给您送膳食来。"她一边说着，一边慌乱地往外退去吩咐准备膳食了。

一时众侍女拥入，扶着孟嬴坐起，准备食案，她的膳食早已经备好用滚水温在食盒内，一声吩咐，便先送了上来，这边又有侍女去厨下吩咐再重新烹煮新鲜食物送上。

孟嬴先吃了一点汤羹面饼，又道："你们准备热汤，我要沐浴。再吩咐掖庭令给我备车，青青，你给我准备行装，我明日一早要出去。"

芈月见她的样子，却不像是私逃，这样镇定地吩咐准备行装、备车，不禁诧异："孟嬴，你、你这是准备做什么？"

孟嬴却忽然冲着她笑了笑："这是个秘密。"见芈月神情不定，忽然起了顽皮之心，一把抓住了她的手道："你是我最好的朋友，明日你可愿与我一起走？"

芈月吃了一惊："去哪里？"

孟嬴神秘地道："到时候你就知道了。"见芈月神情不定，推了她一下，道："你去不去啊？"

芈月的心怦怦乱跳，她不知道孟嬴是什么意思，但是她有一个直觉，孟嬴应该是不会害她的。她要同孟嬴一起出去，会是去向何方呢？若是孟嬴当真如她所劝，索性违逆秦王离宫而去，那么她同孟嬴一起出走，会不会引来祸事呢？

可是，她在宫里，如今是只身一人，魏冉已经送出宫了，除此以外，还有什么可顾虑的呢？

若是当真能够离开，她的心忽然受了诱惑，竟是有些止不住地心动了。转念一想，又自暗笑，孟嬴便是再与秦王父女翻脸，却也不至于在自己私逃的时候，非要拐带着父亲的姬妾同她一起逃走吧。

或许明日，孟嬴会带着她，去见到一些真正的秘密吧，她怀着这样的心情，一夜辗转，不能成眠。

次日清晨，芈月便早早起身，换了一身便于出门的行装，到了引鹤宫，却见孟嬴也已经梳洗完毕，数名侍女抬着大包小包的行装，跟随在两人之后，自西门出冀阙，上了早已经备好的安车，侍女随其后亦登了广车，一起驱车离了咸阳宫，一路行来，直奔城外。

芈月自入咸阳之后，这才是第一次出城，她看着周围的景物变化，吃惊地问孟嬴："公主，我们这是要去哪儿啊？"

"西郊行宫。"孟嬴说。

"西郊行宫？"芈月诧异，"如今还不到行猎的时候，为何要去西郊行宫？"

孟嬴看着前方，神情傲然："哼，我们去西郊行宫，是去找我的母亲。"

"您的母亲？"芈月有些吃惊，"您的生母不是早就……"

"是啊，我的生母早在我才两岁的时候就去世了，我要去见的是我的嫡母，也是把我抚养长大的养母，我父王的元妃——庸夫人！"孟嬴说。

"庸夫人——"这个名字，芈月入宫之初听说过，她本以为，这只是一个已经被岁月翻页过去的名字了，可是今日于孟嬴口中再次听到，令芈月不禁大吃一惊。庸夫人，她还活着，她到底是一个怎样的人呢？

孟嬴也看到了芈月的神情："咦，你也听说过她吗？"

芈月谨慎地道:"是,听说过,听说,她是大王的元妃?"

孟嬴点头:"是,父王做太子的时候就已经娶了她,她是父王的妻子。"

芈月觉得,孟嬴在"妻子"这两个字上,好像是特意地加重了语气,她是秦王的妻子,那么其他的人呢?如当初的魏王后,如今日的芈姝,那又是什么?

"那些人,只是父王宫中的女人罢了,无非是位分不同。"孟嬴轻蔑地说。

"妻子是不一样的,对吗?"芈月轻轻地问。

"是的。"孟嬴斩钉截铁地说。

"那她,为什么会在西郊行宫?"芈月问。

孟嬴轻轻地叹息一声:"母亲,是与父王和离的……"

"什么?"芈月大吃一惊道,"和离?难道嫁给大王,也能和离?"为什么她听到的却是秦王驷为了迎娶魏夫人,而将原配庸夫人置之别宫。当日她曾经为庸夫人唏嘘过,同情过,甚至抱不平过。可是她从来没有想到,真相竟然会是"和离"。

坐在奔驰着的马车上,芈月静静地听着孟嬴的解说:"母亲出身庸氏,庸氏是我们秦国大族,她一生骄傲,焉肯以妻为妾,所以父王要娶魏氏女,为了国家大计,她不能反对,可也不能居于魏氏之下,于是自请和离。"

"那,大王能同意和离?"芈月问。

"父王同意了。"孟嬴轻声说,"他把西郊行宫及周边的山脉赐予母亲居住行猎……"

正说着,马车忽然停了下来,芈月掀起帘子,仰头看去,却见面前一座冀阙,整个车队已经停了下来。

自冀阙内迎出两名寺人,跪下道:"参见大公主。"

孟嬴拉着芈月下了马车,走入宫门,问道:"母亲呢?"

寺人道："后园的牡丹盛开，夫人正在后苑赏花呢。"

孟嬴对芈月笑道："好，我们去后苑。"

芈月只觉得一颗心怦怦乱跳，她想到自己与秦王驷在一起的场景，秦王驷已经能令她无所遁形，片言便能折服她。芈姝这样骄纵的女子，魏夫人这样心思诡秘的女子，在秦王驷面前，都是服服帖帖。这样一个天纵英才的君王，这样一个能够轻易玩弄人心的厉害之人，居然有一个女人，可以违拗于他，甚至还能够让他低头让步。

那会是一个何等传奇的女子？

第九章

庸夫人

孟嬴拉着芈月的手飞跑在长廊，长廊很长，曲折拐弯，一路进来，但见奇花异草，遍植其中，争艳斗香。

她们奔跑着，在这个春风沉醉的长廊，片片花瓣飞舞撒落在她们的身上、发鬓，落于她们的足边，留下一地香迹。

远远便闻到丝竹乐声和女子妙曼的歌声，转过一个弯，便见长廊两边开满了牡丹花。

长廊尽头，几个乐人在奏各式乐器。牡丹花丛中，一群女伎随着音乐且歌且舞。

歌曰："阪有漆，隰有栗。既见君子，并坐鼓瑟。今者不乐，逝者其耋……"

花园正中的银杏树下，只见一个白衣女子半敞着衣襟，斜倚在树下，长发束起不着簪环，双眉斜飞入鬓，如男子般英气的脸上带着慵懒之色，她抱着一只酒缶，喝了一大口酒，酒水洒在她的衣襟上，银杏叶子落了她满身。

但见她满不在乎地抹了抹嘴边的酒水，击缶而歌："阪有桑，隰有杨。既见君子，并坐鼓簧。今者不乐，逝者其亡……”

芈月被孟嬴拉着从长廊奔来，看到此情此景，不禁惊呆了。

她这一生，见过无数女子，从来不曾见过这样潇洒、英气、豪放不羁的女子，却让她一见之下，就心向往之。她见过无数女子，从来不曾要引为楷模，但是见了她以后，她想，做人就要做这样女子，才不枉一生。

孟嬴已经放开芈月的手，欢呼着扑到那白衣女子的怀中道："母亲——"

庸夫人懒洋洋地抬起手来，轻抚了一下孟嬴的头发："孟嬴，你来了。"

孟嬴到了庸夫人面前，便成了一个被宠坏的小女儿，再无秦官大公主的气势了，只撒娇着："母亲这里好生欢乐，也不叫女儿来共赏这美景与歌舞。"

庸夫人朗笑："我这里的牡丹花，年年到这时候盛开，你何须我来叫。倒是今日这支歌，是刚刚排练的。幸而你这时候来了，再过半个月花期尽了，我就要带人入山郊游，你可就会扑空了。"

孟嬴顿了顿足，急道："母亲，我有事要同你说……"

庸夫人却道："有什么大不了的事情，这会儿都不必说，美景当前，不许扫我的兴。"说着，将酒递给孟嬴："喝。"

孟嬴仰头喝了一大口，放下酒坛子，张口哈着气，抬头向着芈月招手："季芈，你也来喝。"

芈月站在一边，只觉得自己成了多余的人，犹豫着不知道应不应该上前来。

庸夫人看到了她，懒洋洋地问孟嬴："她是你带来的？"

孟嬴连忙向芈月招手："季芈，快过来见过我母亲庸夫人。"转头对庸夫人道："季芈是我的朋友。"

芈月小心地绕过歌舞着的女伎，走到庸夫人面前，行了一礼："见过庸夫人。"

庸夫人亲切地向她招招手道："季芈？楚国来的王后是你阿姊？"

芈月带着惶恐不安的心情，低声道："是。"她既知道庸夫人是秦王原配，那么对于如今的王后，不知道她会是什么样的心理，如果她因此也厌恶了自己，可怎么办？

庸夫人拍拍身边："坐到我身边来吧！"

芈月看了看，小心翼翼地走到庸夫人身边，和孟嬴分坐在庸夫人两边。

庸夫人拿起酒缶，问道："你喝酒吗？"

这个突兀的举动反而让芈月忽然感觉拉近了距离，去了拘束感，她怔了半晌，忽然笑了，接过酒缶，也学着庸夫人刚才的动作豪爽地举缶大饮。

秦酒性烈，她喝得被呛到了几口，咳嗽着放下酒缶，一抹嘴边的酒水，笑道："好酒，都说秦酒性烈，果不其然。"再将酒缶递给孟嬴，孟嬴也接过来，举起酒缶大喝起来。

庸夫人微笑着，看着两个姑娘轮番喝酒，很快脸就红起来，整个人变得摇摇摆摆。

庸夫人哈哈一笑，拉着两人站起来，拍掌道："来，我们跳舞。"

两人晕头晕脑地跟着庸夫人转到正在歌舞着的女伎中，跟着音乐不由得一起跳起舞来。

女伎长袖飞舞，曼声而歌：

> 阪有漆，隰有栗。
>
> 既见君子，并坐鼓瑟。
>
> 今者不乐，逝者其耋……

两人在女伎的推动下，酒兴上头，不禁手舞足蹈起来，所有的忧啊愁啊，顿时在这种欢歌曼舞的环境中，自然而然地被掩盖了。

孟嬴拉着芈月，醉醺醺地一边跟着哼歌，一边转着圈子，见芈月没有跟着唱，笑嘻嘻冲芈月大声地问："季芈，你知道这首歌是什么意思吗？"

芈月也笑嘻嘻地被她拉着转圈，大声地问："你说是什么意思？"

孟嬴笑得东倒西歪，手足挥舞着解释："高处漆树，低处栗树，见到喜欢的人，就并坐鼓瑟作乐，有乐当及时行乐，否则转眼人就老了……"

芈月也东倒西歪地笑着："嗯，有理，有酒且乐，有歌且舞……"也跟着拍手唱起来："今者不乐，逝者其亡……"

孟嬴嘻嘻地笑着拍手："对，有酒且乐，有歌且舞，管他什么该死的燕国，管他什么混蛋的父王……"

芈月张开手做飞翔状："我是鲲，击水而去三千里；我是鹏，抟摇而上九万里。飞啊，飞啊……"

孟嬴也张开手做飞翔状："我也要飞，飞过昆仑，飞过青丘……"

庸夫人已经停住歌舞，退回银杏树下，斜倚着又喝了一口酒，看着两个姑娘放纵地又唱又跳，露出微笑。

芈月和孟嬴唱着跳着，终于酒意不支，相扶着倒在女伎的身上。

也不知道过了多久，芈月终于从沉醉中醒来，只觉得头疼得厉害，她呻吟一声，捂着头坐起来，便听得一个女声笑道："季芈醒来，喝杯解酒汤吧。"

芈月只觉得一只手扶住了自己，她倚着双手撑定，那人又用热的葛巾焐在她的脸上，她自己伸了手去，用葛巾抹了把脸，这才睁开眼睛，眼前却是一个陌生的宫室，她一时有些回不过神来，转身看到一个宫女，却是极为陌生。

芈月迟疑地问："这是哪里？你是谁……"

那侍女笑道："此处是西郊行宫，奴婢名唤白露，奉庸夫人之命，服侍季芈。"

芈月听了"庸夫人"三字，这才回过神来，渐渐想起醉前之事："啊，我想起来了。"说着亦是想起孟嬴，忙问道："大公主呢？"

那侍女白露笑道："大公主在隔壁房间里，由白霜照应着呢。"

芈月想起自己昨日又喝又跳的样子，不禁赧颜："哎呀，昨日我在夫人面前，当真失礼了，夫人可会怪我？"

白露却如哄孩子般微笑道："您既跟大公主一起来，夫人就把您和大公主一样当成幼辈来疼爱，怎么会怪您呢。夫人还吩咐说您若醒了，这行宫中想怎么去就怎么去，想做什么就做什么。"

芈月低声道："虽然夫人不怪我，可我总是于心有愧，想拜见夫人当面赔礼。"

白露道："夫人在宫墙上看落日呢，季芈若过去，就沿着那边的回廊走到底，沿着台阶上去就是宫墙了。"

芈月在白露服侍之下换了衣服走出来，转身去了隔壁房间，却见房间内无人，问了侍女才知道孟嬴比她醒来得早了些，也是方才已经出去了。

芈月看了看方向，沿着回廊向前走去，一直走到宫墙下，又沿台阶走了上去。

但见夕阳西下，映得墙头一片金光。

芈月沿着墙头慢慢地走着，却隐隐听到哭声，芈月好奇地走过去，拐过一个拐角，此处便是墙头的正楼，庸夫人坐在楼前，孟嬴扑在她的怀中，低低哭诉。从芈月的角度看过去，只能看到庸夫人的背影。

芈月此时顿感尴尬，此时走出去也是不对，若是匆匆退走，又怕惊动两人，倒显得自己似故意偷听似的，此刻进退两难，只得隐在楼头的阴影里。

她已经猜到，孟嬴此时来找庸夫人，必是为了远嫁燕国之事，来向庸夫人求助的。她站在那儿，心中亦是隐隐期盼，庸夫人能够帮到孟嬴。

但听得孟嬴扑在庸夫人怀中，哭得梨花带雨，十分可怜。

庸夫人长叹一声，轻抚着孟嬴的头发："孟嬴，你想让母亲怎么办？"

孟嬴哽咽着道："母亲，你去跟父王说，让他收回成命。父王一向对您抱愧于心，您又从来不曾求过他什么。所以您若去求他，他一定会答应的。"说着抬起头，充满希望地看着庸夫人。

庸夫人没有回答，沉吟片刻，才说："孟嬴，你父王在所有的子女中，最宠爱的就是你，知道是为什么吗？"

孟嬴低声说："因为我是母亲唯一亲手抚养过的孩子，父王一直对母亲还怀着感情。"

庸夫人叹息："是啊，因为你是我唯一亲手抚养过的孩子，所以你父王爱屋及乌。可是，傻孩子，你忘记了吗，就算是我，在你父王的大局需要当前的时候，也是不堪一击的啊。当年你父王为了娶魏国公主，也是毫不犹豫地抛弃了我。喜欢、愧疚，这些感情你父王都有，可是放在国家的利益前面，他要抛弃的时候，是一刹那的考虑都不曾有的。"

孟嬴抬起头，眼中尽是惊恐："不，不会的，父王他……"她的不甘和愤怒在看到庸夫人的表情时，忽然泄了气，伏在庸夫人腿上大哭："可我怎么办，我怎么办……"

庸夫人的声音从她的头顶上传来，似隔得十分遥远："在魏家姐妹嫁进来以后，我原本以为，可以如他所想，退让一步。可是我发现我做不到，所以我只能离开。因为我知道，对于一个铁石心肠的男人来说，你想在他面前直起腰，就只能比他更为铁石心肠。"

孟嬴打了个寒颤："不、不……"她抬起头，急切地抓住庸夫人，仿佛要从她的身上汲取到力量似的："母亲，我怎样才能像你一样坚强啊！"

庸夫人的眼睛越过城墙，看向远方，那个方向，是咸阳城，她轻轻叹息："其实我并不坚强……"她的手轻颤，似乎又回到了当初刚到这里的时候，她站在这个墙头，心里充满了愤恨和绝望："刚到西郊行宫时，我每天都会站在这宫墙上看夕阳。其实刚开始我看的并不是夕阳，而是宫道，是咸阳城。我天天看着，明知道已经不可能了，可总还是会傻傻地期盼着，从那个方向，会有官车来到，你的父王会出现在这宫道上，他会来接我回宫，告诉我一切都只是一个幻梦，告诉我一切都结束了，我们依旧还可以像从前一样。更多的时候，我也曾经千百回地想着，若是朝前迈一步，跳下去，就可以结束这无穷无尽的痛苦……可你父王没有来，我也没有跳下去。我想，我既然连死都不怕，为什么不能让自己过得更好……"

孟嬴看着庸夫人，两行眼泪流下："母亲，我想跟你在一起，我想跟你一起……"她伏在庸夫人怀中，浑身颤抖，"我不要回去，我不想回咸阳宫，我再也不想见到父王了，我们就这样，一直在西郊行宫住下去，好不好，好不好？"

庸夫人轻轻摇头："你还记得吗，当日我离宫之时，曾经问你，你是要跟我走，还是要留下来？"她轻叹，这叹息却似敲打在孟嬴的心头，"你选择了留下来。"

孟嬴口吃地说："我、我……"她抬起头，有些惊惶地看着庸夫人："母亲，你生我的气了吗？"

庸夫人伸出手去，轻抚着她的额头："不，我岂会因这种事生你的气，每个人都有自己选择命运的权利，既然我能坚持我自己的选择，又怎么会责怪你有自己的选择呢？"

孟嬴低低的声音说："我知道，傅姆也说过，我既然做了秦国的大公主，享受了国人供奉，那么便要付出代价。秦国的公子们要沙场浴血，秦国的公主便也要作为诸国的联姻……"她说着，却是越说越愤慨起来，"不，我不愿意，我宁可去沙场浴血，也不想去嫁一个老头，我一想到我要和一个这么老的男人……我，我就觉得恶心！"

庸夫人摇了摇头："孟嬴，你可知道，你若要留在西郊行宫，要付出的代价是什么吗？"

孟嬴摇了摇头。

庸夫人冷冷地道："那么从此世间再无秦国的大公主，大公主死了，那么燕王自然也不能要求一个死人嫁给他。可是，你从此不能再回咸阳宫，再不能行走于人前。"她转向孟嬴，声音渐渐转缓，"你将和我一样，你的名字会变成一个过去存在的人，孟嬴，我能够离得开秦宫，那是因为我承受了寂寞，抛弃得了荣华，忍受得了放逐，受得了名字被埋没……可是，你呢？"

孟嬴迷惘地回答："我，我也做得到的，母亲，你告诉我，我也可以做得到。"

庸夫人摇了摇头："不，你做不到，因为你想的不是改变自己，不是承担自己的决定，而是寄希望于别人能够怜爱你，让别人为你的命运去做改变，去迁就你。你绝食，你闹脾气，你跑到我这里来，无非就是希望，你父王能够改变决定……"她的声音忽然转为冰冷，"孟嬴，我来告诉你吧，谁也改变不了你父王的决定，他的心，比你想象的更冰冷。"

孟嬴的身形颤抖得越发厉害，忽然间失声尖叫道："谁也不能逼我，谁要是逼我嫁燕王，我、我宁可去死！"

庸夫人忽然笑了起来，笑声中充满了嘲讽："你当真要死？"不等孟嬴回答，她抬起手来指了指宫墙道，"你若是想回去继续绝食，倒不如往前走几步，跳下去，来得更痛快一些。"

孟嬴转头看着宫墙，下意识往后一缩，紧紧抱住了庸夫人，哭道："不、不，母亲，你不要逼我——"

庸夫人没有说话，城墙上，只余孟嬴的哭声。

良久之后，庸夫人才长叹道："你若下不了决心，那就嫁吧。"

孟嬴瑟缩了一下，哽咽道："不，我不甘心。"

庸夫人不再说了，沉默良久，忽然说："你听说过南子吗？"

孟嬴不知道她提起南子是何意，诧异地看着庸夫人，道："是不是昔年的卫灵公夫人，子见南子故事里的南子夫人？"

庸夫人道："是的。"

孟嬴讷讷地说："自然是知道的，南子美貌天下皆知……"

庸夫人叹息："是啊，南子美貌天下皆知，可她却没有能够嫁给一个年貌相当的人，而是嫁给了足以当她祖父的卫灵公。更可叹的是，卫灵公不但年老而且脾气暴躁，还喜欢的是男人……"

孟嬴听到最后一句，不禁倒吸一口凉气："那岂非生不如死？"南子以美貌闻名，她自然知道她是卫灵公夫人，可是卫灵公好男风，她过去却是不知道的。

就听得庸夫人继续道："南子不但美貌，而且有才情、有能力。她遇上这样的婚姻，自然也是不甘心的。南子嫁到卫国，自然也经历了痛苦和难堪，甚至是绝望。可到最后的时候，南子却得到了卫灵公的愧疚和宠爱，执掌了卫国的国政，甚至拥有了年轻美貌的男子为幸臣……"

孟嬴听到最后，俏脸涨得通红："母亲，这、这、女儿怕是做不到……"

庸夫人低声道："我告诉你这个故事，并不是认为你也要像南子一样放荡，但是我希望你能像南子一样坚强。这乱世之中，你我身为女子已经是一种不公平，所以我们的心，要变得很刚强。只有拥有足够刚强的心，女人才能经得起一次次伤害仍然站立不倒。男人的心里，只有利益关系，情爱只不过是一种调剂，他再爱你，你都别相信他会为你放弃利益改变决定。孩子，虽然你父王的决定不可更改，但我们却可以努力让自己活得更好，教谁也不能折了你的志、你的心。若是命运摆在你面前的是残羹冷炙，你也要把它当成华堂盛宴而吃下去。"

庸夫人这话，是对孟嬴说的，可是听在芈月的耳中，却是震撼无比，她倒退一步，倚在宫楼的石壁上，竟是觉得心潮激荡，不能平复。

过去她曾经在无数的困苦境地，无声呐喊、无可求助、无人可诉，甚至找不到一种支持的力量来，她迷惘、挫败、激愤，如同一只困兽，只凭着本能挣扎，凭着天生一股不服输的气，撑过一关又一关，却常常只觉得前途迷茫，甚至不知道自己还有没有力气撑过下一关。

庸夫人的话，却似乎给她在黑暗中点了一盏灯，虽然不算是足够亮，却让她有了方向、有了力量。

芈月倚在壁上，已经是泪流满面。

同样，倚在庸夫人身边的孟嬴，也已经是泪流满面，好一会儿才吃力地道："我、我……"

庸夫人轻叹："是，你可以留在这里，可是，我不想你和我一样。我已经拥有过婚姻，拥有过情爱，拥有过至尊之位，也拥有过指点江山的机会。可是你还年轻，你还什么都没有经历过，就因为一场你觉得不能忍受的婚姻，就此放弃无数未知的将来。若是这样的话，我宁可你成为南子这样的人，熬过苦难，也收回报酬。"

孟嬴茫然站着，她的脑子里，在这一刻塞进了这么多东西来，实在是令她已经无法反应。

庸夫人轻叹一声："去吧，我的一生已经结束，可你的一生才刚刚开始。"

见孟嬴怔怔地点头，被侍女扶起，走下宫墙，庸夫人转过头去，看着阴影后道："出来吧。"

芈月从阴影中慢慢走出来，施了一礼："见过夫人。"

庸夫人道："你都听到了。"

芈月默然。

庸夫人抬头看着天边，夕阳已经渐渐落下，只剩半天余晖："秦国历代先君、储君和公子们，死于战场不知道有多少，而女子别嫁，又何尝不是另一种战场呢。"她看着孟嬴远去的方向，"我们改变不了命运的安排，唯一能改变的只有自己。"

芈月心中积累的话，终于冲口而出："夫人，大王他真的……可以这么无情吗？"

庸夫人看着芈月，眼中却是一片清冷："你想要一个君王有什么样的情？周幽王宠褒姒，还是纣王宠妲己？"

芈月语塞："我……"

庸夫人摇了摇头："身为女人，我怨他。可若是跳出这一重身份来看，失去江山的人连性命都保不住，还有什么怨恨可言？"

芈月不禁问："您既然明白，为什么还要走？"

庸夫人冷冷地道："明白和遵从，是两回事。君行令，臣行意。他保他的江山，我保我的尊严。既然注定不能改变一切，何必曲己从人，让自己不开心？"

芈月似有所悟，却无言以对，只得退后行了一礼："夫人大彻大悟，季芈受益良多。"

庸夫人却不回头，只淡淡地道："非经苦难，不能彻悟。我倒愿你们这些年轻的孩子，一生一世都不要有这种彻悟。"

芈月看着庸夫人，这个女子经历了世间的大痛之后，却活出了一份新的天地。她很想再站在对方的身边，想从她的身上，汲取到面对人生的力量，她有许多话想问，可是又觉得，她的答案已经在自己的心头了。

庸夫人点了点头："孟嬴刚才下去了，你去陪陪她吧！"

芈月不禁问："那夫人呢？"

庸夫人道："我再在此地待一会儿。"

芈月随着白露一步步走下城头，她最后回头看了一眼，但见庸夫人站在墙头负手而立，衣袂飘然，似要随风而去。

天色渐渐暗了下去，天边只余一点残阳如血。

庸夫人独自站着，忽然听得身后一声叹息。

庸夫人并不回头，只淡淡地道："大王来了。"

一个男子高大的身形慢慢拾级而上，出现在城楼之上，他走到庸夫人身后，抚上她的肩头，轻叹："天黑了，也凉了，你穿得太少。"说着，解下自己身上的披风，披在了庸夫人的肩头。

庸夫人仍未回头，只伸手将系带系好，道："大王可是为了孟嬴而来？"

秦王驷苦笑："寡人……"

庸夫人截住了他继续说下去："大王不必说了，我已经劝得孟嬴同意出嫁了。"

秦王驷神情阴郁："如此，寡人在你眼中，更是被看成只知利害的无情之人了吧！"

庸夫人缓缓回头，看着秦王驷的眼神平静无波："大王说哪里话来，不在其位，不谋其政。列国联姻，年貌不相称的常有，孟嬴想通了就好。"

秦王驷不禁脱口问："那你为何又要离开……"

庸夫人嘴角一丝似讥似讽的笑容："大王，说别人容易，落到自己身上就难了。我看得透，却是做不到。天生性情如此，却也是无可奈何。"

秦王驷语塞，好一会儿才叹道："是啊，天生性情如此，却也是无可奈何。"他和庸夫人的性格，都是太过聪明，看得太明白，却都是性格太过刚强。两人的性格太相像，是最容易合拍的，却也是最容易互相伤害、互相不能让步的。

夕阳终于在天边一点点地淹没了，月光如水，冉冉升上。

两人沿着宫墙慢慢走着。

庸夫人道："那个楚国来的小姑娘很难得，她是个有真性情的姑娘，你宫中那些都不如她。"

秦王驷停了一下脚步，扭头对庸夫人道："宫中烦扰，寡人常想，若有你在，就会清静得多。"

庸夫人却没有停步，慢慢地走到前头去了："甲之砒霜，乙之蜜糖。我住在这里自在得很，不想再为冯妇。"

秦王驷无奈，跟了上去："魏氏死后，寡人原想接你回宫，可你却拒绝了。"

庸夫人道："孟芈家世好，比我更有资格为后，对大王霸业更有用。"

秦王驷忽然问："你还在怨恨寡人吗?"

庸夫人摇摇头："我有自知之明，我为人性子又强，脾气又坏，做一个太子妇尚还勉强，一国之后却是不合格的。再说，我现在过得也很好。"

秦王驷苦涩地道："是吗?"

庸夫人指了指远处的山脉："去年秋天的时候，山果繁盛，我亲手酿了一些果子酒，给了小芮几坛子，大王若是喜欢，也带上一些尝尝我的手艺吧。"

秦王驷神情有些恍惚："寡人还记得你第一次酿酒，酿出来比醋还酸，还硬要寡人喝……"他说到这里，也不禁失笑，摇了摇头道："如今手艺可大有长进了吧。"

庸夫人也笑了："如今也无人敢硬要大王做什么了。"

秦王驷轻叹："逝者如斯夫，寡人如今坐拥江山，却更怀念当初无忧无虑的岁月……"说到此处，不胜唏嘘。

庸夫人亦是默然，过去的岁月，已经一去不复返了，此时两人相对，亦是无言，最终，只能默默地走一小段路，他便还是要回到他的咸阳宫去，做他的君王，而自己，亦是在这西郊行宫，过完自己的一生。

芈月走下城头，正要去寻孟嬴，刚转过走廊，却见廊下孟嬴扑在一个青年男子的怀中，又哭又笑地说着。

芈月吃了一惊，那男子却抬头看到了芈月，笑着缓缓推开孟嬴，递上一条绢帕给她擦脸，道："孟嬴，季芈来了。"

孟嬴忙抬头，见了芈月，破涕为笑："季芈，你来了。"

芈月细看之下，却认得这人竟是当初她刚入秦国时，在上庸城遇到的士子庸芮，当下惊疑不定，只又看向孟嬴。孟嬴这时候已经擦了泪，情绪也镇定下来，介绍对方："这是我舅父，庸芮。"

芈月先是一愣，旋即从对方的姓氏上明白过来，当下忙行礼道："见过庸公子。"

庸芮亦是早一步行礼："芈八子客气了。"

孟嬴又道："他虽是我舅父，但年纪却也大不了我们几岁，自幼便与我十分熟识，季芈也不要见外才是。"

芈月笑道："我与庸公子也是旧识，不想在此处遇上。"

孟嬴好奇："咦，你二人如何是旧识？"庸芮便把当初芈月在上庸城的事说了一番，孟嬴这才道："既然如此，那我也先去净面梳洗了。"她有些赧颜，刚才又哭又叫，脸上的妆早花了，幸而都是自己亲近之人，这才无妨，却不好顶着一张糊了的脸站太久，只说了这一句，便匆匆地走了。

看着孟嬴远去，芈月不禁暗叹一声，扭头却见庸芮也是同样神情，两人在此刻心意相通，都是一声轻叹。

庸芮问："季芈是在为孟嬴而叹息吗？"

芈月默然，好一会儿，才苦涩地道："我原只以为，她能够比我的运气好些，没想到，她竟然是……"

庸芮苦笑一声："君王家，唉，君王家！"这一声叹息，无限愤懑，无限感伤。

芈月知道他是也联想到庸夫人的一生，而自己又何尝不是想到了自己呢。

两人默默地走在廊下，偶尔一言半语。

庸芮说："孟嬴之事，宫中只有季芈肯为她而悲伤而着急，唉，真是多谢季芈了。"

芈月说："孟嬴一直待我很好，她也是我在宫中唯一的朋友。"

庸芮叹息："她虽小不了我几岁，却从小一直叫我小舅舅，我也算看着她长大。她今日如此命运，我却无法援手，实在是心疼万分。"

芈月亦叹："我本以为，庸夫人可能帮到她。唉！"她不欲再说下去，转了话题："真没想到，庸夫人会是公子的女兄。"

庸芮走着，过了良久，又道："庸氏家族，也是因为阿姊的事，所以宁可去镇守上庸城，也不愿意留在咸阳。"

芈月诧异："那公子……"

庸芮道："我当时年纪幼小，族中恐阿姊寂寞，所以送我来陪伴阿姊，孟嬴也经常过来……"

芈月点了点头，又问："那公子这次来是因为孟嬴吗？"

庸芮摇头："孟嬴之事，我来了咸阳方知。实不相瞒，我这次上咸阳，是为了运送军粮，也借此来看望阿姊，过几天就要回去了。"

芈月听到"军粮"二字，不禁有些敏感："军粮？难道秦楚之间，又要开战吗？"

庸芮笑了，摇头："不是，若是秦楚之间开战，那军粮就要从咸阳送到上庸城了。"

芈月松了一口气："那就是别的地方开战了。"却见庸芮沉默不语，芈月感觉到了什么："怎么，我是不是说错话了？"

庸芮却是轻叹一声："这仗，不能再打下去了。"

芈月内心有些诧异，她看了庸芮一眼，想问什么，但终究还是没问出口来。

庸芮眉头深皱，默默地走着，忽然扭头问："季芈，你与从前不一样了。"

芈月一惊，强笑道："庸公子，何出此言？"

庸芮摇了摇头："若是在上庸城，你必要问我什么，何以你今日不问？"

芈月看着庸芮，这个人还是这般书生气十足啊，可是她，已经不是当日的她了，她想了想，还是答道："庸公子，今时不同往日，我现在对这些，已经没有兴趣了。"

庸芮站住，定定地看着她，忽然叹息一声，拱手道："是我之错，不应该强求季芈。"

芈月低头："不，是我之错，是我变了。"

庸芮摇头："不，你没有变，你对孟嬴的热心，足以证明你没有变。"

芈月眼中一热，侧开头悄悄平复心情，好一会儿才转头道："多谢庸公子谅解。"

庸芮看着芈月，眼中有着忧色："宫中人心叵测，连我阿姊这样的人，都不得不远避……季芈，你在宫中，也要小心，休中了别人的圈套。"

芈月点头："我明白的，庸公子，我也是从宫中出来的人，也见过各种残酷阴谋，并从中活下来了。"

庸芮低头："是，我交浅言深了。"

芈月朝着庸芮敛袖为谢："不是这样的，庸公子你能对我说出这样的话来，我实在是很感激。"

芈月慢慢走远。庸芮伫立不动，凝视着芈月的背影走远，消失。

芈月走到孟嬴的房间，推门进来，见孟嬴已经梳洗完毕，也更了一身衣服，此时坐在室内，却看着几案上的一具秦筝发呆。

芈月走到孟嬴的身边坐下，问："你怎么了？这具筝是……"

孟嬴轻轻地抚着这具秦筝："这是母亲送来的。"她露出回忆的神情，轻轻说："母亲当年最爱这具筝，我从小就看着母亲一个人弹着这具秦筝。母亲说，我远嫁燕国，一定会有许多孤独难熬的时光，她叫我有空抚筝，当可平静心情……"

芈月一惊，拉住孟嬴的手问："你当真决定，要嫁到燕国去？"

孟嬴的神情似哭似笑："我决不决定，又能怎样？父王的决定，谁能违抗？无非是高兴地接受，还是哭泣着接受罢了。母亲说得对，我还年轻，还有无限的未来。燕王老迈，哼哼，老迈自有老迈的好处，至少，我熬不了几年，就可以解脱了。我毕竟还是秦王之女，我能够活出自己后半生的精彩，是不是？"

芈月抱住孟嬴，将自己的头埋在她的胸前，努力让自己的哽咽声显得正常些："是，你说得对，你能活出自己后半生的精彩来，孟嬴，我会在远方为你祝福的！"

一行车马，缓缓驰离西郊行宫。

宫城上，庸夫人独自一人孤独地高高站着，俯视马车离去，一声叹息，落于千古尘埃。

第十章

别远人

孟嬴自西郊行宫回到咸阳宫之后，方一进宫门，就接到了旨意："大王宣大公主立刻到承明殿。"

那一刻，孟嬴已经心如止水，听到这话，平静地走到承明殿外，跪下道："儿臣奉诏，参见父王。"

殿内没有声音。

孟嬴静静地跪着。

殿内依旧寂静无声。

孟嬴跪在殿外，秦王驷在殿内，若无其事地翻阅着各地送来奏报的竹简，仿佛已经忘记了自己传召女儿的事情。

计时的铜壶滴漏一滴一滴，声音在殿中回响。

承明殿外，孟嬴静静地跪着，随着时间的推移，日晷的指针慢慢地偏转，孟嬴的影子慢慢地变短。

日已当空，孟嬴额头已经显出汗珠，她咬牙仍然坚持着，她的脸色变得通红，身体也不禁摇晃了一下，但又马上直起了背。

承明殿内，秦王驷的手扔下竹简，对外说道："进来。"

孟嬴想要站起来，却一下子坐倒在地。侍女青青上前要扶她，她推开青青，自己站起来，走进殿中。

秦王驷端坐在上首，表情严肃，孟嬴走进去，无声跪下。

秦王驷的声音从上面传下来："你可想通了？"

孟嬴伏地，镇定地说："儿臣想通了。"

秦王驷站起来，身形有着无形的威压："你想通了什么？"

孟嬴抬头，看着她的父亲、她的君王："我身为秦国的大公主，位尊而无功，奉厚而无劳，坐享其成，岂能心安？若是国家需要，当联姻他国，自然义无反顾。"

秦王驷忽然笑了起来，他一步步走到孟嬴面前，孟嬴看着他的黑舄慢慢地一步步迈近，停下，听着他的声音自上面传下来，似在空落落的殿中回荡着："寡人第一次上战场的时候，才十三岁，当时想的跟你一样，既然我身为嬴氏子孙，就算再害怕，但是上战场仍然是义无反顾的事情。"他一掀衣裾，跪坐在孟嬴面前，伏地看着她，声音低沉："可是真正上了战场以后，才知道我当初的那一点反复犹豫的心情是多么可笑。"

孟嬴抬头，诧异地看着秦王驷，不明白他的意思。

秦王驷拍了拍自己的身边，道："你坐过来。"

孟嬴有些诧异，但终究还是听话地走到秦王驷身边，重新坐下。

秦王驷扶着自己的膝头，闭目半晌，才睁开道："等你真正面临战场的时候，要面临的难堪、痛苦、害怕、绝望、恐惧，远超出你今天以为自己能够承载的想象。做决断不是最难的，难的是就算你已经决定面对，但是困难仍然远远超出你能承受的范围。"

孟嬴咬了咬下唇："所以父王今天让我跪在门外，是要我提前感受这种选择以后面临的难堪和痛苦吗？"

秦王驷没有说话，只是凝视着孟嬴的脸，微微颔首。

孟嬴虽然无可奈何放弃了反抗，但心中怨恨、愤怒之气却不曾平息，本是强自以恭敬顺从的姿态保持着对秦王驷的距离和抗拒，她跪在外面的时候，只觉得秦王驷对她越是无情，她越是可以毫无牵挂地离开，可是当秦王驷召她进来，对她说了这一番话之后，她忽然很想哭。但是，她还是忍住了，抬起头对秦王驷说："对我来说，最困难的是被父王抛弃了的痛苦迈不过去，反而是真正下了决断以后，未来什么样的关口，我都不怕。"

秦王驷扶起孟嬴，解下自己身上的玉佩为孟嬴系上："你是父王最值得骄傲的女儿，去了燕国以后，要想着你背后还有一个秦国，有什么事，只管派人送信回来。"

孟嬴看着秦王驷，父女亲情到此，竟是复杂难言，只说了一句："多谢父王。"便捂着脸，跑了出去。

燕王遣使，向秦国求娶公主，秦王驷下诏，令大公主嫁于燕国。六礼俱备，工师制范开炉，铸造铜器，为公主庙见祭器之用。

如同当日芈姝出嫁一般，珍宝首饰、百工织染、铜器玉器、竹简典籍等等都是热闹地准备了起来。

秦王驷将这件事交与已经出了月子的王后芈姝，芈姝亦是借此重新将宫务掌握回来，她的心里也是大好，只听说芈月陪着孟嬴去了一趟西郊行宫，孟嬴便准备出嫁了，还以为是芈月劝说有功，将之前怨恨芈月的心思全部改了，甚至又叫了芈月过去，表示了一顿姊妹亲情，又赠了她许多首饰衣裳，以让她在公主出嫁之时得以盛装。

芈月看着众人欢娱，自己却有一种抽离似的荒谬之感，只觉得在这深宫之中，更是孤独。

剩下的日子，她尽量用所有的时间来陪伴孟嬴，孟嬴将一枚令符送给她说，这是出宫及前往西郊行宫的令符："你现在在宫中，身份尴尬。我特意带你去见母亲，就是希望将来有事她可以帮到你。我跟父王说过，我嫁到燕国以后会常写信来，有些带给母亲的信，就由你帮我带到西郊行宫。"

芈月默默地接过令符："我知道，你这是为了帮我。其实书信根本不需要我来送，对吗？"

孟嬴笑了："宫里待久了很闷的，这样你可以多些机会出宫去玩玩，只要你拿着这枚令符，早上出宫，在咸阳城玩一整天也没关系，只要晚上前能到西郊行宫便是，到时候就说母亲留你住一夜，父王也不会怪罪的。而且，我嫁了之后，母亲那边就更没有多少人去看望了，你就代我去多看望她几回也好。"

芈月接过令符收好，忽然间抱住孟嬴："孟嬴，你真的就这么嫁到燕国去吗？你会不会不甘心、会不会怨恨？"

孟嬴苦笑："同样是为了国家，远则列祖列宗，近则父王、王叔，将来还有我的兄弟们，要么征战沙场，要么为国筹谋。父王当年比我现在还要小，就已经担起家国重任。我是他的长女，理应为他分忧解劳，做弟妹们的表率。小儿女情绪，偶一为之，是天性率然，若是没完没了，就不配做嬴氏子孙了。不就是嫁到燕国去吗，想开了，也就没有什么了。"

芈月苦笑："是啊，天底下没有过不去的关。不管命运如何改变，所有的努力挣扎最终一一破灭，人还是照样能适应环境活下去。"

当她站在宫城上，看着孟嬴的马车，自宫门中远远离开时，她想到的，还是这句话，人，总是要活下去的。

孟嬴出嫁，要辞殿，要告庙，这些场合，芈姝能去，她去不了，她只能站在城头，远远地目送孟嬴的离去。

孟嬴走过宫门，驻足回望。

宫阙万重间，宫墙上有一个小小身影，她知道那是谁。

两人四目相交，孟嬴眼角两滴泪水落下。

秦宫宫门外，孟嬴上了马车，车队向着落日反方向而行。

秦宫宫墙上，芈月看着孟嬴的马车远去，伏在墙头痛哭。

孟嬴犹如她的影子和她的梦想，她一直认为能在仍有父亲庇佑的孟嬴身上看到幸福，圆满她的遗憾，没想到孟嬴却落得这样的结果，更令她最后一丝童年的幻想也就此破灭。

这么多年，她一直想着，如果她的父亲楚威王还活着，一定不会让她吃这么多的苦、受这么多的罪。她是真心羡慕孟嬴，她有父王，有人保护，有人宠爱，可连她也要受这样的苦……原来每个受父王宠爱的小公主，都只是人世间的幻觉，原来并不存在，就算曾存在过也会消失？

秦王驷站在墙头，看着孟嬴的马车消失在天际。

他孤独地站了很久，终于，他转身，落寞地走回前路。

缪监跟前两步，秦王驷摆手，缪监会意，只远远地跟着，看秦王驷一人慢慢地走着，似还沉浸于心事中。

这时候一阵低低的哭声传来。秦王驷惊诧地转头，他看到了芈月，那一刻的背影让他有些恍惚："孟嬴？"

芈月回过头，秦王驷看清了她的脸："是你？"

芈月用力擦去眼泪，哽咽着行礼："大王。"

秦王驷看到了她的泪，她的悲伤，公主离宫，大家知道他的心情不好，宫中许多女人，在他面前装出对公主的惋惜来、对公主的不舍来，可是她们的眼睛里没有真诚，而此刻这个躲在这里偷偷哭泣的女人，却是真心的。

秦王驷问："你在哭什么？"

芈月强抑着哭声，抹了把眼泪："没什么。"

秦王驷道："你是在为孟嬴而哭吗？"

芈月扭过头去："不是。"

秦王驷抬起她的脸，看着她脸上妆容糊成一团，摇摇头："真丑。"

芈月只觉得一阵难堪，她知道自己此时很丑，可是他明知道她在哭泣，明知道她此时很丑，为什么要这样硬将她的脸托到自己面前来，再嫌弃这张脸呢？

芈月忍不住扭头，哽咽着："妾身知道自己此时很丑，大王，你不要看，你让妾身走吧。"

秦王驷的手放开了，芈月连忙自袖中取了帕子来拭泪。

秦王驷摇摇头："越擦越难看，不必擦了。"

芈月站起来，敛袖一礼，就要退开。

秦王驷却道："寡人还没让你走呢。"

芈月只得站住。

秦王驷向前慢慢地走着。

芈月一时不知所措，站着没动。

缪监急忙上前一步，在她耳边压低了声音提醒道："快跟上去。"

芈月哭得浑浑噩噩，却只能依着本能跟上去。

秦王驷没有说话，只是慢慢地走着，他一步迈开，便是她两步大，他就算慢慢地走着，但她依旧是要紧张地跟着，也不知道走了多久，似乎大半座宫城都绕过了，芈月只觉得双腿沉重，险些走不动了，然而前面的秦王驷却仍然走着，甚至还有些越走越快的趋势，而她却只能喘着粗气紧紧跟着，既不敢停下，更不敢走得慢了离得他远。

很是奇怪，这样走着走着，她所有的愤怒和悲伤，所有的失落和痛苦，却在这一步步边走边跑中，已经不知何时消失了。此刻她唯一的念头就是，秦王驷的脚步何时停下来。

就在她已经觉得双腿沉重得无法走动时，可能是她喘着的粗气太大声，或者是秦王驷不知道想到了什么，他忽然停了下来，一转头，看到芈月扶着墙垛、喘着粗气的样子，居然微有些诧异："你……"

话一出口，他已经想起刚才的事了，他亦是心情不好，却又不愿意一个人待着，但又不乐意开口说话，于是就索性让这偶然遇上的小妃子跟在自己身后，他却没有想到，她的体力竟是如此不行，当下摇头："你的体力太差了。"

芈月已经累得连和他争辩的力气也没有了，她的体力差？她的体力是高唐台诸公主诸宗女中最强的好不好？明明是他自己完全无视男女体力的差别，明明是他自己走得完全忘记她还跟在他身后了。而且之前芈月大哭过一场，就算有些体力也哭光了好不好。

可这样的话，她却不能说，只得低下头，装聋作哑。

秦王驷看了她一眼，却扭头走了下去，芈月依旧等不到他的赦令让她可以自行离去，只得苦苦地又跟着下了城头，一直跟到承明殿里，这才有些惊疑不定。

她这是……今晚要宿在承明殿？今晚要承宠？就她这样一身尘土、满头油汗、满脸涕泪交加的样子，承宠？

也不及问秦王驷，秦王驷只顾自己走进殿中，芈月只得跟了进去。但见缪乙上前服侍着秦王驷去了侧殿洗漱，又有宫婢来迎着芈月前去洗漱。

芈月洗漱完毕，被送到后殿相候。她本已经疲累至极，此刻坐在那儿一放松下来，虽然一直暗中提醒自己，应该醒着等秦王驷，但却不知不觉中，歪着凭几，就这么睡着了。

也不知道睡了多久，芈月悠悠醒来，但觉灯光刺目。芈月用手挡住灯光，从榻上起来，转头看去，才发现此时天已经黑了，自己还是在承明殿后殿，她转头向灯光的方向看去，见秦王驷坐在几案前，正在处理堆积如山的竹简。

芈月怔怔地看着秦王驷的背影好一会儿，不知为何，竟落下泪来。

秦王驷感受到了身后的动静，手微一顿，但却没有理会，只继续翻阅竹简。

芈月悄悄坐起来，不正确的睡姿让她只觉得腰酸背疼，她扭了扭身子，似乎发出了轻微的响声，吓得连忙僵住，悄悄又去看秦王驷。

见秦王驷没有动，她悄悄地坐正，看到自己的衣服已经皱巴巴的，摸摸头上的头发也是乱的，左右看了看，没看到可梳妆的东西，只得用手指梳了梳头发，努力想把衣服扯扯整齐，走到秦王驷身后跪下，低声道："妾身冒犯大王，请大王恕罪。"

秦王驷似没有听见，继续翻阅竹简。

芈月一动不动地跪着。

铜壶滴漏，一滴滴似打在心上。

好一会儿，秦王驷的声音传下来："你冒犯寡人什么了？"

芈月一时语塞，嗫嚅着道："妾身……君前失仪了。"

秦王驷的声音平静："寡人并没有召你入见，你事前没有准备，寡人如何能够怪你失仪。"

芈月低头不语了。

秦王驷却忽然轻笑："可是你在心里诋毁寡人，比你在寡人面前失仪更有罪，是也不是？"

芈月抬头，大惊失色。

秦王驷看着她，眼神似乎要看到她的心底去："你在为孟嬴不平，你在心里说，寡人是个冷酷无情的父亲，是也不是？"

芈月张了张口，想辩解，可是在这样的眼神下，她忽然有了一点倔强之气，她不想在他面前巧言粉饰，不想教他看轻了自己，她放缓了声音，尽量让自己的话语显得不具攻击性，可是，这样的话，还是冲口而出："大王曾经教导妾身，说是凡事当直道而行。妾身谨记大王教诲，不敢对大王有丝毫隐瞒。是的，妾在心里说，大王让妾失望了。"

"哦？"秦王驷不动声色地应了一声。

"妾一直以为，大王是个仁慈的人……"芈月只觉得心底两股情绪在冲击着、交织着，她需要很大的努力去理清这种感觉，到底这种失望，是她作为一个女人对秦王驷的感觉，还是她代孟嬴对她父亲的感觉呢？"妾还记得就在这儿，大王给了妾最大的宽容和爱护，所以我一直认为，你对一个卑微如我的媵妾有如此的仁慈，为什么对孟嬴如此冷酷？孟嬴的一生，就要因此而牺牲。可孟嬴是如此地爱着您、敬仰着您、崇拜着您，为什么，您要让她如此失望、如此痛苦？"

秦王驷却忽然问："你在为自己不平，还是在为孟嬴不平？"

芈月像是石化了一样，为什么他能看出这个来？为什么他会这么问？

她脑子里好像是两团乱麻纠在一起，此时被他这一声问下，似乎是一刀将乱麻砍断，看似清了，却成了两堆碎片，不晓得哪片是属于自己的、哪片是属于孟嬴的。

好一会儿，她才艰涩地说："我、我不知道。"

秦王驷道："你过来。"芈月抬头，看着秦王驷朝她点点头："坐到我身边来，同我说说你小时候的事情。"

芈月有些浑浑噩噩，只是凭着直觉本能走上前，坐到秦王驷身边，好一会儿，她才慢慢地说："其实，我也不太记得父王长什么样子了，我六岁的时候，父王就仙逝了。但在那之前，我是父王最宠爱的女儿，就连阿姊也不能相比。我睡觉不安宁，父王就把和氏璧给我压枕头底下辟邪；他会抱着我骑马，也让我在他的书房里钻地道……可后来，他不在了，娘也不见了，我和弟弟由莒姬母亲照应着，我像个野孩子一样，后来，我拜了屈子为师，我跟阿姊从小学的就不一样……"

她说得很慢，有许多事，她掩埋在心底很久，久到自己都忘记了，可是这时候翻出来，却件件仍然刺痛着她的心："孝期满后，我们才从离宫回到宫里来。弟弟在泮宫，我在高唐台，莒姬母亲仍在离宫，一家三口，分了三处去住。可是没有办法，我们必须要让世人知道我们的存在。头一天进宫，女葵就被行刑，就是为了给我们看看什么叫杀鸡儆猴；我终于找到了我娘，她求和父王殉葬而不得，被配给贱卒每日受虐，生死两难；我以为找到她可以救她，结果却是令她惨死；我以为长大以后，就能够自己做主，可以保护弟弟们。结果，我差点被毒死，好不容易随阿姊远嫁，却要将戎弟押在楚国，又差点害得小冉被执行宫刑……每次我遇上这些事的时候我都会想，要是我的父王还在，一定不会让我受这样的苦，一定不会……"

秦王驷沉默片刻，问："那你现在呢？还这么想吗？"

芈月凄然一笑："大王，妾身这样想，很幼稚对吗？一个孩子受了伤害，就永远把自己最美好的一段记忆封存在孩子的时代里，这样的话，日子再苦，心底只要存着一份美好和甜蜜，就能撑下来了。"

秦王驷沉默片刻："也是……"

芈月苦笑："可人总要长大。大王，你打破了我童年的幻想，却也让我从幻想中走出来，真正地长大。"

秦王驷没有说话，却伸出手，搂住了芈月。

芈月伏在秦王驷的肩头，微笑，笑容令人心碎，却带着坚强："我要学会，用自己的力量和信念，活下去，活得比谁都好。"

秦王驷轻抚着芈月的头发，默然无语。

自那以后，秦王驷却常常召了芈月来，与过去相比，他们相处似乎增加一些内容，他更纵容着她，而她也渐渐更敞开一些心扉，对他也没有如君臣奏对般紧张和刻板。

有时候芈月心中想，到底是她把对楚威王的怀念投射到了秦王驷身上，还是秦王驷把对孟嬴的疼爱投射到了她的身上呢？但是无可否认，他们在一起的时候，是彼此都填补了心灵一个极大的空缺。

但是，又不是完全的代入，芈月心里知道，她在他的面前，仍然有所保留，仍然有所敬畏，而并不是无拘无束的。

而秦王驷对于她来说，也并不是完全把她当成一个孟嬴的替代品，她有像孟嬴的地方，可是和孟嬴相比，却有更大的不同。孟嬴天真无邪，而她的心却锁得很重。孟嬴爱弓马喜射猎，可是，对于政事，对于军事，对于史事，这些话题，不只是孟嬴毫无兴趣，他在满宫的女人中，也找不到可以共同谈论的人，但他对着芈月在讨论的时候，她却都能够听得懂、接得上，甚至还能够共同讨论。

虽然秦王驷只要愿意，以他的教养和心计，能够满足每一个文人雅士、闺中妇人风花雪月的梦想与对话，但事实上，从某种意义上来说，他是一个完全刻板的政治动物，风花雪月只是他的技巧，而不是他的爱好。

刀和马、地图和政论，才是他永恒的兴趣和爱好。而这一点上，芈月却奇异地成为他的共鸣者。

天下策士都希望游说君王、操纵君王，去完成他的企图。君王可以被策士"说动"，那只是因为策士的谋略正好符合他王国的利益罢了，但却不可以真的被策士"煽动"，甚至是让策士知道他想要的是什么，而事前针对他的爱好而进行设计。人心是很奇怪的东西，它有一种惯性，当你第一次觉得这个人说的有道理的时候，第二次、第三次、第四次就会习惯性地先认为他说的都有道理，先习惯性地进行接受。

但秦王驷却不能把他自己脑海中未成形的、碎片式的思维先告诉别人，再被别人操纵，这一点哪怕是他最亲近最信任的弟弟樗里疾，也是不可告知的。

但是一个后宫的妃子，就算她脑海里知道了记住了再多的事，她又能怎么办？她又不能上朝奏事，又不能制定国策推行，又不能手握军权去发动战争。

秦王驷很愿意和她说话，虽然她还很稚嫩，许多见解还很可笑，但是，她能懂，是真的能懂，她理解的方向是对的，而不是装的。而且她很聪明，一教就会，看着她从一无所知到很快理解，秦王驷感觉有一种满足和自得。

有时候转头，看到她认真看着竹简的侧影，他会想，那些诗啊经的，有些莫名其妙的话，似乎现在看来，也是有一些道理的。人和人之间，除了君臣知己，共谋国事上的会心一笑外，男人和女人，居然也可以心灵相通的。

后宫的女人们，是很复杂的存在，她们的心思简单到一眼可以看透，她们的所求所欲，无非是宠爱、子嗣、位置、尊荣，可是她们却奇怪地在很简单的事情上，想得特别复杂，弄得特别复杂，然后让自己和周围的人都觉得累。

芈月却很奇怪，她的心如一涧深渊，有些东西，永远隐藏在深处，然后水面上却是平静无波，她甚至懒得在日常生活中用心思，甚至在他的面前，也懒得用心思。

他也看到她对待王后的敷衍，这种敷衍只是一种快快度过与对方在一起的时间，然后给予对方希望得到的话语安慰而已。他很奇怪，这么简单的敷衍态度一目了然，王后却会因此或喜或怒，而去推测她到底是"有无诚意"。

她对魏夫人及其他的后宫妇人，却是连这一点敷衍都懒得摆出，见了对方，速速见礼，快快走开。宫中有说她谦逊的，也有说她傲慢的，无非就是她这一副跟谁都没有打算多待一会儿的态度。她懒得去理会人家，也懒得去摆后宫妇人得宠时在别人身上找存在感的架势。

她眼睛闪亮的时候，或者是看到一本好书，或者是骑射欢畅之时，或者是与他说史论政的时候，除此之外，大多数时候，她的眼神是漠然的。

有时候他觉得她像孟嬴，但有时候又觉得她像庸夫人，但更多的时候，她谁也不像，她只是芈月，她只是她自己。

第十一章 四方馆

　　不觉春去秋来，这日，秦王驷提前一天同芈月说，叫她第二日换上男装，芈月虽觉诧异，但还是在次日依言换装，跟着缪监到了宫门口相候，过得片刻，秦王驷也换了一身常服出来，两人出宫上马，带了数十名随从，穿过熙熙攘攘的咸阳城，到了城西一座馆舍。

　　芈月直到走到咸阳街头，下马，细看着门口悬的木牌，方看出是"四方馆"三字，诧异地问："大——"方一出口，看到秦王驷的示意，忙改了口："呃，公子，此处为何地？"

　　秦王驷却不回答，只招手令她随自己进来。

　　进得四方馆内，但见人声鼎沸，庭院中、厅堂上往来之人，均是各国士子衣着，到处辩论之声。

　　前厅所有的门板都卸了去，只余数根门柱，里面几十名策士各据一席位，正争得面红耳赤。

　　芈月随着秦王驷入内，也与众人一般，在廊下围观厅上之人争辩。但见廊下许多人取了蒲团围坐，也有迟到的人，在院中站着围观。

　　就听一策士高声道："人之初，性本善，敢问阁下，可有见蝼蚁溺水

而拯之乎，此乃人之本性也。当论人性以善导之，自可罢兵止战，天下
太平。"芈月听其言论，显然这是个儒家的策士，持人性本善之论，想是
孟子一派的。

但见另一策士却哂然一笑："敢问阁下可有见幼童喜折花摧叶，夺食
霸物否？此乃人性本恶也，唯以法相束，知其恶制其恶，天下方能严整
有序，令行禁止。"显然这便是法家的策士，说的是人性本恶，当以法相
束的理论。

又有一策士袖手做高士状摇头道："天下熙熙皆为利来，天下攘攘皆
为利往，两位说得这般热闹，谁又能够牺牲自我成就大道，以我师杨朱
看来，世人谋利，无利则罢兵止战，有利则洒血断头。你儒家也说过有
恒产者有恒心，法家也说过人性逐利，所以你们两家都应该从我派之
言。"听其言，自然是拔一毛而利天下亦不为的杨朱弟子。

又见一策士按剑道："胡扯，人性本无，世间如染缸，入苍则苍入黄
则黄。治国之道，尤不可听乱言。人之异于禽兽者，乃人能互助互援，
学说制度乃为减少不平，争取公平而立。为大义者，虽死犹生……"这
言论自然便是墨家之说。

芈月素日虽亦习过诸子百家之言论，但却也只能自己一卷卷地看、
一字字地理解，此刻听得各家策士争相推销自家学说之长，攻击其他学
派之短，与自己所学一一相印，只觉得有些茫然不懂之所在，便似忽然
被点醒了，她站在那儿，不禁听得入神，兴奋之处，眼睛都在闪闪发亮。

但听得堂上策士你一言我一语地，已经开始争吵起来："我兵家……"

"我道家……"

"我法家……"

芈月听得入神，秦王驷拉了她两下，她都未曾会过意来，直至秦王
驷按住了她的肩头，对她低声叫了两声："季芈、季芈——"她方回过神
来，见了秦王驷脸色不悦，吓了一跳，失口欲赔罪道："大、公子——"

秦王驷手指竖在嘴边，做一个嘘声的动作，芈月连忙看看左右，捂

住了自己的嘴，见秦王驷已经转身走向侧边，连忙跟了下去。

但见秦王驷走到旁边，自走廊向后院行去，芈月这才看到，不但前厅人群簇拥，便连侧廊也都是人来人往，穿梭不止。许多策士一边伸脖子听着厅中辩论，一边手中却拿着支竹筹一脸犹豫的样子。

两人走入后院，此时后院同样是热火朝天，但见后厅上摆着数只铜甌，旁边摆着一格格如山似的无数竹筹，各漆成不同的颜色，旁边有四名侍者坐在几案后，许多策士簇拥在几案边，自报着名字由侍者记录了，便取了竹签来，投入铜甌中。

芈月正思忖着这些人在做什么，却见一个策士看到秦王驷进来，眼睛一亮冲了上来："公孙骖，你来说说，我们今天投注哪个？"

芈月一怔，见那人径直对着秦王驷说话，才知道这公孙骖指的便是他了。

就听得秦王驷笑道："寒泉子，想来这几日你输得厉害了。"

那策士寒泉子一拍大腿："可不是。"说着眼睛余光这才看到芈月，见她与秦王驷站在一起，衣着虽然低调难掩华贵气，迟疑着问："不知这位公子如何称呼……"

芈月亦不知如何应对，当下看向秦王驷，就只听秦王驷道："这是楚国来的士子公子越，寄住在我家，我带她来见识一下四方馆。"

寒泉子忙打招呼："哦，原来是公子越，你要不要也来投一注？"见芈月神情不解，当下对她解释："你看这些铜甌，外面挂着的木牌写着哪家学派和甲乙丙丁的，就是指外面辩论学派和席位，你要是赞同哪家，就把你手中的竹筹投到哪个铜甌中去，每天黄昏时辩论结束以前都可以投，辩论结束以后开铜甌验看，铜甌内竹筹数最多的投注者就可以收没铜甌内竹筹数最少的两家之所有注码，若是夺席加倍。"所谓夺席，便是将对方辩论得落荒而逃，夺了对方的席位给自己，这在辩论之中自然是取得绝对优胜的位置。

芈月想起前面百家争辩时自己所感受到的心潮澎湃，她亦听说秦国的四方馆便是类似齐国的稷下学宫性质，当日她在楚国与黄歇说起时，不胜心向往之，不想这自前厅到后厅，那各国之论策众士簇拥的盛景，居然不是因为学说，而是变成了赌场，当下不禁目瞪口呆，脱口而出道："诸子百家之学说，乃经营国家的策略，你们居然拿它来作赌注，实在是太过……"说到一半，她顿时发现自己失口，忙看了身边的秦王驷一眼，把下面的话咽下了。

那寒泉子却显然是个爽朗豪放之人，闻言不但不怒，反而对秦王驷哈哈大笑道："公孙骋，你这个朋友果然是初来咸阳啊……"说着，对芈月挤了挤眼睛道："公子越，我同你说吧，天下本就是个大赌场，诸子百家也不过是以列国之国运为赌注，游说列国推行己策。天地间生万种物件，各有各的存在方式。世间若只存一种学说，岂非有违天道。你看百家争鸣已经数百年了，如今仅恃着哪家学说以排斥别家也已不可能，各家交融取他人学说、踩他人学说为自家学说增光添彩早已经是常例，光是墨家法家儒家自己内部就派系横生，有时候吵起来三天三夜没个输赢，最后大家只能用这种投注之法，谁赢谁输一目了然，自家的竹筹少了，只能回头再抱着竹简研究制胜之道罢了。"

芈月听了寒泉子解说，方脸红了，忙行了礼道歉："原来如此，是我浅薄了。"

寒泉子连忙摆手道："没事没事，赌博其实也是个乐子，你说得原也没错，我们这些人，策论之心也有，赌博之心嘛，嘿嘿，也是不浅。对了，你要不要下注？"

芈月一愣："我也可以下注吗？"

寒泉子便跑回去，同一个侍者说了些什么，取了两根竹筹来，递了一根给芈月："公子越，这是你的竹筹，那边墙上有编序，你在最后一位后面顺延也题上你的名字即可。"

芈月看向他所指的墙上，却原来那墙上的木牌上顺序下写着各人的名字，然后投注之人只消把自己的编号投入各铜甄便是，次日检取时，便依着编号决定各人的赌注是谁胜谁负。新来之人,便在最后一位顺延写下自己的名字编号便是。

芈月笑了笑,看了秦王驷手中的竹筹,果然是已经写了编号,再看各人手中的竹筹,亦是有编号的,只有自己的竹筹,是未曾有编号的,当下便走到墙边,先写了"楚 芈越"三字,又依着编号,将自己的竹筹也写上编号。

她转头再回到秦王驷身边,便见寒泉子已经问她了:"公子越,你投哪家啊?"见芈月一怔,有些不知所措地看向秦王驷,寒泉子挥手:"别看这厮,这厮最无原则,摇摆不定朝三暮四,今天投儒家明天投法家……"

芈月见他风趣,不禁掩口而笑:"那你看到他来了还这般高兴。"

就见寒泉子拍着胸口:"我,我自是最有原则的人了,他若不来,我投法家;他若来,我跟他下注,再无变易。"

芈月目瞪口呆,倒为此人的诙谐而忍不住大笑起来。

寒泉子为人爽朗,只嘻嘻一笑,只管催道:"快说啊,你投哪家?"

芈月回想方才在前厅所听诸家之辩,犹豫了一下,道:"我、我投道家吧。"

寒泉子一副果然如此的表情:"果然你们楚人多半下注道家,有原则,跟我一样有原则。"芈月一听他自吹"有原则"三字便忍不住要发笑,却见寒泉子转头问秦王驷:"公孙骎,你呢?"他看着秦王驷的表情,仿佛他就忽然化身一堆秦圜钱一般。

秦王驷沉吟片刻,方道:"我嘛……墨家!"

寒泉子见状,接了两人铜匦,又将自己的铜匦与秦王驷放在一起,口中滔滔不绝:"聪明,今日在前厅辩说的就是墨家的唐姑梁,近日墨家的田鸠、祁谢子等都到了咸阳,这三人必是想在秦王面前展示才华,赢得秦王支持,以争巨子之位。所以近来凡有辩争,这三人都一定拼尽全力,获得胜绩。"

见寒泉子终于止了话,拿了两人的竹筹去投铜匦,芈月也禁不住松了口气。她倒是看出来秦王驷为何与此人交好，盖因此人实是个消息篓子，凡事不要人问，自己便滔滔说了，秦王驷就算十天半月不来，只消问一问此人，当可知道这些时日来的内情了。

芈月看着寒泉子摇头："这是咸阳，嬴姓公子能有几个数都数得出来，若是公孙就不一样了，人数既多又不易为人全数所知，所以你就给自己造了公孙驿这个身份——可是，四马为驷，三马为驿，这么明显的事，他就一点也猜不出你的真实身份来吗？"

秦王驷也笑了："四方馆中策士，关心各家理念，天下政局，与人相交，交的是这个人本身的思想行为，至于你身份是什么，却是无人在意的。"

芈月一语触动心事，轻叹："与人相交，交的是这个人本身的思想行为，至于你身份是什么，却是无人在意的……若是天下人都这样，就好了。"

秦王驷笑而不答，转而问："喜欢这里吗？"

芈月的眼睛亮了起来："喜欢。"

秦王驷指了指前厅："可听出什么来了？"

芈月低头仔细地想了想，无奈地摇头："仿佛各家说的都有道理，却都未必能够压倒别人。"

秦王驷抬头，眼神望向天际："百家争鸣，已经数百年，若说谁能够说服谁，谁能够压倒谁，那是笑话。"

芈月不解地问："那他们为什么还要争呢？"

秦王驷道："争鸣，是为了发出声音来。一个时代只有发出各种声音来，才会有进步。原来这个世间，只有周礼，只有一种声音，四方沉寂。我大秦在他们眼中，也不过是视为牧马的边鄙野人。但周天子的威望倒塌下去以后，才有列国的崛起，有我大秦的崛起，有各方人才投奔，有这四方馆中百家争鸣，激荡文字，人才辈出。"

芈月想说什么，张了张口，却没说出来，秦王驷看出她的心思，鼓励道："说吧！"

芈月嗫嚅道："妾身看《商君书》，商君斥其他学说为'贼'。大秦用的是商君之法……"见秦王驷哈哈大笑起来，芈月有些羞愧地低头。

秦王驷的笑容渐渐收起，看着芈月道："杀其人，不废其法；尊其法，不废他法。王者之道，在于驾驭策士和学说，而非为策士和学说驾驭。"

芈月心头一震，看着秦王驷，他的话，犹如一扇门向她打开着。她看着秦王驷，只觉得五脏六腑，都似已经僵住，自己的思考，又似重新被他洗刷过。

但听得秦王驷继续道："任何一种学说都在尽力排斥他人，但是只有最聪明的人，才会吸取别家学说提升自己。所以经过百年来的排斥以后，各家学说已经懂得，为了说服别人，更要不断提升自己学说的内涵。而君王，择一家为主，数家为辅，内佐王政，外扩疆域……"

看着他的言行，芈月渐渐已经明白，这四方馆的设立是为了什么，而他以君王之身，不是坐等下面的臣子推荐，而是自己来到四方馆中结交策士甚至下注博弈，又是为了什么。学说不怕争辩，因为学说是在争辩中更加进步，而聆听学说，就可以从这些争辩中学习到如何辨别一个学说中优劣的地方和分辨的方法。"

芈月沉默良久，忽然鼓足了勇气问："大王，我还可以再来吗?"

秦王驷笑了："带你来，难道只是为了让你看一眼，然后回去牵肠挂肚的吗?你自然是可以来的。每月逢十之日，这里都会有大辩论，你若喜欢，以后自己可以凭令符过来，也可以……"他停顿了一下，笑着说道，"下注!"

芈月惊喜地道："真的?"

秦王驷道："君无戏言。"

芈月看着秦王驷，眼中充满了崇敬和感激，忽然有些哽咽："大王……"

秦王驷不解地问："为何哭了?"

芈月抹着眼睛："臣妾是高兴得哭了!"

秦王驷有些不解："高兴到要哭?"

芈月不好意思地笑了笑："大王给我的，是我连做梦都不曾梦到过的自由和快乐。"

秦王驷笑着摇头："这点事就满足了，寡人不是说过吗，从此以后就只管从心而活，自在而行。"

芈月笑了，笑得如春花灿烂，秦王驷自认识她以来，却是第一次看到她如此灿烂而毫无保留的笑容，不禁有些失神。

芈月一转头，却见缪监自前厅匆匆而来，有些诧异，当下压低了声音道："大王，大监来了。"

秦王驷一扭头，看到缪监从前厅方向匆匆而来，神情上竟有些惊惶。秦王驷知道缪监素来镇定，他要有这样的表情，必是出了事情，当下脸色一变，转身迎上低声问："何事？"

芈月但见缪监在秦王驷耳边悄悄说了句话，秦王驷脸色大变，低声道："什么？不必顾忌，冲进去，看个究竟。"说着，就要匆匆出去，芈月亦是连忙跟上。

那寒泉子刚下完注回来，见秦王驷就要走，诧异地道："咦，樗里子，你来找公孙骖什么事啊？公孙骖，赌注就要开了，你不再等一会儿吗？"

却见秦王驷脸色铁青，强抑脾气："没什么，家中忽然有事，我先走了。"

见三人匆匆离去，寒泉子正自诧异，却听得此时前堂哗然喧闹："唐姑梁赢了，唐姑梁赢了。"寒泉子一听大喜，眉开眼笑："如此，我今日赢了。"当下忙赶到前殿去，便不把这件事放在心上了。

秦王驷匆匆回宫，却是因为秦国出了一件震惊朝野的事情。

大良造公孙衍上表辞官，出走魏国。

表面上看来，这只是大良造与秦王理念不合，因此负气而走的事情，然则此事，却是经历了一番谋算已久、惊心动魄的国与国之间的暗战。

综合各方面得到的讯息，谋划公孙衍出走的事，是魏国君臣策划已久的事，而具体的执行之人，就是魏公子卬。

一年多之前，楚女入秦为后之时，魏卬已经在游说公孙衍了。此时公孙衍仍然有些犹豫不决，但当他征魏主张受到阻止，对义渠用兵又不被采纳，再加上张仪凭一张巧舌屡次在朝堂上与他相争，他本以为张仪不足为敌，可是，当秦王驷立张仪为相邦，将大良造的权力三分之后，逼得他在这大良造的位置上，已经不能再安坐了。

夕阳西照，满园菊花盛开，黄紫两色，分外耀眼。

花丛中，公孙衍和魏卬各踞几案饮酒。

公孙衍几案上的酒坛子已经空了好几个，他沉着脸，一杯杯地饮酒。魏卬几案上却只有浅浅一个酒盏，尚有半杯酒在，旁边却摆着一具古琴。

魏卬看着公孙衍喝酒，忽然叹息一声："式微，式微，胡不归？"

公孙衍忽然顿住，整个人像石化了似的，声音也变得冰冷："公子卬，此言何意？"

魏卬意味深长地看着公孙衍："犀首这样聪明的人，何必再问呢？"

公孙衍手中酒杯重重落在几案上，看着魏卬想说什么，最终还是叹了一口气："是我小看公子了，我一直以为，您已经随遇而安，没想到您身在咸阳，心仍在大梁。"

魏卬轻轻拨弄琴弦道："式微，式微，胡不归？微君之故，胡为乎中露！"他停下琴弦，将杯中酒一口饮尽，"我是回不去了，可是犀首呢，你为何不回去？"

公孙衍嘿嘿一笑："我为何要回去？"

魏卬专注地看着手中的琴，轻轻拨弄着："犀首还有继续留下的意义吗？"

公孙衍将杯中的酒一饮而尽："我当日在魏国，不过是个偏将。秦君于我有知遇之恩，拜为大良造，以国相托。纵君臣意见相违，但我仍然还是秦国的大良造，又岂可轻言离去。"

魏卬放下琴，叹息："不求封百里侯，但求展平生愿。犀首，你与卫鞅，都是百年难遇之奇才，岂能拘于一国一域、一人一情？纵观列国数百年风云，有几个能够得国君以国相托。齐有管仲，但管仲之后，再无管仲。秦国已经得了一个商君，不会再打造一个商君。但是……"他身体向前倾，迫切地看着公孙衍："魏国已经失去卫鞅，不能再失去公孙衍。秦王之气犹盛，一山不容二虎。但魏国盛气已衰，正当托赖强者力挽狂澜。犀首，大丈夫当有基业以便他施展才华，改天换地，你与其与秦王论个短长，不如与秦国争个短长。"

公孙衍的酒杯停住，他表情虽然冰冷，但炽热的眼神和微颤的手，却显示他内心天人交战。

魏卬不再继续说话，只是轻拨琴弦，反复弹着刚才"式微"那一句。

公孙衍忽然放下酒杯，杯中酒溅洒几案。

式微，式微，胡不归？

胡不归？

他要——归去吗？

公孙衍想了很久，他独坐在书房，看着壁上的地图，看着席上一堆堆竹简，这些都是他历年用尽心血写下的策论，这是他对秦国的展望，这是他对列国的分析，这是他对控制这个世界的渴望和野心。

他公孙衍，应该是将天下列为棋盘，与天地造物对弈的棋手，而不是个困于朝堂、被君王拨弄、被同僚排挤倾轧的棋子。

与之比起来，秦王的恩遇、大良造的身份，又算得了什么？

他知道魏卬劝他的目的，他知道他这一离秦而去，等待他的是魏国的礼聘。

可是……公孙衍无情地笑了一笑，薄薄的嘴唇显出他冷硬的性子，当日他入秦，做的是大良造，如今他入魏，魏国还有什么能满足他的呢？

他又站起来，看着壁上的地图，沉吟良久，举起朱笔，在地图上点点画画。

公孙衍在书房，对着地图，几日不曾出门，到了最后，地图已经被他画得面目全非，他这才一掷笔，哈哈大笑："吾得之矣！"

天下如同棋盘，而他已经把每一步棋都算好了。

是时候该走了。

他把地图卷起来，扔到火盆中烧了。

七月初九，魏卬以幼子生日为由，置酒相请许多在咸阳的魏国旧人饮宴。

七月初十，也是四方馆辩论之时，近日墨家大辩，秦王驷一定会感兴趣的。

初九日，宾客饮宴，公孙衍与魏卬对饮，大醉而宿于魏卬府中。

外面的酒宴仍然在继续。

而声称已经醉倒的公孙衍在书房与魏卬对坐。

魏卬将几案上的过关符节和竹册推到公孙衍面前："这是过关符节，这是伪造你身份证明的竹册，马车已经安排好，明早你便离开咸阳。"

公孙衍沉默片刻，从袖中取出一个锦囊也推到魏卬面前："我与秦王终究君臣一场，虽然观念不同，难免各分东西，下次相见就是在战场，这是我留给他的陈情之信，请代我转交。"

两人互相一拜，公孙衍站起，头也不回地走了出去。

酒宴散了，宾客陆续从魏卬府中离开，而公孙衍作为魏卬的挚友，醉倒魏卬府中过夜。谁也不会特别注意，那些离开的宾客中，有一个人的随从已经悄悄换人了。

次日清晨，数辆马车悄然自咸阳城东门而出，守城卫兵验过通关符节，乃是魏夫人派人送蓝田美玉给魏王。同一时间，一辆客货两用的马车自咸阳城西门而出，载着一名叫"梁贾"的商人贩货到义渠，通关的竹符里写着商人与随从三人，以及丝帛等货物。东门与西门的守卫官兵分别查验以后，都通关放行了。

傍晚，四门齐动，缉骑皆出，一路追赶，持魏夫人通关符节的那一批人与货，皆被截下。

但那贩货到义渠的商人车队，出了西门之后，转折向东，一路翻山越岭，疾行至魏国。

魏卬府。

因昨日饮宴未完，今日魏卬仍与公孙衍在云台饮宴中。

忽然间府门大开，司马康率着廷尉府兵马冲了进来，直入花园，冲上云台，拉起与魏卬对饮之人，一看果然不是公孙衍，司马康气急败坏，拔刀对准魏卬道："大良造何在？"

魏卬站起，傲然一笑道："如今，他已经是魏国的国相了。"

司马康大怒，用刀逼近魏卬道："你，好大胆子！"

魏卬冷冷一笑，忽然口鼻之中黑血涌出，整个人也倒了下去。蒙骜扶住魏卬，惊怒交加道："你、你服毒了？"

魏卬嘴角一丝微笑道："我被你们秦国的大良造所骗，丧权辱国。我如今再骗走你们秦国一个大良造，如此，我也去得安心了。"

但见夕阳西下，魏卬的微笑凝结在脸上，充满了讽刺之意。

承明殿外，都可以听得到秦王驷的咆哮之声，直吓得往来的小内侍们战战兢兢，只恨不得贴着板壁而走，脚下不敢发出一点声响来。

承明殿内，樗里疾跪在下首，面对着犹如困兽暴怒狂走的秦王驷之问责："魏卬与公孙衍早有勾结，策划了这么久，你们都是死人吗，居然于事前一点也不知道。他怎么离开的咸阳，没有官凭他如何投宿，没有铜符他如何离开的关卡？当日连商君也未能逃离，为什么公孙衍反倒能离开，这伙人手眼通天到何等境地了？你给我去追、去查，一个也不许放过！"

樗里疾跪在地上："此事他们筹谋已久，公子卬派人假扮公孙衍，迷惑我们的眼线，暗中帮助公孙衍离开咸阳。"

秦王驷一拳捶在案上："立刻派人去追，务必要将公孙衍追回。"

樗里疾硬着头皮劝道："大王，臣已经派出铁骑秘密去追，若是当真追不回来，亦不可太过张扬。"

秦王驷怒道："寡人不管，不计任何代价，都要将公孙衍追回。"

樗里疾大惊："大王不可，谋士们往来各国，效力君王，来去自如，岂可画地为牢，追捕谋士。当日商君之死，是因为谋反之罪，亦是因为列国不肯收留于他。而公孙衍罪状未明，岂可轻言追捕，只能悄悄追回才好。否则的话，会令各国谋士人心惶惶，不敢留在秦国，不敢投奔秦国。"

秦王驷脸上忽青忽白，好一会儿，才忍下了气，冷冷地道："好，就依你，悄悄追捕，不可声张。"

樗里疾暗暗松了口气："是。"

秦王驷坐了下来，脸色阴沉："哼，魏国人，竟敢算计到寡人头上来，岂有此理。"他转向缪监："不必忍了，所有魏国人的眼线，全部起出来，不管牵涉到谁，都给我抓了。"

樗里疾见状忙提醒："既如此，我们派往魏国的眼线，也要理一理，我们若把魏国的眼线都清理了，魏国必然也会清了我们秦国的眼线。"

秦王驷点头："明面上都收了，暗线可以分头埋了，就算被抓到也不过有一个是一个。"

见樗里疾领命而去，秦王驷这才恨恨地一捶几案，怒而不语。

见诸人都已经退去，芈月已经更了女装，上来服侍。

她伸出手，为秦王驷按摩着头部，好一会儿待他的情绪稍缓，才不解地问："大王，妾身有一事不明，不知当问不当问？"

秦王驷沉声："何事？"

芈月道："妾身不明白，公孙衍已经是大良造了，一人之下万人之上，他为何要走？"

秦王驷轻叹一声："是寡人疏忽了。寡人任公孙衍为大良造，乃以国士相待，公孙衍任职以来，为寡人立下赫赫战功，不负使命。君臣相知，原是大幸，怎奈时移势易，公孙衍的政见主张，于今日的秦国来说，已经是不合时宜了。"

芈月有些不解："不合时宜?"

秦王驷道："秦人不畏战，然并不是喜战好战。当日商君变法，虽然于国有利，但这场变法自上而下，无不动荡。若是稍有不慎，则大秦就将分崩离析。所以寡人重用公孙衍，发动征战，连战皆胜，如此才能够让列国明知秦国政事动荡，也不敢挑起战争。"

芈月心中暗叹，列国人人提起秦国，都说是虎狼之秦，生性悍野好战。可如今听起来，这大秦好战，更像是逼不得已，用来恐吓列国的。

秦王驷继续道："不错，秦人好战，可每一战却都是不得已的。虽然这些年来秦人以血相拼保得住战场上的不败之绩，可是战争却不能一直持续下去，一场战争要征发民夫，便会田地抛荒，耗费军资使得国库空虚。若不能从战争中得到足够的奴隶和赎金，则每打一战对于秦国来说，都是得不偿失。我大秦地域偏僻，人丁单薄，土地贫瘠，立国虽久，不像中原列国，经得起长时间的战争消耗。可公孙衍他……"

芈月听了半晌，已经有些明白了，不禁道："公孙衍身为外来客卿，久居上位，若不能一直拿出功勋来，何以服众，所以他力主征战。可是秦国许多更深的内情，他未必知。但大王明白，樗里子明白，甚至连庸芮也明白，大秦的人力物力已经支撑不起继续战争了，必须休养生息。可是大秦一旦停战，则列国就犹如群狼扑咬，分而食之。所以大王才会重用张仪，既不动刀兵，又能恐吓诸侯，占取土地。表面上看来咄咄逼人，其实却是在步步为营。"

秦王驷诧异地看着芈月，芈月回过神来，发现自己说得忘形，忙低下了头，却见秦王驷的目光一直盯着她，盯得让她有些胆寒，颤声道："大王，您，您莫要这般看着妾身——"

秦王驷却忽然问："这些，是你自己看出来的?"

芈月一怔，她低下头，仔细地想了想："以前夫子给我们讲课的时候，讲得最多的就是秦国，妾身入秦以后，又经常向张子请教……"她看着秦王驷，不安地问："妾身是不是说错话了?"

秦王驷叹了一声:"寡人真是没有想到,你一个小小女子,竟能看出这些来。唉,连公孙衍这么多年,也糊涂着。"

芈月道:"当局者迷,旁观者清。所谓执迷不悟,不过是人有执着,所以迷惑,所以不悟。"

秦王驷拍案而起:"不错,不错,寡人正是奇怪,公孙衍为何如此执迷不悟。寡人曾劝他不要与魏国陷入硬战,国与国的交战,要谋算的不仅是成败,更是得失,可是他却听不进去。后来魏国连败,他又不肯乘胜追击,反而要转去围剿义渠……连张仪初入秦国,就能看出来我秦国应该走的方向,他做了这么多年的大良造,却执迷不悟……"他来回走了几步,才喃喃道:"不错不错,他有执着,只是他的执着让他看不清方向,寡人却不能让大秦陪着他看不清方向。季芈,你知道吗,寡人方才甚为忧心,公孙衍此人才能极高,气魄极大,又深知我秦国内情,若是离秦而去,必然入魏,甚至很可能会掀起列国对秦国的围剿来……"说到这里,他忽然露出微笑,也缓缓坐下:"可如今,寡人倒不怕了。"

芈月不解地问:"大王这是怎么说?"

秦王驷冷笑:"公孙衍虽然有经天纬地之才,可是他太骄傲,太自我,太把自己凌驾于君王之上了。他做不了第二个商君,找不到一个可付托的君王,他却忘记了,再高的才气也需要有君王与他相承相辅。寡人……终于放心了。异日秦国或会有惊涛骇浪,却不会有倾覆之祸。"见芈月仍然有迷惘之色,拍了拍她的肩头道:"你不明白公孙衍,那是自然,你只见过他一次,如何能明白他。但是寡人明白,寡人就是太明白了,所以惊慌失措,那也是一种因执着而迷惑吧。季芈,你很好,非常好,从今日起,你不必去整理那些楚国书籍了,你来为寡人整理书案吧。"

芈月惊喜:"为大王整理书案?"

秦王驷转问:"怎么,不愿意?"

芈月忙行礼:"不不不,妾身万分惊喜。"

第十二章

风云变

公孙衍因与秦王意图相违，从相权三分感觉到自己的理念已经被秦王放弃，一怒之下辞相出走魏国，被近年来痛感国势衰弱的魏惠王立刻任为国相，并促成魏韩赵燕和中山国结为联盟，又促成赵国外其他三国国君一齐相王，以对抗已经称王的秦、齐、楚等大国。

公孙衍的出走，魏印的自尽，对于整个魏国在咸阳的人来说，都是一场灾难。

魏夫人得知此事时，已经是迟了一步。

采蘩告诉她："夫人，公孙衍挂印出逃，大王震怒，大索全城。城中与魏国有关的据点全部被破，人员全部被抓。"

魏夫人一惊："公孙衍是否已经逃到魏国了？"

采蘩道："是，大王亲迎，已经拜为魏国国相。"

魏夫人轻嘘一口气："那就好。"

采蘩道："可我们……"

魏夫人镇定地道："关我们什么事，我等深宫妇人，岂知军国大事。你不知道，我自然更不知道了！"

采蘩支吾道:"可是公孙衍出咸阳那日,公子印、公子印让人用您的铜符节调开追缉之人——"

魏夫人霍地站起:"你说什么?"

采蘩的脸色也变了,哭着伏地请罪:"是奴婢之错,请夫人治罪。"

魏夫人脸色惨白,手在袖中颤抖:"你、你不是说铜符节已经拿回来了,并且已经运送蓝田玉回魏国了吗?"

采蘩抬起头来,也是脸色惨白:"是、是公子印同奴婢这样说的,可是、可是他并没有真的这么做,而是直到前日,要送公孙衍离开咸阳时,才用您的铜符节去调开秦国追兵。"

魏夫人瘫坐在地:"他、他为何要如此害我?"

采蘩痛哭:"奴婢、奴婢也不知道。"

魏夫人凄然一笑:"是我的错,我只道他还是以前待人以诚的君子,却不曾想到,一个人失去一切以后,早就已经变得疯狂了,而一个已经疯狂的人,还装出一副君子的样子,他是比一般的人疯狂更甚。呵呵,公子印,我如今才晓得,他为了达到目的,是连自己的性命都不放在眼中的人,又何以会顾及别人的死活呢?"

采蘩惊得浑身发抖,拉住魏夫人颤声道:"那,那我们怎么办呢?"

魏夫人只觉得全身发软,但她强撑着重新坐定,咬了咬牙:"为今之计,我们只有抵死不认。只不过是一枚铜符节罢了,又不是我日日要藏在箱子里的,往来魏国的也不是我,中间若是被人丢失,岂能尽是我的过失。"

采蘩看着魏夫人的神情,终于战战兢兢地也爬了起来:"是,奴婢,奴婢……"她说了半日,还是不晓得究竟要说什么。

魏夫人嘘了一口气,挥手道:"你只当此事不存在,你我什么事也不知道。"

两人正说着,忽然外面传来采薇的声音:"你们想干什么,大胆,未禀夫人你们就敢闯进来……"魏夫人一惊抬头,看到缪监带着几名内侍进来，向魏夫人施了一礼道："夫人，奉大王之命，查办魏国奸细案，内府要传讯魏夫人身边的采蘩采薇和井监等人，请夫人允准。"

魏夫人脸色惨白，喝道："大胆，我身边的侍人，如何就成了内奸了？我去见大王申诉，我没回来之前，我宫中任何人都不可以擅动，否则的话……"

缪监冷冷地打断了她的话："夫人，公子卬已经自尽了。"见魏夫人浑身一震，缪监看着她的脸色又加一句："魏媵人已经召往内府审问了。"

魏夫人一惊，欲站起，却又坐倒，伸手指着缪监颤抖喝道："你们……居然连我妹妹也……你们，你们太过放肆了。"

缪监继续说着："公子华身边的太傅保姆，大王均已经换过了，该问话的人，也都召去问话了。"

魏夫人看着这个眼神冰冷的内监，心中一沉，忽然尖叫起来："好好好，有了新人，旧人就可以一笔抹杀了吗？大王，大王这是也要弃我于西郊行宫吗？"

缪监听她提起庸夫人，眼神顿时凌厉起来，看着魏夫人的眼神如同毒蛇一般："您不可能有这个机会。魏夫人，庸夫人没有做过任何对不起大王的事，可您不一样……"

魏夫人跌坐又站起，怒视缪监，一字字似从牙齿缝中迸出："是，我不一样，难道大王真的忍心让公子华无母吗？"

缪监冷冷地看了魏夫人一眼道："夫人，好教您得知，除了您以外，所有魏国媵女及侍从都要进内府过一遍。"说罢，喝了一声："带走！"

魏夫人跌坐在地，眼睁睁看着采蘩整一整头发，昂头走了出去，采薇亦尖叫哭喊着被拉了出去，殿内外各种鸡飞狗跳，众宫女和内侍在叫喊中被带走。

也不知道过了多久，天色渐暗。

一阵冷风吹过披香殿内室，魏夫人打个哆嗦，猛地惊醒过来，惊惶地四处回望。

整个宫殿空无一人。

魏夫人颤声道："来人，来人哪！"

整个宫殿却空荡荡的只余回响。

魏夫人站起来，赤着足跌跌撞撞地跑出去："来人哪……"

她跑在走廊中，徒劳地推开一间又一间的侧殿、耳房，甚至是婢女的下房，却是空无一人，宫殿里只有她独自一人惊慌失措的声音："来人，有人在吗，还有人在吗，人都到哪儿去了……"

整个宫殿空无一人，魏夫人只觉得活在一个只有她一个人的世界里，她仿佛被整个世界遗失了似的。她赤着足，一直跑到了长廊尽头，推开披香殿的侧门。

宫门处，却早已经静静地站着两个侍女，她们站在那里，似乎一直就在，但却似乎根本不晓得魏夫人满宫的呼唤，也未曾进来，只是静静地站在这儿，好像魏夫人若不开门，就永远不会见到她们似的。

她们见了魏夫人出来，才一齐敛袖向魏夫人行了一礼，举止整齐，脸上的微笑却似刻上去一般，瞧着是笑，却毫无笑意："参见夫人。"

魏夫人脚步猝然而止，她在这两个陌生的侍女面前，本能地感觉到一阵危机，她希望自己能够克制住她们，她努力想作出后宫贵妇的模样来，这时候，她顿时感觉到自己科头跣足的狼狈样，在既没有侍女服侍又不能立刻转头回去重整妆容再回来的时候，她只能自己努力维持自己的体面。她伸出手来，勉强绾起自己的头发，高高昂起头来，努力做高贵状，但却抑制不住脸上的肌肉哆嗦："你们，咳咳咳，你们是……"

但见左边的侍女应道："奴婢鹊巢，参见夫人"

右边的侍女也应道："奴婢旨苕，参见夫人。"

魏夫人心中一阵冰冷，跌坐在地。

"防有鹊巢，邛有旨苕。谁侜予美？心焉忉忉。中唐有甓，邛有旨鹝。谁侜予美？心焉惕惕。"这一首《陈风》，写的是有违常理的事，而导致的疑惧与背叛。这两个侍女的名字，是专门用来赐给她的吗？

这是秦王对她的怀疑、对她的斥责、对她的见弃吗？

耳边响着两个侍女的声音："奴婢等奉大监之命，侍候夫人。"

魏夫人喃喃地道："我要见大王，我要见大王……我什么也没做，大王不能这么对我。"

忽然听得一声冷笑，一个女子慢慢从阴影里走出来，看着魏夫人眼中尽是恨意："魏姊姊，事到如今，何须狡辩呢？"

魏夫人一怔，眼前之人，正是樊少使，她忽然想起方才缪监的话，他说魏国媵女及侍从均要进内府过一遍，而她的族妹魏媵人也已经进了内府，可樊少使如何还在此呢？

樊少使自生子以后，秦王赐其子名封，又将其升为长使。但她却因为早产而导致身体受损，一直在房中卧病不出。此时出来，却是为何？

樊长使却自己将话都说了："我身怀六甲，却被你拿去当成陷害王后的工具，害得我早产险些身死，我儿天生体弱，便是我侥幸得了性命，却也因此而缠绵病榻，容貌不复。你害我至此，夫复何言。"

魏夫人顿时明白，瞪着樊长使："是你出卖我？"

樊长使哈哈一笑："是啊，你位高权重，我自是奈何你不得。可是魏夫人，你聪明一世，怎么就不明白，就算你有本事抹杀掉所有的证据，却没有办法抹杀掉你做过这些事以后的痕迹，更没有办法抹杀大王心中的怀疑。只要大王怀疑了你，我再说你什么，大王都不会相信你。如今你要再见大王，又有何用？"

魏夫人颤声问道："你同大王说了些什么？"

樊少使冷冷地道："什么都说了，你自入宫以来，所有的事，甚至你偷偷派采蘩出去，与魏公子印私会的每一次，我都替你盯着、看着，替你记着的。"

魏夫人死死地盯着樊少使，她积威已久，樊少使纵然怨恨满腹，被她看得心寒，不禁往后缩了缩，一想到自己险些一命身亡，自己的儿子先天体弱，终身受害，心中怨念又压过了害怕，挺了挺胸道："魏夫人，这是你应得的报应，休要怨我。"

魏夫人看着樊少使，忽然大笑起来："好、好，好妹妹，你不愧是跟着我的人，敢落井下石，也算有些手段。不过，有些事，你是永远不会懂的。"她之前还是极为惶恐疑惑，就算是魏印拿了她的铜符节助公孙衍逃走，秦王驷必然雷霆大怒，但是到了这般将她所有的侍从婢女尽数押走的程度，却是出乎她的意料。

因此她惶恐、她失措，而秦王驷赐下取了这两个明显是存着猜忌和羞辱名字的侍女来，更令她如挨了一闷棍。

而樊少使这般沉不住气地跳出来，倾尽怨恨，只当是可以耀武扬威、一雪前耻，却不知道自己也将她需要的所有信息都告诉了她。

而魏夫人，她最怕的不过是方才官殿中的一片空空荡荡，教她连敌人是谁也不知道，连自己应该如何办也不知道。一旦有了目标，便能够迅速让自己成为一个战士。

够了，足够。虽然这一战，她猝不及防，一败涂地，击倒她的却不是她的敌人，而竟是她的盟友，她败得不甘，败得糊涂。

但是只要她还在，她的子华还在，她就能够卷土重来。

魏夫人看着樊少使，微微一笑，原本苍白的嘴唇忽然诡异地多了两分血色："多谢妹妹好意告知，我必不会忘记妹妹之情。"说着，她绾了绾头发，优雅地昂起头来，转身一步步走回了殿内。

夜风起，足下是一片冰冷，她一步步如踩在冰上，赤着的双足因为刚才奔跑而开始发痛，每一步踩下去，都是痛到钻心。今后她的前途，亦是一步步走在冰刃之上，可是，她魏琰，会一步步走下去，最终，走出这一片险境，重新踏上属于她的宝座。

这一夜，整个宫廷，不知道有多少人为这突如其来的变故，辗转不得安枕。

次日清晨，承明殿外，魏夫人身着素服，卸去所有饰物，披散着头发，赤足走到殿外跪下："妾魏氏，求见大王。"

无人回应。

魏夫人对这样的情况，已经有所预料，多年夫妻，让她比谁都了解，秦王驷的心在真正冷起来的时候，会有多冷酷。然而预料得再多，真正面对着的时候，仍然只觉得一颗心揪紧，痛得难受。

魏夫人双手呈上血书道："妾身有罪，请大王赐罪。"

依旧无人回应。

魏夫人双手无力垂下，血书置于膝上，一动不动地跪着。

但见承明殿中官人内侍来去，日影变化，直至天色暗下来，依旧无人理她。

直至承明殿中灯光亮起，这时候缪监才走出来，走到魏夫人身边，温言道："魏夫人，您还是回去吧，大王是不会见您的。"

魏夫人面色惨白，一片决绝："若大王不见妾身，妾身就跪死在这里，向大王请罪。"

缪监轻叹一声："魏夫人，您认为大王是会为这种行为而心软的人吗？"

魏夫人神情绝望，惨然一笑双手呈上血书："求大监代我呈上血书，我感激不尽。"

缪监心中暗叹，若说后宫诸妇，他心中最不喜的，此妇当数第一。只可惜，后宫妇人，他一个寺人喜与不喜，都毫无置喙的权力。然而在此刻，他却不能不受她所迫，还得似被感动一般，一边摇头一边接过血书，神情也带了三分惨然道："唉，魏夫人，您这又是何必呢？算了，奴才就替您去试试看吧。"

见缪监走进殿内，魏夫人跪在原地，心中却是隐隐有着期望，她知道自己目前的状况，想要翻盘是极难的，只是她不甘心，她曾经离后位只有一步之遥，如今她不但失去了后位，还无端遭遇这样的飞来横祸。她在后宫这么多年，都不曾翻船，谁能料到，竟然在这短短的一段时间内，连着遇难。她用了一夜时间，写了这样一封用尽心机也倾尽情感的血书，只要秦王驷看到这样的血书，必会想起两人的旧情，他们之间曾经有过这么多恩爱的时光，还有她的儿子子华，不管从情感上，还是从利害上，他都当允许给她一个翻身的机会才是。

缪监出来得很快，魏夫人看到他手中捧着原封不动的血书时，就心里一沉。

缪监一脸的怜悯、同情、歉疚，魏夫人看到这样的眼神，她的心就沉到了水底去。她不要这个老阉奴这种虚情假意的表情，明明他对她，比谁都厌恶，这样的表情，让她恶心。

而从他口中吐出来的话，却更是让她寒心，他说："大王没接，他说别拿这种割破指头洒点血的东西当诚意，若是犯了错上呈血书有用，怕承明殿中将来会堆满这种东西，他嫌气味熏人。"

魏夫人只觉得胸口一痛，喷出一口鲜血，整个人已经软软地倒下。

殿前宫女不由得轻呼一声，声音才发到半截，已经被缪监狠狠瞪了一眼过去，直吓得后半声也哽在脖子里噎得差点翻白眼。缪监低声喝道："叫什么，吵着了大王，你有几条命？"

殿前侍候的寺人和宫女们都吓得掩口不语，一个寺人战战兢兢地指了指魏夫人："大监，那魏夫人……"

缪监冷冷地道："抬回披香殿便是，有什么好叫嚷的。"

当下几名内侍匆匆抬了步辇来，将魏夫人扶上步辇，抬回披香殿去。

一行人方走到宫巷，迎面却刚好见芈月带着侍女也坐着步辇过来，刚好两边撞上。芈月见是承明殿的内侍，当下便叫侍人避在一边，却见步辇之上魏夫人昏迷不醒，口角边尽是鲜血。

那几名内侍见是芈月让在一边，反而不敢前行，自己先避让一边，一名内侍赔笑着上前道："请芈八子先过吧，奴才们不打紧的。"

芈月便问："步辇上是魏夫人吧，这是怎么一回事？"

那内侍回道："回芈八子，魏夫人在承明殿外跪了一整天，刚才吐血昏倒了。"

芈月一惊，问："她没事吧？"

内侍赔笑道："芈八子您慈善，魏夫人想来是没事的。"

芈月奇道："什么叫想来是没事的?"

内侍只得笑道："这得太医看了才知道啊。"

芈月方要问召了太医没有，话到嘴边却忽然明白，如今魏夫人戴罪之身，后宫之事掌握在王后手中，若要召太医，那自然也得先去请示了王后才是。

这内侍滑头得紧，想来他只是得了送魏夫人回宫的命令，其他的事，便不会多管，也不会多说了吧，当下轻叹一声，挥挥手，坐着步辇先过去了。

月光下，魏夫人惨白的脸和嘴角的血痕显得触目惊心。

她不知道，为什么魏夫人一夕之间就失去了宠爱。可以说，她进宫，就是为了扳倒魏夫人，这个目标是如此之难，难得她几次折腾，几乎要放弃了。可是谁也没有想到，忽然间，她梦寐以求的事，就完成了。

刚听到这个消息的时候，她是被一股巨大的兴奋笼罩，她是强烈地想知道，魏夫人是如何失势的，到底是谁，做到了自己想做到而没有做到的事?

然而，她没有动，也没有出手，她在等，她想知道，一向狡诈的魏夫人在这种情况下，会如何想办法脱身，而自己又如何可以在一旁冷眼旁观，再做致命一击的。

然后，她知道了魏夫人在承明殿前脱簪待罪，血书陈情，她在想，秦王会接受魏夫人的狡辩吗? 就像她自己当初所想的一样，她是他的旧人，她是公子华之母，就算是为了公子华的颜面，他也会高举轻放的吧。

可是她没有想到的是，秦王居然没有见魏夫人，更没有想到，魏夫人真的会落到这么惨。一刹那间，她不是快意，而是寒意。

怀着这样的心事，她一夜辗转未眠，秦宫向她揭开了更深层次的面纱。原来她以为，后妃之间的争宠，是最可怕的，是杀人不见血的，这些后宫人心的阴暗，是最不可测的。楚威后如此，郑袖如此，魏夫人亦是如此。

　　然而更可怕的是，那些让后妃们搏杀争斗的手段心术，放大了看，却只是小儿之戏。不管后妃们多少的心计，多少的手段，都不及君王之威，雷霆莫测，甚至是飞来横祸。

　　此刻，她比谁都更强烈地想知道，魏夫人到底是为了什么，而失欢于秦王的。

　　她想，她能问谁呢？秦王，自然是不可能的，不知道身为王后的芈姝，是否可以打听出一些事情来。

　　次日起来，她便去了椒房殿，求见芈姝。

　　芈姝很兴奋，整个椒房殿都很兴奋，诸姬失势，诸芈自然得势。

　　自王后入宫以来，最大的敌人便是魏夫人，而如今这个敌人倒下来，那是一场胜利，一场值得庆祝的胜利。

　　一大早，芈姝便叫人开了库房，取了丝帛珠宝，分赏诸媵女，人人有份，便是连奴婢之流，也都得了半匹帛去做衣服。

　　芈姝见了芈月进来，便招呼她过来，教她去这一堆丝帛珠玉中自己挑选上等的，一边拉着她说个不停，一泄心中的快慰之情："妹妹可知道，前日大王忽然查封披香殿，把里面所有的宫女内侍全部拿到内府去审问了。"说着开心地大笑起来，"我还听说，昨日那贱人在承明殿前脱簪待罪，血书陈情，从早上跪到晚上，大王不见她，连血书也不收，最后她还吐血昏倒了，哈哈哈，这真是报应啊！"

　　芈月轻叹一声："是，昨夜我在官巷之中，便遇到了魏夫人，一身素衣，科头跣足，还吐了血，实是可怜。"

　　芈姝兴奋已极，抓着芈月的手，问："你看到了，快与我说，这贱人如何狼狈、如何可怜？"

　　芈月不动声色地带过话题，试探着问："她落到如此之境，阿姊可知道是什么原因？"

　　芈姝不屑地挥手道："还能是何原因，必是她做的恶事太多，被大王知道了，所以这才真是罪有应得。"说罢似得了提醒一样："对了，咱们什么时候亲眼过去看看这贱人的下场。这真是天网恢恢，疏而不漏，当年她这么嚣张，给我下毒，派那些野人伏击我们，还害死了黄歇……如今我们终于可以报仇了。"

芈月听提到黄歇，心中一酸，险些失态。然而见芈姝兴奋莫名，顿时警惕起来："阿姊莫急，此事还须从长计议，不可打草惊蛇。"

芈姝见她逆了自己意思，顿时恼了："你这话是什么意思？难道那魏氏不该死吗？"

芈月只得解释："阿姊，如今魏氏失势原因未明，并不是因为谋害我们而被处置，而是另外犯了案子。如今大王要如何处置她还未确定，如若阿姊现在就对她下手，反而惹起大王的怜爱之心，只会适得其反。"

孟昭氏自恃自己更早服侍秦王，今日芈姝叫人挑选首饰珠宝，众媵女本是推让她先挑，不想芈月来了，芈姝顿时把她抛在一边，先让了芈月，心中本已经有些不忿。耳听得芈姝一脑门子的热情招呼，芈月却是反应冷淡，甚至故意推诿，当下本是静静地坐在一边听着，却忽然插了一句："季芈怕是有所顾忌吧。"

芈姝听了这话，也疑心起来，便接着问了一声："妹妹到底有什么顾忌？"

芈月看了孟昭氏一眼，见对方却只是带着一贯的恬淡微笑，如同一直以来在高唐台一样，永远不温不火，却在所有的人未预料的时候说上一句，把火点着了，自己却安然而退。

她点着了火，自己却要去浇熄这把火，她只能对着芈姝解释："阿姊，后宫妃嫔的命运，不在你我互相揗斗，而在于前朝的政局变化。当日阿姊身为王后之尊，被魏夫人派人下毒、伏击，却依旧奈何她不得。而如今阿姊未曾出手，魏夫人已经落败，那也只不过是大王的心意变了而已。"

谁知那孟昭氏今日不知道吃错了什么，看似低眉顺目，却是冷不防一句一句，阴恻恻地接口："可如果我们不乘胜追击，那岂不是纵虎归山？"

芈月转头厉声斥道："孟昭妹妹这么有想法，何不自己出主意？"

孟昭氏似被她喝住，低头不语，眼神却透着一股子敢怒不敢言的意思给芈姝看。

芈姝更是不悦，冷冷地对芈月道："好了，魏氏的事，你既不愿意出手，就别管了。如今倒有一件最重要的事情，你来想想办法。"

芈月只觉得一阵头痛，看芈姝的意思，不晓得又出什么意外之事，只得问："什么事？"

芈姝表情却已经转为眉开眼笑，拉着芈月，一副贴心的样子："你也知道我的荡乃是嫡子，你看如何向大王提出，早日立他为太子？"

芈月抚头，叹息："阿姊休要心急，公子荡乃是嫡子，自然会立为太子，若是过于着急，反而会令大王反感。更何况，这件事最好是等他长到三五岁性情初定时提为好，再不济，也得过了周岁吧！"

不想季昭氏见姐姐孟昭氏被芈月所呵斥，心中不服，竟阴阳怪气地插嘴道："难道季芈的意思，是觉得公子荡过不了周岁，还是要等三五年以后看看公子荡够不够聪明。"

芈月忍无可忍，抓住季昭氏这句话的语病，反手一掌打在季昭氏脸上，喝道："你敢诅咒公子荡，实在无理！"

季昭氏被芈月这一掌打在脸上，本要发作，听了此言吓得边哭边申诉道："王后，王后，妾身冤枉，我真的没有诅咒公子荡的意思。"

孟昭氏一惊，心中暗恼妹妹真是成事不足，她本两句挑拨就已经打算不再说话，此时只得站起来护住了季昭氏，一面以姐姐的身份不忿道："季昭只不过是顺着季芈的话说下去，季芈怎可反诬于她？当着王后的面前，季芈居然动手打人，这实是不将王后您放在眼中啊……"

芈姝本对季昭氏生了怒火，被孟昭氏一言又带歪了，转头斥责芈月道："够了，在我面前，你居然敢动手打人，哪里还把我放在眼中？你既不愿意给我出主意，就给我出去。"

芈月方欲劝："阿姊……"

芈姝已经不想再听下去了，她本性骄纵，入得秦宫，千忍万忍，自觉已经忍辱负重已极，如今魏夫人倒下，她已经不用再忍任何人了，不管是敌人的嚣张，还是自己人的劝告，都无须再忍，沉了脸道："出去。"

芈月已经明白她的用意，话不投机，无法再说，只得站起来行了一礼，便转身而去了。

孟昭氏抚着季昭氏的头，垂泪道："都是妾身和妹妹多嘴，惹怒了季芈。"

芈姝道："不关你的事。"

孟昭氏便不再说话了，谁也没有看到，她眼中闪过的一丝得意。魏夫人若不倒，她自问没有抗衡魏国诸姬的本事，可如今魏夫人倒了，那么，同为芈姝的媵女，她又何必屈居芈月之下呢。

她早已经看出来，芈姝与芈月虽然名为姊妹，却是面和心不和。尤其是芈姝身边的傅姆玳瑁，更是对芈月猜忌异常。既然天予她这个机会，如果她不乘机夺取，那才当真辜负了昭氏家族，连送了她两姊妹到秦国为媵的心思呢。

芈月走出去，心中一片冰冷，她知道，当她第一次与秦王驷在一起的时候，以芈姝的性子，她与芈姝之间，终究是不能共处的。虽然她一直试图延迟这种结果，但是，如今看来，魏夫人一倒下，这种分裂便已经无法阻止了。

一个听不进劝，只会让你替她解决麻烦，但却永远只听别人挑唆的人，得罪她是迟早的事，区别只在于迟和早而已。

当日在楚宫里，她敷衍楚威后、芈姝等人，因为她知道自己总有一天会从那里出去的，能敷衍她的日子也是有限，她能忍得下来。

后来入了秦宫，她想借芈姝的力量对抗敌人，为黄歇报仇，也想借她的力量保护小冉，可这两样最终还是无法倚仗芈姝，她终究还是靠自已挣得了魏冉的活命，同样也埋下了与芈姝决裂的危机。

想到这里，她轻叹一声，她已经能够看得到芈姝将会在玳瑁、孟昭氏等人的拨弄下，走向何处了。毕竟与她姊妹一场，她想，她还是为她做最后一件事吧。

想到这里，她转身看着椒房殿的房檐，轻叹一声，回头向前而行。

第十三章

翻云手

秦王驷这日心情并不好，无论是谁，遇到自己的重臣潜逃，宠妃通敌之事，心情都好不到哪儿去，连眼前的简牍也看不下去了。他百无聊赖地转头，看着本应该侍坐一旁收拾的芈月有些走神，便伸手在她眼前挥了挥手："喂，喂!"

芈月回过神来，脸一红，忙请罪道："大王，妾身失仪了。"

秦王驷问："你在想什么想得如此入神，连寡人叫你都没听见。"

芈月欲言又止："没什么!"

秦王驷见她如此，倒有些诧异，扬起一边的眉毛来："有什么事，不能跟寡人明说? 嗯?"

芈月叹了一口气："妾身刚才是在想，公孙衍居然能够在关卡森严的情况下离秦入魏，真不知道魏国的细作可怕到何等程度，令人细思恐极。"说到这里，看着秦王驷有些不好意思地笑了笑："妾身知道，这是自己在杞人忧天了。"

秦王驷见她如此，搂过她温言安慰道："你且放心，细作之事，不过是潜伏暗处接应，影响不了大局。"

芈月欲言又止："妾身不是担心自己……"

秦王驷诧异："那你在担心什么？"

芈月叹道："当日妾与王后入秦之时，王后在上庸城中了药物之毒，下毒之妙，实是少有的高明，至今想来，犹觉心寒。有道是明枪易躲，暗箭难防……"说到这里，她欲言又止长叹一声："妾身昨日去见王后，看到公子荡尚在襁褓之中，天真无知，不知怎么的，就起了忧心。"见秦王驷的脸沉了下去，芈月顿时不安起来："大王，妾身说错了什么话吗？"

秦王驷强笑了一笑，抚了抚她的头，道："无妨，你没有说错，你说得很对。"

芈月松了一口气，她知道，自己的意思，已经传达到秦王驷的耳中，只要让秦王驷也开始忧心公子荡年纪幼小恐遭不测，那就会对所有年长的公子产生警惕，而最好的办法，就是把这些公子分封出去。

名分早定，就能够成功地消弭许多人心的欲望。

而只要诸公子分封出去，公子荡不是太子也是太子了。

秦王的太子，只能是芈姝的儿子，这是确定无疑的，否则任何其他人的儿子当上太子，对于诸芈来说，都是灭顶之灾。而此时亦是最好的时机，正是秦王驷对诸姬感观最坏的时候，等这段时间过去了，也许可能旧时的情谊反而会慢慢恢复。

公子荡立为太子，下一轮的争宠，就将会在诸芈身上产生。芈姝有王后之位，有太子，心里安定，她也会将四个媵女一一提拔到一定的位置上，在后宫形成诸芈的势力，诸芈争宠开始以后，芈月就安全了。

然而，次日薛荔告诉她，昨日秦王驷去椒房殿，提起有意分封诸公子之事，不料王后芈姝大发脾气，表示反对。

芈月听到这个消息，从齿缝中冷冷地说出两个字来："愚蠢。"

是的，她都能够想象得到芈姝此刻的心理，她以为自己受的委屈还没有出够气，她受楚威后的影响太深，认为一个王后的权威，应该是让所有的姬妾跪倒在她的面前，战战兢兢地等着她的吩咐、她的处置、她的发落。

她是对楚威后的手段不以为然，她认为她处置姬妾会比楚威后更仁慈，然而她们的思维方式，却是一模一样的，而这，却是所有强势的君王所最不喜欢的。

大好机会，在此时此刻，远逐分封公子华，足以让魏夫人完全失去重新翻身的筹码。她却非要实实在在、当面锣对面鼓地宣示自己要报复要出气，这是自弃优势。魏夫人虽然暂时失势，然而百足之虫、死而不僵，芈姝的智力并不足作为魏夫人的对手，若是当真撕破脸，以魏夫人的手段，恐怕会有无穷的后患。

说，还是不说？

有时候对于一个刚愎自用的人，去指正她的错误，就等于得罪她。而不说，则又不能眼睁睁地看着她用她的愚蠢，将自己这一拨人的命运拉进泥坑里。

芈月顿了顿足，暗叹一声，不管她多么不情愿，然而她们既然一起从楚国来到秦国，便是命运已经绑在了一起，同荣共辱，若是芈姝真的出了什么事，她们这些媵女，谁也无法独善其身。

芈月走进椒房殿的时候，芈姝正拿着拨浪鼓逗着婴儿："荡，与母亲笑一笑，笑一声。"

婴儿却是有些暴躁，被芈姝逗得已经有些想哭了，再一逗，顿时哇哇大哭。

正在此时芈月进来，刚想说话，却听得婴儿忽然大哭，但见芈姝手忙脚乱地哄着婴儿："我儿不哭，不哭……"

玳瑁见状忙接过婴儿，哄了好一会儿，才止住哭声。

芈姝才转过头来愠怒地道："妹妹，这等慌张，有什么要紧的事，险些惊了我儿？"

芈月见她迁怒，只得赔不是道："是我鲁莽了，阿姊勿怪。"

芈姝神情稍霁，方问："何事？"

芈月问："听说大王有意分封诸公子，却被阿姊阻止，可有此事？"

芈姝点头："的确有此事，"说到这里，面容也有些扭曲了，"哼，也不晓得是谁给大王出的主意，是想让魏氏那个贱人借此机会逃脱问罪吗？还想让她儿子受封，想也别想。她既有罪，她的儿子也休想得意。"

芈月顿足："阿姊，你真是坏我大事。"

芈姝诧异："怎么，这是你的建议不成？"

芈月道："阿姊不是说，要我想办法劝大王立公子荡为太子吗？可是以大王的脾气，就算是要将天下传给嫡子，也是要再三观察、细心培养以后才会确定。所以立太子之事，三五年之内都未必有结果。我知道阿姊担心年长的公子会影响到公子荡的地位，所以才建议大王将年长诸子分封出去，如此既可以名分早定，让他们失去争位的倚仗，也不会有朝臣支持他们，更让后宫的妃子们死心，少起风波。阿姊何以为一时意气，坏了大局。"

芈姝听了，先是一喜，转而想到自己刚刚阻止了此事，她却是不肯认错之人，转念一想，便驳道："既然后宫的妃子们有不轨之心，诸公子将来会生事，那我为何不能将他们控制在手心中。放他们出去，太便宜他们了。妹妹，你毕竟出身不一样，身为王后，除了要让人怀德，更要让人畏威。魏氏贱人想要我的命，她的儿子还想这么早就受封，没这么容易，我要拿她杀鸡儆猴，以儆效尤。"

芈月心中暗叹，很多时候，与芈姝无法继续交谈，一来是她的智慧无法跟得上自己的思路，二来哪怕她明知道自己做错了，但她头一个念头不是承认错误补救错误，而是为了自己的面子，也要先把你的意见给驳了。

芈月张口想说，最终还是懒得再说。

芈姝却自觉越说越是有理，反而指责芈月道："说起来我还没有问你，要知道我才是王后，没有我的同意，你向大王进什么言？什么时候你可以瞒着我决定后宫的事了吗？"

芈月看着芈姝，从失望归于平静和放弃，退后一步，缓缓行礼："阿姝，我原以为，阿姝叫我想办法立公子荡为太子，我本也没有把握能否成功，未能与阿姝商议，是我的不是，日后这样的事我再也不敢了。"

芈姝满意地点头："我知道从前是我过于纵容你了，可如今后宫没有规矩不成方圆，日后你当如孟昭氏一样，小心做人，谨守本分，若是再出了什么事，我过于宽容你就不好处置别人了。"

芈月应了一声"是"，心中却已经在神游天外了。所谓将来有事，必先向芈姝请示，其实对于她来说，或许更好，若是连芈姝都能够理解接受赞同的主意，基本上，就是一个是人都不会上当的主意而已。反正她地位已定，自有其他四个媵女讨好献媚，也许，自己是时候抽身了。

芈姝得意洋洋地将芈月数落一番，说完了，看芈月脸色不好，也知道自己方才故意下了她的脸子，不过是心中嫉妒而已，自知理亏，转而后悔。她既是要占人上风，又不愿意别人腹诽于她，非要让别人口服也要心服才行。当下又换了脸色，拉起芈月的手转而缓和气氛："唉，妹妹，我知道你也是出于好意，只是太过独断专行，未免不够懂事，如今说开了就没什么。"

芈月只得应了一声"是"。

芈姝又道："如今都快晚春了，我闷在屋子里也快一年没出去了，不如陪我去花园逛逛，看还有什么花开着。"

芈月心中暗叹，居人之下，她不讲理的时候你要受着，她要示好的时候你也必须要接着，当下笑了笑，表示自己并不介意，便领受了芈姝这份"好意"。

当下在宫婢簇拥下，两人出了椒房殿，转过廊道，漫步园中。

但见花至荼蘼，果然是已近晚春了。

芈姝有意缓和气氛，高声大笑，处处指点，芈月淡淡地偶尔附和，心中只想草草混过这一场，便回自己的蕙院去。

不想一转头，却见花园另一头，魏夫人面容惨淡，带着鹊巢走过来，见了芈姝等人，似乎想到了什么，疾步走到芈姝面前，强撑着笑脸行礼："妾身参见王后。"

芈姝心情正好，见了魏夫人，顿时败了兴致，皱眉喝道："魏氏，你戴罪之身，居然还敢出来？"

魏夫人微笑着，看似一脸谦卑，但眉梢眼角，却透着一股说不出的诡异和险恶，笑容虽然温和，声音也有一丝尖厉："听说王后赏花，妾身特来侍候。"

芈姝甩脸子道："用不着。"

芈月看着这个样子的魏夫人，心中却是觉得有些不安，魏夫人如今看似落魄，但似乎透着一股更加难缠气息。她反正已经落到底了，再多一件事，也是无妨，但她若存了狠心，要做出什么事情来拉着芈姝垫背，却是不妙，当下拉了拉芈姝道："阿姊，不要理会她，我们走吧。"

不想芈姝听了此言，反而甩开芈月的手，朝着魏夫人冷笑一声："魏夫人，我看你还是安分地待在你自己宫里为好。做人还是要有些自知之明为好，你看这花开得这么娇嫩，你在花前一站，岂不更显得人老色衰，自找难堪……"

魏夫人脸上显出受辱的神情，却还是勉强笑着："王后，妾身来只是为了子华分封的事……"

芈月心中诧异，芈姝已经拒绝分封，此时魏夫人来，难道是为了求芈姝高抬贵手。无论如何，这是缘木求鱼的事，以魏夫人的心高气傲与能力手段，绝对不至于此时跑来自取其辱。她方要开口劝芈姝，便听得芈姝已经趾高气扬地道："你死了这条心吧，我活着你儿子就休想分封出去，你做了这么多的坏事，别以为能逃脱惩罚。"

芈月方欲开口："阿姊……"

就见魏夫人忽然扑通一声跪下，拉住芈姝的裙边，哭泣哀求："王后，妾身求您……"

她的叫声十分之高，芈月暗道不好，魏夫人显见这是困兽之斗，见自己无法翻身，便要故意跑来受王后之辱，然后激怒王后，再让王后做出不智的行为来，便可以将王后"不慈"的行为铁板钉钉了。

一个人掉进坑里，如果无法爬出去，那就把另一个站在上面的人，也拖进坑里，大家就又在同一个层面了。

芈月上前一步，想要劝说，话到嘴边，她忽然就不想张口了，说了，又能如何？芈姝不相信她，她就白说了；芈姝相信她，她又招芈姝之忌恨。以魏夫人的心性，她既然准备以这个方法自污污人，以芈姝的头脑，每一刻都会有掉坑的可能，她提醒一次，又能够提醒多少次。

既然劝说无用，她决定袖手旁观，再看结果如何。

宫中波诡云谲，芈姝的路，终究要自己走，她能够劝得几次、阻得几次？

她为了替黄歇报仇而入宫，为了入宫而与芈姝达成帮助她的协议，为了救魏冉而委身秦王，为了委身秦王已经破坏了与芈姝的协议。

如今，魏夫人已经落败，那么自己所要做的，就是找到她落败的原因，然后再让她永不得翻身，完成对黄歇的心愿。

至于芈姝与魏夫人斗气，谁胜谁负，又与自己何干呢？

但见芈姝怒冲冲地一扯裙子，用力甩开魏夫人的拉扯，道："你这贱婢，我是不会放过你的，你休以为这般作模作样，我便会放过你……"

却见魏夫人脸色惨白，似要晕过去，她身后跟着的侍女连忙上前一步想扶住魏夫人。

不想芈姝却尖叫起来，却原来不知何故，魏夫人的侍女抢上前扶着魏夫人之时，芈姝正怒气冲冲甩开魏夫人欲往前走，不晓得如何，她的裙子却被人扯住了，她失了平衡，反力往后摔，便与那魏夫人的鹊巢摔到一起，混乱中芈姝只觉得头皮一紧，似乎头发缠到了什么地方，当下便尖声大叫起来。

众侍女着了慌，玳瑁慌忙过来的时候，才发现芈姝的头发被一株花草缠住，好不容易解开的时候，只见几茎落发也飘落地上。

就听得魏夫人一边扶起那侍女，一边哭腔道："鹊巢，是你踩着了王后的裙子吗？快向王后赔不是，叫王后饶了你吧。"

芈姝狼狈不堪地被侍女们扶起之后，只觉得头皮发痛，头发也掉了几根，直气得七窍生烟，耳中又听得魏夫人的哭声，又见魏夫人推着那侍女上前跪地赔罪，那侍女却是一脸惊慌中带着茫然，当下也不管不顾，亲自伸手，将那侍女正正反反扇了数记耳光，本还要再扇下去，却是用力过猛，早已经扇得自己手疼起来。

只是心中恶气难出，指着那侍女道："来人，将这贱人与……"她看了魏夫人一眼，有心要将她一齐治罪，但终究还不至于狂妄到这一步，只得忍了忍，方要说话。

却见魏夫人失声痛哭起来，哭得便似大祸临头一般："鹊巢，鹊巢你怎么样？王后，都是妾身的错，您要打要罚，妾身都认了，求您饶了鹊巢吧，她还只是个孩子，什么都不懂，什么都不知道……"

芈姝见魏夫人流露出对这个侍女格外关心的样子来，心中只觉得畅快无比，魏氏，我虽然一时治不得你，但是，能够让你痛苦、叫你哭泣的事，却是不妨先试试手，当下果断喝道："来人，将这贱奴拉下去，杖毙。"

那侍女惊叫一声，还不及回醒过来，便见一群内侍立刻将鹊巢拉下，但听得她一路哭叫："夫人，救我……夫人，救我……我是冤枉的，我什么也没做啊……"

却见魏夫人跪地失声痛哭，只徒劳地伸着一双手，朝那侍女被拖下去的方向哭道："鹊巢，鹊巢……"

芈姝俯下身子，看着魏夫人，恶狠狠地道："魏氏，你管教不严，罚你在此，跪一个时辰。"说罢，抚了抚犹有些抽痛的头皮，觉得自己形容狼狈，无心继续停留，率众怒气冲冲而去。

魏夫人独自跪坐在地，捂脸呜咽。

芈月远远地看着这一出闹剧，见人都走净了，方走到魏夫人身边，蹲下道："人都走了，你又何必再演戏呢？"

魏夫人心中一凛，脸上却是不动声色，只缓缓抬头苦笑道："季芈，我痛失身边爱婢，你说这话，又是何意？"

芈月叹息："我不一定知道所有的前因后果，但我却太了解魏夫人你了。就算这个侍女是你的心腹之人，你也不会为了她而如此失去颜面，狼狈求情的。"

魏夫人掩面呜咽："原来季芈眼中，我便是这样一个无情之人。我如今身边心腹尽去，唯有鹊巢，我纵然再无情，此时她却是我唯一可倚仗的，若没有她，我亦不知如何是好了？"

芈月轻轻摇头："'防有鹊巢，邛有旨苕'，魏夫人，她要当真是你亲近之人，如何会取这样的名字？"

魏夫人怔住了。

芈月轻叹："你这又是何苦？"

魏夫人忽然道："没想到过去一直是我低估季芈了，你打算告诉王后吗？"

芈月摇头道："侍女也是一条人命，你为什么要杀她？"

魏夫人冷笑："杀她的是王后，不是我。"

芈月看着魏夫人，这个女人不择手段，实是令人心寒："你坏她一条性命，就是为了让王后杀人，为什么？"

魏夫人冷笑："王后若有仁心，谁能让她杀人？"

芈月无语，是啊，就算是自己当面告诉芈姝，魏夫人是故意激怒她杀人，坏她名声，那又如何，她几乎可以肯定，王后还是会杀了那个叫鹊巢的侍女。

计是魏夫人设的，人却是王后杀的。

她不想再和这个满心恶毒的女多说一句话，甚至多站一会儿，她都觉得脏。

魏夫人看着芈月远去，嘴角浮起一丝诡异的笑容。此时王后一场大闹，宫中之人已经知道，王后一走，过一会儿，宫中之人都将会被引过来。

她静静地等着人声越来越近，歪了歪身子，倒了下来。

她听到了人群的惊呼声，她伏在草地上，听到了越来越近的脚步声。

这官里，发生任何事，都会在第一时间传到缪监的耳中，也会传到秦王驷的耳中。

"哦，打死了？"秦王驷放下手中的竹简，缓缓地问。

"是。"缪监只说了这一个字，再不言语。

秦王驷闭了闭眼："王后过了。"

缪监不敢说话，事涉秦王后妃，他这个老奴，只要禀报情况，等候命令就是，不必多嘴。等了好一会儿，才又听秦王驷问："魏氏……她如今如何了？"

"听说回去就病了。"缪监小心翼翼地回话。

秦王驷哦了一声，没有说话。

缪监心中却是飞快地过了一遍，想仔细了，才又提醒道："如今魏夫人身边，只有旨苕一个侍女……"

秦王驷怔了一下，反问："只有一个？"见缪监垂头不语，他忽然想起当日自己盛怒之下的命令，将魏氏身边所有的人全部押去内府审问，不留一个。直到缪监小心翼翼地问自己魏氏身边无人服侍当如何，他才令缪监随意派两个宫女便是，还亲自取名为鹊巢和旨苕。如今，便只有一个了。

"太医怎么说？"秦王驷拿起了竹简，问。

缪监提醒的用意，并不是这个，但很显然，秦王驷没有理会他话中隐约的警惕，反而此时动了恻隐之心，既然如此，自己的话锋自然也是要不一样了，当下回道："太医说，是之前曾有风寒入体，心思郁结，急怒伤肝，又曾呕血……"

"罢了，"秦王驷没有听他再继续说下去，风寒入体心思郁结急怒伤肝曾经呕血，自然是因为她长跪殿前而致，她是苦肉计，而自己当时盛怒之下，太明白她是想借苦肉计而求情，反而更是排斥。

但此时，听到她因此而带来的伤病，明明知道她是苦肉计，但是她的身她的心，同样是伤痛之至的。盛怒已退，忽然间想到了过去她曾经有过的种种好处，他帝王的心，也不禁软了一下。

正在此时，缪乙轻手轻脚地进来，低声禀道："大王，公子华求见。"

秦王驷看了缪乙一眼："他来做什么？"

缪监轻声提醒："想是知道了魏夫人病了的消息吧。"

"唔！"秦王驷摆了摆手，"叫他好生顾着学业，准其每月十五进宫见他母亲一回。"

缪乙应了出去。

秦王驷皱了皱眉，道："魏氏毕竟也是公子之母，如今病重，也不好只有一个侍婢。缪监，找些人去服侍她吧。"

缪监应了一声，又问道："大王的意思，是恢复原来的规制，还是……"

秦王驷道："既是有罪之人，减半吧。"

缪监应了，秦王驷忽然又道："若是内府审明了不涉案的旧婢，也放回来服侍吧，毕竟有个旧人服侍，也用心些。"

缪监忙应了，当下便带着缪辛，先挑了一些宫人寺人，本拟带着她们直接去披香殿的，忽然想到一事，便搁下了。

披香殿中，冷冷清清，不过几日的时间，便显出一片颓废来。

缪监带着缪辛站在回廊下，静静听着室内的声音。

一壁之隔，门又开着，声音传到外面是很容易的。此时披香殿只有旨苕一个侍女，只在殿内服侍，他二人悄悄地进来，竟是无人发觉。

但听得魏夫人在内，似乎是病得有些迷糊，只断断续续地喃喃道："鹊巢……王后，你饶了她吧……你恨我便是，为什么拿她出气……她也是一条命啊……"

就听着旨苕那傻丫头哽咽道："夫人，夫人，您醒醒，您醒醒……"

似乎又听得水声、脚步声、器具响动的声音，好一会儿，又听得魏夫人悠悠道："旨苕，你怎么在这儿啊？"

旨苕哽咽道："夫人，您应该喝药了。"

就听得魏夫人长叹一声道："喝什么药啊，我这个样子，也是等死，喝药又有什么用？"

旨苕哽咽道："不会的，夫人，您喝了药便好了。"

魏夫人苦笑："身为妃嫔，见弃君王，便是绝路，心已死，身何置？"

旨苕不再说话，只是哽咽。

魏夫人长叹一声："我在秦宫，也曾经一呼百诺，咳唾成珠，整个后宫上下人等，有几人没受过我的好处，有几人不争先恐后地向着我献忠心？可是如今，我孤零零地躺在这儿，却唯有一个你不离不弃，偏就是你，是不曾受过我好处的。患难时节，方见人心啊。"

旨苕哽咽着道："奴婢服侍夫人的时间虽然短，却晓得夫人是个好人，那些人狼心狗肺，当真不是好东西。夫人不必与她们计较，只管自己好好养病才是。"

魏夫人轻叹，便听得她窸窸窣窣，不晓得在开什么东西，又道："旨苕，这几件首饰，原是我用过的，如今给你，只当一个念想。你现在走吧，别管我，横竖我已经是个活死人了，你还年轻，不应该跟着我受连累。走吧，走吧……"

旨苕哭得更厉害了："夫人，我不走，我走了您怎么办？夫人您为了鹊巢而伤心病倒，我奉命来服侍夫人，绝不会抛下夫人离开。"

缪监袖着手，静静地听着，缪辛张口想说话，缪监抬手做个手势阻止他说下去，过了一会儿，里头的两人不再说话。缪监便指指外面，两人轻手轻脚地离开。

一直走出披香殿，缪监才长叹一声："看到了没有？什么叫翻手为云覆手为雨，什么叫信口雌黄颠倒黑白，这位魏夫人道行深了，连你阿耶我，都甘拜下风、自叹不如啊！"

缪辛却有些不解："阿耶，孩儿道行更低，连看都看不明白呢！阿耶同我说说看，咱们为什么不进去、不宣旨，却只在外头听了听，便出来了。"

缪监负着手，冷笑一声："反正我不宣旨，总有人宣旨。嘿嘿，嘿嘿！"

秦王驷厌了魏夫人，叫他随便挑两个宫女去服侍，这随便的意思，便是不喜，再加上秦王驷亲口取的这两个名字，他便知道魏夫人已经完了。

他有意挑了两个宫女去服侍魏夫人，一个机灵的，一个愚笨的。机灵的那个要紧跟着她寸步不离看着魏夫人，她便有些手段心思也会被克制住。愚笨而脑子不带转弯的那个守住官中，油盐不进，不让人插缝生事。总以为，这个女人能就此消停。可是没想到，她转眼就能够借刀杀人坑死那个机灵的，顺带还收服了这个愚笨的。方才他听了半晌，旨若那个蠢丫头，被人几句好话、一点破烂东西，收买得简直要掏心掏肺了。嘿嘿，厉害，厉害！

更厉害的是，她不但借着王后的手除掉了鹊巢，还借此将王后的嚣张和愚蠢放大到了君王面前。她本来已经在坑底了，大王厌恶了她，她连翻身的余地都没有。结果这件事，居然让她得到一线生机。大王在听到她病重的时候，生了怜惜之心，说她虽然有罪，但毕竟是公子华之母，不忍她受人作践令公子华无颜，所以披香殿不能只有一个侍婢，虽然不能恢复原有的服侍人数，减半也是要的。若是内府已经审明白不曾参与阴谋的旧官人，也可以发回，让几个宫婢寺人都放回来去服侍她。

缪辛见他神情不悦，问道："阿耶，您有什么不高兴的?"

缪监哼了一声，道："她如今孤身一人，还能兴风作浪，如今大王还怜惜她，说要将那些审了无事的旧婢依旧放还披香殿，嘿嘿，官中此后又多事了。"

缪辛不解道："阿耶，几名侍婢能掀起什么风浪来?"

缪监道："嘿嘿，百足之虫，死而不僵。虽然只有几名侍婢，可她就可以腾挪出手段来啊。这次披香殿折损了一大批心腹，可以魏夫人的手段想要收服一批人，想来也是不难。看着点儿，别学着刚才那个傻丫头，被主子一点小恩小惠收买得连命都不要了。我们做奴才的，什么都没有，唯一有的只有一条命。"

缪辛听着缪监教导，心中一凛，忙应道："是。"

缪监冷笑一声，斜看他一眼道："咱们的命，只能献给一个主子，一个值得的主子，休要为蝇头小利贱卖了。"见着缪辛神情还有些茫然，他也不欲再说，只冷笑一声。身为寺人，他这一路上来，眼看着许多的前辈、同辈，甚至于后辈，有许多便是为了蝇头小利、小恩小惠，断送了一生。眼前这个假子，到底能不能悟出道理，就看他自己的造化了。

第
十
四
章

聪—明—误

　　本以为已经失势的魏夫人，却因为在花园中与王后狭路相逢，被王后迁怒杖毙了一个宫女，她自己也一惊而病，不想却反而引起了秦王的怜惜，虽然处罚未变，但身边原来被拘走的奴婢，却又被补了许多回来，好照顾她的生活。

　　王后芈姝为此，又砸了一堆玉器。

　　魏夫人看着跪在眼前的几个旧婢，潸然泪下。几个心腹的大宫女，自然是已经不能出来了，如今只余一个采薇，还算原来的心腹。另一个侍女采苹，却是她的族妹小魏氏即原来的魏少使贴身侍女。

　　当日事情发生之后，小魏氏将所有与魏夫人有关的罪名都自己认下来了，并服毒自尽。这也是为了魏人最大的利益，若是魏夫人活着，她毕竟是后宫位阶最高的夫人，她还有一个公子华，更重要的是，她的头脑手段，远胜过小魏氏。魏夫人必须保住，小魏氏只能牺牲。小魏氏毕竟只是魏国宗女，她的父母、她的弟弟，都还在魏国，她一死，才能够保全家人的富贵平安。

　　魏夫人现在，成了魏人在秦国最后的赌注，她握紧了拳头，这一仗她输得莫名其妙，但是公孙衍返魏，却是她们赢得的最大一笔。只要有她在，魏人在秦国的控制力，就不会输。

采苹的名字，取自《召南》"于以采苹，南涧之滨"；采蘩的名字，亦取自《召南》"于以采蘩，于沼于沚"；采薇的名字，来自《小雅》"采薇采薇，薇亦作止"，这些侍婢的名字，都是她起的。不但如此，卫氏身边的采蓝、采绿，樛氏身边的采艾，樊氏身边的采葛，乃至早年魏王后身边的采萧、采菲，这些名字，都是她从《诗》上挑选出来起的。

这些名字，代表着她对姬姓后妃所有人的控制力，然而，这一切的控制力都在失去。

看着采苹哭诉小魏氏之死的经过，魏夫人也不禁落泪："好孩子，我不会负了你家主人的，我也不会负了任何忠于我的人，我自会让父王好好照顾她的母亲和弟弟。"说到这时，话锋一转，问道："你是要留在我身边，还是回魏国去？"

采苹抹了把泪，磕头道："奴婢愿意侍候夫人。"

魏夫人点点头，转向采薇道："你们总算出来了，可惜采蘩、井监，还有其他人都没办法再出来了。"

采薇磕头："奴婢真是怕从此再也见不到夫人了。"

魏夫人道："能把你们两个捞出来，也不枉我苦肉计一场，因我而受累的人，我是不会忘记他们的，他们的家眷多赏些钱吧。唉，死者已矣，生者却要活得更好。采薇，如今有一件紧急的事，要你立刻去做。"

采薇道："请夫人吩咐。"

魏夫人取来一只匣子，推到他面前打开道："这颗夜明珠，你去送给张仪。"

采薇惶然："夫人您这是……"

魏夫人道："你送给张仪，他自会明白，然后你把他的回信给我。"

采薇吓了一跳："夫人，我们才从内府脱身，若是再出什么差池，岂不是更加陷入不堪之境？"

魏夫人苦笑："难道我们还能更差吗？你们就甘心这样当个活死人？若是用力一搏，倒有一线生机。若是坐着等死，那才会越来越不堪呢。"

采薇动心，却无奈地道："夫人，如今我们都没有出宫令符，只怕带着礼物也出不了宫啊。"

魏夫人轻叹一声道："办法总是人想出来的，不一定要出宫令符，可以借着其他理由……"

采苹见采薇犹豫，忽然道："奴婢有办法。"

魏夫人惊诧道："采苹，你有何办法？"

采苹磕头道："奴婢可以借为魏少使送葬的时机出宫，帮夫人办事。"

魏夫人道："好，采苹，你若做成此事，我永记你的功劳。"

次日，魏夫人请旨令采苹安葬魏少使，宫中允了。于是，魏少使出宫，魏夫人坐在房中，默默地等着。

三日后，采苹回，却是容颜惨淡，跪在魏夫人面前请罪道："奴婢愚笨，未能成事，请夫人治罪。"

魏夫人心中一沉，强自镇定，慢慢地问道："你东西没有送出去？"

采苹怒道："那张仪不是好人，收完夜明珠以后，只说了一句此事也难也不难，就管自己批阅公文去了。奴婢催他，结果他翻脸不认人就把奴婢赶出门去……"

魏夫人一惊："这不可能，张仪若是不能办事，他就不会收你的夜明珠。"

采苹急了："可他明明什么也没说。"

魏夫人抚头，沉下了心，细细一想，张仪收了夜明珠，则必然不会白收，当下问采苹："你且把从进门到出门，他说的每个字都重复给我听。"

采苹凝神思索着经过，道："奴婢见了张仪，依夫人之言，呈上夜明珠，只说'我家主人请张子给一句回话'。"

魏夫人问："然后呢？"

然后，张仪轻叹一声，依依不舍地放下夜明珠道："此事也难，也不难!"她又磕头道:"还请张子相助。"张仪却说:"世间难事,再难的事也没有什么不能破解的,难破解的是心。"她不解:"心?什么是心?"她听不明白,只不解地看着张仪,张仪却只管自己批阅竹简,她等了半天,才惴惴不安地提醒道:"张子,张子!"不料张仪停下笔,不耐烦地反问:"你怎么还没走啊?"她惊骇了:"可张子您还没给奴婢回复呢?"却见张仪不耐烦地挥手道:"出去出去,我最讨厌看到蠢人杵在我这里当柱子。"然后,她就被张仪赶走了。

这便是全部的经过。

魏夫人听了半天,将所有的话反复回想,又让采苹复述一遍,想了半日,不得要领,于是再问:"他就没有其他的话了?"

采苹皱起眉头苦思,终于又想起一事:"他收了夜明珠之后不给回话,就低头改公文了,一边改一边念叨着大王命他出征魏国,然后一抬头,说:'咦,你怎么还没走啊?'然后就发脾气说:'出去出去,我最讨厌看到蠢人杵在我这里当柱子。'然后奴婢就被赶出来了。"

魏夫人猛然领悟到了什么,再仔细问:"等等,大王命他出征魏国,他就说这一句吗?"

采苹努力回想:"嗯,还有,说需要派一位公子做监军,人选未定。"

魏夫人眉毛一挑道:"这一句之前呢?"

采苹道:"'世间难事,再难的事也没有什么不能破解的,难破解的是心。'再前面就是也难也不难。"却见魏夫人猛然怔住了,采苹只得小心翼翼地唤道:"夫人,夫人……"

魏夫人醒过神来,脸色变得十分难看,勉强应了一声:"采苹,你做得很好,我要谢谢你。你们下去,我要一个人静一下心。"

等到侍女们退出去以后,魏夫人脸上的微笑顿时收了,忽然将几案上的东西尽数推下,伏地痛哭起来。

张仪,好个张仪,你够聪明,也够狠的啊!你给我指出了一条最不可能的路,却是教我先剜了自己的心啊!

最终，魏夫人站了起来，道："来人，侍候笔墨。"

采薇进来，吓了一跳："夫人，您这是……"

魏夫人脸色有一种绝望后的麻木："侍候笔墨，我要给大王上书。"

采薇吃了一惊："给大王上书？夫人，大王连您的血书都不看，这上书……"

魏夫人惨然一笑："这书简他会看的。大王即将伐魏，由张仪率兵，还需要一位公子为监军。我这封书简，是请大王以公子华为监军，与张仪共同伐魏。"

采薇吃惊得说话口气都变了："您您您要让公子华伐伐伐魏……"

魏夫人木然道："是。"

采薇急了："夫人，这可是……"

魏夫人冷笑："这是我自己拿一把刀，一片片把我自己的心给割下来，给凌迟了……可我只能这么做，这是我唯一翻身的机会，若我不这么做，无以消大王的愤怒和猜忌，我和子华，在秦国就永不得翻身。我能表白我自己的事，就是让我的儿子去征伐我的母国，这是大王要看到的立场，也是大王要看到的诚意。真正的血书，不是割破手指头写的，是凌迟着自己的心，让自己置之死地、断绝退路才能呈上来的。"她如泣如诉，话语字字断肠，神情却一片木然。

采薇伏在地上，泣不成声："夫人……"

这一封竹简上去，魏夫人终于得到了秦王驷的接见。

承明殿前殿，秦王驷端坐几案后，看着魏夫人走进来，他放下手中的竹简叹了一口气："你终于想明白了！"

魏夫人踉跄着上前，伏倒在秦王驷足边痛哭："大王，您终于肯见妾身了……"

秦王驷扶起魏夫人，神情也有些动容："难为你了。"

魏夫人偎在秦王驷的怀中，梦幻般的口气道："妾身不是在做梦吧，妾身做了无数个梦，梦到大王这样抱着我，我以为这种情景，此生只能在做梦才会梦见。想当日，我初入宫中，胆小畏事，是大王疼我爱我，对我说，不要躲在阿姊的影子下，要我做我自己，要找到丢掉了的自己，去欢乐去相信去爱，那段时间，是妾身一生中最快乐的时光……"

秦王驷面无表情将魏夫人放开，魏夫人不安地抓住秦王驷的衣袖道："大王……"

秦王驷将魏夫人拉他衣袖的手握住，目光炯炯地直视她道："你也记得过去，你也记得寡人说叫你做你自己，你也曾对寡人说，你自幼都活在阿姊的影子下，身不由己，心中痛苦。是寡人怜惜你，给你格外宠爱，册封你为夫人，让你生下儿子，让你代掌后宫……可你，你找回自己了吗？你过好属于自己的生活了吗？你还记得你自己是谁吗？你还记得你是寡人的妃子，是子华的母亲吗？你心心念念的只有魏国，只想做魏国的人。既然你这么爱魏国，寡人还不如把你送回魏国去。"

魏夫人大惊，拉着秦王驷的手，顿时哭得肝肠寸断，表白道："妾身没有，妾身自嫁给大王，从来都是一心一意。可妾身也无可奈何，她们从魏国一直跟着我，一直在做这样的事，从原来阿姊手里就是这样，我又有什么办法呢？难道我无端去告密，去杀了她们吗？没有她们相扶，我什么事也做不成。我只是一介妇人，我不懂军国大事，我只是糊里糊涂，不晓得自己陷进了什么样的陷阱里头。我们这些媵女，身不由己，并不曾可以自己做主啊。大王，你要信我，我求你信我……我又不懂这些，他们说什么我也只是不敢反对，我就是怕了……"

秦王驷冷笑一声，问："怕什么？"

魏夫人举帕轻拭泪水，哽咽道："怕大王不喜欢我了，不喜欢子华了，所以只要拿着这两点，我就慌了手脚，什么话也都信了，什么建议也都听了，因此才做下种种错事。可我真的没有背弃大王的心，我不过只是一个女人的痴念头，一个做母亲的痴念头罢了！大王，妾身身份卑微，所以生怕受人欺负，生怕子华受人作践，这才……"

秦王驷闭目，长嘘了一口气，看着魏夫人道："人没有身份的卑微，只有心的卑微。身卑微，寡人能给你尊荣，可心卑贱，寡人亦是无可奈何。魏氏，你说你怕受欺负，寡人封你为夫人，甚至分掌官务。你说你怕子华身份不如人，可当先王后想抱养子华的时候，你为何又装病装傻，不肯答应？"

魏夫人额头出汗，哭得越发大声："妾身，妾身只是舍不得，子华毕竟是妾身上的一块肉啊，妾不想失去他……"

秦王驷道："因为子华若被先王后收养，自然算嫡子，能被立为太子，可你却失去恃为倚仗的儿子了。先王后当时病重，你以为王后死了，寡人为了立子华为太子，就要将你扶正，是也不是？你到底是多有信心，认为寡人会把扶妾为正、立庶为嫡的事为你一起办了？"

一字字，一句句，如同掌掴，魏夫人脸色惨白，羞辱之至，无声饮泣。

秦王驷冷酷地道："子华曾经唯一的机会，被你自己一手算计掉了。依宗法，人人都能想到，王后去世寡人自会新娶王后，偏你这般有信心，认定自己能当王后？还派人给新王后下毒，还把铜符节给出去？子荡出生，你就昏了脑子，忘记你自己是大秦的妃子，忘记子华是大秦的公子，一心想削弱秦国私通魏国，你以为秦国势弱，你再暗算了王后，你就可以凭借魏国的强势夺嫡？真到那时候，你信不信寡人一杯毒酒赐死你们母子，再向魏国求娶一位公主来？你连自己是什么人都忘记了，这世界上除了寡人以外，还有谁能保全你？'相鼠有皮，人而无仪。人而无仪，不死何为？'"

这最后一句，以诗相斥，是最严厉的斥责了。

魏夫人浑身颤抖，只觉得浑身上下所有遮羞布都被秦王驷这一番话完全扯去，这一刻她才终于明白，自己所有的心思，所有的算计，都逃不过面前这个君王的眼睛，再多的狡辩，再多的粉饰，不但不能够为自己挽回什么，反而将自己最后一次的机会白白浪费了。

　　她浑身颤抖，她终于知道秦王驷这次见她的目的了，就如同她上了血书不见他动容，只有将自己最珍贵的东西挖出来，他才会接受。

　　这一次，他要的是坦诚，要自己对他完全的坦诚，从头到尾，将自己入宫以来所有见不得人的心思，所有的算计，统统说出来，他要她把自己的心完完全全对他敞开，这才是她最后的机会。

　　可是她呢，她从一进来就错了，全错了。

　　魏夫人张了张嘴，想说什么，忽然间无话可说了。她知道秦王驷的意思，可是她做不到。入宫以来，不，甚至是更早的时候，在魏宫，在她小的时候，她就学会了用谎言包裹真相，用蜜糖包裹毒汁，这是她在深宫中学到的生存之道，她只会这一种生存之道，从小就烙在心上，刻在骨髓里，已经无法更换。

　　她的心，被一层层地包裹着，连她自己也找不到了。如今要她坦诚地把自己所有的心思、所有的恐惧、所有的短处都说出来，都坦露开来，任由别人裁决。她做不到，不要说面对秦王坦露是做不到的，就连对着她自己，她也不敢深剖自己的内心，不敢面对自己的恐惧……

　　她浑身颤抖，跪在地上，双臂将自己抱得紧紧的，仍然忍不住寒战，她抬起头，努力想挤出一点笑脸、一点无辜的表情，露出自己脆弱的眼神、迷离的眼神、无措的眼神，这样的神情帮助她从小到大，闯过了多少难关，一刹那间，所有的灵巧百变在秦王驷言语的鞭挞下变得支离破碎，脑子里一片空白，只有这一种本能的表情，从三岁时，她就会使用这个表情了，她宁可用这样的表情，也无法真的把自己的心剖开来给他看。

　　她颤声道："大王，妾身、妾身错了……"

　　秦王驷看着她的神情，闭上了眼睛，掩住了眼中的痛心与失望，他再睁开眼睛的时候，已经是一片清明："阿琰，寡人一直给了你足够的耐心，抓了小魏氏，却保住了你的脸面。寡人一直等着你什么时候能醒悟，可你却一直在做表面文章，跪宫门、上血书、跑王后跟前挑事受气、装病……你不曾诚心悔过，寡人又何必见你。可你就是一头撞到墙上不晓得回头。"

魏夫人听得秦王驷叫出了她的小名，心头一痛，如巨石撞击，只痛得说不出话来，这个小名，两人在最初的情浓欢爱时，他叫过她，后来，后来他是什么时候不叫了的？是她生了儿子以后，是她掌了宫务以后，还是她在宫中用手段算计了一个个妃嫔之后。原来他一直都知道，什么都知道，他只是在容忍着自己而已。

可笑自己自负聪明，却原来，是聪明反被聪明误。

魏琰哽咽："妾身错了，妾身原来、原来一直是在自作聪明。大王给了妾身无限包容，是妾身一次次错过机会……"

秦王驷长叹一声："若不是寡人纵容，你焉能有机会去问张仪。此番上书，张仪指点你，可也算你自己有点灵性，终于能想明白了——"

魏琰神情惨然："妾身从此以后洗心革面，大王……"她抬起头，充满希望地看着秦王驷，神情楚楚可怜，叫人心动。

秦王驷却长叹一声："寡人累了。"他托起魏琰的脸庞，两人的脸距离只有两寸，他直视她的双目，一字字道："阿琰，男女之间的事，不可说，一说即破。"

此言一出，魏琰的心，如坠冰窟，秦王驷松了手，她伏在地上，她与秦王驷如此之近，可听得声音自上面传下来的时候，竟是遥远异常，如在天边。

"寡人最后一次叫你阿琰，从今以后，你还是夫人，你还是公子华的母亲。可是寡人不会再临幸你，子华，也永远只是公子，不会有登上储位乃至王位的可能。你从此关门闭户，安心做你的夫人吧。"

她看着他站起来，看着他大步走出去，迈出殿门，脚步声自近而远。

从此，他走出了她的世界，走得一去不再回头。

她永远失去了他。

她已经永远失去了他——

魏琰伏在地上，脆弱绝望地叫了一声道："大王……"

宫殿中只剩魏琰一人，低低的哭声回荡在大殿中。

公元前328年，张仪与公子华伐魏，一举拿下蒲城，在武力逼迫和张仪的利诱游说下，魏国被迫呈上郡十五县与河西重镇少梁献给秦国，作为与秦国联盟的礼物。自此，黄河以西尽归秦国所有。

夫人魏琰在失宠之后，第一次盛装打扮，端坐披香殿正中，等着战胜荣归的儿子。

身着戎装的少年公子华英气勃勃地走进来，向魏琰跪下："母亲，儿回来了。"

魏琰抱住嬴华，泣不成声道："我的子华，你终于回来了。"

嬴华抬头看着魏琰，一字字道："母亲，儿子回来了，从此后儿子再不用母亲苦心周旋，该由儿子来保护母亲了。"

魏琰惨然一笑："子华，母亲已经失去了国、失去了夫，如今只剩下你了。"

抱着已经成长的儿子，魏琰那颗本来已经失去活力的心，又有些蠢蠢欲动。有些人的天性就是如此，她们生来就是活在丛林，斗已经成了本能，不斗，就犹如行尸走肉，生而无欢。

她轻抚着公子华的额头："我的子华是最好的，当配得起最好的。"

秦王驷负手立于宣室殿廊下，遥望云天。

缪监静静地跟在他后面。

秦王驷轻叹一声道："子华去见魏氏了？"

缪监应声："是。"

秦王驷喃喃地道："魏氏是个聪明的女人，善窥人心思，又能下决断……"

缪监道："这次公子华伐魏，必是魏夫人私下有所指点。她这么做，想来心里是甚为痛楚的。大王，是否要……"公子华的战绩，是否可以给他的生母换来一线转机、一次召见？

秦王驷摇摇头道："逝者如斯。寡人已经说过，与魏氏的关系，就只剩下子华了。"

缪监不敢再言。

秦王驷闭目半晌，掐指一算道："今日是初几了？"

缪监道："初五了。"

秦王驷道："唔，再过得几日，就是……"就是那个人的忌日了吧，每到这个日子，自己就会觉得格外孤独。沉默了好一会儿，他忽然道："去通知芈八子，备素衣素服，三日后随寡人出门。"

缪监心中大震，脸上却依旧毫无表情，只恭敬地道："是。"

芈月接到了缪监传来的消息，却是一怔。三日后，便是公子荡的周岁生日啊。王后芈姝正准备大肆庆祝，可是秦王驷却要在这个时候出门。素衣素服，他是要去见谁，甚至，他是要去祭奠谁？

他知不知道，公子荡的周岁在即？他是知道却不放在心上呢，还是他根本就没注意过，那天是他嫡子的周岁生日呢？

芈月看着席上的素衣素服，那一日她要先去承明殿，然后随侍他出门。她在想，那天他是只带了自己呢，还是会带上其他人？王后会怎么想呢？她对芈月的猜忌，已经到了某个不可忍的时候，这次的出行，只怕是又往这把已经燃烧的妒火上添了 把柴，甚至是一勺油吧。

不管如何，君王的旨意下了，就没有她质疑的余地。

这一日，她还是换好了衣服，走向承明殿。

她走进来的时候，王后芈姝已经比她早一刻来了。

为了公子荡的周岁生日，椒房殿内早已经布置一新，喜气洋洋，玳瑁指挥着宫女们布置酒宴摆设，斥奴喝婢，唯恐有一丝错漏出来。

芈姝早就于前几日派人向秦王驷禀报公子荡周岁生日的事情，本以为秦王驷必然会来，谁料内小臣却来报说，前日宫中传旨，今日大王车驾齐备于宫门，看起来是要出巡。

她身为王后，掌内宫事，这等事，自然也是要禀于她知道的。

芈姝初听此事，还以为自己听错了，她的嫡子周岁，这是何等重大的时刻，自然要父母双亲在一起举宴庆祝，大王怎么可能会丝毫不顾及此，而要径直出行？她不相信会有这么荒唐的事情。

她相信大王纵然要出行，也会在过了周岁生日以后，这是他的嫡子啊，他的第一个嫡子啊。

然而，车驾出行的事务，依旧在有条不紊地进行着，甚至于前行的仪仗已经开始启动了，她再也坐不住了，匆匆起身，来到了承明殿。

直到看到秦王驷的那一刻，她才相信，她的夫婿，她爱子的父亲，真的会不顾儿子周岁生日，而离宫远行。

他换了一身素底银纹的出行衣服，此时正已经走出承明殿。

"大王——"芈姝匆匆上前，挡住了秦王驷："您要去哪儿？"

秦王驷的心情很不好，每年到这个时候，他的心情总是很不好的，从三天前起，他就没有再召幸过后宫妇人。今天晨起之后，他便换了素服，静坐于西殿，直至起行的时辰到了，缪监才进去请驾。

他走出殿外，抬头看着一片碧空，连一片云彩也没有，这样的天气，真适合驰马远奔啊。

一个艳妆的女子挡住了他，一脸的质问，你要去哪儿？

他的心情顿时很坏："谁叫你穿成这样的？"

芈姝怔住了："我？我穿成这样怎么了？"她先是被斥责得愣住了，回过神来却是惊怒交加："大王，今日是孩儿的周岁，您怎么穿这一身素服？"今天是我们孩子的周岁，你在为谁服丧？她打听过，不是先王先后的忌日，也不是什么祖先的忌日，那么你到底为了谁，穿成这样？是你曾经心爱过的女人，还是你曾经失去过的孩子？不管是谁，都不应该冲撞了我们孩子的好日子，父母爱子，难道不应该为他多着想吗？

秦王驷慢慢地沉下了脸，道："王后，你多事了。"说着，他不再说话，往前走去。

芈姝红了眼圈，看着他从自己的面前走过，步下台阶。她顿了顿足，还是追上去，拉住他的衣袖问："大王，你要去哪儿，你竟忘记今日是荡的周岁生日了吗？"

秦王驷微微皱起眉头，今天他实在不想多说一句，王后却不够识趣，他冷冷地问："三朝、满月、百日、半年、周岁……一个小儿需要这么多没完没了的庆祝吗？"

芈姝怔住了，这句话，在她滚烫的心里，如一盆冰水浇下，她的手在颤抖，为什么她视若性命的孩子，在他的眼中，就这么不值得珍惜呢？

看着他头也不回地走下去，芈姝顿足，声音中已经带了哭腔："大王……你不能……"你不能就这么走了，你不能这样对待我、对待我给你生的儿子。

她怔怔地站在那儿，看着秦王驷走下台阶，看着另一个也同样穿着素服的女子早已经候在阶下，向着他行礼，跟在他身后走出去。

他们的衣服是相似的，显得她一身红裳，如此格格不入。他们眉眼间的默契，不发一言，携手而去，显得她方才的纠缠如此难看、如此狼狈。

芈姝站在那儿，两行清泪流下。

她不知道，两人上了车以后，秦王驷就问芈月："你怎么不说话，不怕王后误会你？"

芈月掀起帘子，回头看一看高高的冀阙，王后不会误会她，王后是已经恨上了她，但是她不可能为了安抚王后的情绪而得罪秦王，就像秦王不可能为了安抚王后的情绪而不出门一样，她是秦王的姬妾，重要过王后的媵女。

她放下帘子，盈盈一笑："孰轻孰重，妾身能分得清楚。大王急着出门，难道还要浪费时间听两个女人啰啰唆唆地解释误会。王后横竖已经是误会了，回头再解释好了。"

秦王驷目视前面，并不回顾，他嘴角一丝玩味的笑："有时候一些事若不能当场解释，只怕以后就会是个麻烦。"

芈月一阵黯然，却倔强地道："能解释的是误会，不能解释的是心障。"

秦王驷看了她一眼："聪明人当行事周全妥帖。"

芈月却抬头看他："妾身自知不是个聪明人，所以妾身只求直道而行。"

"直道而行。"这四个字，是他对她说的，看来，她一直记住了，这很好。

第十五章

商 君 墓

马车一路向东而行，轻车简从，不过州县，只用了两天的时间，便到了秦驿山。别处春光明媚，但秦驿山却仍是一片肃杀，荆棘处处生长，道路难行。

此处已经无路，秦王驷下了马车，转而骑马而行，直至山上，马不可行，便下马步行上山，芈月一直默默地跟在他的后面。

到了入山口，秦王驷微举手制止，缪监等便止步。

缪监将一只提篮交给芈月，芈月接过，紧紧跟上秦王驷。

但见秦王驷沉着脸，挥剑劈开荆棘，一步步走上山去，芈月提着提篮，跟着秦王驷顺着他开辟出来的路走上山去。到了半山处，但见一个小小的黄土包，土包附近杂草丛生，上面只插了一根木条，却没有写任何字。

秦王驷走到墓前，弯腰拔去墓上的草根。芈月满心疑惑，却不敢作声，见状忙放下提篮，也跟着上前拔草，打扫墓前，不待秦王驷吩咐，便打开提篮将里面的祭品一一摆到墓前，再退到秦王驷身后。

她以为秦王驷这便开始祭奠了，不料他什么也没有说，只独自站在墓前，沉默着。

也不知过了多久，忽然一阵阴风吹起，吹卷残叶。

秦王驷方坐下来，执壶倒了三爵酒，一一洒在墓前。

秦王驷忽然幽幽一叹："商君之后，再无商君。寡人一直以为，犀首能做寡人的商君，没想到寡人却逼得他去了魏国。不能用之，不能杀之，却为敌所用之……商君，你当日离开魏国之时，可也怀着一腔恨意吗？"

芈月听闻此言，大吃一惊。商君、商君，难道这小小土坟中葬着的，竟是那名动天下的商君卫鞅吗？可是，那墓中人若是商君，为何会葬在这荒郊野外的小小土堆中，甚至连个名字都没有，比一个庶人的坟墓犹不如。可若不是商君，秦王又为何不顾迢迢路远，离京来祭他？他既然有心祭商君，为什么又会让这个坟墓如此凄凉？

芈月心中无穷疑问，却不敢说出来，只静静站在一边，看着，听着。

却听得秦王驷又道："可寡人不惧。大秦自逆境而立国，寡人亦是逆尽人意，逆尽天下。商君，你为人偏执，行事极端，寡人一直认为，你会祸乱我大秦。列国变法，均不成功，可见变法是错的。君父当年是急功近利，妄赌国运，寡人身为太子，为大秦之计，必要劝之谏之阻之。为此，触怒君父，连累太傅受劓刑，太师受黥刑，实乃打在寡人的脸上，乃平生奇耻大辱也。寡人刻骨深恨，恨不得将尔碎尸万段，生啖尔肉。"他说到此处，语气淡淡的，可芈月却听得出来，他说这话的时候，那种恨意并没有消解，反而已经入了骨髓，无可化解。

一阵急风吹得人衣袂狂乱，秋叶飞舞。芈月只觉得风中带着沙粒，刮得脸生生作疼，但她没有举袖去挡，也没有任何多余的动作，只站在那儿，如同一个影子，此时此刻，她知道只有减弱自己的存在感，才是最正确的。

秦王驷又缓缓地倒了两杯酒，一杯自饮，一杯洒在墓前。

秦王饮下酒，忽然抬头狂笑，笑了半天，才渐渐停息。

他站起来，拍了拍膝上的尘土，转头看向芈月："你知道这墓中人是谁了吧？"

芈月试探地问："是商君？"

秦王驷点了点头。

芈月诧异地问："商君之墓如何在此？他不是当年被大王、被大王……"她说不下去了。当日商鞅死时，她尚在楚国，她所听到的消息是，商君谋逆，被五牛分尸，暴尸于市。

"寡人继位以后，便将商鞅以谋逆之罪，五牛分尸，暴尸于市。"她正自这样想着，耳边便传来秦王驷冰冷的话语。

"那……"那商君之墓，为何在此处？她只说了一个字，便住了口，有些话，不可问，不必问，当知道的时候，自然知道。

"后来商鞅的门人悄悄收其残尸，准备带到卫国去，经此关卡被查获，于是弃尸而逃，当地守将就将其尸身草草葬于此处。"秦王驷淡淡地说。

"大王这些年来，每年于这一日都会素服出宫，原来是来祭商君之墓？"芈月试探着问。

秦王驷点头。

"妾身不解，既然大王每年在商君忌日来此扫墓，为何还任由着墓地如此荒芜，又不立碑文？"芈月不解。

秦王驷冷笑一声，站起来，一拍木条，木屑纷飞："他是寡人亲定的谋逆大罪，分尸弃市乃是应当，怎配造墓立碑。"

芈月看着他这一掌拍下之后，木条上多了一道细细的血痕，她来不及说什么，急忙拿起他的手。这种未经过打磨的木条上面有许多木刺，瞧他的样子，只顾发作，看样子必是没有注意到此。

果然见他眉心微微一皱，芈月细看，果然他的掌心便有几根木刺直刺入肉中。好在身为妇人，针线之事乃是家常，她虽然锦衣玉食，日常袖中却也带着针线等物，当下忙取了银针，小心翼翼地为秦王挑出手心的木刺。

秦王驷也不说话，任由她在那里忙碌，直到将掌中的木刺一一挑去，方轻叹一声："你说，你不是个聪明人。其实，寡人也不是个聪明人。"他负手看着远方，远山连绵，一望无垠，他嘿嘿冷笑："聪明人会懂得趋利避害，懂得自保，懂得隐忍，不会做对自己不利的事情……可是，世间要这些琉璃蛋似的聪明人何用呢？"他轻蔑地哼了一声，转回目光，看着商鞅之墓，长叹一声："世间有一些苦难，却是必须直面以对，必须以身相抗，披荆斩棘，如此，才配屹立于天地之间。"

如此，才配屹立于天地之间。

芈月站在商鞅的墓边，想着这墓中人所激起的天地风云，看着那个杀了他又来祭拜他的人，说出这一句激荡人心的话，此刻她忽然觉得，过去的所有事，都不再重要。在这两个运筹天地的人身边，什么事都微不足道。

"夏禹、商汤、周武，无不是经历绝大的苦难才能成就大业。"好一会儿，芈月才能够开口说话，她想起她的父亲曾经跟她说过的故事，"我楚人先祖当年亦是筚路蓝缕，艰苦开创。"

"寡人若是个聪明人，当日只消将不满压在心头，待寡人继位以后，自可为所欲为。"秦王驷抚着木条，想着当日之事，嘿嘿冷笑道，"当日，商君之法令秦国国政动荡，众人缄口皆不敢言。可寡人是太子、是储君，于家于国责无旁贷，所以宁可触怒君父也要上奏，不想却被那商君当成立威的靶子……"商鞅劓其太傅公子虔，黥其太师公孙贾，"这劓刑黥刑，是摆明了要施到寡人的脸上去，太傅太师虽然代寡人受了刑，可寡人也被流放，差点太子之位不保。商鞅甚至还派杀手追杀寡人……"

芈月听到这里，不禁惊呼一声，她从来不曾听过这样的事，想到此事，不免心惊。

秦王驷却看了芈月一眼，嘲笑道："你觉得奇怪吗？列国推行新政，无不君王更易就人亡政息。寡人当日身为太子而反对新政，商鞅自然怕寡人继位新法不保，所以力劝君父废去寡人，甚至亲自派人追杀寡人……嘿，幸而寡人命大，寡人不死，就是他死了！"

芈月忽然想到一个传说，小心翼翼地问："有人猜测，大王实则深为欣赏商君，之所以杀商君不废其法，是为了保新法而不得已弃商鞅。"

她一说出口，看到秦王驷的样子，便知道自己猜错了。

"有趣，有趣，居然有如此猜测，哈哈哈……"秦王驷哈哈大笑起来，笑了好半日，才停下来，问："你知道什么是君王？"

"受命于天，是为君王？"芈月小心地说。

"不错，受命于天，岂受人制。"秦王驷点了点头，轻拍着木条道，"寡人要保商鞅，岂会保不了。可寡人不杀他，如何泄寡人心头之怒。天子之怒，伏尸千里，只让他五牛分尸，嘿，便宜他了！"

这就是君王，君威不可犯。他可以因为你的才能而暂时容忍你，可是对于他权威的冒犯，却是任何功劳都抵消不了的。君王的心最宽大，但君王的心眼也是最小的，君恩宽广是手段，睚眦必报才是君王的本性。

芈月不语。

沉默片刻，秦王驷轻抚墓上木条，轻叹一声："可杀了他以后，寡人又有些寂寞。挥斥方遒，群臣俯首，快意是快意了，却终有些意气难平。寡人有时候会来，跟他喝喝酒、说说话，有时候打赢一场胜仗，很想如果他还活着，寡人当如何取笑于他，看他当日何敢辱寡人说'非人君之相'！有时候用着他的谋略，又很想起他于地下再问问，他当日是如何想到这一招的……"他叹息一声，"有些人活着你恨不得他死，可他死了你又希望他还继续活着……"

他坐下来，倒了酒，给墓上洒一杯，自饮一杯，絮絮叨叨地说着，说了很久的话，一直到带来的酒都饮尽了，他也喝得半醉，就这么倚在商鞅的墓前，睡着了。

风起了，黄叶飞舞，芈月只觉得一阵寒意袭来。

她看着秦王驷倚在商鞅墓前，醉意蒙眬，有时候嘴里还喃喃地说着几句含混不清的话。她不知道，这时候商鞅是否入了他的梦中，两人若是相见，是互相闲聊呢，还是仍然互相憎恨呢？

对于秦王驷来说，他到底是希望商鞅活着，还是他死了？

或许，他是希望他死了的吧，只有死人，才是让人凭吊的，让人怀念的，活着，只会让人想杀了他。

她坐了下来，与秦王驷背对背地靠着，天冷了，这样可以互相取暖吧。她有些发愁，太阳已经西斜，如果秦王驷不早点醒来，她一个人可拖不了他这么大个的男人下山。若是不下山的话，天黑了，他们住哪儿、吃什么？

她希望缪监足够聪明，会想到秦王驷喝醉了酒，如果这位大监过于机灵了，以为秦王驷不让他跟随上山，他就这么乖乖地待在山下，那她可怎么办呢？

她抬手看着自己的掌心，秦王驷杀了商鞅，又来祭奠他。那么，她有没有什么人，是她想杀了以后又会来怀念的？她摇摇头，她想杀的人，有楚王槐、有楚威后，可他们死了，她是不会有任何怀念的，她只会觉得杀得不够快。她怀念的人，有她的父亲、有她的母亲、有不幸惨死的魏美人，还有活着的莒姬、芈戎。

黄歇呢，一想到黄歇，她的心就牵着疼，疼得厉害，她不能想，一想就觉得自己现在站在这儿都不应该，她应该在那天，就跟着黄歇一起去了。

很奇怪，她想到那些死去的亲人，她觉得不能把黄歇放到这些人中，她不能想到黄歇的死，她知道黄歇死了，可她从来没有感觉到，黄歇是一个死去的人，她就是有一种感觉，黄歇会在很远很远的地方等她。总有一天，她会去到所有黄歇想去的地方，邯郸、大梁、临淄、蓟城，她觉得去了那里，就能够找到黄歇。

一阵冷风吹来，她打了个哆嗦，正想裹紧自己身上的衣服，却听得一个声音道："现在是什么时候了？"

芈月一抬头，看到的是秦王驷那双冷清的眼睛，很奇怪，他一点也不像刚才喝醉过的样子，芈月忙扶住他，两人一起站起，一边回答道：

"妾身不知道，不过，我们应该赶紧下山了。"

秦王驷抬头看了看天色，点了点头："走吧。"

说着便往山下走去，芈月忙收拾了提篮，跟着深一脚浅一脚地往山下走。

幸而秦驿山不高，下山的路又不似上山时一路要披荆斩棘的，所以下来得很快。饶是如此，到达山下时，天也已经黑了。

当下，便在山下安营扎寨，直至次日方上路继续前行。

这番回行，便走得从容了，次日甚至两人一齐纵马而驰，走到一处村庄处，秦王驷忽然停下。

芈月纵马上前问道："大王何事停下？"

秦王驷马鞭指着远处，神情中带着怀念："前面那处……"

芈月好奇地看向远处，问道："怎么？"

秦王驷忽然翻身下马，道："寡人想走一走。"

众人皆翻身下马，秦王驷独自在前面走着，缪监等人要跟上，他却道："你们不必跟着了，免得惊扰乡人。"说罢，独自前行着。

芈月正踌躇着要不要跟上前去，却见缪监猛使眼色，要她跟上。

她自是知道，因为缪监被阻止跟上，便要让她跟上，免得大王身边无人。她虽然也有些担心自己跟上，会不会拂了秦王之意，但最终还是大着胆子跟上去了。

秦王驷走了一段路，眼见将近村口，但见村口一间小小棚屋，一个青衣老妇人在卖着浆水。

秦王驷站住了，没有继续走，只是看着那间棚屋，眼中露出又怀念、又伤感的神情来。

见他半天不动，芈月鼓起勇气问："大王，您曾来过这里？"

秦王驷摇了摇头："不曾。"

"那您……"芈月欲言又止，她实在想不出，他不曾来过这个地方，那为何对着一个卖浆水的棚子，露出这样怀念的神情？

"寡人……"秦王驷的神情带着一丝回忆和游离,"寡人曾经到过这样的一个村庄,村口,也有这么一个卖浆水的棚子,也有这么一个青衣妇人……"

但是,她并不是这么一个老妇人,那时候,她还很年轻。

秦王驷的神情,似回到了很久远的过去:"寡人当年被流放的时候,走过了许多地方。寡人曾经居深山筑野居饮山泉食生果;也曾经在边荒小城与戎狄野战;也曾在田里与农奴们一起劳作;也曾在市井里与庶民们一起斗殴;在酒肆中与游士们一起辩论……不过记得最深的是那次在荒山野林中迷失,差点没饿死,走了十几天终于走出来,见到的就是这样一个小村庄,村口就是这么一个卖浆水的棚子……"

也是同样质朴的小村庄,几处农舍和粮仓,衣着简陋的农夫在田里劳作,村尾一个铁匠在打铁,村口一个卖浆水的小娘子……

他倒在地上,濒临死亡,然后他看到阳光里,走出来一个仙子似的女人,她救起了他,给他喝了浆水,那种酸酸甜甜的感觉,他一生一世也忘不了。

他在那个村庄里住了十几天,慢慢养好了伤……

芈月幽幽问:"那个小娘子长得好看吗?"

秦王驷看了芈月一眼,芈月不好意思地转过头去。然而天底下的女人,听到自己的男人说起另一个女人来的时候,"她长得好看吗"这句话,是一定想问一问的。

秦王驷轻叹:"很美,寡人第一眼看到她的时候,觉得世间再无一个女子,比得上她的美貌,仿佛天上的仙子一般,圣光普照……"

正说着,两人已经走近村庄农舍,芈月好奇地问:"后来呢?"

秦王驷苦笑一声道:"后来,寡人养好了伤,就离开了那儿。"

芈月道:"她有没有留您?"

秦王驷道:"这个村庄留不住寡人,她自然也是留不住的。"

芈月道:"后来您去接她了吗?"

秦王驷没有说话，他转身，大步走着。

芈月不敢再问，也只是默默地跟了上去。

秦王驷走了好一段路，听得后面的女子跟得很辛苦，她在喘着粗气，上气不接下气的，可是她没有要求他停下来，没有显示自己的娇弱不胜。

他停了下来，忽然说："寡人后来找过她。"

他是去了，可是他再也找不到当年的那个人了。他见到了她，却与她擦身而过，甚至没有认出她来，还唤她大娘，向她打听她的下落。

她没有说，只匆匆地指了个方向，就走了。

直到他到了村里，再三打听，才明白，她曾经与他擦肩而过，可是等他再跑回去的时候，却再也没有找到她。

芈月不胜唏嘘："如果是我，我也不愿意让您看到我。"

秦王驷道："为什么？"

芈月轻抚着自己的脸，叹道："她一直以为您会很快来接她，却没有想到红颜易老，等您来接她的时候，居然会唤她一声大娘了。如果是我，我也宁可您当我已经死了。"

秦王驷亦是轻叹："只是寡人却想不到，再相见时，居然会故人当面不相识。"

芈月道："大王，宫中女子富贵娇养，自然不易老。乡间女子日晒雨淋，不堪劳作之苦，自然老得快。还有……"

秦王驷道："还有什么？"

芈月低头："妾身不敢说。"

秦王驷道："说吧。"

芈月鼓起勇气，道："有人怜惜的女子自然不易老，失去呵护的女子，自然历尽沧桑。"

秦王驷震撼，久久不语，终于长叹道："是寡人有负于她。"

芈月幽幽地道："愿大王再勿负其他女子。"

秦王驷转头看向芈月，淡淡地道："辜负与否，但论心迹。君王和后妃，论的是礼法。若是论心，寡人只有一个人、一颗心，如何能令后宫所有的女人满意。"

芈月低头道："是妾身失言了。"

秦王驷再度看了一眼小村庄，幻觉中似看到村口的茶棚，青衣妇人，秦王驷仔细定睛再看去，却依旧如故。

秦王驷轻叹一声，转身而去。

车马辚辚，一路而行，终于又回到了秦宫。

"故为国者，边利尽归于兵，市利尽归于农。边利归于兵者强，市利归于农者富。故出战而强、入休而富者，王也。"芈月坐在窗口，手中持着竹简，轻轻吟着。

自秦驿山归来，芈月足不出户，只叫人去寻了《商君书》，日日研读。

以前在楚国的时候，她曾经学过这卷书。但那时候是在屈子的教导下，拿着《商君书》研读的是其中的严苛之处，想的是商君之政，为何会激起秦人的反感。

她一直觉得屈子的说法是对的，列国都在推行新法，而变法则往往不得好死、人亡政息。但是唯有商君变法，人亡而政存，这是什么原因呢？

她想，她得好好研读一下，商君的变法，与其他人的变法，有什么不同，如何能够在死后，依旧人死法存，令恨他的秦王，仍然对他念念不忘。

这些日子以来，她每天研读着，她越读，越觉得，商君之法实在是极为打动人的，莫说是君王，便是她一个小女子，依旧会为其所动。

若能行商君之法，出战而强，入休而富，则天下皆归也，这是何等的宏图展望。

她倚柱畅想，不胜向往。

正在此时，薛荔悄悄地进来，道："芈八子，王后有请。"

她轻叹一声，放下竹简，站起来，道："更衣。"

该来的，总会来的。

想起当日她与秦王一齐离开，还不知道芈姝会如何怀恨呢。明知道对方恨自己，但她仍然还是要送上门去，让对方发泄愤恨。

她回头看着地上的书简，心中暗嘲，有时候一卷在握，只觉得自己能上天入地，览尽四海，叱咤风云，可是一放下竹简，对着的却是后宫妇人，一地鸡毛。

有时候心飞得越高，反而越不能忍受现实中的浊泥纠结。

芈月走入椒房殿内时，但见席上一堆衣料，几案上各种首饰，诸媵女围于芈姝身边，争相奉承。

芈姝见了她进来，却恍若不见，只对孟昭氏道："中元节快到了，这些衣料首饰要赏给各宫妃子，你来帮我算算该如何分配为好？"

孟昭氏笑道："王后赏赐，凭谁还敢争不成，您喜欢哪个，就给哪个好了。"

芈姝笑嗔道："要这么算就简单了，宫里的女人闲极无聊，就好些个衣服首饰的。这种素纱是用最细的蚕丝织就，质地轻透，如云如雾，可惜只有三匹；这种菱纹锦要经三次反复交织，才能呈现这种菱纹效果，这种矩纹锦又次之，只要两次反复交织；这种绉纱最是难织……

芈月知她故意冷落自己，这样的手段，是常见的，在人群中被冷落、被排挤，自然会惶恐不安、会被人落井下石，然后知道了畏惧，知道了臣服。

然而这样的手段，对于她来说，浅陋了些，她不以为意，只淡淡一笑上前行礼："参见王后。"

芈姝如同没有看见，仍然对着孟昭氏继续说话："库里还有各式毛皮，单论狐皮、貂皮、狼皮、猞猁皮等，我嫌味重，没让他们拿过来，但也得按册子上来分。你帮我算算，这宫里要分的是几人，各按位分又怎么个分法。"

孟昭氏一边应声，一边偷偷观察着芈月。

芈月镇定地行完礼，站在一边，什么也不说，什么也不做。

芈姝却不安起来，瞟了芈月几眼，终于烦心地将账册一推，道："今日就说到这里吧，我也烦了。妹妹辛苦一下，把这册子拿去，明日合计好了再来跟我说。"

孟昭氏得意地看了芈月一眼，行礼道："是。"她拿着账册从芈月身边走过，嘴角不禁得意地微笑。王后不喜欢季芈才好，如此，她便可以出头了。

这时候，芈姝仿如忽然才发现芈月似的，忽然笑了，招手道："妹妹来了，你是大忙人，如何今日有闲到我这里来？"

芈月不卑不亢，道："王后召见，安敢不来。"

芈姝阴阳怪气地说："我若不召，你便不来了，是吗？"

芈月也懒得与她多嘴，只道："王后是怪大王不赴周岁宴，还是怪我跟大王出门？"

一句话说得芈姝变色道："你还敢说，我儿的周岁，你居然敢这般触他的霉头。素日你违逆我什么事，我都忍了，可是此事，你实在过分。"

芈月也懒得与她争辩，直接道："王后可知，大王每年这个日子都会素服出宫？"

芈姝怔住了，好一会儿方道："有这种事？"

芈月道："那日王后盛装而去，幸而是王后，大王不计较，若是换了其他人，必会受一顿迁怒。"

芈姝一怔，方道："原来如此，但那日，为何是你？"

芈月微笑道："阿姝是希望魏夫人跟着去，还是卫良人貌美人跟着去？"

芈姝道："啐，让那几个贱人去，岂不是要气死我！"她终究性子简单，点头："也是啊，咱们这边，我不能去，自然只能你去了。"她被芈月这么一说，又转过来了，转而与她商议："可惜孟昭氏始终不得大王喜爱，你说要不要安排别人侍奉大王？"这说的便是剩下的三名媵女季昭氏、屈氏与景氏了。

芈月看着芈姝故意观察的神色，心中暗哂，难道她还会嫉妒这些人不成："这些事，当然是阿姊做主了。"

芈姝紧紧盯着芈月的神情，道："索性都一起安排了，也免得让剩下的人老悬着心。"

芈月敷衍道："阿姊总是对的。"

芈姝终于放下了心，这才回想起方才的故意生事来，不免心中也有些愧意，自己转回场子故作热络道："对了，妹妹，如今换季了，我正要发放这些衣料首饰的。你来了就由你先挑，这匹素纱，还有这两匹锦缎赏给你做衣服，回头还有貂皮给你做冬衣，这案上的首饰，你挑三件自己喜欢的吧。"她兴兴头头地说着，几件衣料首饰赏出去，又俨然自以为慈善无比，广施恩惠了。

芈月只淡淡地谢了，又陪她闲话了几句，这才叫女萝捧了芈姝所赠锦缎和首饰盒，回了蕙院。进了蕙院，她便觉得一阵恶心，俯下身子干呕起来。

女萝急忙上前轻抚道："季芈，您怎么样了？"

芈月摇头，无力地道："恶心。"刚才的敷衍，赔笑，让她觉得疲累已极，让她只觉得耐心全无，刚才不晓得按捺下了多少次翻脸走人的欲望。

她又抄起那卷《商君书》来，只觉得上面的一字字一句句都蹦出竹简来，一个字也看不进去。

人家在谋天下、谋万世，而她呢，陪着一个嫉妒的小妇人，曲意奉承，真是不知所谓。

她扔下竹简，颓然倒地，这种日子，什么时候才是尽头啊。

芈姝这个人，从小受宠，唯我独尊惯了的。以前她能够不招她的嫉恨，不过是在楚宫的时候，有芈茵掐尖好强挡在她前面，后来到秦国，又有个魏夫人成了她敌人。如今魏夫人失势，她自然就恢复了本性。若是可以，她自然想独占秦王。可是秦王不是她能独占的，那么任何得到秦王宠爱的人，都会是她的眼中钉、肉中刺。表面上的施恩、施惠，掩不住她内心的狂妒，更因着如此，只要还不想和她翻脸，就得忍受她的小恩小惠，也忍受着她以小恩小惠一起赠送而来的言语讥讽和怨毒。可惜她偏偏自己完全没有意识到这一点，完全没有意识到那些刻意亲热的话有多僵硬有多勉强。可她却能够感觉到，别人和她并不贴心，她越是不安，越是要广施财物，但每一次的恩赐，都要伴随着她的尖酸话语，这简直成了她的恶性循环。

芈月坐下来，看着几案上的一堆竹简，拿起一卷来，翻看两下，又扔开，再拿起一卷，翻看两下，又扔开。素日心情不好的时候，她都是借此来平心静气，此刻，却是无论如何，也无法再平心静气了。

终于，有一卷竹简能够让她看得下去了。她拿起来，轻声朗读："北冥有鱼，其名为鲲。鲲之大，不知其几千里也。化而为鸟，其名为鹏。鹏之背，不知其几千里也；怒而飞，其翼若垂天之云……"

念着念着，她的心思慢慢平静了下来。

忽然间眼前一黑，她斜斜地倒了下去。

等到她醒来的时候，眼前围着许多人，人人都是一脸喜色。

她茫然地睁开眼睛："怎么了？"

薛荔已经扑到她的面前，一脸喜色地道："季芈，季芈，太好了，您有喜了。"

芈月怔住了，好一会儿，才茫然地抚着腹部，道："我？有喜了？"

薛荔抹了把泪，道："刚才太医院的李醯太医来亲自看过，他说您有喜了，已经两个多月了。如今他已经向大王去回禀此事了，大王也许就会有旨下来呢，甚至大王可能会亲自召您的……快、快，咱们赶紧准备起来啊。"

芈月坐在那儿，有些茫然，看着一屋子的侍女，七手八脚地为自己准备，为自己更衣，为自己梳妆，她忽然觉得这一切好生荒谬。

很奇怪，虽然受宠日久，她似乎一点也没有想过，自己会有怀孕的可能。或者是因为，自己对于这个秦宫，对于秦王，都持着一种游离的状态。

她竟是从来不曾想过，自己有一天会长久地留在秦宫，成为这秦宫的一分子，繁衍生息。她一直以为，自己会在某一天，因为某一个契机而离开。

然而，她怀孕了，她有了秦王的孩子，她可能因此，而改变了人生的命运吗？

她有些迷茫地半倚着，看着人群喧闹，忽然一滴眼泪掉了下来。

薜荔吃惊地停下绾髻的手，问道："季芈，您怎么哭了？"

芈月摇摇头，有些混乱地说："我本来想逃避，没想到每次当我想逃避的时候，总有一些事，逼得我不得不去继续挣扎。"

薜荔迷茫地看着芈月，听不明白她的意思，但是，这不妨碍她继续为芈月装扮，过得一会儿，便道："季芈，你莫要流泪，奴婢在为您敷粉呢。"

一片混乱中，芈月终于被装扮完毕，果然秦王驷也不负众人所望地亲自来了。

芈月正欲站起来，秦王驷已经走进来，以手制止她迎接的动作。他走到芈月身边，将她拥入怀中，手轻轻地放在她的腹部，欢喜地道："这里，已经有了寡人的孩子吗？唉，想来当日你随寡人出行，就已经有了这孩子了。当真是很强韧的孩子，这么颠簸都全然无事。"

芈月看着肚子，眼神复杂道："是啊，这孩子很强韧呢，一定会是个勇敢的孩子。"

秦王驷道："嗯，给寡人生个男孩，寡人要带着他驰骋四方，征战沙场。"

芈月道："妾身却只愿他平平安安，无争无忧。"

她心中五味杂陈，难道这是天意吗？她在渐渐忘记过去，秦王对她的宠爱，像干涸的土里渐渐渗入的泉水，等到发现的时候已经无法再分离了。

她一直以为，像他那样高高在上的人，纵然有喜欢有宠爱，可是这跟两情相悦不一样。可他也从不忌讳让自己看到他的另一面，沉溺于他的好，清楚地知道他的无情，又能明白他无情背后的无奈和真情。

她轻抚着自己的腹部，默默地想，这孩子偏要到前日他把心底最隐私的心事都告诉我以后，才有了反应。那么孩子，你也是认可了这个父亲，是吗？有了他以后，自己跟秦王，就是骨血相连，再也不能自欺欺人地当自己是这个宫廷的旁观者，当自己还可以抽身而逃。生与死，都只能绑在这个宫里，再也无法离开了。所以，为了孩子，自己必须直面宫中的风风雨雨，无惧任何人、任何事。

两行眼泪缓缓流下，芈月的嘴角却有一丝为人母的喜悦微笑。

故 人 来

第十六章

芈月怀孕了。

缪监接到这个消息，首先就禀告了秦王驷。秦王驷只点了点头，不以为意，便挥手令缪监出去了，他自己又重新看起简牍来。

只是不晓得为何，过得片刻，他心中总有一股隐隐不安的感觉，想了想，他放下书简，站了起来，走到外面，见是缪辛跟着他，不禁问了一句："大监呢？"

缪辛忙恭敬地道："方才王后有召，所以大监去了，大王要召他吗？"

秦王驷摇了摇头："不必了。"他在廊下走了几步，忽然道："去常宁殿。"

唐夫人是服侍秦王驷最久的人，近年来已经渐渐不再受幸，且她体弱多病，为人也是低调无争，所以在宫中存在感也是较低。后宫妃嫔，虽然不敢来踩她，亦也是无人奉承。她所住的常宁殿，也是稍嫌偏僻，素日都是冷冷清清，无人往来。唐夫人本人倒也是并不以为忤，也乐得清净。

秦王驷走入常宁殿，见这院子正中一棵银杏树，黄叶如华盖，院中

亦是落一地金黄的叶子，站在院中仰头看，但见天高云阔，不觉得心情
舒朗。

见唐夫人迎上来行礼，秦王驷忙扶起了她，笑道："你这院子倒是
不错。"

唐夫人亦不似其他妃嫔见着秦王驷来，便要盛装艳服，如今她与秦
王之间，男女情爱的意味淡了，倒是那种多年以来熟稔不拘的感觉更重。
见了秦王来，她也只是披着一件半新不旧的衣衫，头发绾了低髻，只用
一根白玉大笄插住，见秦王驷夸她的院子，也笑了："大王说得是，妾这
里最好的便是这院子。"说着一边陪着秦王驷往里走，一边又说，"妾素
日最喜的便是在院中晒晒太阳，下下棋。大王如今是要在院中坐坐，还
是到里面喝口浆水？"

浆水又叫酸浆，是将菜蔬果物发酵变酸，再加上些蜜或柘汁，便是
酸酸甜甜十分可口。秦王驷听了便道："甚好，寡人好久不曾饮过你制的
浆水，正可一品。"

说着便在唐夫人的引导下走进内室，室内光线略暗，唐夫人忙叫侍
女将四面的帘子都卷了起来，阳光射入，秦王驷转头看了看室内摆设，
却见室内各式摆设非但比别处都少些，甚至还略显陈旧，心中不悦，道：
"你这室内的摆设如此这般少，又显陈旧，可是魏氏和王后没有照应到？"

唐夫人见他生气，忙赔笑道："大王休要错怪了人，王后和魏夫人不
曾忽略于我，她们倒年年都问我要不要换新的。我原是因为当日子奂还
小，十分淘气，容易打烂东西，所以干脆就摆着旧的。后来子奂搬出去
了，"她看着室内的摆设，露出怀念的眼神道，"我看着这些东西反而舍
不得换了。"

秦王驷细看，果然有些摆设明显是小儿之物，也轻叹一声道："你原
也不必如此自苦，宫中什么没有，用得着你节俭成那样？"

唐夫人笑道："妾身并不是节俭，只是习惯了，如今比起当年已经好
多了……"说到这里，发现说错，忙止了声，请罪道："是妾失言了。"

秦王驷长叹一声，扶起唐夫人道："你何须请罪。当年之事，原是我年少气盛触怒君父，却不该连累你们受苦了。"当日他为太子时，因为反对商鞅变法，而被秦孝公放逐，朝中甚至有另立太子之呼声。他既失势获罪，他宫中女眷，自然也难免过得艰难。

唐夫人忙摇头道："妾身自属大王，当与夫君休戚与共。妾只是惭愧自己生性愚笨，便是那时候，也多半是庸姊姊撑着家里，妾是什么事也帮不上忙的。这么多年以来，又是多亏大王照应，妾十分惭愧。"

秦王驷叹了一声："桑柔她……她的性情若有一两分似你，朕与她也不会……"

桑柔便是庸夫人之名，唐夫人听了这话，便是十分退让的性子，也忍不住道："庸姊姊若是妾这般的性子，只怕当年便撑不过了……"

两人述起旧事，不禁唏嘘。过得片刻，侍女捧上调制好的浆水过来，唐夫人亲手奉上，秦王驷饮了一口酸浆，略觉得好些，放下陶盏，咳嗽一声道："寡人看你这里院子虽大，人却太少，不免冷清。"

唐夫人不解其意，看着秦王驷，欲待其述说下文。

秦王驷后宫与其他诸侯相比，算是十分清净的。不过是早先为太子时以庸氏为正，唐氏为侧，再加几个侍婢均是住在一个院子里。后来继位为王，庸氏出走，唐氏便与那几个旧婢同住一宫。其后便是之前的魏王后与她的几个媵女，又另住一宫。再次便是楚女入宫，再立一宫便是。

她这里均是服侍秦王的老人，这些年也不曾承宠，次第衰落。自其子公子疌到十岁以后也搬了出去，这里不免就显得空落落的。魏夫人的宫殿，与她一般大，但里头住了魏媵人等数名姜姬，又因代掌宫闱，里头婢仆无数。便是芈姝所居的椒房殿，比她这里多了两个侧院，但人数却也比这里多了七八倍。

却见秦王驷道："寡人觉得，你这里太过冷清不好，不如搬几个人进来，与你同住也好。"

唐夫人不解其意，知他这般说，必有用意，忙顺着他的口气下来道：

"大王说得是，这一整座官殿只住了我们主仆几人，倒显得空空落落。自子夹搬出去以后，妾身也觉得，真是冷清了不少。"

秦王驷正中下怀，道："那寡人就安排个人跟你一起住，如何？"

唐夫人也笑道："妾身正缺个妹妹做伴呢，只要她不嫌妾身这里冷清便是。"

秦王驷便问："在官中你素日跟谁交好，想挑谁过来？"

唐夫人却是答得滴水不漏："宫中姐妹人人都好，妾身个个都喜欢。"

秦王驷沉吟半晌，问道："你看，芈八子如何？"

唐夫人心中一凛，但面上不露，反而笑得更加欢畅："大王说的可是大公主素日常夸的季芈？她自是极好的孩子，只是……"

秦王驷一怔，想不到她竟会为难，反问道："只是什么？"

唐夫人长叹一声："大王，季芈终究是王后的媵女，不晓得王后可知此事？"

秦王驷不在意地挥了挥手："王后不会有意见的。"

唐夫人欲言又止，最终还是道："既是大王吩咐，妾身自当遵从。"

秦王驷皱了皱眉头，道："两人相住，终究还是要性子相投，你若不愿意，倒也罢了。"

唐夫人忙笑道："妾身知道大王的意思，也知道这是体贴我。我听孟嬴说起过她，若是她来，那真是妾身之幸呢。"

秦王驷方点头道："嗯，如今她怀了身孕，现在住的蕙院太过荒僻，地方小，也安排不开太多奴婢。且她年轻，也缺乏经验，所以想让她换个地方，也好多个人照顾。"

他听到消息的时候，也想到了蕙院狭窄，本就想给芈月挪个院子。一是因为芈姝所居椒房殿中已经住满媵女，且芈月的性子有些不合群，芈姝对芈月又有些小小嫉妒，且自己的儿子也刚出生，这几件事累积起来，则芈姝不见得会尽心。虽然他吩咐下来，她未必会拒绝，但用不用心，却是不一样的。二来唐夫人宫中冷清，若是令她照顾芈月，两人皆得便利。所以当时一想，便想到了唐夫人身上去。

唐夫人笑容不改："哦，季芈有喜了，这真是件好事，妾身好歹也养过孩子，大王就尽管放心把她交给妾身好了。"

秦王驷满意地点头道："如此寡人就放心了。"

见秦王驷大步离开，唐夫人独立院中，怔怔出神。银杏树的叶子飞旋而落，唐夫人伸手，接住了一片落叶。

见唐夫人怔立，侍女绿竹不安地唤道："夫人。"

唐夫人被这一声轻唤顿时回神："嗯？"

绿竹轻声道："夫人，大王已经走了。"

唐夫人有些恍惚："哦。"

绿竹见她如此，不免忧心，问道："夫人，您想什么想得如此出神？可是大王说的事，有什么不妥……"

唐夫人却止住了她继续问，道："绿竹，你去内府领些东西来吧。若是芈八子要搬进来，还要好生布置呢。"

绿竹诧异道："这么早便要布置吗……"

唐夫人叹道："反正早晚都要准备，不如早些准备。"

绿竹低下头，细细地思量一回，似有所悟，试探着问道："若是有人打听，奴婢应该如何说呢？"

唐夫人淡淡道："该怎么说，就怎么说吧。"

绿竹恍然："夫人，您莫不是……"莫不是不愿意让芈八子住进来？

唐夫人并不是一个挑剔的人，更何况这事情是大王所托。她若是这么做，只代表一件事，那就是芈八子住进来，会带给她们很大的麻烦。

唐夫人摇头轻叹："绿竹，后宫从来争斗多，我只想寻个清静的地方，好好过我自己的日子。"

绿竹欲言又止："可是……"可是为什么明知道是麻烦，还要接下来，既然接下来，为何还要把这件事张扬出去？

唐夫人淡淡地道："大王既然吩咐，我怎么可以拒绝。"所以她只能应下，若是芈月住进来，她也会好好照顾。但是她身上的风风雨雨，她没有替她接下来的义务，见绿竹不解，解释道："若是她身上真的带着麻烦，就算住进来以后，照样避不开这些麻烦，最后还会连累我们。"

绿竹道："可大王他……"大王这么说，肯定是要夫人帮助季芈，夫人这么做，真的合适吗，会不会触怒大王？

唐夫人轻叹一声，秦王驷是个很英明的君王，他能够一眼看穿别人的性情，真的发生了大事情，谁也无法隐瞒于他。可是后宫的事情，却不是军营和朝堂，不是用铁腕和军事手段能够解决得了的。有时候那种细细碎碎的恶心人的小事情，上不了台面，用不了刑罚，他也懒得理会懒得管。但有些人的野心，就这么慢慢滋长，认为只要足够聪明足够有手腕，不犯着他的底线，就可以永远无所顾忌下去。

的确，后宫女人做不出大的事情来，可人心幽暗的地方，便是用铁血手腕也是无法根除的。

也许他只是隐约意识到了芈月的怀孕会招致后宫某些女人的不满，所以他就把芈月放到她的院子里，因为他信任她能够好好地照顾那个可怜的姑娘。可是他却完全没有意识到，那些女人会用出什么样的心思和手段来对付她。

他是君王，他是男人，他是夫君，后宫那些起了可能有的不良心思的女人，都曾经是他的枕边人，在她们还没做出真正的罪恶时，他不愿意去把她们想得太坏，甚至为她们未曾做出的行动去进行威慑。

但是她不一样，后宫那些女人，所有阴暗的手段，在她这个已经失宠的妃子面前，是毫无顾忌的，是放大了的恶行。但她也没有说出来，也许她想象落到那个姑娘身上可能的罪恶，也是放大了的。她不可能拿她的想象，去劝说君王，这听起来有点是危言耸听。会显得她在君王面前把别人的心思想得过于恶毒，或者让她变成一个神经衰弱的受害狂。所以，她不能拒绝，也不好过多地解释。

那么就把这件事放风出去吧，那些有着不轨心思的人，一定会阻止那个新宠进入她的院子，因为这样就为她们下一步的侵犯增加了不方便之处。她要让那些魑魅魍魉自己跳出来，如果她们能够阻止那个姑娘进来，那么，她也问心无愧。如果她们行动了，依旧没有阻止那个姑娘进来，那么，她也能看出秦王驷保护她的决心有多大。

而今天他的行为，太过像一场兴之所致，而她，只能把自保当成第一行动了。

椒房殿也很快听到了消息，芈姝大为不悦，这日秦王驷来看公子荡的时候便与秦王驷道："大王，我的媵女怀孕了，为什么要托给常宁殿？"

秦王驷倒没有想到她的反应这么大，他手中正抱着公子荡，见芈姝质问，怔了一下道："寡人觉得你宫中已经十分拥挤，且子荡还小，寡人见你时常抱怨，所以也怕烦了你，因此托了唐夫人。"

芈姝眼圈一红，笑道："是小童性急了，原是宫中闲言，说大王疑了小童容不得人，因此才将季芈托于唐夫人。大王也是知道小童的，遇到这种事，岂有不着急的？方才是我言语失当，却不想大王原来是体贴我才这般安排。"说着端端正正地行了个礼，道："只是大王虽是好意，我却不敢领。若是当真让季芈住到常宁殿，小童这名声岂不坐定洗不清了？"

秦王驷将公子荡递于乳母，转头看着芈姝道："你多虑了，宫中从来是非流言甚多，岂能一一计较。"

芈姝上前，偎着秦王驷撒娇道："大王，季芈是我的媵从，她的孩子也是我的孩子，且我身为王后，就算是其他的妃子怀孕，难道不也应该是王后的职责吗？如今大王置小童于不顾，反去让唐夫人照顾，这叫小童日后如何处置宫中事务？"说着心里一阵委屈，不禁哭了起来。

秦王驷闭了闭眼，他到后宫从来是放松身心的，并不打算陷身烦恼，回思及唐夫人应允时的言不由衷，再看芈姝的急切委屈，心中也懒得计较，他本来想到芈月怀孕，独居蕙院不便，乏人照顾，他能够为她去向唐夫人说情，已经是很难得了，再加上芈姝如此委屈，她毕竟是王后，料得如此一来，她为了表现自己的负责任，当会好好照顾芈月吧。

想到这里便挥了挥手，道："好了好了，既然你主持后宫事务，这些小事就由你做主吧。"

芈姝破涕为笑道："是，小童定当不负大王所托。"

芈月一觉睡醒，清晨起来，便听院中雀鸟的叫声，便披了衣服，走到蕙院廊下，逗弄着笼中的雀鸟。

女萝见状，忙拿了一件披风过来加在她的身上，劝道："季芈，清晨露重，您还怀着身子呢，要多保重。"

芈月抬头看着青天，道："女萝，你说如果我把笼子撤了，这黄雀能飞多高呢？"

女萝也不禁抬头看着天空："它翅膀这么短，飞不了多高吧。"

芈月叹道："小时候父王给我看刚生出来的小鹰，也只有一点点大，和刚生出来的小黄雀相差不大。可是，最终黄雀只飞到树梢就落下来，被人捕获，关于笼中。而鹰会越长越大，越飞越高，最终翱翔于蓝天之上……"

女萝听着芈月忽然话题跳转，有些不解，但她服侍了这些年，却是知道芈月若是提起楚威王，必是怀了心事，忙劝道："季芈，人怀孕了就是容易多愁善感，看到黄雀也能想到这么多。您莫要多想，小心受寒，还是回屋换件厚的衣服吧。"

芈月也不与她争辩，只笑了一笑，被女萝拥着进屋，捧着一杯刚烧好的粟米粥，喝了两口，感觉胃里也暖了许多。她放下碗，笑道："你说这黄雀飞不高，是它害怕高度，还是贪恋美食，或者是心有牵挂呢？"

薛荔拿着一沓婴儿的衣服进来，试图转变芈月的兴趣，笑道："季芈，您看，这些是我给小公子新做的衣服，您看看可好？"

芈月本是一个内敛之人，素不与她们多说心事，可是自怀孕以来，时常多愁善感，感时伤怀，倒令薛荔与女萝两人颇为担心，经常试图引开她的注意力，以婴儿、大王等事来岔开。

见芈月只是懒洋洋地拿起衣服翻看一下，又放下来，女萝忙笑着提议道："季芈，您喜欢鹰，要不要在小公子的衣服上绣一只鹰啊？"

芈月笑了，摇头："女萝，你不懂。"

女萝忽闪着眼睛道："奴婢懂啊，男人是鹰，女子是雀；男人高飞千里，建功立业；女子养在宅院，生儿育女。"

芈月听她如此说，轻轻一叹："是吗？难道女人就不能是鹰吗？"

女萝不以为然地道："做黄雀多好，不必太过辛苦，只要叫得好听，自有人喂养，不用栉风沐雨、流浪荒野。"

芈月道："可是黄雀虽然安逸，却不能抵御风雨，而风雨，却无处不在。"

女萝正不解时，外头却有声音，薛荔接了来人的话，进来禀道是椒房殿来人，说是王后有事相请。

芈月看着女萝，笑道："你看，风雨这便来了。"

芈月更了衣服，带着女萝一起慢慢地走向椒房殿，她知道芈姝为何召她。前日宫中忽传消息，说是秦王驷要让她住进唐夫人所居的常宁殿，她听了这个消息，便知道不成了。

不管这消息是如何出来的，以她对芈姝的了解，她是不会让自己的媵女接受别人的庇护的。此时芈姝召她过去，必是因此事，要求她主动拒绝此事，表示自己的忠诚之心。

进了椒房殿，果然芈姝一张口便提起此事，道："妹妹如今身怀有孕，我当好好照顾，蕙院狭窄冷清，我听说唐夫人有意接你到常宁殿去，你意下如何？"

芈月心中苦笑，口中却道："多谢阿姊关心，我住蕙院习惯了。"

芈姝满意地点头，道："住在蕙院终究不便，不如你搬进椒房殿来住吧。"

芈月忙笑道:"椒房殿中已经住了太多人,再说阿姊还要照顾公子荡,我搬来搬去也是麻烦,还是照原样吧,若有什么事情再向阿姊求助也不迟。"

芈姝犹豫着道:"可是大王原本想让你入住常宁殿的,是我说要让你就近更方便照顾。"

芈月暗叹,她这个人到底就是如此气量,非要逼着自己亲口说出不住常宁殿来,才肯罢休。她是时时刻刻,都要逼着人向她表示效忠,却不知这种行为,只会逼得人生厌生憎。当下只得笑道:"阿姊放心,原是我自己爱住那儿,就算阿姊不跟大王提起,我也是不愿意搬到常宁殿的,毕竟我才是阿姊的媵侍,对吗?"

芈姝大喜道:"对,妹妹,你真是贴心。"转而指着女医挚道:"这样吧,我让医挚来照顾你,如何?"

这回芈月倒是真心道谢:"多谢阿姊。"这么多年来,她是深知女医挚为人善良,且又医术精湛,有她照顾,她倒是可以安心了。想到这里,也不禁长嘘了一口气。

芈姝又转而对女医挚训诫道:"医挚,你是我从楚国带来的心腹,这次妹妹怀孕,你要精心照顾才是。"

女医挚听到芈姝叫她来时,又听说芈月怀孕,当年的旧事不禁浮上心头,只觉得心惊胆战,惴惴不安。见了芈姝吩咐,忙一迭声地应道:"是,小医谨遵王后旨意。"

芈姝见诸事已经安排定了,也满意地点点头道:"妹妹需要什么,只管说来,我叫玳瑁开了库房给你取去。再不济,有什么事,只管去与掖庭令说去。"又对女医挚道:"医挚,你听到了吗,妹妹可就交给你了。"

她絮絮叨叨地吩咐了一大堆,这才放了两人出去。

女医挚一直心惊胆战地听到最后,也不见芈姝单独另外吩咐她什么事,只得惊疑不定地跟着芈月出去。

芈月见她一路频频回首,笑道:"医挚不必担心,王后不会单独吩咐你什么事的。"

女医挚一惊，欲言又止。

芈月轻叹一声："若当真有什么，会是玳瑁来找你的。"芈姝毕竟还年轻，还单纯，便是如楚威后那样的人，真正恶毒起来，也是后来与楚威王关系变坏以后的事。反而是玳瑁，在楚威后身边服侍了这么多年，这个老奴婢的心，早就黑了。有什么事，会是她比芈姝更恶毒。

女医挚微一犹豫："那……"

芈月拍了拍女医挚的手："放心，若是玳瑁对你有要求，你便悄悄告诉我，大不了，大家撕破脸，到王后面前，到大王面前，我还惧了这个老奴不成。"

女医挚低下头，应了一声是。

自此女医挚便搬入蕙院居住，蕙院中本就是由女萝薛荔两个大宫女，再带着两个洒扫的小宫女侍候，女医挚搬进来，女萝便将自己的房间让出来给女医挚，自己搬了与薛荔同住。

女医挚便开始为芈月调理养胎之事，开了许多药膳方子。只是秦楚医道不同，秦国太医院中许多药物并不符合她的开方习惯，之前芈姝怀孕，也多半是太医院太医用药。

女医挚既受托，便自当精心照顾。当下便向芈月请示，欲趁着芈月胎息尚早，就要在这段时间到城中内外去寻药购药，甚至要亲自出城去山上采药，自己制药。芈月禀了芈姝，便给女医挚一面出入令牌，也好方便她去采药。

这日她正在咸阳城中一间药铺中寻找适用之药，正站在药铺门口，看着那药铺中摆在外面晒着的药，忽然听得外头人声喧闹起来，她一个不防，被后面的人挤推，摔倒在药堆上，便听得远处有一人大声叫道："抓逃奴，抓逃奴……"

此时众人已经是你挤我逃，情景更是纷乱，那药铺主人忙上前来扶起女医挚，解释道："人市离此不远，想是有贩卖的奴隶逃了出来，女医无事吧?"

女医挚忙点头:"无事。"

说着随了那药铺主人入内,铺子里地势略高,两人顺势看起热闹来。但见前头的人都躲了开来,中间有个大汉,看上去远比周围的人高出一个头来,却在人群之中逃窜,那追他的人在后面不断地叫着:"抓逃奴,抓逃奴……"眼见着人群拥挤过不去,那人急了,又叫道:"谁快拦住前面的逃奴,我谢五金!"

五金不是一个小数目,简直足够再买一个奴隶了,当下便有人应声去抓,那逃奴身形高大,力气颇足,人群中只传来痛呼之声,想是去抓他的人反被那逃奴打了吧。

女医挚忽然听得一声小儿啼哭之声,然后传来大声喝彩:"公子好身手,好!"

过得一会儿,人群散开,却是一个过路的公子,制住了那逃奴。

女医挚见人群散开,也随着走出来,但见那贩奴之人已经追上来按住逃奴,感激连连道:"多谢这位公子。"

那公子看了看仍然在强力挣扎的奴隶,赞叹道:"好一位壮士。"便问那贩奴之人:"这个奴隶你是从何处得来的?"

那奴隶贩子抱怨道:"这是跟东胡人打仗时的战俘,因为没有人赎他,所以就烙了印给卖掉了。小人还以为此人孔武有力,会是一桩好买卖,不曾想此人吃得多,不干活,还经常打伤人。小人拉出去卖了好几次,都让主家退了回来。"

女医挚在人群中远远地听了声音,不禁一怔,急忙扒开众人向前行去。

远处,那公子正与那奴隶贩子道:"你这奴隶要多少金?"

那贩子苦笑道:"小人也实不指望他能挣到钱,只保个本儿,十五金罢了。"

那公子道:"我给你二十金,你把身契给我罢了。"说着拿了十五金给那贩子,那贩子便从袖中取了购那奴隶时的契书,也就是一根刻字盖章的竹条递给那公子。

那公子转过头去，将契书递给精壮奴隶道："给。"

那精壮奴隶愣愣地接过契书，还没反应过来道："你，你这是何意？"

那公子道："你自由了，拿这契书去官府销了你的底册就是。"

那奴隶正拿着木条发愣，女医挚已经挤过人群走到近前，仔细看到了那公子的模样，不禁失声叫道："公子歇——"

那公子闻声看去，也吃了一惊道："女医挚——"

这人，却是当日芈月入秦之时，路遇义渠王伏击之战中，落马失踪，被诸人以为已经尸骨无存的黄歇。

黄歇转头看到女医挚，也是惊喜异常，快步走到女医挚面前，帮她提起药筐道："挚姑姑如何在此，你可知道九公主的下落？"

女医挚惊疑不定地看着黄歇，伸手碰了碰他的手，见他手是温的，阳光下也有影子，这才相信他仍然是活人，一刹那五味杂陈，颤声道："你、你没死？"

黄歇也不禁唏嘘万分，叹道："是，我没有死。"

女医挚垂泪看着黄歇道："公子，你、你那日遇险之后，遇上了什么事，如何今日才到咸阳？"

黄歇叹道："实是一言难尽……"

那一日，他落马受伤，被东胡公主鹿女救走，因乱军之中，他被马匹踩踏，受了极重的伤，昏迷不醒，待他醒来之时，发现已经是在东胡军营。他本欲就要去寻芈月，怎奈受伤太重，连骨头都断了数根，竟是不起，只得耐心养伤。鹿女将外界的事瞒了个密不透风，他多方打听，也打听不出。

待得伤势稍好，他能够下地走动，便要去找芈月。鹿女不肯放他离开，他三番四次欲逃走，却总是被抓回来。他无奈之下，虽然思及鹿女救命之恩，但却心系芈月安危，只得在东胡制造了几场混乱，这才逃了出来。

在东胡之时，他又听说义渠王劫走了秦王后的妹妹，想来便是芈月了，当下便一路辛苦，跋涉数月，才到了义渠王城，只听得义渠王数月之前纳了一个美女，他以为便是芈月，又辛苦潜入王宫之中，一处处宫室寻来，直到与义渠王照面，两人打了数次，义渠王原是心怀嫉恨，不肯告诉他真相，后来与他数番打斗，最终也是服他的心性，便将芈月下落告诉了他。

他连夜赶到咸阳城中，这几日便在设计努力寻找楚宫旧人，想办法打听芈月消息，谁知这日竟这么凑巧，遇上了女医挚。

女医挚听了经过，忍不住拭泪："公子，你何不早来，九公主她、她……"

黄歇紧张地问道："她怎么样了？"他只觉得双手颤抖，生怕听到不利的消息。

女医挚道："她已经侍奉了大王。"

黄歇怔了一怔，心中虽然酸涩难言，但终究舒了一口气，叹道："她能活着就好，活着就好……"

女医挚见状，心中也是难受，叹道："公子，具体的事，我们身为臣仆虽然不明内情，但也听说九公主初进宫，原是不放心王后，后来则是因为王后怀孕，所以才侍奉了大王。"

黄歇苦笑一声，摇头道："医挚，谢谢你，你不必劝我。我了解九公主，她天性倔强，岂是轻易妥协之人，她必是遇上了绝大的难处，才会，才会……"

女医挚轻叹道："是啊，你总是最了解她的。"

两人沉默片刻，此时街上人多，两人便到了街边一处酒肆中暂坐。

黄歇忽然道："医挚，我欲与她相见，你可有办法？"

女医挚心中暗道："果然如此。"不禁叹息："公子，你若是早上四个月也罢了，如今却是不能了。"

黄歇一惊："怎么？"

女医挚同情地看着他："我说你来迟了，便是这个原因，她如今已经被封为八子，并且已经怀了秦王的孩子，我如今便是服侍她安胎，这才出宫寻药……"

她再继续说着什么，黄歇已经听不到了，他木然坐在那儿，只觉得身边的一切事物都已经模糊，所有的声音变得遥远。

女医挚轻叹道："她若没有怀孕，就算她委身秦王，你们一样可以远走高飞，可是这女人一旦有了孩子，就……"她同情地看着木然的黄歇，知道他此时已经无法再回应什么，只得看了看周围，却见那精壮奴隶站在黄歇身后。方才黄歇将契书给他的时候，他虽然收了契书，却一直跟着黄歇，形影不离，当下做个手势相询，见对方应了，方才放心。

此时天色已晚，宫门将闭，女医挚纵然不放心，也只得站起来走了。

黄歇仍然坐在那儿，一动不动，背后人来人去，直至人群散去，天色昏暗，他却是恍若未觉，直至一人轻推着他唤道："公子，公子……"

黄歇眼神渐渐聚焦，看着眼前之人从模糊到清楚，细辨了一下，竟是方才释放的奴隶："是你?"

那精壮奴隶担忧地看着他，道："公子，你怎么了?"

黄歇僵硬地一笑道："你怎么还没走?"

那奴隶道："我不放心公子。"

黄歇自嘲地一笑道："不放心，有什么可不放心的?"忽然一拍桌子道："店家，拿酒来!"

店家迟疑着不敢上前，那奴隶便也一拍桌子道："快上酒。"

店家见了这么一个壮汉，不敢违拗，忙送上酒来。黄歇一瓶又一瓶地灌着酒，很快就酩酊大醉，拍着桌子混乱地吟道："亦余心之所善兮，虽九死其犹未悔……"

此时天色完全暗了下来，诸人也纷纷要离开。却见黄歇喝得醉醺醺地占住大门，一个大汉抱臂守在他身边，让人出去不得。众人不敢上前，相互挤在一起窃窃私语。

此时内室走出几人，见状也是一怔。便有一个上前问话道："喂，兄台……"

黄歇抬头，举着酒瓶傻笑着问："你想喝酒吗？"

那人摇头道："不想。"

黄歇道："你想打架吗？"

那人摇头道："不想。"

黄歇呵呵一笑道："可我想喝酒，也想找个人打架，你说怎么办？"

那人沉默片刻道："好，那我就陪阁下喝酒、打架。"

他身后跟着的人急了，道："庸公子……"

那人手一摆，道："你们且先走吧。"自己却坐了下来，道："在下庸芮，敢问兄台贵姓？"

黄歇抬头看了看他，见也是个年轻公子，气质温文，当下呵呵一笑，道："在下黄歇。"

庸芮笑道："可否令你的从人退在一边，让酒肆诸人离开。在下亦好与兄台共饮共醉。"

黄歇看了身边那人，摆手道："我没有从人，他也不是我的从人。"

不想那奴隶听了这话，反而退开一边，让出门来，诸人纷纷出来。

黄歇又低头喝了一杯酒，抬头看那庸芮居然还坐在面前，奇怪道："咦，你怎么还在？"

庸芮道："你不是说，想喝酒，想打架吗？"

黄歇又问："你不是说，你不想喝酒，不想打架吗？"

庸芮沉默片刻，忽然笑了："可是我现在忽然就想喝酒，想打架了。"

黄歇问："你为什么想喝酒，想打架？"

庸芮苦笑："我喜欢的姑娘嫁给了别人，还怀上了他的孩子，所以，我心里难受，却又不好与人说，只好闷在心底。"

黄歇已经喝得半醉，闻言忽然仰天大笑起来："哈哈哈，你也是，这真真好笑。我告诉你，我也是。"

庸芮一怔："你也是？"

黄歇呵呵笑着，举起酒壶，再取了一个陶杯，给庸芮也倒了一杯酒，道："是，我喜欢的姑娘嫁给了别人，还怀上了他的孩子……我、我只想杀了我自己……我若不是来得太慢，就算她嫁给了别人，我也可以把她带走，可是，可是为什么她怀上了他的孩子呢……"

庸芮端起酒杯，一饮而尽，不觉也是痴了，喃喃地道："就算她嫁给了别人，我也可以把她带走。我当日为何不敢想呢，是啊，我不敢，我都不知道她是否喜欢我……"

两人各说各的伤心事，却不知为何，说得丝丝合拍，你说一句，他敬一杯。不知不觉间。两人喝酒如喝水一样，把店家送上来的酒俱饮尽。

忽然间一声霹雳，大雨倾盆而下，此时天色全黑了下来，街市中诸人本已经不多，此时避雨，更是逃得人影不见。热闹非凡的大街上，竟只余他二人还在饮酒。

黄歇拿起盛酒的陶瓶，将整瓶的酒一口喝下，拍案而笑道："痛快，痛快。"说完，便拔剑狂歌起来："欲从灵氛之吉占兮，心犹豫而狐疑。巫咸将夕降兮，怀椒糈而要之。百神翳其备降兮，九疑缤其并迎。皇剡剡其扬灵兮，告余以吉故……"

庸芮也已经喝得大醉，他酒量本就不大，此刻喝到尽兴处，见黄歇拔剑高歌，也不禁击案笑道："痛快，痛快，来，我与你共舞。"说着也拔出剑来，高歌："有车邻邻，有马白颠。未见君子，寺人之令……"

见庸芮也拔出剑来，黄歇笑道："这酒肆甚是狭窄，待我们出去打一场。"说着率先一跃而出。

庸芮哈哈一笑，也一跃而出。

黄歇和庸芮两人执剑相斗，从酒肆中一直打到长街上。

大雨滂沱，将两人身上浇了个透彻。两人方才亦是饮酒不少，此时浑身燥热，这大雨浇在身上，反而更是助兴。当下从长街这头，打到长街那头。

两人都是醉得不轻，打着打着，黄歇一剑击飞了庸芮手中之剑，庸芮却也趁他一怔之机，将他的剑踢飞，两人索性又赤手空拳地交起手来，最终都滚在地上，滚了一身烂泥。

黄歇和庸芮四目对看，在雨中哈哈大笑。

此时两人俱已经打得手足酸软，自己竟是站不起来，两人相互扶着肩头站起，一脚高一脚低地踩着泥水前行，手舞足蹈，狂歌放吟。

黄歇便用楚语唱道："时缤纷其变易兮，又何可以淹留！兰芷变而不芳兮，荃蕙化而为茅……"

庸芮亦用秦语唱道："阪有漆，隰有栗。既见君子，并坐鼓瑟。今者不乐，逝者其耋……"

两人也不顾别人，只管自己唱着，一直走回到酒肆那里，也不知道是谁接了上来，道："公子，小心。"

此时两人俱已经支撑不住，索性一头栽倒，再不复起。

也不知道过了多久，黄歇悠悠醒来，耳中听得一个声音兴高采烈地道："公子，你醒了？"

黄歇睁开眼睛，眼前一片模糊，他扶着头，呻吟一声，眼前的一切渐渐变得清晰，他细看那人，身躯高大形状威武，脸上却带着烙印，却正是昨日被他所救的奴隶，颇觉意外："是你？这是什么地方，你怎么会在这儿？"

那大汉呵呵地笑道："这里是庸府。昨日公子与那庸公子都喝醉了，是那位庸公子的手下与我扶着公子回府，也是庸府之人相助，为公子沐浴更衣，在此歇息。"

"庸公子？"黄歇扶着头，宿醉之后头疼欲裂，好不容易才定住心神，想起昨天那位陌路相逢却一起喝酒打架的人来，正是姓庸："他叫庸、庸什么……"

那大汉忙提醒道："是庸芮公子。"

黄歇点了点头，又问："你又如何在此，我昨天不是把你的身契还给你了?"

那大汉憨笑道:"公子买了我,我自然要跟随公子。"

黄歇摆摆手道:"我不是买了你,只是不愿意看到壮士沦落而已。再说,你不是从来就不服主人,每次都会反抗的吗?"

那大汉摇摇头,执着地道:"我是东胡勇士,是在战场上被人暗算才沦落为奴,被人随便转卖呵斥,我自然不服。公子武功比我高,又待我仁义,我岂能不服。反正我的部族也被灭了,我也无处可去,只能跟定公子了。"

黄歇捧着头,无可奈何,良久才道:"那,你叫什么名字?"

那人便翻身跪地,端端正正地行了大礼,道:"小人赤虎,参见主人。"

黄歇忙摆了摆手:"我敬你是壮士,休要如此多礼。"

赤虎起身,憨笑着搓搓手,站在一边。

黄歇沉吟片刻,道:"既到此间,也要拜会主人。此人意气飞扬,倒是可交。"

正说完,听得外面院中呵呵大笑:"黄兄可曾起了?"

黄歇一笑,也大步走向外面,道:"庸兄起得好早。"

这个世界上有人白发如新,有人倾盖如故。黄歇和庸芮的相识,便是只因这一场酒醉、一场打架。

第十七章　旧事提

一夜雨后，清晨，满园新芳初绽。

秦王驷携着芈月，慢慢走在花园中，指着木芙蓉花道："下了一夜雨，这木芙蓉花开得更鲜艳夺目了。"

芈月也叹息道："一分雨露，一分滋长。世间事，莫不如此。"

秦王驷听了这话，以为她因自己怀孕不得承宠而生了嫉意，开玩笑地道："哦，季芈是想知道寡人的雨露恩泽由何人承幸吗？"

芈月却是对这个话题略沾即走："大王说笑了，妾身焉敢如此大胆。妾身是前些日子看《商君书》，想到这君恩和利益的事情。"

秦王驷一怔："哦，你如何想到的？"

芈月笑道："妾身自怀孕以来，镇日枯坐，闲来无事，便看此书。"

秦王驷有些兴趣上来了："哦，你看出了什么来？"

芈月想了一想，道："想商君变法，原为奖励军功，禁止私斗。可如今各封臣权力如故，真正因军功而受勋者势力薄弱，各封臣的封邑之间为了争夺利益的私斗仍然不绝。妾身心中疑惑，若是长此下去，商君之法最根本的实质只怕会无法推行。"

秦王驷微怔，看着芈月好一会儿，才移开目光。他妻妾不少，能够与他一起练兵一起习武者有，能够与他一起赏花吟月者有，可是能够与他谈《商君书》的，却是不曾有。

女人的天性，可以有才，可以有性子，可是却当真没有多少喜欢论政。他长叹一声："你果然很聪明，一眼就看到了实质，一国之战，需要各封臣出人出物，齐心协力作战，战后共享战利品和土地战俘。商君之法就是要让国君以军功为赏，让这些听从封疆之臣命令的将士们，听从君王的号令，因为君王能够给予他们的，比他们听从封臣效命得到的更多。但是……"

芈月诧异道："但是什么？"

秦王驷道："寡人问你，君何以为君？"

芈月一怔，想了想有些不确定地答道："上天所授，血统所裔，封臣辅弼，将士效命……对吗？"

秦王驷摆了摆手："你可知周室开国有三千诸侯，如今只得十余国相争霸业，那些被灭掉的数千诸侯，何尝不是上天所授、血统所裔？"

芈月怔了一怔，仔细想了一想，似有所悟："是啊，莫说中原诸国，便是我楚国立国这数百年，也是灭国无数。"黄国、向国、莒国，甚至庸国，都是在漫漫历史长河中消失了的诸侯啊。

秦王驷看着眼前的小女子，眼神有一丝玩味。他宠幸她、纵容她，只能算是自己政务繁忙之后的闲暇；带着她去看商鞅墓，亦只能算得一时兴起。但眼前的这个小女子，居然会因此，去看那普通女子难以理解的《商君书》，甚至她真的有所领悟，能够把自己的疑惑和见解向他询问。他忽然生了兴趣，他想知道，对于王图霸业，一个小女子能够知道多少、理解多少，能够走到哪一步去？

这是个很有趣的试验，他想试试。鲁人孔丘说"有教无类"，眼前的这个女子，如一颗未琢的美玉，他想亲手去把她雕琢出来。他之前有过许多的女人，但每个女人不是太没有自我的存在，就是太有自己的心思。而一个既聪明又不会太有自己想法的小女子，最后能够变成什么样的人呢？

想到这里，他沉吟片刻，解释道："君之为君，关键不在于血统所裔，而在于封臣辅弼、将士效命。寡人为太子时，之所以反对商君之法，就是因为商君之法侵害封臣之权，稍有错失，就会引起封臣们的反对，最终秦国将会如晋国一样四分五裂。等寡人继位为君，虽然杀商君以平众怒，但坐上这个位置以后，才能真切地感受到商君之法虽然伤封臣，但强君王、兴国家。所以寡人杀其人而不废其法，但商君之法毕竟已经伤到封臣之利，所以寡人继位之始，国中封臣数次动乱，虽然都被压下，但却伤及了国家命脉。"

芈月诧异地道："妾身听糊涂了，依大王之意，变法是对国家有利，还是对国家有伤？"

秦王驷仰望青天，沉默片刻道："各国行分封之法至今，到周幽王的时候，已经是害多于利了。但是却没有一个国家有办法摆脱它，以至于争战不止，人人自危。不改分封之法，要么如鲁国等被灭亡的诸国一样，虽然削弱了封臣，但却坏了自身的实力，最终被别国所灭。要么如晋国齐国一样，虽然国势强大，但是强大的却是封臣的权势，最终国家被封臣取代。分封之法，早已经走到了末路，只是列国不敢承认而已。"

芈月似有所悟："似吴起在楚国变法，李悝在魏国变法，甚至如齐国的稷下学官等，列国其实都在或多或少地实行变法，只是变法通常一世而斩，人亡政息，无法再继续下去而已。"

秦王驷点头道："所谓居其位，谋其政，实是不虚。寡人为太子，观的是国内之势。寡人为国君，观的才是天下之事。列国变法，其实是挖掉自己身上的烂肉，切掉自己的残肢，以求新生。但是谁能够真正下定壮士断腕的决心呢？列国撑不过来，最终变法失败，而秦国撑过来了，却也必定要面对元气大伤一场。"

芈月听得暗惊，细思却是越想越骇异，喃喃地道："所谓大争之世，虎视之境。若想自己不落入虎狼口中，就得将自己脱胎换骨、撕皮裂肉。想不让别人对自己残忍，唯有先残忍地对待自己。能够撑过对自己的断腕割肉，世间还有何惧之事？所以秦是虎狼之秦，也是新生之国。"

秦王驷点头，赞许地道："能与寡人共观天下者，唯张仪与你芈半了。"

芈月听到这个评语，心潮澎湃，努力压抑着自己的欢喜，谦逊地道："妾身只是旁观者清。"

秦王驷嘿嘿一笑："嘿嘿，旁观者、旁观者，天底下人人争着入局争胜负，又或者闭起眼睛缩进龟壳做尊王复礼的大头梦，又能有几个旁观者？"

芈月想了想，又问："大王看那张仪是入局者，还是旁观者？"

秦王驷道："他曾想做个旁观者，最终却被逼得做了一个入局者。"

芈月轻叹道："是啊，张仪曾对妾身说，如果不是昭阳险些置他于死地，他还不至于入局。"

秦王驷点头赞道："当日我入楚，一是达成秦楚联姻，二便是这张仪入秦，老实说，此二事，不相上下。"

芈月点头，若有所悟："妾明白了，为什么张仪能够逼走公孙衍。那是因为，大秦已经不需要公孙衍的治国方式，而是需要张仪的策略了。"

秦王驷来了兴趣："你且说说看。"

芈月肯定地说："张仪游说分化诸侯有功，得封国相。而大秦借张仪恐吓诸侯，休养生息。"

秦王驷忽然长叹一声，芈月有些惴惴不安："大王，妾说错了吗？"

秦王驷摇摇头："不，你说得很对。"他长叹道，"变法，乃是逼不得已的自伤自残，想要恢复如初，就得要有足够的时候休养生息。但商君之法想要稳固，却需要发动战争，获得足够的疆土和奴隶，才能兑现对将士军功的赏赐。有了军士的分权，才能消解分封之制。"

芈月心中暗叹，这实是一种悖逆的两极。为了变法的成果，需要对外的作战，而变法带来的创伤，却需要国内的稳定。所以虽然秦王驷杀商鞅而不废变法，但是在同旧族封臣们的对抗与妥协中，在国内的稳定需要中，商鞅变法最关键的军功鼓励，却因迟迟不能兑现而推迟了。所以秦国才需要张仪，需要张仪在外交中以恐吓换来利益，换来秦国的休养生息。

秦国所需要的，是时间，为了变法的真正推行，大秦必要再次展开对外作战，但这个时间，却起码得再等上十几年。

秦王驷虽鼓励民间生育有赏，却也得十几年以后，这些初生的孩子才能成为新一代的战士，那时候，或者是下一代的国君，才能够实行开疆拓土、以战养战的国策。

芈月轻抚着自己的腹部，陷入沉思。

秦王驷从她身后搂住她，手覆在她的腹部，轻声道："给寡人生一个儿子，将来为我大秦征战沙场吧。"

芈月嗔怪："大王都已经有十几个儿子了，还要儿子？"

秦王驷大笑："儿子永远不嫌多，越多越好。"他轻抚着芈月的腹部，道："尤其是这个儿子，有一个聪明的母亲，将来必然是我大秦最出色的公子。季芈，寡人喜欢你，因为你够聪明，寡人跟你说什么你都懂，而且你会自己再去找答案，再去学习。后宫的女子虽多，但是像这样无处不合寡人心思的，却只有你一个。"

芈月握着秦王驷的手，转身面对秦王驷，笑吟吟地道："大王，天下男子虽多，但知我懂我、信我教我的男人，却只有您一个。我但愿这腹中的孩子，能有我夫君的一半，我就心满意足了。"

秦王驷笑道："一半怎么够，寡人的孩子，必要强爷胜祖，方能扬我大秦霸业。"

两人同时大笑起来。

此刻，远处，芈姝站在廊桥上，远远地看着花园中秦王驷和芈月两人恩爱，脸色僵硬，手指紧紧握住衣袖，咬紧牙关。

芈姝走进椒房殿，便见乳母抱着襁褓中的公子荡迎上来。小婴儿冲着母亲啊啊地叫着，芈姝满脸怒火在看到儿子的时候软化下来，微笑着抱过儿子，逗弄着。

玳瑁跟在她身后进来，窥伺芈姝的神情："不知王后为何不悦？"

芈姝强笑了笑："无事。"

玳瑁自然知道她是为何不悦，见状又道："王后，您看小公子何等天真可爱，就算是为了他，您也得早下决心啊。"

芈姝沉下了脸，把孩子交给乳母，往内室走去，玳瑁忙跟了进去。

芈姝一屁股坐下，见玳瑁一副非说不可的架势，不耐烦地道："好了，你又想说什么？"

玳瑁一脸忠心耿耿的模样："王后，您可要以您的母后为鉴啊，当年向氏险些逼得您的母后失去王后之位，险些逼得您的王兄失去太子之位。那季芈像她的母亲一样善于媚惑君王，您可不能心软。"

芈姝心烦意乱地斥道："你有完没完，总是这么喋喋不休地说这种话，季芈怎么惹你了，你老是看她不顺眼。"

玳瑁咬咬牙，道："王后，奴婢就实说了吧，若不是您当日阻止，威后是万万不会让那女人活着出宫的。"

芈姝吃惊地问："为什么？"

玳瑁道："王后可知，当年先王为何如此宠爱向氏？"

芈姝道："不是说向氏妖媚吗？"

玳瑁沉重地摇了摇头，道："不是，是当年向氏怀孕时，天有异象，唐昧将军对先王说，'天现霸星，应在楚宫，当主称霸天下，横扫六国'……"

芈姝一怔，只觉得荒唐可笑："哈，一个女人，而且还是媵侍生的庶出女，称霸天下，这种话也有人信？"

玳瑁道："可先王却信了，他自怀孕起，就将向氏移到椒宫，宠爱有加。季芈出生那日，正是王后您的周岁之宴，先王扔下威后和您，就赶去椒宫等着那个孩子的出生。而那个孩子的确诡异，一个刚出生的婴儿，脱了襁褓只穿着肚兜扔进御河里漂了十余里，居然安然无事，这实在是太过妖孽。所以王后一直防着她，多少次想弄死她，却总有一些阴差阳错的事不能得手。"

芈姝打了个哆嗦，强自镇定地斥道："这么荒唐的事你们都相信？"

玳瑁见她不信，不得不抛出撒手锏："王后您可知道七公主为什么会疯掉？"

芈姝一怔："七阿姊？这事与她又有何关系？"

玳瑁在芈姝的耳边低声道："七公主一向有野心，图谋秦王后之位……"

芈姝不耐烦地挥挥手："这事儿我知道，你不必多说了，哼！"

玳瑁又道："威后知道这件事儿以后，就对七公主说，若她杀了九公主，就满足她的愿望。可您知道吗，就在威后对七公主说完这话以后，没过两天，七公主就疯了！"

芈姝大惊，失声道："你是说七阿姊是被……"她诧异地看着玳瑁，惊得说不出话来，难道她的意思是，因为芈茵要害芈月，所以反而被某种不知道的力量给暗算了？

芈茵发疯之事，她早就怀疑过楚威后暗中下手，只是毕竟是自己的母亲，为尊者讳，她不敢多想，更不敢多问。如今玳瑁自己把这话说了，倒叫她一时无语。

玳瑁又细细地将那日芈茵如何准备算计，如何将芈月诱到远处扔进河中，芈月又是如何被发现在少司命神像下，而芈茵却是发了疯的事都说了。

芈姝听了此言，陷入深思，这种事，她不想相信，但又不得不信。她不想害人，但又不得不为自己打算。思来想去，还是觉得心乱如麻，挥了挥手，道："你这些都是无稽之谈，季芈虽然有些不驯，但终究不是七阿姊这般心思歹毒。当日义渠人围攻，黄歇为救我而死，她为救我而引开追兵，又为我而入宫。虽然她侍奉大王，擅作主张，终究过不抵功，你这般煽动我，却是何意，难道要教我害她不成？"

玳瑁急了："王后，王后虽无伤季芈之心，奈何怎知季芈不对王后有怀恨之意。"

芈姝沉了脸，喝道："胡说，她若要害我，庸城便可害我，义渠兵困更不必舍身救我。"

玳瑁无奈，正欲说话，只是讲到这桩最隐秘之事，终是心头有些余悸，当下推开窗户看了看，又掀了帘子看了看外面是否有人。却看到窗外长廊处一个小宫女跪在地上，正慢慢地欲往这里窗下抹着地板过来，当下喝道："这里不用你，快些走。"

那小宫女吓了一跳，连忙拿起抹布跑走了。玳瑁见左右已经无人，狠了狠心，最终还是把藏在心头的隐事说出来了："王后可知，她的生母向氏是怎么死的？"

芈姝一时有些摸不着头脑，想了想，反问道："向氏，哪个向氏？她的母亲不是莒夫人吗？"向氏在宫中存在感稀薄，她出宫的时候，芈月还小，芈姝也仅仅只比她大了一岁，亦是毫无所知，她只晓得芈月的母亲是莒姬。

玳瑁只得解释道："莒夫人是季芈养母，向氏是她的生母。"

芈姝问："她死了吗？"过后又恍然道："我似乎听季芈说起过呢……她是先王死的时候，出宫了，还是死了？"

玳瑁摇头："不是，当年先王驾崩的时候，威后将向氏逐出宫去，并配给一个性情暴戾的贱卒……"

芈姝倒吸一口冷气，尖叫道："为什么？"

玳瑁一惊道："王后，轻声。"

芈姝已经按捺不住激动抓住了玳瑁的手道："这么说，那个魏冉，真的是、真的是……"她与芈月在高唐台一起长大，只晓得芈月只有一个弟弟芈戎，可是在上庸城中，却忽然冒出来一个"弟弟"，而且很明显，和这个弟弟的感情，并不比与芈戎的关系差。刚开始芈月只说这是她母族的弟弟，可是在芈月失踪以后，她遵守了承诺，与魏冉相处日久，听得魏冉说的时候，感觉两人的关系，绝非如此简单。

尤其是芈月委身秦王驷，她曾经为此记恨，直到芈月同她解释，说是魏琰抓了魏冉，她不得不出此下策，她虽然觉得有理，但也对芈月对魏冉的看重十分不解，甚至有些认为她是曲辞狡辩。如今听玳瑁一说，难道竟是真的不成？

玳瑁点头道："是，那个魏冉，是向氏和那个贱卒所生的儿子。"

芈姝长长地嘘了一口气，道："果然如此，我就疑惑，季芈与那个魏冉之间的关系，实在奇怪。"说到这里又问："那向氏呢？"

玳瑁沉了脸，没有说话。芈姝好奇地追问，玳瑁过了良久，才道："向氏已经死了。"

"死了？"芈姝诧异，"怎么死的？"

玳瑁摇了摇头："奴婢也不知道。"

"不知道？"芈姝怔了一怔，也没有再问下去。

玳瑁却想起了当年的事，其实向氏的死，她和楚威后却是过了很久才发现的。等她们发现的时候，向氏与魏甲早已经死了多年，他们所居的草棚也早在一场火灾中烧光了。

直到魏冉的出现，才让玳瑁忽然又想起那场往事来，她不知道，芈月是怎么和魏冉联系上的，而且看情况，两人的联系，不是一朝一夕的事情。再联想起楚威后对芈月的忌惮之意，甚至在芈姝临嫁时，想对芈月下手而未遂，到芈月被义渠王所劫又平安归来，这桩桩件件的事，让她更觉得，芈月似一个妖孽一般，难以消灭，将来必成祸患。

她不相信芈月会对这一切毫无所觉，如果她是知道这一切的，并且有心计有手段躲过这一切的，那么她将来会不会对芈姝产生报复之心，会成为芈姝的危害吗？

不，她不能让这一切事情发生。

她看着芈姝，她不能让她的小公主这样天真无知地继续下去，她一定要让她知道，危险就在她的眼前，她不能姑息纵容，一定要将对方尽早消灭才是。

　　想到这里，玳瑁长叹一声："那向氏虽然死得蹊跷，但究其根本，终究是威后逐她出宫所致。季芈既寻回那魏冉，奴婢猜她一定也知道了此事。细说起来，这季芈与咱们岂有不怀恨的，威后一直疑惑她是知道真相的，却一直没探出来。当日王后心善，一定要带着她入秦。威后赐下奴婢随您入秦，一来是为了辅助王后在秦宫应付妃嫔，二来就是要奴婢在沿途杀死季芈。"

　　芈姝大吃一惊："你说什么，你随我入秦，是为了杀死季芈？你……"她看着玳瑁，气得说不出话来。

　　玳瑁知道芈姝不悦，然则此事，只能将一切一口气说清，方教她不存侥幸之心，坦然道："奴婢知道王后心善，所以奴婢亦没有明着下手。原以为她中了砒霜之毒，必然不敢旅途艰辛，让她死在路上就神不知鬼不觉，让人以为是水土不服。可没想到，一路上接连出事，直到王后入宫，见魏夫人步步进逼，奴婢认为季芈还有用，于是没有再下手。"

　　芈姝跌坐在地，气得流泪道："你们、你们太过分了！"

　　玳瑁扶起芈姝，耳语般轻声道："事已至此，奴婢可是把什么都说出来了，王后您还要再对季芈心存幻想吗？就算王后放过她，她可未必放过王后。当年的事，迟早会揭出来，而她根本就是一个妖孽，若是放过她，还不知道什么时候会对王后不利呢？"

　　芈姝张了张口，想说什么，却发现无言以对，想斥责玳瑁，事情已经发生，再斥责她又有何用。玳瑁所说的一切，在她的心里也形成了恐惧的阴影，扪心自问，若自己是芈月，若自己也遭遇到这一切，难道就不会怀怨恨之心吗，难道就不会思报复手段吗。

　　玳瑁轻声道："王后，当断不断，反受其乱。"

　　芈姝恨恨地瞪着玳瑁，问："你想怎么样？"

　　玳瑁刚想张嘴，芈姝忽然捂住耳朵："我不要听，我不要听，你出去，出去！"

玳瑁知道此时芈姝的精神已经乱到极点，待要再说，芈姝已经尖叫着推她道："出去！"

玳瑁毕竟不敢再行进逼，只得敛袖恭敬地行了一礼，缓步后退而出。

芈姝看着玳瑁走出，紧绷着的精神终于不支，她扑倒在锦被上，泪流满面。

那一刻，她心里真是极恨的，恨玳瑁，也恨她的母亲，为什么她们作下的恶孽，却要教她去承受仇恨、去承受一个心存报复的人在她的身边。而她甚至，受过她的恩，承过她的情，对她示过惠，也对她敞开过自己的心事，诉说过自己的隐秘。

而现在，她颤抖着举起自己的手，看着自己的手，而现在，她的母亲造下的杀孽，变成她要承担的罪恶。她明白玳瑁想说的话，她不能让她说出口，她不想听到那句话。

此时此刻，她终于明白玳瑁为什么急于告诉她秦王驷要让芈月住到常宁殿的消息，为什么煽动着让她把芈月留在自己的手中照顾，到此时再把过往的恩怨告诉她。

她们需要她去完成她们没能够完成的杀戮，让她也变成一个杀人者。

芈姝浑身一颤，她忽然想到小时候曾经听过的那些流言，楚国的荷花池下，据说有许多得罪过她母后的妃子就沉在这下面；她想到了芈茵的发疯，那一次，不就是一个她王兄喜欢过的女人，再度成为后宫的亡魂。

难道，以后她就要过这种日子了吗？去继续她母后、继续郑袖曾经做过的事？

她不能，她也不愿，她更不甘。

每个后宫的女人，也许在闺中时都曾经单纯天真过，但是很快你会发现，你成了你小时候所鄙视过、憎恨过的那种女人，从一开始的抗拒、逃避，到迫不得已地接招，到主动出击，甚至到无时无刻不为着阴谋所准备、所预置棋子。

小宫女采青洗干净了手，换了衣服，走出椒房殿的时候，回头看去，里面已经开始传晚膳了。

想到刚才差点被玳瑁发现，她的心仍然在怦怦乱跳。可是此刻，她眼中更有因获得的消息而闪亮着的得意光芒。

炉中香依旧，香烟缭绕中，魏琰微闭双目，听着采青伏在地上，将下午玳瑁与芈姝的对话一五一十地说了。她声音清脆，学着玳瑁和芈姝的声腔，学得也有四五分像，魏琰听得不住地笑着，听到最后，见采青道："奴婢见状，便不敢再上前了，所以，只听到这里。还请夫人恕罪。"

魏琰睁开眼睛，满脸笑容，亲自伸手扶了采青坐起，道："好孩子，难为你机灵，没听到又怎么样，你没被发现就好了。纵有再大的机密，也比不得咱们的人要紧。你们都是好孩子，折损了一个，也是教我心疼的。"

采青心中感动，道："夫人如此怜下，奴婢敢不效死。"

魏琰挥了挥手，对侍立在后面的采苹道："你们姊妹且下去好好聚聚，再送这孩子出去，小心些，休教人发现了。"

这采青原是掖庭宫的一个小宫女，初入宫时受人欺负，是当时还服侍着小魏氏的采苹几次援手，结了姊妹之谊。后来小魏氏出事，掖庭宫重新清洗，采青这等小宫女便另调了职司。等到魏夫人又恢复了元气，便通过旧日人手，将这些不显眼的小棋子，一一派到了芈姝等人的宫中，如今便派了大用。

见采青去了，侍女采薇忙道："夫人，您看，咱们是不是要利用这个机会……"

魏琰摇摇头："不急，最有用的武器，要用在最适合的时候。如今，是那玳瑁急，咱们不急。"她拿起几案上的香块，放到鼻下嗅了一下，放入香炉，点燃香块，看着香烟袅袅升起，神秘微笑："要让她们斗起来，怎么也得让她们都生下儿子以后吧。"

这个时候，她们心中，还会存留着一些顾忌，还会怕脏了手、脏了心。但是，女人虽弱，为母则强，等到她们有了孩子以后，就算她们再克制，为了儿子，也会变成母狼斗得你死我活的。那时候，再放出这个让她们不死不休的信息来，则更有用。她心中冷笑，历代列国多少英君明主，都不敢把"天现霸星、横扫六国"这样的话放到自己的头上，楚人居然会愚蠢到信这样的话，甚至会信这样的话能落到一个女子身上，真是可笑之至。

王后的母亲会因此对季芈这样一个小女子，产生这样不死不休的执念——魏琰冷笑一声，这样看来，王后的脑子，也不见得好使多少。由母见女，可以推想，当孟芈觉得有人危及她儿子的时候，那当真是想怎么操纵，便可怎么操纵了。

魏琰闭上眼，深吸着空气中的香气，这是她新调和的一种香气，麝鹿的香气，让人想到了春猎时的野性奔放。她想，那个酷爱打猎的男人，一定会喜欢这种香气的。

一晃数月过去，芈月的肚子越来越大了，再过一个多月，就将临盆。这时候宫中也传来消息，景氏亦是有孕了。

玳瑁站在廊下，看着天色越来越阴沉，此刻她的脸色，也与这天色一般了。

这几个月里，她一直在游说芈姝对芈月动手，芈姝却总是犹犹豫豫，在这犹豫中，芈月的肚子渐渐大了起来，再不动手，就来不及了。

在她的心里，总怀着非常的恐惧，无数次在梦中她都会惊醒，她看到芈月篡夺了芈姝的位置，成了王后，而芈月的儿子，也取代公子荡成了太子。而她，只能眼睁睁地看着这一切发生，她冲上去厮打、怒骂，可是一片血光飞起，她发现一把刀子插在自己的心口，她被杀死了。

每当梦做到这里，她总是满头大汗地被惊醒。梦中的场景，却历历在目，恍若真的发生了似的。她有一种预感，这次芈月怀的孩子，一定是儿子，这一次，不会再变成女儿了。

芈月不是向氏，她的危害远比向氏大得多，她的小王后啊，这次是真的不能再手软了。

玳瑁看着天色黑了下来，一声惊雷炸响，暴雨倾盆而下。

这个时候，她的手心握紧，终于下了决心。

第十八章　生与死

　　女医挚心里挺着急的，眼看着芈月快要临盆了，可是有几味她用来预防难产急救所用的草药却始终不足，她托人在城内医馆找过，因秦楚医药用方与制法皆有不同，因此也没找到合意的。她本是请示了椒房殿，欲亲自出城到山上寻找这些药草，亲自炮制。不晓得为何，却迟迟不得回音。

　　这日玳瑁却请了她过去，以王后的名义，细细地问了芈月怀孕诸般事宜，听她说了此事，就道："芈八子胎儿要紧，若是当真需要，我便替你去问问王后，请了旨意，给你出宫令符。"

　　女医挚连声应谢，她也知此事重大，生恐在自己身上出了差池。她自领了此事以后，一直心惊胆战，生恐向氏当年的事重演。等了数月，王后虽然召了她数次，不过是走走过场式地问问情况，又或者是公子荡头疼脑热感冒咳嗽之类的小症叫她过来看。

　　芈月一日未临盆，她就悬着一日的心。长年在楚宫，她纵然对芈姝这样的小公主不甚了解，但对于楚威后及其心腹玳瑁的为人行事，还是有几分了解的。见此事不是芈姝亲口与自己说，而是玳瑁代传，不由得

252

存了几分疑心，当下赔笑问："此事小医是否要当面禀过王后？"

玳瑁轻蔑地说："王后宫中一日多少事，哪来的工夫理睬你。我自传了王后的话，难道有什么不是吗？"

女医挚不敢再答，只唯唯应了。当下也处处小心，每日早早持了令牌出宫，到得哺时之前，便匆匆收拾了药筐回宫。如此几日，见几种药材渐渐已经采足，心道再过得三两日，便可以不必再出宫了。

这日她正出宫之时，走到一半，便有一个东胡大汉迎面而来，拱手道："医挚，可否移步一行？"

女医挚认得他便是黄歇新收的随从赤虎，这数月以来，她常常出宫，也与黄歇颇有接触，常常将宫中消息告诉黄歇。此时见了赤虎，并不意外，只是今日却有些不便。

她犹豫了片刻，道："公子歇相约，我本当急趋而至。怎奈我今日要出城采一种茜草，须得日中之前采用，过了日中，便失了药效。不如待我在城外采药归来，再与公子歇在西门酒肆处相约，如何？"

赤虎听了，便与她约定了时间和地点，当下告知了黄歇。

黄歇闻讯，便提早一刻，在西门酒肆相候，他坐在临窗的位置上，正可一眼看到西门出入之人。

这家的酒似是做坏了，虽然经过白茅过滤，却仍然带着一股酸味，黄歇只尝了一口，便放下去没有再喝。只静静地坐在那儿，看着城门。

不知不觉，过了日中之时，太阳逐渐西斜，日影越拉越长，渐渐地黄歇觉得不对了，从日中到日昳，甚至已经过了日昳时分，眼看就是哺时了，此时若不能回城，便不能在宫门关闭之前回到宫中去。且他近日观察，女医挚从来未曾在过了哺时之后还不曾回城的。

莫不是女医挚出事了？

想到这里，黄歇站了起来："赤虎，备马，我们出城。"

赤虎一怔："公子，再过一会儿，城门就要关了。此时出城，若有个耽误，只怕赶不上回城。"

黄歇叹道："我正是为此方要出城。女医挚此时未见回城，必是出事了。若是她赶不上回城，那只怕、只怕……"他说到这里，不敢再说下去了。

女医挚每日早早回宫，便是害怕芈月会在她不在的时候出事。以女医挚为人之谨小慎微，不可能会因为采药而忘记回城的时辰，此时未归，当是有原因的。

就是不知道这个原因，是意外还是人为。在城外山上采药，有可能遇上失足摔落，也有可能遇上蛇虫之类的，若不是此处临近咸阳，其他的山上，甚至还有可能遇上猛兽。若是女医挚出了意外，这倒罢了。若是女医挚今日不归，却是人为，那便是有人要对芈月下手了。

想到这里，他心中一紧，直欲要冲入秦宫中去。可是他毕竟赤手空拳，只有一人，便是加上赤虎，也只有两人，这秦宫森严，又如何是他能够冲得进去的。

为今之计，也只有先找到女医挚，再借助女医挚之力，查明真相，才是他能够做到的。

且说女医挚果然是出事了。

她今日亦是记得与黄歇相约之事，她带了干粮，采药到过了日中时，吃了干粮，看看已经采了半筐的药，便果断收拾好，转身下山。

她背着药筐正走在咸阳道上，忽然一辆马车停下，车内一个中年妇人探出头来，看了看她背着的药筐，焦急地道："敢问您可是一位医者？"

女医挚点头应声："正是。"

那妇人大喜，忙叫侍女扶了她亲自下车来，对着女医挚行了一礼道："当真幸甚，我正是要去请一位医者。我婆母重病，已经昏迷两日了，请医者务必帮忙。"

女医挚见那妇人衣着亦是得体，面色焦急溢于言表，不由得忙还礼，为难地道："请贵人见谅，我有要事，今日务必要赶回咸阳，贵人还是另请……"

那妇人却不理会女医挚的拒绝，急忙上前两步，一手拉住了女医挚一手掩面哭泣道："医者，救人要紧。我夫婿为人至孝，若是知道我看到医者不请回去，误了婆婆的病情，一定会休了我的。我求求您了，救救我婆婆，救救我吧……"

见那妇人一边哭一边拉着自己就要下跪，女医挚急忙扶住她道："贵人休要如此，非是我不允所请。实不相瞒，我是宫中女医，出来采药已经一天，现在急着要赶回去，若不能按时回宫，就要被关在宫外。"

那妇人却道："无妨，我家离此很近，只要医者过去帮我婆婆看看，开个方子扎个针我就用马车送医者回宫，这也比医者自己走要快些，不是吗？"

女医挚犹在犹豫不决，那妇人却直接跪下了："医者，哪怕你不开方，只消看一眼也好，述明真情，也教我夫婿不怪罪于我。"

女医挚见她歪缠不过，只得点头道："医者以救人为天职，那我就过去看看，只是休要耽误我回宫时间。"

那妇人满脸欢喜，亲自扶了女医挚登上马车，不料女医挚方登上马车，便觉得后脑如被物击，顿时人事不省。

那妇人对着驭者点头："甚好。"左右一看，见此时左右无人，忙道："速走。"

那驭者点头，随手将女医挚的药筐抛在草丛中，便驾车急忙远去。

女医挚昏昏沉沉，也不知道过了多久，方才醒来。一醒来只觉得满眼漆黑，也不知道身在何处，也不知道出了何事，当下吓得魂飞魄散，连忙扯了嗓子喊："可有人在——这是何处——"

她叫了半天，却是无人应答，声音只回荡在四壁，直叫得嗓子都干了，也无人理会。此时对未知命运的恐惧，已经超过了她对黑暗的恐惧。当下忙站起来，伸着双手，在黑暗中一步步往前走，一寸寸地摸着。

好不容易摸到了墙壁，却似是一面土墙，她沿着土墙又一寸寸地摸过来，却发现这土墙似不是四壁见方，倒似有些方不方、圆不圆的，她摸了半天，也摸不着四堵墙的明显弯角处，且无门无窗，十分奇怪。

她蹲下来，摸了摸地面，亦是泥土地，略有潮感，且有些凹凸不平，她沿着墙边再摸着，似乎这墙面也有些奇怪，中间凹，顶上聚拢，倒似一处洞穴似的。

她抽了抽鼻子，细细闻着这里的气息，她本是行医之人，许多药物一闻便能闻出来，此时气息中似带着一些酸腐气息，再联想到墙面地面，女医挚暗忖，自己莫不是被关进一处地窖里去了？

她想到方才昏迷前，那个纠缠不休的求医妇人，如今想来，破绽处处。可是，她一个无钱无势的普通女医，又有什么原因，能够让人下这么大的本钱来绑架她？

除非，要针对的不是她，而是……芈八子。

女医挚的心顿时抽紧了，她提心吊胆了好几个月的事情，终于发生了。

从王后芈姝开始要她去照顾芈月养胎开始，她就开始害怕这件事，她害怕某一天王后会忽然单独召见她，如楚威后一般，给她一个无法拒绝但又不能完成的伤天害理的任务。若干年前，她就接受过这样一件任务。

那时候她还年轻，还胆怯，她害怕权力和死亡，她不得已应允了，她甚至已经起了害人的心思，然而少司命庇佑了她，让她没有犯下天谴的罪过。

平心而论，在芈姝和芈月之间，她是站在芈月这边的。因为这些年来，她亲眼目睹那个孩子如何在跌跌撞撞之下艰难地活下来，如何努力保护和关爱所有的亲人，她亦是听说过向氏的悲惨遭遇，亦是听说过楚威后手里一桩又一桩的人命。

虽然向氏和楚威后的身份天差地别，虽然楚威后也曾给过她的家里、给过她的儿子以富贵的机会，但是在她的心里，抵不过楚威后的罪恶和向氏的悲剧，给她的心以区别对待的原因。

她已经对不起那个孩子，她不能再对她的孩子伸出罪恶之手。

她提心吊胆地等了好几个月，也没有听到她最害怕的事，她以为此事就可以这么过去了，也许这一个王后毕竟还年轻，毕竟还单纯，不像她母亲那样恶毒凶残。

如今，待在这一团漆黑之中，她才知道，她放心得太早了。她们要动手，并不一定需要让她下手，但是，却无法避开她下手。今日她们终于出手了，那么……

想到这里，女医挚的心一紧，难道她们准备要对芈八子下手了吗？

此时，深夜，禁宫，一声极凄厉的尖叫划破黑暗的天空。

芈月忽然腹疼如绞，离临产还有一个多月，她却毫无征兆地忽然发动了。

这是早产，且在半夜之中，女萝和薛荔吓得魂飞魄散，手忙脚乱竟是不知如何是好。

女萝推了一下薛荔道："薛荔，这里有我，你快去找女医挚。"

薛荔吓得连忙跑了出去，站在院中方想起来，女医挚在蕙院中本是专门备了一个房间，这几个月她基本都是住在此处，素日芈月房中稍有声响，她便会闻声而来，只是不知为何今日竟是毫无声息。

她连忙转身推开女医挚的房间，却见房内无人，所有席铺枕褥都叠得整整齐齐，显然女医挚今日并不在此。

她一惊，转身拉开旁边服侍女医挚的小侍女房间，见那侍女已经闻声坐起，头发蓬乱，一脸茫然，她拉起那小侍女急问："医挚去哪里了？"

那小侍女啊了一声，才道："医挚今日并未回来。"

薛荔一惊："她去哪儿了？"

那小侍女道："阿姊你忘记了，医挚今日早上去城外采药了。"

薛荔一惊："你是说，医挚出门采药，至今未回？"

那小侍女点头道："是啊。"

薛荔大惊："怎么会这样，为什么会这样？她有没有说是为什么？"

小侍女道："不知道，医挚平时出宫都会按时回来的，今天不知道为什么不曾回来？"

薛荔急了："你怎么知道她不曾回来，难道不会是回了……回了椒房殿？"

那小侍女摇头："不是的，医挚的晚膳是要我去取了来的，今日晚膳时分我便去找她了，问了宫门口说她没回宫。"

薛荔大惊，怒斥道："你何不早说？"

那小侍女怯生生地说："阿姊你也没问啊！"

薛荔气得差点想打她，手掌已经挥起，见那小侍女怯生生地抱着头，眼神害怕，却不敢说求饶的话。薛荔见她不过十来岁，一团孩子气，素日是椒房殿中拨给女医挚做端茶递水、提膳跑腿的事情，也就是这几个月方随着女医挚在蕙院居住，素日薛荔女萝等人亦不唤她，她亦不晓得在日常事情上问过二人。

薛荔心中暗道不好，今日芈月忽然发动，正好每日都按时回来的女医挚却不曾回宫，她是楚宫出来的人，皆是听过楚宫过往之事的，知道世间事，哪有如此巧法。如今便把这小侍女打死了，又于事何补。无奈之下，只得一咬牙又跑进芈月房中去寻女萝或芈八子拿个主意。

她一进来，便听得一声惨叫，定睛看去，但见芈月咬着牙关，间或一声惨叫。她浑身是汗，脸色惨白，席面上漫着鲜血。女萝在一边服侍，已经是急得满头大汗。

薛荔进来的时候已经是带着哭腔了："阿姊、阿姊，不好了，医挚不在房中。"

女萝大惊问道："为什么？"

薛荔道："她们说医挚出宫采药，至今未归。"两人四目相交，再一看芈月，心中顿时已经明白。

女萝已经是满头汗珠，咬了咬牙，恨声道："这些人好狠的心肠。"转头见芈月已经痛得无法再有多一分的力气了，耳中又听得薛荔的催促，只得哼了一声道："你、你快去王后宫中，叫王后来救人。"

薛荔连忙点头道："好好好，我这就去。"

她转身又欲冲出去，却听得女萝忽然又道："慢着。"

薛荔一只脚已经迈出了门去，闻声回头问道："阿姊？"

女萝咬了咬牙道："你要一路大声叫着去，就说芈八子难产了，叫王后快来救命。"见薛荔瞪大了眼睛，女萝忍住眼泪，推了她一把道："快去啊！"

薛荔已经明白，含着眼泪用力点头，转身跑了出去。

这一去，她们与王后，那便是撕破脸了。

薛荔冲出蕙院，一边抹泪，一边凄惶地大叫道："王后，快救命啊，芈八子难产了……"她一路哭，一路叫，一直叫得经过的官院里头起了骚动，数处点灯点蜡，窃窃私语，只是却无人开门出来询问。

薛荔断断续续的声音在空荡荡的宫道里显得诡异变调，充满了不祥之气："王后快救命啊……"

声音由远及近，椒房殿虽然殿门已闭，但终究有守夜的宫人，已经先听到了这个声音，掌灯出门察看。

这一阵骚动，自然也惊动了殿中其他人。孟昭氏姊妹与屈氏景氏所居的两个小院也陆续亮起了灯来。

玳瑁这一夜，并没有睡，这样的日子，让她又怎么能够有心情入睡呢？她坐在黑暗中，打算静静地等到天亮，等到她预想中的好消息。

可是她没有想到，应该是天亮才报上来的好消息，却在半夜提前到来了，打乱了她预想中的步骤。

薛荔一路跑着，一路叫着，等她跌跌撞撞地自黑暗中跑到椒房殿前时，已经是上气不接下气。她跑到侧门前，拍着门大叫道："王后、王后……"

叫了好几声，忽然门开了半扇，玳瑁带着四名强壮宫妇走出来。

玳瑁一脸的肃杀，压低了声音威喝道："你这贱婢好大的胆子，大半夜吵吵嚷嚷，王后和小公子睡着了，你们有几个脑袋，敢吵醒主子？"

薛荔跪扑到玳瑁脚下，她已经满面都是泪水和汗水，连头发都是湿的，整个人也显得已经有些疯狂了。她嘶哑着声音道："傅姆、傅姆，不好了，求您去通报王后，芈八子难产了，让王后快派太医去救命啊……"

"住口，"玳瑁厉声低喝，"胡说，芈八子产期未到，怎么会……"

"早产——"薛荔疯狂地大叫，"是早产，是早产。"

"你疯魔了吗？"玳瑁厌恶地指着薛荔道，"一会儿说难产，一会儿说早产，语无伦次。惊扰了主子，你罪莫大焉！"

薛荔见她如此作态，愤恨地尖叫道："芈八子是早产，也是难产。她吃了今晚的药以后就开始腹疼早产，女医挚早上出宫到现在还没有回来，是不是出事了？傅姆，王后可是向大王担保来照顾芈八子的——"

她的声音又尖又厉，划破夜空，椒房殿里面顿时多了一阵细微的骚动。

不想薛荔如此决绝的呼叫，换来的只是玳瑁轻描淡写道："哦，知道了。"说罢，便拂了衣袖，转身就要入内。

薛荔见状，一咬牙扑过去，死死拉住玳瑁的双腿嘶声叫道："傅姆你不能走，芈八子快没命了。"

玳瑁冷冰冰道："你一个小丫头不懂事，女人生孩子，痛个两三天也是常事儿，放心等明天王后起来了，我自会禀报王后，王后便会宣太医来。"

薛荔尖叫道："不行啊，今晚芈八子就危险了，不能等到明天。"

玳瑁用力将薛荔踢开道："哼，蠢货，你听不懂人话吗？太医在宫外，深更半夜的上哪儿找太医去啊。王后和公子还睡着，你敢去吵醒他们吗？"

薛荔大叫道："我敢，我便敢——"说着尖声大叫起来："王后，王后——"

玳瑁大怒，一把抓住薛荔就左右开弓一顿掌掴后才把她扔开，道："来人，把她捆起来，塞上她的嘴，等天亮了再说。"

薛荔似乎明白了什么，豁出性命般大叫道："玳瑁，你们要害芈八子，给她下药，让女医挚回不了官，现在又想灭我的口……"

玳瑁气急败坏地道："塞上她的嘴，塞上她的嘴，给我打……"

就在此时，忽然夜空中传来一阵儿啼之声，却是公子荡也被这阵吵嚷惊醒了，大哭起来。

玳瑁大急，知道公子荡若是醒来，芈姝亦是会惊醒，当下必得进去好好安抚才是，便指了薛荔道："快将她捆起来，堵了她的嘴……"又指挥着，"关了宫门，任何人叫也不许开。"便匆匆转身入内安抚芈姝母子去了。

可怜薛荔只叫得两声，便被捆了起来，堵上了嘴，关在了耳房中。

见玳瑁匆匆回转，椒房殿几处灯火顿时就灭了，黑暗中也不知道有多少双眼睛在门后，兴奋地瞧着这一切，却都无人开门、无人出声。

蕙院中的芈月已经痛得几次昏厥过去，女萝见薛荔去了甚久，毫无回音，甚至连原来远远传来的叫声和宫中的骚动之声也没有了，心知不妙。眼看芈月痛苦，自己却毫无办法，欲要再去寻人相救，无奈是此刻芈月身边可靠之人只有自己，余者只剩下那个女医挚的侍女，年纪既小，又不聪明，更不知来历，只能够催着她烧水端物，自己却是再不敢离开芈月一步。

眼看着芈月的叫声越来越低，流的血越来越多，握着的手也越来越冷，她心中的绝望也是越来越深。

刹那间把前因后果，俱想了个明白。

三日前，秦王驷率文武群臣，出城到东郊春祭，这想来便是她们准备好的下手之机了。将女医挚支使出去，困在宫外无法回来，然后在芈月的药中掺入催产伤胎之药，让她早产，教她无处求援，无人相助，便要一命呜呼。

待得秦王驷回宫，也只推说芈月早产，妇人产育意外甚多，芈月一死，又有谁会来替她追究这碗有问题的药，去追究女医挚不能回官的原因呢？就算有她、有薛荔为芈月不平，她们亦不过只是两个人微言轻的女奴罢了，又有何用？

女萝握着芈月的手，低低哭泣："芈八子，您若有事，奴婢与薛荔无能，不能救你，只能随您而去了。"

芈月从一阵又一阵痛苦的间隙，听得到薛荔和女萝的对话，听得到这一夜的种种变化，看着女萝绝望地哭泣，她自一阵痛苦的间隙中，勉强提起一点力气，轻轻捏了捏与女萝相握的手，轻轻道："女萝——"

女萝扬起满是泪水的脸，强笑着安慰道："季芈，没事的，薛荔已经去椒房殿了，太医马上就能来，您放心，您必是无事的。"

芈月勉强笑了一笑，她的唇白得如素帛一样，已经一点血色也没有了，声音也是细若蚊声："女萝，你放心，我能活下去，我从小就命大——我不会死，你们也不会死的——"

女萝哽咽地点头："是，季芈，您一定吉人天相，必能逢凶化吉，必能……"

她再也说不下去了，只能强笑着对着芈月连连点头，仿佛这样就可以给对方力量，让对方支撑下去似的。

就在她越来越绝望的时候，忽然外头一阵喧闹，由远至近，女萝诧异地站起身来，便见出门去提水的小侍女连滚带爬地进来，伏在地上，指着外面结结巴巴地道："大王、大王来了——"

女萝惊骇之至，大王明明在东郊春祭，要十日后才能回宫，此时已经夜深，城门宫门俱已关闭多时，大王如何会在此时来到？

当下也不及细思，忙带着那个小侍女迎了上前，才走出廊下，便见缪监带着女医挚已经匆匆进了蕙院，不等女萝开口，便见缪监劈头问："芈八子如何了？"

女萝结结巴巴地带着哭腔道："芈八子早产、难产，如今已经……"

缪监也不理她，只将手一挥，女医挚已经匆匆朝内而行，走到女萝身边，拉住她道："随我进来，我还要问你。"一边又对那小侍女道："去取我医箱来。"

女萝摸不着头脑地被女医挚拉进内室，此时芈月已经陷入半昏迷状态，闭着眼断续地发出呻吟。女医挚急忙上前，按着芈月的脉诊了一下，又掀起她的裙子看了看下身，一边急道："将我医箱中的银针取来，赶紧将我备好的助产药、止血药熬好。"

那小侍女虽然处事反应不甚聪明，但却是跟在女医挚身边亦有时日，听了女医挚一声吩咐，顿时整个人都利落起来，此时已经背着药箱飞奔而入，跪在女医挚身边打开药箱取出银针呈上。

女医挚取银针，飞快地扎入芈月人中、眉心、涌泉、百会、隐白诸穴……女萝紧张地看着女医挚施针，但见芈月头上扎了数根银针，有些针甚至整寸入体，明晃晃的甚是骇人。女医挚捻动银针，过了片刻，却见已经昏迷的芈月微微睁开眼睛，发出一声呻吟。

女医挚却已经是满头大汗，强笑着对芈月道："九公主，医挚回来了，你不会有事的，你听我的话，提起劲来，咱们还要把小公子生下来呢……"

芈月眼神涣散，好一会儿，才似乎意识渐渐回笼，看到了女医挚，她艰难地微笑了一下，道："医挚，这回我怕熬不过去啦！"

女医挚道："别说傻话，九公主，您是少司命庇佑之人，一定能撑下去的。"

芈月强笑了一下，道："我也想撑下去，我还有许多事没做，我真不甘心啊，可是我撑不下去了，太累了，太累了……"

她轻轻地说着，越说越慢，声音也渐渐地低了下去。

女医挚见状，再看手中的脉息亦是渐渐弱了下去，心一狠，附到芈月的耳边压低了声音道："季芈，你要活下去，公子歇在等着你，你死了，他怎么办？"

听了这话，眼睛已经渐渐合上的芈月忽然瞪大了眼睛，一把抓住了女医挚嘶声道："你说什么，公子歇，他没死？"只是她此时实在太过脆弱，声音也是低不可闻。

女医挚含泪用力道："是，他没死，他在宫外。"

芈月心中一痛，只觉得腹中收缩，用力一挣，那失去的力气，竟是又回来几分，正在助她推按腹部的女萝一声惊呼："看到头了，看到头了。"

女医挚一喜，又换了针，再刺合谷穴，直刺进将近一寸，轻轻捻转。几针下来，芈月亦是勉强挣动了一下，孩子又出来了一点，但就在最关键的时刻，她却是力气尽泄，这口气一松，本来已经出到一半的孩子又往回缩了几分。

女医挚一阵惊呼，但此时芈月连最后一丝力气也已经耗尽了，再无法用力。

女医挚附在芈月的耳边焦急地喊着："九公主，你要醒过来，你要活下去，要活着把孩子生下来，要活着才能再见到公子歇，要活着才能不叫那些害你的人得意。"

芈月喘了好几下，才吃力地问："你、你说什么？"

女医挚附在她的耳边，低低地说："我在宫外遇到伏击，幸遇公子歇相救，在他的相助下夜闯东郊行宫，大王为了你连夜入城进宫。季芈，有人想要你死，可更多的人为了你而努力，你千万不可自己放弃……"

却原来女医挚采药途中被人所劫，醒来发现自己在一所地窖之中，四面漆黑，怎么呼唤也是无人理会，她预感到芈月可能会出事，正自焦灼之时。也不知道过了多少时间，正当她觉得口渴腹饥到快支撑不住的时候，忽然间头顶一片光亮，耳中听到黄歇的声音在唤她。

她惊喜交加，从黄歇放下的梯子爬出地窖，看到上面已经是一地死尸。却原来黄歇久候她不至，恐其出事，便与赤虎一起出城去寻她。赤虎又不知从何处弄来一条细犬，在草丛中发现了女医挚的药筐，在那细犬寻踪指引下，找到一处农庄，这才救出了女医挚。

待听得女医挚说起秦王出城春祭，芈月即将临盆，恐伏击她的人亦是为此而来，黄歇大惊，急忙带上女医挚欲赶回城去。奈何此时已经天黑，不论城门宫门，必是已经关了。正思无计之时，黄歇便问女医挚可敢冒一死，女医挚明白他的意思，咬牙答应。黄歇便护着女医挚驱马绕了城外半圈，从西门转奔东郊行宫，直闯禁宫。

幸得女医挚持了出宫令符，言说宫中出了急事，要见缪监，守卫不敢擅专，悄悄通知缪监。此时秦王驷已经睡下，缪监也正要入睡，听到回禀，匆匆出去见了女医挚，听了回禀，大吃一惊，当下急忙去叫醒秦王驷，禀告此事，秦王驷当即下令，连夜自东郊赶回城中，叫开城门、宫门，直入蕙院。

女医挚见说了方才之言后，芈月似又焕发了几分生机，正在努力之际，太医李醯也匆忙赶到，一边叫人送上太医院的秘药来帮助芈月提升精气，一边在屏风外指导着女医挚助产。此时缪监也调了三四名服侍过数名妃嫔产育过的产婆进来一起服侍着。

此时因秦王驷回宫，诸宫皆已经知道。

玳瑁因昨夜薛荔来闹了一场，便叫人关了宫门，任何讯息不得进去，因此到天亮才得知讯息，不由得大惊，忙叫醒芈姝道："王后，不好了，大王回宫了。"

芈姝因昨夜公子荡啼哭闹了一场，好不容易哄得孩子睡了，自己亦是刚刚睡着，便被玳瑁推醒，自是没好气，却听得玳瑁此言，惊得顿时清醒过来，诧异地问道："大王怎么会忽然回宫？"

玳瑁脸涨得通红，却不敢不答，支吾着道："季芈昨夜早产……"

芈姝一惊："季芈未到临盆之时，如何会早产？她现在如何了，你何不告诉我……"一边说着，一边掀被坐起问道，"季芈早产，又与大王回宫何关？"

玳瑁无奈，只得跪下半藏半露地道："昨夜蕙院侍女薛荔曾来报讯，奴婢看王后昨夜没睡好，公子荡又夜晚惊啼，恐扰了主子，想着妇人产育，痛上几个时辰也是常事，因此……"

芈姝便信了，大惊顿足道："大王本欲让唐夫人照顾季芈，是我与大王分说，担下此事。如今季芈临盆，你如何不报知与我，你、你这是要害死我啊……"当下忙唤了侍女进来匆匆更衣梳妆，就要赶往蕙院。

玳瑁无奈，又疑秦王驷半夜赶回，必有缘故，若是问起来芈姝一无所知，岂不落人圈套。当下忙挡住她，低声道："大王昨夜忽然赶回宫里来，必是有缘故的，王后要防人故意弄奸，陷害王后。"

芈姝一惊："什么故意弄奸？"

玳瑁暗忖自己的计划应该无破绽，只是猜不透为何秦王驷忽然回宫，当下只得道："恐防有人在大王面前进谗言，或用苦肉计蒙骗大王，陷王后于不义。"

芈姝却觉得玳瑁实有些杞人忧天，皱眉道："季芈既然难产，我当赶紧过去，你说这些又有何用。"说着便匆匆整装而去，玳瑁无奈，一边叫人放了薜荔，恐吓一番，另一边忙随了芈姝而去。

椒房殿的大门一开，芈姝的车辇出去，但见天色已经亮了，一片金色的阳光，染遍宫阙万间。

蕙院中，但听得宫女仆妇们进进出出，端着一盆又一盆的血水出来。芈月临盆却不似别人那般声嘶力竭地哭叫呼痛，却是一声不吭，只是痛到极处时方有一两声压抑不住的短促痛叫之声，反而听得人更是揪心。

秦王驷坐在院中，面朝大门，背对房门，缪监跪坐下首，奉上汤水。

芈姝匆匆赶到蕙院时，见到此情此景，看到秦王驷脸色铁青，心知不妙，忙跪下行礼道："大王！"

秦王驷脸色阴沉，根本懒得看她一眼，这个王后，一次次令他失望，让他实在是失去了对她的忍耐之心，他冷哼一声，怒道："寡人将后宫交与王后，王后向寡人一再要求亲自照顾芈八子，可连寡人都从东郊回宫多时，王后方才至此啊？"

芈姝听了此言，如万箭穿心，见秦王驷有疑她之意，方悟玳瑁方才之言，只得申辩道："小童今日早上才知季芈昨夜早产，大王人在城外，如何会晓得宫中消息，难道竟然有人未卜先知不成……"

忽听得冷笑一声，便见嬴美人姗姗而来，闻言冷笑道："昨夜季芈的侍女满宫叫着季芈难产王后救命，只怕整个宫中，只有王后一人，是今日早上才知道吧！"

芈姝听了此言大怒，转头斥道："放肆，你行礼了没有？我和大王回话，有你插嘴的地方吗？"

嬴美人撇撇嘴，慢腾腾上前行礼："参见大王，参见王后。"行礼罢站起来，便冷笑一声道："妾身禀大王，妾身说的都是真话，那个侍女叫得满宫都听到了，却忽然没了声响，也不晓得是不是被灭口了。"

秦王驷和芈姝同时问："什么侍女？"

玳瑁见势不妙连忙跪行向前道："禀大王，王后确是今日早上才知此事。近日王后照顾公子荡都不曾睡好，昨夜公子荡也是半夜惊醒啼哭，王后好不容易才哄睡着，奴婢见王后刚刚躺下，忖度着胎动到落地总不至于立时三刻的，所以没敢叫醒王后。此皆奴婢之罪，向大王、王后请罪。"

秦王驷的眼睛从芈姝身上移到了玳瑁身上，他何等人没见过，昨夜得了女医挚报讯还尚是将信将疑，一到宫中果然看到芈月难产，险些一尸二命之时，已经是大怒，只是无处发作便是。

再看到芈姝与玳瑁主仆言行支吾，心中更是大怒，当着人面前不好斥责王后，见玳瑁一个老奴竟敢代王后主张，当下手中玉碗便砸了出去，直接砸在了玳瑁的头上，喝道："这么说，原来寡人的后宫不是王后执掌，倒是教一个贱奴执掌了，拉下去——"

芈姝不想事情忽然急转直下，见玳瑁被砸得头破血流，吓得不知所措，眼见秦王驷的口气不对，像是要杀人似的，下意识地开口阻止道："大王，且慢——"

秦王驷斜看芈姝一眼道："嗯？"虽然只是嗯了一声，但这一声的威压，竟是让芈姝不由得心肝一颤。

芈姝额头出汗，然而心中却是有些不服不忿，又岂甘看着秦王一句话便要杀了她倚仗的心腹，见状忙找了个理由求道："大王，如今妹妹临盆才是最重要的事，要打要罚还是等妹妹生完再说，免得血光冲撞。"

秦王驷听了此言，方稍敛怒火，看也不看跪倒在地的玳瑁一眼，只哼了一声，挥挥手不再理会。

缪监知其意思，当下令道："将玳瑁暂押掖庭令听候处置。"

玳瑁想要说什么，却已经被掩住嘴拖下。

见虢美人幸灾乐祸地笑着，芈姝心中恨极，却不敢声张，只在袖中掐着手，暗暗记下此事。

此时天已经大亮，唐夫人和卫良人等人亦是匆匆赶来，见秦王与王后均在，也忙上前行礼。秦王驷与芈姝此时也无心理会，只挥挥手令她们起身。

也唯有唐夫人心里有事，见了此情此景，不禁脸色煞白，忧心忡忡地拉了缪监于一旁问道："季芈情况如何了？"

缪监长叹一声，拱了拱手，虽然没有说话，但表情却已经看得出事情的严重性了。

唐夫人心中一痛，内疚之情压得她喘不过气来。当日秦王驷曾经托她照顾芈月，如果当日她不是畏事畏祸，而故意放出消息，袖手旁观的话，那么今日芈月也许就不会有事了。回想起来，竟是发现自己在这深宫不知不觉中也变得如此面目可憎、冷酷无情，若是季芈当真出事，她又有何面目再对着秦王、再对着孟嬴的嘱托。

思想至此，唐夫人不禁低声对秦王驷道："大王，妾请大王允准，让妾进去照顾季芈。"

秦王驷还未回答，虢美人便心里泛酸，她一听到消息，便兴奋地赶过来，如此积极主动，却哪里是关心芈月，只不过是一来为着看王后芈姝的笑话，再落井下石一番；又或者在秦王驷面前讨好卖乖，露个脸儿。及至见芈姝虽然受了斥责，却是不痛不痒，只押下个老婢。秦王驷沉着一张脸教她不敢挨近，再见唐夫人居然讨好秦王驷成功，不禁醋意大发："唐夫人您若是真关心季芈，早干什么去了，这会子您又不是女医，进去又有何用？"

秦王驷早已经不耐烦了，哪里还有心思管这些后宫妃嫔们的钩心斗角，闻言斥责道："昨夜无人照应，今天倒都挤在这里凑什么热闹？除王后和唐氏外，其他人都回宫去。"

众妃面面相觑，只得应道："是。"

此时不但虢美人和卫良人赶来了，其余如屈昭景等四名媵女也随着王后匆匆赶来，见此情景，不得下手，这蕙院中站了这么多人，挤挤挨挨，确是十分不便。她们赶来本也是为着讨好秦王驷，见此情况哪敢再站，纷纷行礼退出。

此时产房中，芈月身上的针已经取下，此刻她满头大汗，力气将尽。女萝焦急地哭喊："公主，您再用把力，再用把力就好了……"

芈月咬牙不肯发出呻吟，用力一挣却已经力气用尽，气泄劲松，只惨叫一声："娘——"这声音极之凄厉，传到室外，秦王驷一听之下，心头一颤，手中玉碗落地，摔成碎片。

秦王驷立刻站起来，厉声呼道："李醯，怎么了？"

太医令李醯已经是满头大汗，奔出跪伏地上不敢抬头，颤声道："臣请示大王，保孩子还是保大人？"

芈姝脱口而出道："保大人！"

唐夫人也同时说道："保孩子！"

芈姝这话一出口，已知不对，此时方恍然大悟，自己竟是在不知不觉中，对芈月腹中的儿子怀有如此深的忌惮之意了吗？

唐夫人与芈月本是泛泛之交，并不关心，此刻想的却是这孩子是秦王驷之子，当下脱口说出保孩子之后，对芈月不免有些愧疚之意。两人同时说出口之后，方知对方说了相反的话，两人对视一眼，唐夫人面现羞愧，芈姝却是神情复杂。

秦王驷闻言却是大怒。她二人不通医理，他却有所涉猎。母娩子不下，时间一长，这胎儿便要窒息而死。若舍母保子，除却剖腹强取还有何计？当下不假思索地吼道："保大人，保大人！"

这声音极大，传到内室，人人俱是已经听到。芈月叫出这一声娘来，整个人精力已经耗尽，竟是一动不动。女医挚此时也已经是技穷，听了此言，忽然扑到芈月身前，对着她耳边大声叫道："公主，您听到了吗，大王说要保大人！"

她连叫几次，本已经一动不动的芈月忽然睁开眼睛，用力大叫一声："不，保孩子——"她这最后一口力气一挣，恰是将孩子又推出几分。

女医挚眼疾手快，连忙在她的头上扎下几针道："公主，用力，用力！"

便听得下面宫中侍产的婆子大叫道："看到孩子了，看到头了。"

女萝哭喊道："公主，孩子看到头了，看到头了！"

此时李醯在外室也是满头大汗叫道："给她几片鹿茸，再撑一把力气。告诉女医挚，扎百会穴，快！"

女医挚一针扎下，芈月用尽最后一分力气，发出一声长叫。那产婆见那孩子又出来两分，知芈月这口气一泄，产道就要回缩，当下眼疾手快，将孩子一拉——

众人欢呼一声："生了，生了……"

芈月只觉得身下剧痛，但又是一空，一口气泄尽，一动不动了。

那产婆把婴儿拉出来以后，一看之下，便欢喜道："是个小公子。"当下熟练地倒提起婴儿的脚，往婴儿的臀部拍了几下，那婴儿发出猫叫似的微弱哭声，众人顿时松了一口气，当下水已经烧开，忙给那婴儿洗干净了，包上襁褓忙欲抱出去给秦王驷。

女医挚忙阻止道："小公子早产体弱，受不得风。"

秦王驷听得那微弱的婴啼之声时，已经站起，问道："李醯，如何？"

一名产婆自内室飞奔而出，同李醯低声一阵耳语，李醯对那产婆一点头，忙奔行到秦王驷跟前道："大王，生了，生子。芈八子生下一位公子，母子均安!"

秦王驷大喜道："好好好……"

李醯见状忙赔笑低声解释道："小公子早产体弱，不可见风……"

秦王驷点了点头："甚是，寡人进去看他。"见着秦王驷就要入内，一名产婆壮着胆子颤声道："大王，产房血污，恐玷辱了大王!"

秦王驷恍若未闻，只管走了进去，那产婆欲挡不敢挡，见着他径直进去，直吓得脸色煞白，缪监跟上前去，摆手令那产婆让开道："大王战场厮杀都见过，还忌讳这些。"

但见秦王驷快步走进内屋，女医挚忙奉上婴儿，他抱起婴儿，见那婴儿虽然长得甚是弱小，但却不显衰弱，当下哈哈笑道："不错不错，不愧是寡人的孩子……"

芈月此时虽然一动也不能动弹，连抬起眼皮都吃力万分，但耳中却是听得明明白白，她轻吁一声，虽然已经无力说话，心中却暗道："是的，这是我与你的孩子……"

这个孩子的降生，让她的人生，自此底定。

从此以后，所有的过往都随风而逝。

过去的人，过去的山水，过去的恩怨，均已经过去。

她从此便彻彻底底是芈八子，秦王的妃子。

楚山、楚水、楚人，永别了!

第十九章 公子稷

阳光透过纱窗，射入蕙院内室。

秦王驷抱着哇哇大哭的婴儿，心中一则以喜，一则以怒。他也生过不少儿子，抱过不少婴儿，今日手中这婴儿抱在手里却比其他的婴儿轻，这却是因为他的缘故，他忽略了后宫的潜伏暗流。

早在魏氏入宫之时，他对后宫控制是极严的，他的子嗣一个个平安地活了下来。大约是他对芈姝的轻视，认为她并不是一个有手段甚至是足够狠辣的人，以为拿唐夫人略敲打一下她，见她便主动承担了照顾芈月的责任，当会知道，芈月若出事，她也会受到牵连。

可惜，看起来他是低估了芈姝的愚蠢，高估了芈姝的教养，芈姝还是没有足够的智慧明白到"责任"是什么意思，或者她以为，她身为王后，生下嫡子，便可以立于不败之地了吗？

唐夫人和芈姝也走入了房中，若说芈姝心中是又惊又怕，那么唐夫人心中却是悔恨交加。她虽然身处后宫，却无争心，平时只是装病而避事。但她却没有想到，因为自己的畏事避事，竟令芈月母子在无人保护之下，被人算计早产，甚至差点一尸二命。此时见了秦王驷抱住婴儿沉

272

吟，知道他此时所想。芈姝明显在此事上已经为秦王驷所厌，但芈月难产，婴儿早产体弱，必是要人照顾的，她不出来，又教秦王驷去寻哪一个教人放心的人呢？

当下唐夫人上前一步，接过婴儿道："大王，季芈难产，小公子体弱，需人照顾，请大王恩准允妾身照顾季芈母子，待满月后，让她们母子搬进常宁殿与妾身做伴吧。"

她这话一出，更令芈姝羞恼交加，忙争道："大王，此事虽是小童一时失职，可大王您是最明白我的，我亦从来不曾有过害人之心啊，求大王明鉴。"她自认当日虽然存了私心，但却真是没有害人之心，所以演变成今天这种局面，她又愧又羞，更也想借此扳回自己的过失来。若是交于别人，她这过失，却是再也扳不回来了。

秦王驷疲惫地摆了摆手："寡人累了，回宫。"

芈姝见他不答，忙笑道："大王放心，我自会好生照顾季芈。"

却听得秦王驷温和地对芈姝道："你也累了，都回宫吧，让唐氏留下来就可以了。"他话语虽然温和，但不容置疑之意，却是让芈姝不禁打了个哆嗦。

当下王与后一前一后，出了蕙院，各自归宫。

芈姝满怀心事，辗转难安，只抱着公子荡，心中却是慌得没个着落。表面上看来秦王驷只是处罚了玳瑁，对她这个王后毫发无伤，可是他语气中的冷漠和疑忌，却令芈姝比受到了处置还要害怕。

她紧紧地抱住怀中的幼子，眼泪一滴滴落下，心中暗道，这到底是怎么一回事，我为什么会置于如此无措的情况啊？

某方面来说，芈姝并不算是一个坏人，但是她生母、她周围的人，从小到大，却将她培养成了一个凡事永远从自己的角度出发、随心所欲、从未曾顾忌过别人死活的人。如果说这世间还有什么是让她除了关心自己以外还关心的人，或者只有秦王驷了，如今再加上一个公子荡。

此刻，当她心情低落的时候，在她的心里只会想到自己的不如意，自己的不被理解和自己以为的冤屈，却不曾想到，芈月因她险些一尸二命，死里逃生，会是什么样的心情。

正在此时，便听得珍珠战兢兢来报："王后，诸位媵人皆已经在外等候。"

芈姝定了定心神，将孩子交与乳母，道："宣她们进来。"

此时四名媵女进来的时候，皆也是知道今日上午在蕙院之事，当下心头惴惴不安。却见芈姝劈头就问她们两件事，一是秦王驷要让芈月住到唐夫人宫中的事，二是如何解救玳瑁之事，立时便要她们拿出主意来。

四人面面相觑，一时不知如何是好，此事是王后自家不厚道，芈八子险些一尸二命，昨夜薛荔奔走呼号得满宫都知道了，秦王驷连夜从郊外赶回，显见事情已经严重到让她们无法想象的地步。

秦王驷拿下玳瑁，或者可能只是对付王后的第一步而已，也不晓得下一步是否还有更严重的事情发生，此刻她们帮着王后出主意，焉知会不会成为下一个玳瑁呢？

可是，便是不与王后出主意，难道眼睁睁看着这个王后继续出蠢招，然后在这后宫争斗中落败。楚国媵女俱是依附于王后，一荣俱荣，一损俱损，王后若是失势，她们的日子更不好过。

景氏此时已经承宠，亦已经怀孕三月，闻言心头暗暗算计了一下，自知接下来，芈姝头一个便是要问她了，当下便满脸忧色地捂着肚子道："王后，妾身好难受，请允妾身暂时先告退。"

芈姝大怒，知她仗着自己身怀六甲，有了退路，便不肯再把自己折损进去，当下指着门口厉声道："滚出去！"

景氏自知已经得罪了芈姝，只得装出娇弱不胜的样子来，脸色苍白踉跄着退出。芈姝怒气未歇，再转向屈氏，屈氏看着景氏退出的样子，又看看芈姝，只得赔笑开口道："王后，以妾身看来，此事只是一个误会而已。不如王后去和季芈直接说明，让季芈出面，也好化解双方的争执。"

芈姝不禁开口道："本来便是一个误会……"说到这里，又自觉太过示弱，脸一沉，不再说话了。

季昭氏窥其颜色，立刻转向屈氏质问道："屈姊姊说的哪里话来，这不是让王后对季芈低头吗？这可万万使不得。"

屈氏不悦，反问道："那你说有什么办法？"

孟昭氏在一边观察四人言论，此刻方缓缓道："王后，季芈去不去常宁殿，只是小事一桩，重要的是要消了大王心中的怒火。妾身倒有一个主意……"说到这里，她欲言又止，反看了看左右。

芈姝便不耐烦地挥挥手，令其他人退下。屈氏松了一口气要退下，季昭氏却有些磨磨蹭蹭想留下来，孟昭氏一个严厉的眼神过去，季昭氏只得心不甘情不愿地退下来。

孟昭氏走到芈姝身边，附耳轻轻地说了几句话。芈姝一听就挥手啪地打开孟昭氏的手，怒气冲冲地说道："这怎么可以？"

孟昭氏温言相劝道："王后，此事已经如此，我知道这是委屈了玳姑姑。但宫里出了事，大王总要有一个问责之人，若不问责于傅姆，难道王后来承担这件事不成？"

芈姝微微犹豫，孟昭氏低头轻声道："反正执行刑罚的都是王后的人，事前说好做做样子就成。这样王后有了交代，还可以提前把傅姆带出来……"

芈姝犹豫着道："真的可以？"

孟昭氏点了点头。

芈姝无奈，只得道："那便依你。"转而又狐疑地问："那，季芈之事，当如何？"

孟昭氏微笑："不过区区一个八子，住到哪里，又算得什么，王后当真要处置她，何不等傅姆出来，她于宫中见闻甚多，必有应付之法。"

也不知过了多久，芈月悠悠醒来，刚一睁开眼睛，便惊恐地转着头寻找着。

女萝在一边服侍着，忙问道："季芈，您找什么？"

芈月呆滞地转头看着，道："孩子……"

正在屏风外照顾婴儿的薜荔闻声忙抱着孩子进来："季芈，奴婢给您把小公子抱来了。"

芈月被女萝扶着坐起，伸出手去，接过孩子，不禁再问一声道："是个男孩？"

薜荔应声道："是啊，是个男孩。"

芈月接过婴儿紧紧抱住，那时候她生完孩子，精疲力竭，虽然看到秦王驷进来，也看到秦王驷抱着孩子，也听到众人说是个男孩，但却动弹不得，连说话也吃力，迷迷糊糊中，不知何时又晕了过去，此刻她方才真正看清了这个自己拼死生下的儿子。

她仔细看着婴儿，抚着他的脸，叹道："是个男孩，真好。是个男孩，以后就不用为妾做媵，以后可以自己挣军功，领封地，自由自在随心所欲，不用像你苦命的娘，还有外祖母一样……"

薜荔和女萝听了此言，也不禁落下泪来。两人对视一眼，还是女萝先道："季芈，您这次难产伤身，不要久坐，奴婢还是扶您先休息一下吧。"

芈月也不反对，由着两人扶着她躺下，却幽幽叹了一口气，道："昨夜，发生什么事了？"

薜荔闻言，不由得看了女萝一眼，女萝忙道："季芈，您先歇着，等好些再说吧。"

芈月冷笑一声摇头道："有人想要我的命，我如何能够安歇得了，你们还是说了吧。"

女萝叹息："季芈，昨夜您忽然腹痛，我们去寻女医挚，却发现她根本未曾回宫。我无奈之下，派薜荔去向王后求援，谁知道她未见到王后，竟被那玳瑁捆起来塞住嘴……"

芈月怒极反笑："呵呵，好计谋，当真是好计谋，先叫人给我下催产药，再让女医挚不得返宫，再阻止薜荔求救，当真是要置我于死地不可了。"

薛荔叹道："幸而昨夜大王及时赶到，才救回了季芈……"

芈月皱眉道："奇怪，大王如何竟能够及时赶到？"

薛荔忙合十道："幸有女医挚及时向大王求救，唉，椒房殿当真狠心，医挚方才同我们说了，原来是玳瑁要她出城去采药的。结果她在回宫的途中就遇上伏击，幸亏遇上……"她说得高兴，不防女萝在暗中狠狠地掐了她一把，她吃痛抬头去看女萝，看到对方暗示的眼神才意识到自己说漏了嘴，连忙捂住嘴。

芈月已经看见两人的互动，便问道："幸亏遇上什么……"

薛荔不由得支吾起来。女萝忙笑道："季芈累了，先歇息一下吧，小公子也应该喂奶了！"说着以眼神示意薛荔赶紧抱了婴儿出去。

芈月叹道："女萝，你们是随我从楚国到此的，这又是何必。"说着，她不禁流下泪来："是子歇，对吗？子歇他没有死，他还活着，对吗？"

女萝欲言又止，芈月的眼睛转向薛荔，见薛荔瑟缩了一下，芈月道："薛荔，你说。"

薛荔看看芈月，又看看女萝，支支吾吾地道："我、我……"

芈月掀被就要起来，道："我去找医挚。"

女萝赶紧跪下道："季芈，我说。"

芈月的动作僵住，僵硬地转头看着女萝，一字字地问："他、真的没死？"

女萝垂首答："是。"

芈月的手颤抖起来："他没有死，那他为何、为何到今日才来啊……"忽然间整个人压抑了极久的情绪再也无法自控，她崩溃地伏在被子上，泪如泉涌，放声大哭。

女萝也哭了道："季芈，季芈，您别这样，万事看在小公子分上，您可千万要想开些啊。"

芈月却不理她，只管自己哭了甚久，女萝见状便早已经使眼色让薛荔抱了婴儿出去了，此时只能自己慢慢地劝着她。

芈月直哭到脱力，才见薛荔已经将婴儿抱到西隔间，交与乳母，转身到外头捧了一盆热水进来，为她擦洗。芈月渐渐平静下来，看了女萝一眼，道："我要见他。"

女萝大惊，不由得摇头道："季芈，不可！"

芈月看着女萝，神情镇定，一摆手道："你放心，我并非冲动，只是……我若不能见着他，当面向他问个清楚，我死都不瞑目。"

女萝急了，膝行一步抓住她的手："季芈，就算奴婢求您，为了小公子，您可不能落了把柄在王后手中啊！"

芈月神情变得冰冷，一字字道："王、后！"

薛荔忙道："大王把玳瑁拖下去交掖庭令处置了。王后、王后跟大王说，她从无害人之心……"

芈月冷笑道："她是不需要特意生出害人之心来，却比有了害人之心的更可恨。她又何必特意要对我起害人之心，在她的眼中，我们不过是草芥一般的人，高兴了伸伸手把你从泥潭里拔出来；若是稍有不顺意，就能一撒手任由玳瑁为非作歹，弄死再多的人，她也只不过是一闭眼装不知道罢了。"

女萝咬牙道："可不是！"

芈月缓缓地抱过孩子，把脸贴在孩子的脸颊上道："'人为刀俎，我为鱼肉'，这样的日子，我再也不要过了。就算我不为自己争，我也要为你来争。"她的话语越来越冰冷，"谁也别说，出身就能决定一切。如今是大争之世，谁强谁说了算，那些周天子的血脉一样得死，那些高高在上的一国之君转眼就国破家亡、为臣为奴。"

女萝和薛荔听得大骇，伏地道："季芈。"

芈月摇摇头："冤有头债有主，一切我都会自己慢慢去动手做的，不急。"转而又道："子歇的事，我就交给你们去办，不管你们用什么办法，总之，我要尽快见到他。否则的话，我寝食不安。"

两人对视一眼，只得点了点头。

正在此时，忽然听得外面有人迎道："参见大王。"

女萝骇道："大王来了。"抬眼看芈月眼睛红肿，忙道："季芈，您的眼睛……"

芈月深吸一口气，调转了心情："替我梳妆吧。"

女萝忙上前拿了梳子将芈月的头发略梳了一下，又取了一点紫茉莉粉，将她脸上遮盖了一些。此时秦王驷已经大步踏入房中，薛荔忙出了屏风在外相迎。

秦王驷便问她道："昨日季芈如何？小公子如何？"

薛荔忙道："季芈昨夜醒来一次，用过药以后又安歇到今日早上才醒。小公子好着呢，都吃了好几回奶了，吃得香，睡得香。"

秦王驷点头，又问："她如今可醒了？"

芈月便在屏风内答道："大王，恕妾妆容不整。"

秦王驷闻声笑了："你如今刚产育完，又有何妨。"说着便大步入内。

见到秦王驷进来，芈月吃力地撑起身子，伏在席上磕头道："妾身不能起身，恕妾身在这里给大王磕头了。"

秦王驷连忙扶起芈月："你身子不好，养好之前，就不用再行礼了。"

芈月浅浅一笑，也倚在了秦王驷身边。秦王驷见她眼边还有红晕，起了疑心，问道："你怎么了？哭过了？"

芈月微一低头，轻叹："是，我哭过了，方才醒来，才第一次正眼看到我们的孩子，想到生他的九死一生来，不禁悲喜交加，情不自禁。"

秦王驷亦是想到了昨夜的那一场惊心动魄，生死之交，不由得将芈月抱住了。

芈月此时心情复杂激动难言，一时竟不知道如何与秦王驷相处，扭动了一下，想避开那炽热有力的拥抱，轻咳一声道："大王今日可见着我们的孩子了？"

秦王驷闻言不由得松开了她，转头向屏风外的缪监道："把孩子抱进来。"

缪监应了一声，忙到西隔间令乳娘把孩子抱了进来，薛荔从乳娘手中接过婴儿递给芈月，芈月接过婴儿抱在怀中给秦王驷看："大王，您看，这是我们的孩子。"

秦王驷从芈月的手中接过孩子，抱在手中逗弄道："寡人昨天已经看到了，这孩子，真是命大啊！"

芈月轻叹一声："妾身昨天听到大王的话了，大王说：'保大人。'妾身真是没有想到，在大王的心中，竟会把妾身看得比子嗣更重。"

秦王驷轻叹道："有母方才有子，寡人岂会重子轻母？"

芈月沉默片刻，忽然道："您知道吗，那时候妾身几乎已经放弃了，可是听到您这一声以后，忽然不知从何处来了力气。我一定要生下这个孩子，哪怕牺牲妾身自己的性命，也要生下这个孩子。因为，这是为人母的天性。幸而少司命保佑，大秦历代先君保佑，妾身总算能够平安生下这个孩子。"

秦王驷将芈月拥入怀中，也将芈月抱着的婴儿拢入了怀中："是，大秦历代先君保佑，有寡人在，必不会令你母子出事。"

芈月抱着婴儿道："大王，您给孩子赐个名字吧。"

秦王驷沉吟片刻道："就叫稷吧，'黍稷重穋，禾麻菽麦'，五谷丰登，乃令国家兴旺。"

芈月微一沉吟，忽然笑了，她抱着婴儿亲吻着道："稷！子稷，我的子稷！"

见秦王驷走了，薛荔方敢不满地嘟哝着道："大王真是偏心，王后生的就是纪念成汤，荡平列国；我们季芈生的就是黍稷重穋，五谷丰登。"

芈月微笑道："你懂什么？子稷，这名字好着呢！"

新出生的小公子，起名为稷，这个消息很快地传遍了后宫。

芈姝问诸媵女："听说，大王给孩子起名为稷，是何意思？"

孟昭氏忙赔笑道："是啊，听大王说，'黍稷重穋，禾麻菽麦'，五谷丰登，乃令国家兴旺。"

芈姝不屑而又得意地笑了："是啊，五谷丰登，的确是好名字、好寓意。"她儿子名字的寓意是继成汤之志、荡平诸侯，这是秦王寄以君王之望；魏琰儿子的名字是光华璀璨，再好亦不过是珍宝罢了；而芈月的儿子，只不过是五谷丰登而已。可见，君心还是在她这一边的，不是吗？

然则，并不是所有的人都像她这么乐观无知，有心人却从这个名字中，嗅到了不一样的味道。

魏琰斜倚着，手中把玩着玉如意轻笑道："'黍稷重穋，五谷丰登'？王后信了？"

卫良人与她目光对视，彼此已经明白对方的所思所想，叹道："稷者，社稷也。'载震载夙,时维后稷'，荡之名，是为了纪念商王成汤，稷之名，却是纪念周王始祖后稷。"

如果说魏琰在初时，对公子荡和公子华名字寓意的不同而耿耿于怀，到此时，心思却已经不一样了。她细细地品味了两人的名字以后，忽然露出一丝意味深长的笑容，大王啊，你的心里，到底是在想着什么？

你真的是已经决定了太子人选，还是你心底，又怀着另一种其他的想法呢？

想到这里，魏琰看了卫良人一眼，故作忧虑地轻叹："妹妹，你说是不是要去个人，给王后提个醒啊？"

卫良人知她的意思，心里不愿意，却不敢显露，只对着魏琰也轻叹："唉，孩子还小，如今就提醒，未免太过多事。总得到将来长大一些，看着显得聪明伶俐些，才好提醒。"她的意思，自是婉言表示，如今太早说，反而效果不好。

魏琰却不理她，只转着玉如意道："你说，还是我说？"

卫良人见她咄咄逼人，毫不纳谏，心中也有些不悦，脸上却依旧笑着道："你我都生有公子，若是去告诉王后，岂不显得有了私心，心存挑拨？这话该是由没生过儿子的人去说，才显得无私啊！"

魏琰听了这话，已经会意，微笑道："正是，虢妹妹一向是很心直口快的人。"

卫良人只要不是她自己出头，她又何必多事，当下也是笑着点头。

两人相视微笑，事情便这么定下了。

见卫良人离开，魏琰的笑容慢慢收敛，转而吩咐道："去叫采青来。"

采青便是椒房殿的粗使侍女，听了小内侍偷传的消息，她偷了个空儿，寻个借口，便悄悄地溜到了披香殿中。魏琰听她禀报着近日椒房殿的动向，点了点头，又慢慢调着香盘中的香，对采青道："你还记得上次听到王后的那句话吗？"

采青点头，又道："夫人不是说，暂时别……"

魏琰冷笑："我是说过，先别有举动，有什么事，等生下孩子以后再说。女人为母则强，斗起来才有意思。"

采青会意："是，奴婢应该怎么做？"

魏琰举着手中调和的牙箸，轻闻着上面的香气，冷笑："'天现霸星，横扫六国？'挺有意思的说法，是不是？"

采青道："正是，奴婢也是听王后和玳傅姆私底下是这么说的，所以王后才忌惮季芈，让傅姆下手的。"

魏琰轻蔑地道："哼，楚人懂得什么星象，胡说八道，一个媵人所生的女儿，还敢说称霸六国？这些楚人真没见识，人云亦云，以讹传讹。"

采青赔笑："可不是吗，奴婢也觉得荒唐。"

魏琰冷笑："荒唐？倒也未必。天底下的事，何必管真假，只要有人肯信，自然就能掀起一场风波来。"

采青会意："夫人的意思是？"

魏琰道："现在是时候了，你悄悄地把这话传扬开来……"

采青道："奴婢应该如何说？"

魏琰摇头："不须你自己出来说。"说着便招手令采青到近前，她在采青耳边细细嘱咐，见采青连连点头，方冷笑道："只要有人传，就会有人信；只要有人信，自然就会有人兴风作浪……"

此时芈姝还未知魏琰宫中之算计，只依着孟昭氏之计，去了暴室。掖庭令利监急忙上前恭迎道："老奴参见王后。"

芈姝看也不看利监，直接走进来坐下道："玳瑁呢？"

利监为难地道："玳瑁乃是大王亲自下旨……"

芈姝截断他的话道："拟了什么刑罚！"

利监道："老奴还在恭候大王的吩咐。"

芈姝道："把她带上来。"

利监一惊道："王后，这可……"

芈姝眼睛一瞪道："怎么，不行吗？我现在可还是王后，我来执行宫规，有何不对？"

利监道："可是大王……"

芈姝道："大王为天下事繁忙，难道一个奴婢的处罚也要烦劳他不成？我身为王后，自当为大王分忧，带上来。"

利监无奈，只得下去将玳瑁带上来。芈姝仔细看去，见玳瑁身着青衣，跪在下方显得苍老了很多，她看到芈姝先是一脸惊喜，看了看四周却又忍了下去。芈姝的手紧握一下又松开，沉着脸道："利监，芈八子生育期间，宫人玳瑁行止失当，照顾不周，按宫规应该如何处置？"

利监道："这……"

芈姝道："说吧！"

利监道："杖责，削去职司，贬入粗役。"

芈姝道："好，杖责二十，削去职司，贬为最下等的粗使奴才。"

玳瑁一颤，不敢置信地抬头，看到芈姝焦急关切的眼神后定下心来，磕头道："老奴有罪，谢王后恩。"

芈姝一挥手，内侍将玳瑁带到庭院，按在地上一杖杖打在她的背上，玳瑁咬牙承受着。两个内侍一边打，一边看着内庭芈姝的眼色。芈姝听着杖击声，痛苦地咬着牙关，手中紧握着拳，直至二十杖完，才站起来，看也不看躺在那儿的玳瑁一眼，径直走了出去。

那玳瑁受了刑责，便也被抬了回去，她原来的住所却不能再回去了，只将她扔在最下等的粗使奴才所居的地方。

利监见椒房殿的人如此处置，也是无奈，只得回禀了缪监，不消再提。

玳瑁咬着牙忍着伤痛，过了甚久，见着两个侍女进来，又将她抬到另一个房间中，替她清洗，又换了伤药。晚上的膳食，也如旧日一般，她疼得狠了，吃了没两口，便不肯再吃。

过了一会儿，房门开了，玳瑁抬起头来，却见正是王后芈姝。玳瑁便挣扎着要起来行礼，芈姝连忙按住玳瑁的手："傅姆，可打得狠了？"

玳瑁忙摇了摇头："王后，老奴没事。"她看着芈姝，忍痛露出欣慰的笑容："王后……长大了，懂得处事了，老奴心中实是安慰。说一句心里话，老奴还怕您会为我求情呢，也怕老奴不在您身边，您会有事。如今看来，您是越来越像个真正的王后样子了。"

芈姝心中难过，险些落泪："我当真后悔，我枉为一国之母，竟是连自保的能力都没有。不但要你替我拿主意，还要你替我顶罪，甚至我还要亲手去责打你。"

玳瑁道："一切都是为了王后，为了小公主，老奴心甘情愿，老奴高兴欣慰啊！"

芈姝扭头，轻轻拭泪，道："傅姆，大王如今疑我，要将芈八子交于常宁殿照顾，我当如何？"

玳瑁摇摇头："王后，如今咱们已经惹得大王疑心，既然大王要将芈八子交于常宁殿照顾，我们便只能放手。"她当日一定要芈姝留下芈月，是方便自己下手，如今不但芈月未死，反而连累芈姝，她已经有些后悔。且如今一时也不便再对芈月下手，芈月难产体弱，小公子亦是早产体弱，芈姝若还是执着去将她放在自己的名下，反而不美。倒是进了常宁殿，再有什么不好的事，也与芈姝脱了干系。

芈姝咬着牙，一脸的不甘，这种行为是在打她这个身为王后之尊的脸面，她的媵女出了事情，秦王驷便忙着要将人挪到别人名下去，岂不是令她难堪，岂不是教人传扬她护不得人，甚至是容不得人？

玳瑁见她如此，暗叹她还是经事太少，不肯拐弯，只得又劝道："王后，如今最要紧的，便是要挽回大王的心啊。不如先依了大王，教大王对您消除一些芥蒂，何必一定要拗着大王呢？"

芈姝经她再三劝说，只得罢了。

此时，芈月已经稍可行动，唐夫人见蕙院实在狭小，便与芈月商量，禀了秦王驷，索性就一乘肩舆将芈月接进了常宁殿。

芈月下了肩舆，抬头看着庭院正中一株银杏茂叶成荫，阳光从树叶的空隙中射入，如同碎金一般。耳中听着唐夫人问道："妹妹你看，此处可好？"

芈月微笑："此处甚为清静，唐夫人住在这里，心境也会宁静许多吧。"

唐夫人笑了笑，道："宁静倒是宁静，只是静过头，都有些发慌了，如今有了妹妹和子稷住进来，我才真是不愁寂寞，有事可做了。"

芈月道："此后要多麻烦阿姊了。"

住了两日，便听说了王后亲自到暴室去责打玳瑁，将其贬为低阶奴婢之事，芈月冷笑道："装模作样地打两下，这就又放出来了？"

女医挚一边整理针灸箱，一边回答道："一事不能二回罚，王后既然已经罚过了，况且也是明晃晃地当着众人的面杖责了，职司也削了，大王总不好再罚一回，所以也只能这么罢了。"

正说着，女萝进来回道："季芈迁官，大王要您再挑些人来服侍，如今掖庭令挑了人在外头，您要不要传进来看看？"

芈月沉吟道："女萝，你去同唐夫人说，我现在身子不适，就请唐夫人代我挑了吧。"

女萝应声而去。

女医挚见状不解地问："季芈就如此相信唐夫人？"

芈月道："唐夫人在宫中最久，位高而无争，大王让我住进常宁殿，说明对她是信任的。我在宫中毕竟人头不熟，那些奴婢背后的来历，想必她比我更熟。况且是她代我挑的，出了什么事她多少也会有些责任。她既不是个藏奸的人，又比我熟悉，还肯出力，岂不是比我自己挑更好？"

女医挚沉默片刻，忽然叹息道："可惜你不是一个男儿身。"

芈月道："医挚何以说出这样的话来？"

女医挚看了看周围无人，忽然压低了声音，改了称呼道："九公主，当日向夫人怀着您的时候，我就被派来服侍。您可知道，您出生前后的异兆和预言？"

芈月一惊道："什么异兆？什么预言？"

女医挚道："从来天下兴亡，自有天上的星象可以预见。列国都有善观星象之才，楚有唐昧，与甘德石申齐名，您可听过？"

芈月道："我不但听说，我还见过。"

女医挚一惊道："您什么时候见过？"

芈月道："就在我们离开楚国的那一夜，唐昧想要杀我。"

女医挚惊呼一声道："那后来呢？"

芈月道："后来他疯了。"

女医挚道："他有没有对你说过什么话？"

芈月道："他说我是霸星。"

女医挚怔了一下，点点头道："原来你已经知道了。"

芈月道："不错，从我娘的口中，从唐昧的口中，虽然每个人都说得很凌乱，可是拼凑在一起，却能够推想出所有的一切来。"

女医挚叹息道："九公主，所以您跟王后之间，始终有着无法化解的隔阂。"

芈月苦笑道："我记得七姊以前跟我说过，媵生的女儿当媵，生生世世都是媵。我不信，可是今日看来，我跟王后的命运，跟我们母亲这一代又何其相似。她的母亲为王后，我的母亲为妃子。她为王后，我又为妃子。遭人百般猜忌，千般算计。我不会忘记我母亲受过的苦，更不会忘记我母亲是怎么死的……"

说到这里，芈月的眼睛中不禁透出一股凌厉之气。

女医挚看了也不禁有些寒意，叹息一声道："九公主，这些年来的种种事，也许真的有天命庇佑，您生来不凡，逢凶化吉，遇难成祥，小公子将来也必会有一番作为。"

芈月却轻笑道："我不信。"

女医挚惊诧地看着芈月。

芈月陷入了愤慨："天地若有知、若有灵，我生而有星辰异变，则我当为男儿身。若是天命有所庇佑，我父王更是一国君王，为什么不庇佑他长命？我母何辜，若我真有天命，为何她受如此之苦难？像威后这样恶毒之人能够把持权位，像……"

女医挚惊恐地道："季芈，噤声。"

芈月颓然："我知道，如今也只不过是发泄一下怨愤，却拿他们无可奈何。可苍天在上，我会记得所有的一切，永远都记得。"

女医挚劝道："万事您都要从长计议啊。"

芈月道："我知道。"

女医挚道："您如今还是需要多多保重自己的身体才是。"

芈月却忽然转问："当日我垂死之际，你曾经说过，子歇还活着，那他现在在哪里？"

女医挚犹豫了一下道："他在宫外。"

芈月道："你什么时候见到他的？"

女医挚道："几个月前。"

芈月激动地问道："为什么不告诉我？"

女医挚为难地道："季芈，若你未曾封位，甚至未曾怀孕，这都没关系。可如今，你们之间，再无可能了。"

芈月道："可我要是早知道他还活着，他还活着……"她再也说不下去了，掩面痛哭。

女医挚怜惜地看着芈月，劝道："季芈，别哭了，月子里哭伤眼睛。"

芈月恨恨地捶着枕头道："他到哪儿去了，为什么现在才来找我……"

女医挚劝阻着道："季芈，季芈，您可别这样！"

芈月忽然一把抓住女医挚的手道："我要见他。"

女医挚大惊道："不可，您如今是大王的妃子，又为大王生了儿子……"

芈月眼中有着决绝道："那又如何？当年在楚国，大王就知道我与子歇之事，如今故人还活着，我见上一面又有何妨？君子坦荡荡，我若不见他，倒是显得心虚故意避忌。"

女医挚道："那，你打算如何见他？"

芈月道："我自当禀明大王，见他一面。"

女医挚急了道："不可。季芈，你太不了解男人的心思了，天底下没有一个男人，会愿意看到自己的女人与旧情人相见的。"

芈月本能地道："大王不是这么狭隘的人。"

女医挚道："天底下的男人都是一样的，季芈，你可千万不要做傻事。"

芈月沉默下来。

女医挚站起来正想出去，芈月忽然开口道："可我若想见他一面，有什么办法呢？"

女医挚一个趔趄差点摔倒，转身扑向芈月，又急又忧道："季芈，我都这么说了，你怎么还想不开呢？"

芈月咬了咬下唇道："我想亲眼见到他，亲口问他，问他既然未死，为什么无音无讯，为什么早不出现晚不出现，偏偏在这种时候出现……"她哽咽着道，"医挚，若不能再见他一面，我死不瞑目。"

女医挚一边为芈月拭泪，一边也忍不住落泪道："好，我去想办法，我想想办法。"

秦宫长廊，几个宫女内侍悄悄地聚在一起说话。

一个宫女道："你们有没有听说过，芈八子未出生就不凡，被人说成是天降霸星……"

另一个宫女道："若芈八子是霸星，是不是公子稷将来会称霸列国啊……"

头一个宫女惊叫道："那公子荡怎么办？"

后一个宫女道："嘘，小心别让王后听到。"

又有宫女道："你说大王知不知道这个传说啊？"

宫女又道："你知道大王给芈八子的儿子取名为稷是什么意思啊……"

最初的宫女便道："你说是什么意思啊……"

便见虢美人坐在廊桥的美人靠上，一边拿羽扇遮着阳光，一边对身边的侍女说笑道："还能是什么意思啊，稷者，社稷也，这可是大王亲口说的。哼，什么五谷丰登，王后真是会自欺欺人。"

此时，正走过阴影处的孟昭氏脸色一变，快步离开。她是听过王后说过芈月孩子的名字的，可是却不想，这名字却有这样的解释，当下匆忙去了椒房殿。

此时芈姝拿着拨浪鼓逗弄着爬在榻上的小嬴荡道："荡，来，到这里来。"便见孟昭氏急忙而来道："王后，你可曾听过宫里的流言？"

芈姝放下手中的拨浪鼓道："慌什么。"孟昭氏看了看左右，此时玳瑁伤也好了许多，正坐在一边看着，见状便令乳娘抱起公子荡，和侍女们一起退下。

芈姝便问："什么流言？"

孟昭氏看看玳瑁，欲言又止，芈姝道："我的事向来不瞒着玳瑁，你只管说。"

孟昭氏便道："我听宫里的人议论，说是季芈出生之日，有天降霸星的流言……"

芈姝大惊，与玳瑁交换了一个眼色，紧张地问道："你如何知道？"

玳瑁也是一惊，推窗看了一下外面，又掀开帘子看了看外面，才回到芈姝榻前，看了孟昭氏一眼，道："是啊，这事甚是奇怪。"

芈姝忽然想起道："难道是那天……"莫不是那天她与玳瑁说话时，隔墙有耳？

玳瑁使个眼色，阻止了她继续说下去。

孟昭氏察其眼色，知道有异，也不去说破，只道："现在宫里还说……"

芈姝道："还说什么？"

孟昭氏道："季芈既有霸星之命，那她的儿子会不会称霸列国？"

芈姝声音顿时变得尖厉刺耳："胡说，这怎么可能……"

孟昭氏道："而且我听到虢美人说，公子稷的名字，并非五谷丰登之意，而是社稷的稷。"

芈姝霍然站起道："不可能。她的儿子、她的儿子怎么能起这样的名字，难道大王心中，也对他寄以重望吗？"

玳瑁道："王后，芈八子生子这件事，已经与我们结下仇怨。而且这霸星之名，不可不防。"

芈姝心乱如麻道："那，你说怎么办？"

玳瑁道："王后，以奴婢看，芈八子的心机手段若用在魏夫人身上，自是好事。若用在王后身上，那可是非同小可。"

芈姝竖眉道："她敢！"

孟昭氏道："王后，不可不防。"

玳瑁道："不错，还是先下手为强。王后放心，奴婢有办法对付她。"

芈姝道："有什么办法？"

玳瑁看了孟昭氏一眼，有些犹豫。

孟昭氏乖巧地道："那妾身先退下了。"

芈姝犹豫了一下，还是说道："好吧，你先退下。"

孟昭氏退下，玳瑁靠近芈姝，压低了声音道："王后，季芈临盆那天，奴婢不是派了人去把女医挚给关起来吗？结果没想到，女医挚被人救走，还带着她半夜闯宫去见了大王。王后猜猜看，那个人是谁？"

芈姝道："谁?"

玳瑁道："黄歇。"

芈姝吃惊地道："黄歇，他没死?"

玳瑁道："不错，他不但没有死，而且现在就在这咸阳城中。"

芈姝顿足道："他、他既然没事，为什么不早点来? 他若早早来，我现在就不用烦恼芈八子之事了。"

玳瑁神秘地道："他现在来，也正是时候啊。"

芈姝道："怎么说?"

玳瑁道："王后依旧可以成全他们双宿双飞啊。"

芈姝吓了一跳道："你这是什么话?"

玳瑁附在芈姝耳边道："王后就不想让芈八子消失在这宫中吗?"

芈姝颤声道："你、不行，我不想弄出人命来。"

玳瑁道："奴婢包管王后的手是干干净净的。"

芈姝道："你什么意思?"

玳瑁朝外看了一眼道："有些事，正可以让那个孟昭氏去做。"

芈姝一怔，看了看外面，陷入沉思。

黄歇还活着的消息，秦王驷自是也知道了，他的消息却比诸人来得还早，那是从缪监口中得知的。那一日女医挚来报，他便叫缪监去查明了经过，得缪监回报道："那日王后让太医给季芈换了催产之药，玳瑁事先叫女医挚出宫采药，中途令人绑走了她，后来黄歇赶来，救出女医挚，并将她送至行宫，向大王求助……"

秦王驷沉着脸，手指无意识地轻叩几案："朕当真是没有想到，黄歇居然还活着。可是他若活着，怎么会如今才出现? 这些日子他到底是去了哪里? 为何会在那一夜忽然出现? 他又如何知道此事?"

缪监道："老奴查过他所住的逆旅，查到他住进来已经有数月了，身边还带着一个东胡家奴。那日下午他在酒肆之中等人，一直等到黄昏时才离开；老奴又问过守卫宫门的人，说是曾看到如他打扮的人在宫门问过医挚是否回宫；又问过守城之人，他是城门关闭之前牵着一条狗和他的家奴出城，出城之前也打听过女医挚的下落。看来应该是与女医挚曾有约，而女医挚未曾赴约，才引起他的怀疑。当日行宫的守卫，看到他陪同女医挚到来，直到女医挚进入行宫以后才离开。老奴这几日派人跟踪女医挚，果然见到她出宫与黄歇会合……"

秦王驷沉吟片刻，道："继续跟踪，继续查。"

缪监道："是。"

秦王驷来回走了几步，满脸失望："王后、王后，当日寡人以为她只是年轻任性，可这般步步为营的算计和狠心……缪监，后宫你要看得仔细了。"

缪监道："掖庭令来报，前日王后到暴室对玳瑁打了二十杖以后，把她带走了。"

秦王驷摆摆手道："其上不正，其下自斜。奴婢之流，趋附奉迎而已，主正则仆正，主邪则仆邪。"

缪监道："大王圣明，所以奴才们也个个都是好的。"

秦王驷倒笑了，指着他笑骂道："你这老货倒会给自己脸上贴金。"

缪监见他笑了，也笑道："大王近日心情不爽，老奴能够讨大王一笑，便算老奴没有白费力气了。"

秦王驷笑了一笑，收了笑容，沉吟道："但不知……季芈可知此事？"

缪监见状，忙低了头，道："老奴不知。"

秦王驷知他小心，便摆了摆手，道："你先盯着吧。"

缪监应了声是，退了下来。

宫中诸人正热议着黄歇之事，黄歇亦在为如何见到芈月而想尽办法。

此时恐防人注意，女医挚只借口到药铺取药，与他匆匆见了一面，说不得两句，便急忙离开。他想打听芈月消息，便只能借助庸芮，此时他到了庸芮府中，便听到庸芮说过芈月产子之事："芈八子生下一名男婴，大王为小公子取名为稷。"

黄歇道："稷？社稷之稷？"见庸芮点点头。黄歇想了想，又问："你可知芈、芈八子难产，身体是否有损？"

庸芮嘴角一丝苦涩，道："听说她身体受了亏损，要将养上一年半载。"

黄歇向着庸芮长揖："庸兄，我有一个不情之请，唯有求助于您。"

庸芮苦笑道："我知道您要说什么，可是，唉，难啊，难于登天！"

黄歇毅然道："再难，我也是要试上一试的。"

庸芮心中又酸又涩，他与黄歇不打不相识，结为知交，他亦是听到了黄歇的故事。然而，黄歇并不是他自己一个人，他所魂牵梦萦的女子，也是庸芮所魂牵梦萦的女子。他看着黄歇，为了圆满他的情感，也是为了圆满自己的情感，让那个可人的女子，也圆满她的情感，他愿意为她做一切的事情。

他拍了拍黄歇的肩头，道："我去想想办法吧。"

第二十章

重相逢

　　而此时，在宫中，潜伏的暗流，已经开始涌动。

　　这日清晨起来，屈氏正要去看望芈月，却被侍女沅兮神秘地拉到花园一角，悄声对她道："媵人可是要去看望芈八子？"

　　屈氏点头："正是。"

　　沅兮便道："媵人，有楚国故人，托我求媵人一事。"

　　屈氏诧异道："什么楚国故人？"

　　沅兮附在屈氏耳边说了句话，屈氏失声道："子歇，他还活着？"

　　沅兮吓了一跳道："媵人，噤声。"

　　屈氏也吓得捂住嘴，左右一看，才轻声说道："子歇要我做什么？"

　　沅兮朝西边指了指，屈氏会意："季芈？"

　　沅兮点点头："他想见芈八子。"

　　屈氏吓了一跳："他、他不知道季芈已经……"

　　沅兮点头道："是啊，所以想托媵人帮他带句口信，若能够得芈八子亲笔写的回信就好。"

　　屈氏道："就这样？"

沅兮眼珠子一转："若是媵人能够帮他们牵线，有机会见一次面，那就更好了。"

屈氏同情地点点头："唉，季芈真可怜，我去问问她吧。"

沅兮道："那就拜托媵人了。"

屈氏点点头。

沅兮左右看看道："那奴婢先走了。"

沅兮离了屈氏，便匆匆潜入孟昭氏房中，回禀道："奴婢已经照您吩咐的，把此事同屈媵人说了。"

孟昭氏满意地点头，从袖中取出一袋钱币给沅兮道："做得好。"

沅兮惴惴不安地接了钱，道："媵人，您为何不自己跟屈媵人说，却要我转告？"

孟昭氏微笑道："这你就别管了，身为奴婢，知道太多对你没好处。回头你把回信给我，我再有重赏。"

沅兮忙应声"是"，又悄悄出去了。

孟昭氏冷笑，这一箭双雕，既中芈月，又中屈氏，除去这两人，将来芈姝有什么事，便只能倚重自己了。

而此时，屈氏已经来到常宁殿芈月的房中，将沅兮的话告诉了芈月。芈月顿时怔住了，屈氏却还在催促她："季芈，你快些决定，要不然，让我捎个信过去也行。"

芈月强忍激动，脸上却显出些犹豫，只道："屈妹妹，这件事多谢你的热心了，只是我还需三思，妹妹明日再来可好？"

屈氏点了点头，正想再说什么，却听得薛荔在外大声道："奴婢见过唐夫人。"当下忙住了口，站了起来。

便见薛荔打起帘子，唐夫人走进来道："季芈妹妹可大安了？"

屈氏向唐夫人行礼道："唐夫人。"

唐夫人看了屈氏一眼，思索好一会儿才笑着点头示意道："屈媵人。"

屈氏看了芈月一眼道："阿姊，我先走了，明日还来看您。"

芈月点头道："多谢妹妹。"

屈氏向唐夫人行礼，退出。

见芈月吃力地欲坐起来，唐夫人连忙上前一步，按住了她，道："季芈妹妹快别起来，你身子欠安，就这么躺着就好。"

芈月道："多谢唐夫人。"

唐夫人殷勤地问道："妹妹住在这里，一切东西可够？新挑的侍女，可还用得顺手？"

芈月道："夫人照料周到，实不知该如何感谢才是。"

唐夫人道："妹妹不嫌弃就好。妹妹近日住着，心情可好？"

芈月道："有夫人在，我岂有心情不好的？"

唐夫人看了看周围，方才却是屈氏与芈月密议，因此侍从都不在，方道："有几句私房话，想和妹妹说说……"

芈月道："夫人有话就说吧。"

唐夫人面现为难之色，忽然咳嗽一声："那个，妹妹，有件事我实不知道应不应该和妹妹提起……"

芈月狐疑地道："夫人有话但请直说。"

唐夫人道："有人托我带个话给妹妹……"

芈月道："什么话？"

唐夫人道："有楚国故人，想见妹妹。"

芈月惊愕地看着唐夫人，脸上神情变幻不定，好一会儿才哑着声音问："是什么人托夫人带话？"

唐夫人沉默了。

芈月道："是我不该问的，夫人勿怪。"

唐夫人犹豫了好一会儿，才终于说道："你曾经去过西郊行宫，见过庸夫人，是吗？"

芈月惊诧地道："是庸夫人？"

唐夫人摇头道："不是，是庸公子，庸芮公子，你还记得他吗？"

芈月不禁想起当日在上庸城所见的那翩翩少年，点了点头，问道："他与庸夫人……"

唐夫人道："他是庸夫人的弟弟，我也是从小看着他长大，如同我的亲弟弟一般。他与那位楚国故人，意气相投……"

芈月道："夫人不必说了，我信得过庸公子，也信得过夫人。"她硬撑起身子，向唐夫人下拜道："难为夫人和庸公子能为我带这一句话，人说'白发如新，倾盖如故'，这世上确有仁义之人，一诺而轻生死。"

唐夫人道："妹妹别这么说，我真真惭愧了。妹妹可知，我之所以传这个口信，并不是想帮你们见面，甚至是反对你们见面的，而只是希望你能够亲口拒绝与他见面。"

芈月惊愕道："夫人……"

唐夫人苦笑道："你瞧，我毕竟不够侠义，否则，当帮你完成心愿，帮你担待了。可是我怕，如今这宫里不比庸夫人在的时候了，那些魏国女人、楚国女人，把这秦宫弄得乌烟瘴气的……"说到这里，忽然恍悟眼前就是个"楚国女人"，忙不好意思地道："妹妹，我不是说你!"

芈月摇摇头道："夫人，你说得没错。庸夫人主持宫务的时候，我虽未曾进宫，但我所见的庸夫人是个霁月光风、品性高洁之人，而如今的宫中，的确是乌烟瘴气。"

唐夫人道："唉，真不知道大王是怎么想的，这宫中清清静静不好吗?"

芈月道："大王考虑的是天下这一盘棋，后宫的人过得是不是太平，实在是没有什么要紧。说句过头的话，这天底下，又有谁是真能得太平的，便是周天子，也未必太平。"

唐夫人道："所以妹妹，你我在宫中，更是要小心了。"

芈月沉默片刻，道："夫人说得有理。"

唐夫人道："妹妹意欲如何处置?"

芈月道："夫人，容我想想。"

唐夫人轻叹道："好吧，这件事，是得好好想想。"

唐夫人出去了，芈月陷入了沉思。直至天色已晚，宫中点起了灯树。女医挚走进房中，为芈月诊了脉，喜道："季芈，你的身体已经好多了，若用心安养，必能够尽快恢复。"

芈月忽然问道："医挚，你见过子歇了，他怎么跟你说的?"

女医挚道："他说他会想办法与你相见，叫你不必担心。"

芈月道："他有没有说，是什么办法?"

女医挚道："他没有说。"

芈月叹道："他在咸阳人生地不熟的，我就怕他胡来，反而打草惊蛇。"

女医挚诧异道："怎么了?"

芈月道："你可知道，今天有两拨人同我说，有楚国故人想见我。"

女医挚吃惊地道："两拨人?"

芈月道："是啊，他不应该这么不谨慎啊。这两拨人中，必有一拨是假的，甚至很可能两拨都是假的。所以医挚，我必须赶紧出宫去见他，否则再拖下去，我怕会被人察觉，更怕会让他陷入险地。"

女医挚道："那，你打算如何见他?"

芈月苦笑道："就算我要见他，也不能让他入宫，否则宫中若有变故，岂不是连累大家?"

女医挚道："季芈想出宫?"

芈月沉吟道："昔年大王曾带我出宫，并给我一块令符，说是四方馆初一十五皆有学辩，让我可有空出来听听。如今是初七，就约本月十五，我出宫与他见面。"

女医挚道："不行，你如今刚生完孩子，才满月不久，身体还未恢复，你此时出宫，岂不是明晃晃地招人注意吗?"

芈月毅然道："再隐秘的行动，只怕都瞒不过成日爱躲在阴处的魑魅魍魉。子歇入宫，若被揭破，他必有事，我也脱身不得，更会牵连太广。我若出宫，有什么事只在我一身，不会牵连他人，子歇亦不会有事。"

女医挚大急道："可是，你若猜想会出事，那就不见为好，还是算了吧。"

芈月咬牙道："若不见他一面，我死不瞑目。"

女医挚道："可是，其他人呢？"

芈月冷笑道："我自有办法。"

次日，屈氏再来，芈月便告诉屈氏，本月十五，她会借四方馆学辩之事出宫，日昳时分，她会到黄歇下榻的逆旅与黄歇见面。

屈氏离开之后，便将此事告诉了沅兮，沅兮当面应承就去通知黄歇，转眼便将此事告诉了孟昭氏。孟昭氏又将此事告诉了芈姝，当下一行人自以为得计，便在等候着事情的发生。

而此时，庸芮亦是接到唐夫人讯息，将此事告诉了黄歇，说道："本月十五，她会借四方馆学辩之事出宫，日昳时分，她会到我这里与你见面。"

黄歇道："好，我会在这里等她。"

黄歇走到庸府，回到自己所居逆旅之时，女医挚已经来找他了。黄歇诧异："医挚，有什么事？不是已通知我，本月十五在庸府相见吗？"

女医挚惊诧地道："这么说，屈媵人那边，果然不是你请托的？"

黄歇也是大吃一惊："什么？我并没有托过屈氏。"屈氏虽是屈原侄女，他与芈月当日在屈府之时，亦是与她见过几面，但如今屈氏在官中，他既与女医挚已经联系上，如何还会再找屈氏，徒然牵连更多的人？

女医挚顿足："糟了，那屈媵人怎么会跟季芈说，是你托人请她带话，季芈还约了本月十五在此处相见……"

黄歇诧异道："那她怎么还约了我在庸府相见？"

女医挚顿足道："就是因为两拨人都说，是你托人相见，所以季芈才改换了一下地点试探于她们。"

黄歇道："到底是怎么一回事，你倒说来听听？"

女医挚一五一十地诉说着，黄歇听了之后，也暗自心惊。他徘徊片刻，却又出了个主意，道："你回头与季芈说，她正好已经将她们分头约出去了，索性这其中若有不对劲的地方，咱们也都不必理会了。若是有人设下陷阱，刚好是她们自己受着。教她若无其事，那一日只管去了四方馆，平安而去，平安而回，什么事也不会发生。"

女医挚便问道："那您呢？"

黄歇道："我会在十五之前，离开咸阳。若无事，下月十五再约四方馆相见。这个月她们扑空一次，下个月必会无人注意。"

女医挚长叹一声："如此一来，便又要多候一月时光了。"

黄歇忍着心中的酸涩，道："我如今，也只是想看看她……过得好不好。若是因此牵连她，岂非是我害了她？我是断然不能这么做的。"

女医挚同情地看了看他，想到两人明明是天生一对，偏生如此被司命之神捉弄，每每好事多磨，欲近还远。

到了十四那天，黄歇见逆旅之外，亦有人影晃动，也不理会，直与庸芮约好，自己虚晃一招，与庸芮约了酒肆饮酒，又叫庸芮扶着一人回了逆旅，监视的人见到，便只以为是庸芮扶着黄歇回去。

而此刻的黄歇，却已经离开咸阳城，向着未知的前方进发了。

六月十五，晴，诸事宜。

芈月更了男装，带着女萝，走出宫门。

她的脸色还带着一丝苍白憔悴，甚至上下台阶也需要女萝扶着一把，但却神情坚定，目光直视前方，不曾回头。

孟昭氏远远地站着，看着芈月出宫，低声道："知道该怎么做了吧？"

沅兮垂首道："是，奴婢知道了。"

椒房宫，沅兮跪在王后芈姝的面前，将"芈八子私会黄歇"的所有故事，和盘托出。芈姝早已经由孟昭氏汇报，知道了一切，当下仍然是故作诧异道："你说什么？芈八子出宫私会外男？此事不可胡说。"

沅兮战战兢兢地道："是，奴婢就是证据。"

站在一边的屈氏身子一颤，脸色苍白，上前一步刚想说话，却被身边的景氏紧紧拉住。屈氏想要张口，景氏握紧了她的手，紧得让她险些失声痛叫。

芈姝扫视了一圈众人，见屈氏脸色惨白，景氏神情紧张地拉住了屈氏，孟昭氏嘴角含笑，季昭氏却是兴奋地东张西望，当下便道："好，来人，备辇，我要去见大王。"

屈氏失声叫道："王后……"

芈姝冷冷地看了屈氏一眼，直看得屈氏把下面的话，都咽到了肚子里去，才冷笑一声道："哼，愚蠢。"

见芈姝带着沉兮等人出去，室内只剩下屈氏和景氏两人，屈氏整个人就已经瘫倒在地，幸而景氏扶着她。等定了定神，屈氏跳了起来，就想冲出去，被景氏紧紧拉住，厉声道："你去哪儿？"

屈氏愤怒地道："我要去告诉季芈阿姊，我真没想到，这贱婢居然敢出卖我，居然敢陷害季芈阿姊。"

景氏道："你傻了，现在你把自己洗脱罪名还来不及，你若跳出来，大王震怒之下，你也是个死。"

屈氏哭了道："那、那怎么办？"

景氏道："你我这样的人，死了同蝼蚁一样。你我不爱惜自己的性命，谁会爱惜我们的性命？你听着，这种事，死也别承认，就说你自己什么也不知道，听到了没有？"

屈氏道："可、可谁会信啊！"

景氏道："这件事，分明是王后做局，你看她刚才只带走沉兮没带走你，就是没打算把你也弄死，所以现在，你必须装作什么也不知道，听明白了吗？"

屈氏哭泣道："我，我做不到啊！"

景氏长叹一声："你做不到，也要做到，否则，就是个死。"

屈氏痛哭："可我害了季芈，我是帮凶，我怎么这么蠢、这么蠢啊？

我对不起季芈。"

景氏见了她这副样子，狠狠地拉了她一下，斥道："季芈还不见得一定会出事呢，你倒先哭成这样。"

屈氏迷茫地道："你说，季芈真不会出事吗？"

景氏沉着脸："你放心，至少她比你我聪明得多，而且，有大王为她做靠山，这次谁输谁赢还不一定呢。"

景氏心中酸楚，在四个媵女中，她属于中流，既不像屈氏这样完全单纯无知，亦不能像孟昭氏这样努力成为芈姝的心腹，也不如季昭氏爱掐尖要强。她与季昭氏不和，每次都因为季昭氏有孟昭氏相助，而让她处了下风。也因此她虽然看不上屈氏的单纯，却不得不紧紧拉住屈氏，为自己添一个盟军。

此时的芈姝，已经闯进宣室殿，洋洋得意地将沉兮这个证据亮于秦王驷面前，并将芈月出宫私会黄歇之事，添油加醋地说了。

秦王驷表情不动："哦，有何凭证？"

芈姝索性坐到秦王驷的身边道："大王，她如今坐褥期未满，身体还病着，大王连她向妾身的请安都免了。这个时候她硬撑着病体出宫，难道不是心中有鬼吗？"

秦王驷道："你想说什么？"

芈姝压低了声音道："妾身刚刚接到消息，说是黄歇未死，季芈今日出宫，就是与他私会，甚至是私奔……"

秦王驷将竹简重重掷在几案上道："大胆。"

芈姝吓得不敢作声，好一会儿才不服气地道："大王若是不信，可去黄歇住的逆旅相候，她和黄歇约在日昳时分相见。"

却听得秦王驷冷笑一声："黄歇已经于昨日黄昏离开咸阳。"

芈姝闻言大惊，脱口而出："不可能，我叫人看着呢。"话一出口，便觉失言，忙掩住了口。

秦王驷看着芈姝，什么也没有说，只是站了起来，走了出去。芈姝觉得被这一眼看得遍体生寒，见他走出去，忍不住问："大王，您要去何处？"

秦王驷转身，嘴角带着讥讽的笑意："寡人与季芈约了去四方馆听策士之辩，王后也要去吗？"

芈姝目瞪口呆，看着秦王驷出去，细品着他话中含意，知道不但是自己心中计谋已经被他识破，甚至连芈月心中存着私意，他也要包庇下来。心中嫉恨交加，却又自伤自弃，忍不住失声痛哭起来。

此时芈月和女萝走入四方馆，喧闹依旧，人流依旧。

芈月看了一眼辩论中的众人，走向后堂，她才进入后堂，抬头一眼就看到了黄歇。

隔着后堂的天井，阳光明暗交界之处，黄歇一身青衣站在那儿，神情强抑着激动和深情。

芈月惊呆了，泪水不觉流下，身边所有的人和事都虚化幻灭，天地间只剩两人隔着天井，痴痴对望。

然而，她却不知道，此刻秦王驷站在四方馆后堂阴影处，表情冰冷，如同刀刻。

空气中有一种奇怪的氛围，让人看不到，却让人有所感觉。

除了深情凝望的两人之外，陪着黄歇到来的庸芮和陪着芈月到来的女萝，却都似感受到了这种诡异的气氛。

女萝忙推了推芈月，芈月如梦初醒，看着四方馆的喧闹嘈杂，忽然转身而走。

黄歇也忽然回醒，看了周围一眼，发现人们正在起劲地喧闹，无人发现。他转身想向反方向而去，走了两步，却终于再度转身，向着芈月离开的方向跟着过去。

四方馆内，本就设有单独论辩的厢房，芈月在前走着，转入走廊，走进一间厢房。黄歇跟到这里，驻足，左右看了看，犹豫了一下，终于跟着走了进去。

女萝留在房外，与追随而至的庸芮对望，两人都感觉到了不安，但最终，还是没有进去阻止芈月与黄歇的相见。此刻便是阻止，也已经来不及了，还不如让这一对小情人能够享受一下最后的时光。

四方馆厢房内，芈月一动不动地坐着。黄歇走进来，轻叹一声，坐到芈月的对面。

两人无语。

芈月想要张口，口未张，泪已如雨下。

黄歇轻叹一声，递上绢帕，道："别哭了，伤眼睛。"

芈月将绢帕捂在眼上，好一会儿才放下来，凄婉一笑："心都伤透了，伤眼睛怕什么？"

黄歇沉默。

过了一会儿，两人同时张口。

黄歇道："你——"

芈月道："你——"

两人同时住口，想先听对方说话，一时沉默。

芈月道："你……"

黄歇轻叹道："是我来迟了。"

芈月道："你去了哪儿？"

黄歇道："我那日和义渠人交手，受伤落马。后来被东胡公主所救，养了好几个月的伤，才能起身……"

芈月道："你、你伤得很重？"

黄歇道："险死还生。"

芈月道："怪不得……"

黄歇道："我托东胡人打听你的下落，他们说，你被义渠王抓走了。我养好了伤，去了义渠大营，又打听了很久，见到了义渠王，才知道你又被秦王赎回去了。于是我到了咸阳，遇上了医挚，才知道、才知道你已经有喜了……"

芈月道："为什么不告诉我……"她忽然提高了声音道，"为什么那时候不告诉我？"

黄歇道："是我让医挚不要告诉你的。你、若是过得好，不见也罢，就这么过下去，也是一辈子！"

芈月眼泪流下道："你为什么不早告诉我，为什么不早告诉我……"

黄歇道："告诉你，你会怎么做？"

芈月语塞："我……"

她会怎么做呢？她是随着黄歇不顾一切地离开，还是与黄歇抱头痛哭，难分难舍。

她是会走，还是会留？

她与黄歇总角之交，多年来相伴相依，少司命祭的共舞，废宫中的两心相知，这桩桩件件，刻入骨髓。

可是秦王驷呢？芈月想到了两人骑马飞奔，两人在清晨持剑对练，两人在商鞅墓前相交，两人在四方馆的天井下听策士辩论，在蕙院，秦王驷将她和初生婴儿搂在怀中。

何去，何从，何进，何退？

芈月不能选择，她伏案痛哭。

黄歇伸手轻抚，颤声道："皎皎……"

芈月扑入他的怀中，捶打着他："你何不早来，何不早来……"

黄歇轻轻地说："是我的错，是我的错……"

芈月却下不了手了，她抚摸着黄歇的胸口、手臂，夏日衣薄，虽然隔着衣服，依旧可以摸到他身上未愈的伤口。

黄歇忽然道："皎皎，你跟我走吧！"

芈月惊愕道："你说什么？"

黄歇道："我原以为你已经过上新的生活，所以不敢再来打扰你。可是没想到，医挚被人绑架，你被人暗算差点母子俱伤，我才知道我错了……皎皎，知道你过得不好，我心如被凌迟，寸寸碎裂。恨不得拔三尺剑闯宫去见你，恨不得驰骏马将你带到天边去。我恨我自己为何来迟一步错失机会，恨我自己当日为何听到你已经怀孕就以为与你已经今世缘断，恨我自己为何会以为你已经开始新生就犹豫不决……早知道你在秦宫过得不好，我早就应该将你带走。皎皎，跟我走吧！"

芈月听到他前面说时不禁泪下，直至他说到最后，惊呆了道："可是、可是我已经生了子稷……"

黄歇道："把孩子也带走，我带你们母子一起走。"

芈月道："我……"

她抬起头，看着黄歇目光炯炯地看着她，充满深情和期盼，而她的内心，却是充满了纠结和无奈。

而此刻，厢房外，秦王驷负手而立，面沉似水。

其他的人均已经跪伏在地，一声也不敢吭。

厢房内外，一片寂静，所有人的心都提在半空，等着芈月说出她的决定，这一决定，甚至可能改变许多人的生死。

沉默良久，久到厢房内外的这两个男人都已经无法再忍下去了，芈月才长叹一声，摇了摇头道："子歇，逝者如斯夫。或许真是天意弄人，你我阴差阳错，终究不得在一起。我如今已经有夫有子，我再不是以前的九公主了。人事已非，无法回头。"

黄歇道："我不在乎。"

芈月道："可我在乎。"

黄歇沉默良久，问："你在乎的是我，还是他？"

芈月抚住自己的心口，叹道："我在乎的是我自己，是我的心。子歇，对不起，我的心已经无法回到过去的纯净，有太多太多的人和事，混杂在了我们中间。"

黄歇苦涩地问："他，对你如何？可能继续周全你，护住你？"

芈月微微点头："他对我很好，比我能想象的还好。他能周全我，护住我。"

黄歇喉头似被堵住一般艰涩:"你、爱他吗?"

厢房外,秦王驷站立如枪,表情如刀刻。

厢房内,芈月道:"是。"

黄歇忽然大笑,狂笑。

芈月看着黄歇的狂笑之态,泪如雨下。

黄歇忽然提高了声音道:"秦王,你看够了吗?"

芈月大惊,霍然站起,颤声问:"你说什么?"

两边的门忽然大开,秦王驷站在门外,负手而立。

芈月怔住。

秦王驷负手慢慢进入厢房,芈月回醒过来,向着秦王驷盈盈下拜道:"妾身参见大王。"

黄歇亦是负手,看着秦王驷。

两人眼光如刀锋交错。

秦王驷语调温和,却有风雨欲来之势道:"子歇,郢都一别数年,今日咸阳再会,实是令人欣喜。"

黄歇挑眉正准备顶撞,看了芈月一眼又把气压下去,终于长揖道:"参见大王。"

秦王驷道:"季芈,寡人与子歇也是旧识,你去叫他们备酒来,我与他煮酒相谈。"

芈月揖礼道:"是。"

芈月一走出房门,只觉得整个人站立不稳,扶着板壁才站定,长吸一口气,才缓过来。她抬起头来,看到缪监站在跟前,顿觉心头狂跳。

芈月强自镇定心神,道:"大王要与公子歇煮酒相谈,有劳大监备酒。"

缪监笑眯眯地拱手:"是。"

缪监看了跟在身后的缪乙一眼,缪乙飞跑而去,过一会儿,便捧了酒肉回来,奉与芈月。芈月接过托盘,转身进入厢房。

厢房内，秦王驷与黄歇对坐。

秦王驷道："早闻公子歇聪明过人，果然名下无虚。"

黄歇苦涩地一笑道："我本是死里逃生的人，人世间太多留恋和亏欠，如今见故人甚好，心中也少了亏欠。"

秦王驷道："寡人诚揽天下英才，何不留在秦国，与寡人共谋天下？"

黄歇摇头道："我离家日久，当早日返还家中，与亲人团聚。"

秦王驷道："好男儿志在天下，求田问舍，岂是英雄所为？"

黄歇道："我学业未成，原还应该在夫子门下侍奉，岂敢效法天下英雄？"

秦王驷道："如此，当真可惜了。"

芈月捧着托盘一言不发，对他们之间的对话恍若未闻，只将酒菜一一布让好，又给两人倒了酒，才又悄然退出。

黄歇低垂着眼，没有说话，也没有看芈月一眼。

芈月走出来，把门轻轻关上。

缪监上前一步，拱手低声道："老奴送季芈回宫。"

芈月点头，带着女萝随缪监离开。

厢房内，秦王驷举杯道："请。"

黄歇也举杯道："大王请。"

秦王驷道："难得遇上公子歇这般才俊之士，今日你我不醉不归。"

黄歇朗声大笑道："能与大王一醉，黄歇何幸如之。"

秦王驷道："干。"

黄歇道："干。"

两人同时一饮而尽。

再倒，再饮。

这是男人与男人的较量，也是王与士的较量，纵然结局早定，然而就算是这种方寸之地，也是谁也不肯让步，谁也不肯退后。

两人一杯杯对饮着，直至两人都酩酊大醉，不能支撑。

最终，秦王驷半醉着由缪监扶着走出来，缪乙也扶着大醉的黄歇走出来。

庸芮已经站在一边，从缪乙手中接过了大醉的黄歇。

秦王驷醉醺醺地拍着庸芮道："小芮，我把他交给你了。"

庸芮微笑道："是，大王放心，我一定好好照顾公子歇。"

庸芮带着黄歇回到自己府中，把黄歇送到客房榻上。

黄歇扶着头，呻吟一声。

庸芮道："子歇，你没事吧，我去叫人送醒酒汤来。"

黄歇手握紧，又松开，摇头道："我不碍事。"

黄歇睁开眼睛，看上去已经清醒了不少。

庸芮道："你没醉?"

黄歇苦笑道："我岂敢醉。"

庸芮道："你不是已经离开咸阳了吗，怎么又忽然回来了?"

黄歇道："我昨日离开咸阳，半途却被人挡截……"

庸芮一惊道："是谁挡截?"

黄歇道："对方却没有恶意，只是将我挡回，还将我安置在四方馆的客房中住下。我本来不解其意，结果今天看到季芈走进来，才恍然大悟……"

庸芮也明白过来道："是大王?"

黄歇道："不错。"

庸芮忙拭着额头冷汗道："这、这如何是好?"

黄歇苦笑道："还好，看到她已经把我放下了，我也放心了。虽然秦宫钩心斗角之处甚多，但这次的陷阱，是秦王所为，至少可以让我知道，她尚能自保或者是秦王能够庇护住她。"

庸芮道："可是大王会不会因此而耿耿于怀呢?"

黄歇看着窗外落日道："不会。他若是这样的男子，我不顾一切，也会将月儿带走。"

庸芮叹道："可是，她以后会如何呢？"

黄歇也长叹："此后的一切，只能靠她自己度过了。"

芈月先回到了宫中，但她没有回常宁殿，只是在马车中待着，等候着秦王的下一步吩咐。

等了好久，她的车帘被掀起，缪监那张常年不动的笑脸出现在她的面前："季芈，大王有旨，请季芈回常宁殿。"

芈月一怔，却不好说些什么，只得先回了常宁殿中，更换回常服，躺了下来。

她的身体本已经虚了，这一日凭的全是一股意念，此时倒下来，便如同整个身体都要散了架似的，女医挚上来为她用了针砭之术，她虽是满怀心事，然则这股气一松下来，再也支撑不住，便昏睡过去。

直到醒来，便见已经将近黄昏，夕阳斜照着庭院，她站起来，便叫薛荔为她梳妆打扮。薛荔有些不解，她如今又不需要侍奉君王，何须此时梳妆打扮？

没想到她替芈月梳妆完毕时，便得到秦王驷传来的命令："召承明殿相见。"

承明殿，夕阳落日，尚有余晖。

芈月下了步辇，一步步走上承明殿台阶。她走得额角冷汗，脚步也有些发软。女萝伸手欲扶，却被她一手推开。

芈月独自走入承明殿，秦王驷坐在殿中，手轻轻地捂着头，捧着一盏苦茶在喝着。他亦是酒醉方醒，此刻便喝着这东西解酒，一手执竹简在看着。

夕阳的光从窗间门缝中透入，在阴影中一缕缕跳跃着。

芈月走到他的身边，跪下道："大王。"

秦王驷并不看她，继续批注简牍道："身体好些了吗？"

芈月道："好些了。"

秦王驷道："好到一个什么样的程度?"

芈月轻咬下唇道："可以走一段时间的路。"

秦王驷道："要人扶吗?"

芈月道："偶尔还要扶一下。"

秦王驷放下竹简，轻抚着她的头发，将一缕落下的头发绾起，叹道："身子还这么虚弱，就要硬撑着出去见人，你急的是什么?"

芈月手指轻颤，她强抑恐惧，用力握紧拳头，大胆抬眼直视秦王驷道："人有负于我，不可不问；人有恩于我，不可不问；恩怨未明，心如火焚，一刻不得安宁。"

秦王驷没想到她竟然如此回答，怔了一下，忽然俯下身子，他的脸与她的脸仅有一隙之隔："你倒敢直言!"

芈月道："妾身初侍大王，蒙大王教诲，世间事，最好直道而行，卖弄心计若为人看穿，只会适得其反。所以，妾身无私，妾身无惧。"

秦王驷抬起身子，微笑。

芈月轻轻松了一口气，她知道，这一关，终于过去了一半。

秦王驷执起芈月的手，翻过来，像是拿着艺术品一般赏玩片刻："你的手很凉。"

芈月道："妾身毕竟也是一介凡人，是个弱女子。内心虽然无私，天威仍然心悸。"

秦王驷微笑："你很聪明。"

芈月道："妾身不是聪明人，聪明人会懂得趋利避害，懂得自保，懂得隐忍，不会做对自己不利的事情。"

秦王驷指着芈月纵声大笑："你会拿寡人的话来堵寡人的嘴了!"

芈月微笑："妾身一直在努力效仿大王的言行，如同飞蛾仰望和羡慕日月的光芒一样。虽不能及，心向往之。"

秦王驷一把将芈月拉起："你不会是飞蛾。"

芈月轻伏在秦王驷的膝上："可我向往接近最强烈光芒的地方，我希望置身于阳光下，哪怕烧灼得浑身是伤，也不愿意在阴影里、在黑暗中去隐藏真我、扭曲心志。"

秦王驷轻抚着芈月的头发，殿内的气氛静谧安详，夜色渐渐弥漫，只余一灯如豆。

又过了许久，芈月走出承明殿。

她一步步走下承明殿台阶，天色已经全黑了下去，两边灯火依次点亮。

芈姝闻讯匆匆而来，看到芈月微笑着走下来，她今日上午被秦王驷毫不留情地驳斥之后，心中本是极沮丧的。但后来却得到密报，说是芈月先回来，此后秦王驷才回来，直到黄昏，方又召了芈月到承明殿去。

她听了此事，便知道事情有变，顿时转而产生新的期望，忙兴冲冲地也赶去了承明殿，以为可以看一场好戏。不承想她刚到承明殿，便见芈月毫发无伤地从里面出来，甚至神情步态都毫无异样。

两人一照面，芈姝不由得又是惊诧又是尴尬，寻思了半天，才说出一句道："妹妹，你没事吧。"

芈月微笑："王后以为我会有什么事？"

芈姝失口道："你今日出宫——"她说了一半才惊觉掩口，惴惴不安地看着芈月。

芈月一脸淡然："我今日是出宫了，又怎么了？"

芈姝不由得口吃："我、我……"

芈月又问道："王后还有何事要问妾身吗？"

芈姝心中有些慌张："没，没什么事。"

芈月道："那我就先告辞了。"她走了两步，微觉力弱，扶住了旁边的栏杆，略作喘息。

芈姝神情复杂地扭头看着芈月走下，忍不住开口道："你、你就不想问问——"

芈月微笑着回头道:"问什么?"

芈姝看到芈月的神情,终于镇定下来道:"没什么!"

芈姝扭头一步步走上台阶。

女萝连忙跑上来,扶着芈月一步步走下台阶。

第
二
十
一
章

心未平

　　屈氏站在椒房殿廊下昏暗的角落里，她的眼睛哭得红肿，夜风吹来让她瑟瑟发抖。

　　她知道自己中了别人的计，不但害了自己，也害了芈月。沇兮的尸体已经被拖出去了，罪名是偷盗。接下来，又会是谁，是芈月，还是她？

　　她听着寺人宫女们轻浮的议论，无数的角落里，有人在窃窃私语，这一切，让她每一步迈出，都心惊胆寒。

　　忽然她的袖子被拉了一下，屈氏吓了一跳。却听得她的侍女幽草压低了声音道："媵人别叫，是我。"

　　屈氏连忙拉住幽草的手道："幽草，芈八子怎么样了？"

　　幽草正是奉了她之命，去打探芈月消息的，当下便道："她刚从承明殿出来，已经回常宁殿了。"

　　屈氏心惊胆战地道："她、她没事吧？"

　　幽草摇头道："奴婢也不知道，媵人，这个时候你去看她，会不会有麻烦……"

　　屈氏顿足道："顾不得了。"

314

芈月方从承明殿回来，身心俱疲，却听得女萝来说，说是屈媵人求见。芈月怔了一下，本想拒绝，却想到屈氏也是为人所欺骗，想到她为人单纯，此时赶来，也算得甘冒风险，当下便道："好，请她进来。"

屈氏哭得双眼红肿进来，见到芈月就扑到榻边跪下了，泣道："季芈阿姊……"

芈月伸手欲扶，忽然心念一动，她如今处于风波之中，她若对屈氏太好，只怕别人能利用屈氏骗她一次，还会再继续利用屈氏，她终究不能与屈氏太过亲近，当下只道："屈妹妹这是做什么？"

屈氏道："阿姊，我对不起你，我上了人家的当，害苦了你。"

芈月见她如此，只得长叹一声道："医挚，你代我扶一下屈妹妹。"

女医挚上前扶起屈氏。屈氏泣不成声道："阿姊，我是给沇兮骗了，她、她是王后的人。"

芈月心中已经有数，问道："沇兮，便是她骗了你吗？"

屈氏点头道："是，而且她被王后灭口了……我、我真是怕极了。"

芈月仔细看着屈氏的神情，终于缓和下来道："屈妹妹为人单纯，君子可欺之以方，以后切不可如此轻信他人。"

屈氏连连点头："我知道，阿姊，你没事吧。我怕极了，我真怕害了你。"

芈月见状，心中一动，问她："你就不怕我若真出了事，以为是你害的，迁怒于你，甚至报复于你？"

屈氏却道："你若真的出了事，那也是我害的，你要向我出气，我也是自作自受，心甘情愿。可要我去害人，甚至利用我去害人，还要我同流合污，我做不到。"

芈月看着屈氏，心中终于松了下来，不由得握住了屈氏的手："屈妹妹，你很好，很好！"

屈氏喜道："阿姊，你相信我了？"

芈月点了点头，但却也沉下了脸，道："屈妹妹，你当知宫中险恶，从今往后，为了避免连累于你，你我之间，还是……少些往来吧。"

屈氏再单纯，经历了这些事之后，也知利害，心头一痛，却无奈地点头道："我、我都听阿姊的。"

屈氏走出常宁殿，回头看去，但见银杏树叶已经渐渐变黄，她轻叹一声，走了出去。一路上避着人，悄悄回了椒房殿，却见玳瑁又入了芈姝的内室。这个老奴，虽说是明面上被贬为最底层的洒扫奴婢，但在椒房殿中，人人皆知，她依旧是奴婢中的第一人，甚至还有敢胆傲视她们这些媵女的权力。

屈氏想到之前的一切，看着玳瑁的眼光，不由得生了恨意，实是想不通，为什么明明初入宫时，若无芈月相助，芈姝早让魏夫人等压过。可是她不但没有识人之明、容人之量，反而纵容着玳瑁这样的成事不足败事有余的恶奴，一次次弄得诸芈人心分崩离析，算计着自己内部的人，弄得自己众叛亲离，她却不知道，越是这么做，越是陷自己于不堪之境，就越离不开玳瑁这样的人。

而房中的玳瑁，却从来不曾意识到，造成芈姝目前困境的罪魁祸首是她自己。毫无疑问，她是一个忠心耿耿的奴才，然而，她终究只是一个奴才而已，她不识字、没有受过为"人"的品格教育，只有为"奴"的捧高踩低、钩心斗角之熏陶。她会的，只有一路捧高踩低，从低阶奴才爬到高阶奴才所学会的一身小阴谋小算计，她的见识、学问、心胸，都不足以帮助芈姝走向正确的方向。然则芈姝本身就不是一个有足够智慧和能力的人，远离故国，陷身于宫廷内斗，又对身边相同年龄和身份的媵女们心怀疑忌的时候，对从小抚养自己长大，看上去在她陷入麻烦的时候有着不断应付的主意，又不断提醒她要加强自己身份和手段的玳瑁，不免越来越依赖。甚至有时候会忘记，恰恰是玳瑁一次次的主意，才让她陷身于麻烦之中。

玳瑁为芈姝揉着肩膀道："王后，大王怎么说？"

芈姝道："大王什么也没说。"

玳瑁大急道："那，那季芈……"

芈姝紧紧皱着眉头道："她也什么都没有说。"

玳瑁道："这、这到底是怎么一回事？"

芈姝忧心忡忡道："我也不知道，玳瑁，我好害怕。我们是不是做错了？从季芈生子到今日的设计，大王可都看在眼中，若是大王对我起了疑心甚至是反感，我、我可怎么办呢……"

玳瑁道："王后，帝王的宠爱从来都是来得快去得也快，依奴婢看，这件事大王若是从头到尾毫无所知倒也罢了，若是大王真的插手此事，那我们就不算白费劲。"

芈姝诧异地道："这话怎么说？"

玳瑁道："这天底下的男人没有不爱面子的，他但凡知道过去季芈与黄歇的那一段情，黄歇若是死了倒也罢了，黄歇如今还活着，还来到了咸阳，甚至和季芈还继续纠缠不清。不管昨日季芈有没有与黄歇相见，只要有与黄歇相会的风声，而她还是依旧抱病出宫，那她就是水洗不清。"

芈姝道："可是，我们设下的陷阱，她不是根本没踏进来吗？"

玳瑁道："这种事，何须证据，只要大王有这疑心便罢了，难道她还能跑到大王面前分辩不成？男女之间的事，当事人越辩越没清白可言。"

芈姝脸色变幻道："但愿，你说的话是真的。"

送走屈氏，芈月回到房中，女医挚过来诊断，因她昨日出去，病势又加重了，到了晚上，又改了方子，让她用药。

唐夫人叹道："唉，病情又重了是不是？你啊，就是死硬脾气。"

芈月知道她这是责怪自己不应该出去，忙赔笑道："慢慢养着就是了，心宽了，身体自然也好得快。"

便听得外头秦王驷的声音道："你真的能心宽吗？"随着话声，便见秦王驷走了进来。

唐夫人连忙行礼道："参见大王。"

秦王驷向唐夫人摆摆手道："免礼。"见芈月也要挣扎着起来，道："寡人已经说过了，你身子未好，不用特意起来。"

唐夫人眼角一扫，便善解人意地道："妾身去看看子稷。"说着便转身出去了。

秦王驷走到芈月榻边，道："你看上去气色似乎好些了。"

芈月笑了笑道："唐姊姊刚才还骂我不注意，加重病情了。"

秦王驷比画了一下眉头之间道："好与不好，不在脉象，在眉宇之间，你的气色看上去反而好些了。"

芈月点头："是。有些东西放开了，放下了。"

秦王驷坐了下来，道："你生育时那件事，王后已经以宫规处置过了。"

芈月点头道："过去之事皆已过去，愿宫中从此不再多事。否则的话，事涉大王的子嗣，万不可让人从此起了祸乱的源头。"

秦王驷倒有些意外："你不在乎吗，不想深究到底吗？"

芈月笑了笑道："我自然在乎，可是与其为过去的事在乎，不如为将来的事未雨绸缪。哪怕不为自己在乎，也得为孩子在乎。"

秦王驷沉默片刻道："寡人明白。"他听得懂芈月的意思，过去的事，她可以不计较，但她要求的却是以后的保障。

他看着芈月，心中有些诧异，他对于后宫女子的心思，基本上算是清楚，一则求宠爱、二则求身份、三则求子嗣；再或有要锦衣华饰的、要权柄威风的、好炫耀生事的……芈月的心算是最捉摸不定的，有些游移、有些不在乎、有些对宫廷的厌倦，可是今天，她所提出的这个信号却是明明白白的，她想要地位，想要有保障，想要有别人不可侵犯的力量。

这的确也是一个正得他宠爱，生下过他子嗣的姬妾应该有的态度。

他笑了笑，道："寡人心里有数，你便放心好了。"

芈月毕竟是王后媵女，此事最好由王后提出，芈月住到常宁殿，是他对王后的公然警告，回头再由王后提出晋升，则也算在外人面前，圆回楚籍妃嫔的颜面来。

只可惜，王后芈姝在这件事上，又不顾一切地犯了左性，在秦王驷向她提出此事的时候，一口咬死了不肯："大王要喜欢谁，想要提升位分，大王决定了就下诏吧。可既然大王问到妾身，妾身不得不说出看法来。如今宫中职位比季芈高的，一个是魏夫人，她是在先王后时就代掌宫务，所以自然无话可说；另一个是唐夫人，也是在大王为太子时就服侍大王的老人，也是名正言顺。此外，虢美人、卫良人，是周天子做媒的王室陪嫁之媵，也是应有之分。余下来樊氏，纵生了儿子，也只封了个长使。季芈初幸就封了八子，早就越过了樊氏，如今再往上升，岂不是更不平衡？再说妾身宫中的媵女还有孟昭、季昭、景氏、屈氏，景氏且还怀了孕，如今大王连个位分都还没给她。大王您说，这后宫岂不是不平衡了吗？"

秦王驷听了这话，心中越发不悦，问："那依你之见呢？"

芈姝见了他这脸色，也有些害怕，转而巧言道："妾身倒想为景氏讨个封号，至于季芈，总不好与姐妹们太不一样吧。她如今已经是八子了，不算低了，想提升位分，不如再过几年如何？"

秦王驷似笑非笑："不过是小事一桩，你堂堂王后，何至如此失态？"

芈姝道："大王，季芈本是妾身的媵女，妾身自有处置之权，况且一碗水端平有什么不对？"

秦王驷冷笑："一碗水端平？王后，你扪心自问，真的处事公平吗？"

芈姝咬了咬牙，忽然跪在秦王驷面前："大王，大王把后宫交与妾身，总得给妾身一个尊重和体面吧。若是真的看不上妾身，认为妾身不配当这个王后，不如妾身也卸下这副担子，大王另请高明如何？"

秦王驷闭目，长长地吁了口气，睁开眼睛扶起芈姝："王后何出此言？既然如此，就依王后吧。"

见秦王驷大步走了出去，芈姝浑身瘫坐在地上，擦了擦额头的冷汗。

玳瑁疾步进来，扶起芈姝，芈姝神经质地抓住玳瑁的手，急问道："我是不是赢了？大王放过此事了。"

玳瑁扶起她，赞道："是，王后。奴婢早就说过，您是秦楚联姻的王后，是祭庙拜天过的王后，您有宗族地位，您有嫡子，任何人也动摇不了您的位置。"

芈姝嘴边一丝自得的微笑："对，就算是在大王面前，我也可以坚持自己的尊严，我也坚持住了，我第一次坚持住了。"

芈月亦得了消息，诧异："大王这话何意？"

秦王驷坐在她的榻边道："寡人向王后提起过为你晋位之事，但王后不肯同意。你是王后媵女，寡人不好越过王后搅乱内宫。"

芈月失望反而淡笑道："妾身明白，妾身从来也没有要讨封，大王真是误会妾身了。"

秦王驷看着芈月这种淡定的表情，反而令他心头火起道："你这是什么意思？寡人特来与你解释，你不要恃宠而骄。"

芈月道："妾身有何宠可恃，妾身何时骄过？"

秦王驷道："你现在就是恃宠而骄。"

芈月强忍恼怒："可大王体谅过妾身的惊恐和痛楚吗？那种叫天天不应叫地地不灵的绝望，大王体谅过了吗？妾身和子稷差点连命都没有了，大王为妾身讨过公道吗？妾身体谅大王，忍耐下来，什么要求也没有提，大王还想怎么样呢？"

秦王驷道："玳瑁已经行过刑了，难道你要寡人惩治王后吗？"

芈月微笑："妾身不敢，尊卑有序，妾身怎么能与王后相比？"

秦王驷看着她的微笑却越发刺目："你既明白尊卑有序，当知道寡人不可能为了你而废后，寡人也不能为了你而出面压制王后，否则后宫就会乱序，寡人不能要一个乱序的后宫。"

芈月道："所以大王就宁可放弃我和子稷，是吗？既然如此子稷出生那日，大王何必从行宫赶回来，不如当日就撒手不管算了。"

秦王驷被激怒了，也口不择言起来："是啊，当日救你的可是黄歇。你是不是后悔了，后悔没有跟着他走？"

一言既出，两个人都愣住了。

芈月仿佛不敢置信地看着秦王驷："大王，您说什么……"

秦王驷欲言又止，一顿足大步走了出去。

芈月木然而坐，泪如雨下。

院子里唐夫人正在嘱咐缪辛一些事情，看到秦王驷走出，连忙笑迎上去，道："大王……"

秦王驷视若未见，怒气冲冲而去。

唐夫人愕然道："这是怎么了？"

唐夫人转身急忙走进室内，看到跌坐在地的芈月，连忙将她扶起来。

唐夫人道："妹妹，你这是怎么了？"芈月伏在她怀中痛哭起来，唐夫人道："好好的，怎么吵起来了？"

芈月哽咽着道："没什么。"她拭了拭泪，强作无事。

唐夫人却已经有些猜到了："可是关于晋升位分的事？"

芈月勉强一笑道："雷霆雨露皆是天恩，我岂敢为这件事而争执？"

唐夫人轻叹一声，转而对外吩咐："缪辛，你进来见过芈八子。"

缪辛进来磕头道："奴才参见芈八子。"

芈月诧异地问："怎么是你？"

缪辛道："大王吩咐，奴才从此以后就侍候芈八子。奴才给季芈请安，日后季芈有什么跑腿的事尽管交给奴才便好。"

芈月有些不解，转向唐夫人："这……"

唐夫人道："妹妹，你要体谅大王。王后执掌后宫，她若坚持，大王也没有办法。所以特别把跟在他身边多年的缪辛派到妹妹身边，就是来给妹妹撑腰的。大王的苦心，妹妹可明白？"

芈月冷淡地道："我明白，也多谢唐姊姊替我周全。"

唐夫人道:"妹妹明白就好。大王为妹妹想得如此周到,妹妹一时不能明白,拌个嘴儿,回头向大王赔个不是也就罢了。"

芈月摇头,眼泪夺眶而出,哽咽道:"唐姊姊,你不明白,不是这么简单。我也不是为这个而哭。"

唐夫人挥了挥手,令缪辛退下,这才坐到芈月身边,叹息道:"我怎么不明白啊,我是再明白不过了。妹妹,你生了儿子,心里头自然对大王更亲近了,也更依赖了,女人都是这样,真心待一个男人了,就会少了许多畏惧和诫防,原来不敢想不敢提的事,现在就忍不住想再索取些,想试试看一个男人是不是会待你更好一些。"

芈月脸色一变:"阿姊!"唐夫人这话,正中她的心事,倒教她一时无言以对。

唐夫人劝慰道:"妹妹,我知道你心里委屈,可是再委屈又能如何呢?我们毕竟是妾妇之身。在大王的心中,国事才是大事,后宫的事再大,都是小事。后宫的女人再委屈,都只是她自己心里想不开,难道还要大王为后宫几个女人的争执去主持公道吗?你看大王派来了跟在身边多年的缪辛,为你挡住宫里的诸般乱事,这份体贴是宫里谁都没有的,你如何不懂呢?"

芈月道:"阿姊,你别说了。"

唐夫人轻叹道:"说白了,我们这些人再委屈,你想想庸夫人,谁有她的委屈大……"

芈月怔住:"庸夫人……"

唐夫人自悔失言,连忙改口道:"好妹妹,你如今在病中,心绪不宁,纵然有一二违逆之言,我想大王也不会放在心上的。你只管安心养病,养好了病,才有大王更多的宠爱,再为大王生下公子,这位分也是迟早的事啊。"

芈月苦笑一声道:"阿姊,谢谢你,我累了!"

唐夫人轻叹一声,吩咐随后进来的女萝道:"好好照顾芈八子。"

女萝道："是。"

见唐夫人出去以后，女萝扶着芈月躺下，劝道："季芈，上次的风波未平，您又何必再和大王发生争执？"

芈月轻叹一声道："不错，就是上次的风波未平。大王、我、唐夫人，都在努力回避提起这件事，可终究还是耿耿于怀。"

女萝吃了一惊道："可是……"

芈月道："他的心内有火，我的心内有火，唐夫人更是心里明白，才借位分的事来劝我。"

女萝道："那我们现在怎么办？"

芈月道："只能等。"

秦王驷怒气冲冲地走过秦宫宫道，缪监不明其意，连忙率人跟上。

秦宫马场，秦王驷策马飞奔，心中狂乱的情绪，却无法按捺。刚才的脱口而出，令他简直不敢置信，这是自己说出来的话。

他想，我竟然说出这么荒唐的话来，当真是可耻、可笑！就算她去见黄歇又能如何，我特意安排了他们相见，也听到了她的真心话。难道我心里，竟还不曾放下这件事，否则那句话如何会脱口而出？难道我心中，不是把黄歇视为国士，竟是耿耿于怀在季芈的心中谁更重要？难道我竟也如妇人一般，纠缠这些情情爱爱的分毫差别？

他心神混乱中，忽然马一声长嘶立起，秦王驷竟然跌落马下。

缪监大惊驰马上前道："大王，您没事吧……"

秦王驷早已经身手利落地站起，沉声道："没事。"

承明殿，秦王驷批阅简牍。

缪监道："大王，今夜驾临何处？"

秦王驷头也不抬道："你不看寡人正忙着。"

缪监应了一声道："是。"

缪监悄悄退后，向门口的小内侍摆摆手。

小内侍正要退出。

秦王驷忽然停下手，沉默片刻道："宣卫良人。"

接下来的日子，秦王驷似变了一个人，他对后宫从来是懒得费心思的，若是喜欢了谁，十天半个月甚至更久，便是召幸一人，要么甚至数日不召专心政务也是有的，可如今倒是变了一个人似的，六宫妃嫔，雨露均沾。

常宁殿内，唐夫人一脸忧色地看着芈月道："妹妹，你倒说话啊？"

芈月勉强一笑道："说什么呢？"

唐夫人道："如今你的身子已经调养好了，我也帮你禀上去了。可大王却迟迟不召见你，也不派人问候，再这样下去，你失去了君王宠爱，可怎么办呢？你跟大王到底发生什么事了？有什么大不了的事，你去赔个礼、认个错也就罢了，这么拗着，吃亏的可是你自己。"

芈月摇头道："阿姊，并没有什么事。"

唐夫人摇摇头，叹气道："好，我管不了你，也拿你没办法。"

见唐夫人离开，女医挚忍不住道："季芈，唐夫人说得有道理，您好歹不为自己想，也为小公子着想。"

芈月佯笑的表情收起，面露茫然道："医挚，不是我不愿意，而是我也没有办法啊！"

女医挚关切地道："到底怎么了？就像唐夫人说的，不管谁对谁错，他总归是大王，您总归是妃嫔，您去低个头，认个错也就罢了。"

芈月叹息道："问题是，我不能低这个头，请这个罪。"

女医挚道："为何？"

芈月长叹一声道："是大王失口说错了话。"

女医挚诧异道："大王怎么会说错话呢？"

芈月无奈地道："是啊，大王怎么会说错话呢？他说的话永远是对的，如果不对也要变成对。所以，我只能避开他，让他淡忘，免得让他看到我，会让那句错的话变成对的事。"

女医挚摇头道："我不明白。"

芈月道："现在的困局是，我不能做任何事，甚至不能去澄清。越澄清就越显得我着急，越澄清就会越让他恼羞成怒。"

女医挚道："那怎么办呢？"

芈月道："所以，唯有用时间让他把这件事淡忘了。"

女医挚急了，道："那怎么行，要知道疏而生远。这宫中人人唯恐大王记不得她们，你倒要让大王忘记了你。更何况，被君王淡忘的人，在宫里的日子可不好过。"压低了声音道："你看唐夫人，还有樊少使，在这宫里活得都没有人感觉到她们的存在了……"

芈月道："医挚，有些事，我们只能等。"

女医挚茫然地道："等……"

天气渐渐炎热了，夜晚的蝉声叫个不停。

芈月为摇篮中的婴儿打着扇子，薛荔也在挥汗如雨地为她打着扇子，叹道："这宫中之人，真是势利无情。见大王不宠幸季芈了，就一个个敢怠慢起来，整个六月里连冰都不供了。"

芈月亦道："今年的夏天也热得格外奇怪，天时不正必误农时，农时若误而又将会有战争。"

薛荔道："哎呀，季芈，这远到天边的事儿，可同您没关系。倒要看看如今这局面如何破？"

芈月道："别说了，我如今什么都不想，就盼着我儿能够平平安安地长大罢了。"

不想睡到半夜，婴儿的啼声闹得不停，小宫女忙来报知："季芈，季芈，不好了。"

漆黑的房间，灯亮起来，女萝披着衣服从下首席子上爬起来，点了灯，上前扶起芈月。

芈月惊问道："怎么回事？"

女萝去打开门，小宫女进来跪在地上道："季芈不好了，小公子忽然又吐又泻，浑身发热。"

芈月大惊，披衣起来道："快带我去看看。"她带着女萝和小宫女匆匆走过长廊，走进婴儿房，见乳母正抱着婴儿满头大汗地哄着。

芈月道："把孩子抱给我。"

婴儿在芈月的怀中，哭得声音都嘶哑了，芈月心疼地抱着婴儿道："稷，稷，你怎么样？你难受吗？娘应该怎么办啊？"

女萝道："季芈，得赶紧去请太医。"

芈月道："好，你赶紧去请医挚过来。"

女萝刚要出去，芈月却忽然道："等一下。"

女萝停住，芈月犹豫了一下，又道："叫缪辛，去禀报大王，说子稷得了急症。"

女萝喜极而泣道："是，季芈，您终于想通了。"

芈月什么也没说，只是抱紧了婴儿。

这一夜，秦王驷正于椒房殿王后之处安歇，却被半夜惊醒，坐起身来道："何事？"

缪监站在屏风外恭敬地道："芈八子差人来报，公子稷忽然得了急症，请大王示下。"

秦王驷坐起披衣道："子稷？寡人这就过去。"

芈姝夜半惊醒，听到此事，不悦地道："大王，不过是小儿之症，差太医过去就行了。大王又不是御医，去了又能有何用？"

秦王驷沉着脸推开她走出屏风外，叫道："来人。"缪监和缪辛上来为秦王驷穿衣，秦王驷边系带子边匆匆而去。

芈姝恨恨地捶了一下枕头，玳瑁见秦王驷去了，忙进来道："王后可有受惊？"

芈姝怒声道："你是死人吗，这点小事也让他们惊动大王？"

玳瑁为难地道："若是别人，老奴挡下也就是了。可季芈上次出了那件事，这次老奴就更不能挡了。再说，还有缪监那个老狐狸在，老奴实在挡不住啊。"

芈姝道："一个小儿急症，就能把大王从王后的床上叫走？宫中这么多妃嫔有孩子，将来都有样学样，以后还了得？"

玳瑁道："王后，要不然您也更衣过去看看吧？"

芈姝道："你昏了头了，她半夜扰了我，叫走大王，还要我去看她？她也配？"

玳瑁道："王后，正因为如此，才显得您有母后懿范啊，而且还可以看看她是否真的有事，若是拿着孩子来争宠，正可以就此揭穿她。"

芈姝来了兴趣，掀被就要起来，道："来人，给我更衣。"

玳瑁连忙捧了衣服上前，道："再有，她上次生育时的事大王虽然没有追究，可心里毕竟有芥蒂，王后这一去，也把大王心里那点芥蒂给掩过去了。"

芈姝没有伸手去穿衣，玳瑁愣了一下，道："王后。"

芈姝气愤地将衣服丢在地上踩了几脚："不去，不去，我不去，什么抓她的错？她这人哪有错等着给我们去抓，你分明就是哄我过去给她讨好，滚出去。"

玳瑁想说什么，看着芈姝怒气冲冲的样子，只得咽下话，收起衣服退出去。

秦王驷匆匆而入常宁殿西殿，问道："子稷呢，怎么样了？"

芈月抱着婴儿神情凄惶，看上去楚楚可怜，听到声音像是不敢置信地抬头，看到秦王驷后两行眼泪落了下来："大王，您、您真的来了？"

秦王驷心生怜惜："你怎么搞的？不是说病好了吗，怎么比病中还憔悴？"

芈月将婴儿递过去道："大王，您看看稷，看看稷……他这是怎么了？"

秦王驷接过婴儿，婴儿啼哭不止。

芈月惊惶地道："不知道为什么，他忽然又吐又泻……"

秦王驷摸了摸婴儿的额头，又按了按肚子，还看了看眼睑和舌头，安慰道："应该不是什么大症候，不是中暑就是着凉。"

芈月诧异："大王，您也懂医？"

秦王驷笑道："行军作战，什么情况都会遇到，一点起码的医道要懂。况且，寡人也有过这么多的孩子，一些小儿常见症状也是遇上过的。"

芈月道："大王您真是什么都懂。妾身、妾身一看到子稷生病，就方寸俱乱……"

秦王驷道："你们女人自然是不明白这些事情。"

芈月仰慕信赖地看着秦王驷："有大王在，妾身就放心了。"

此时女医挚也匆匆赶来，秦王驷把婴儿交给她道："快来看看子稷怎么样了。"

女医挚也像秦王驷一样察看以后又诊了脉，道："小公子是中暑了。"

秦王驷有些诧异："中暑？"他看了看周围，发现没有冰鉴，问道："难道子稷这里没有送冰吗？"

芈月隐忍地道："大王，都是妾身的错，就不必再问其他了。"

秦王驷"嗯"了一声，看着芈月没有趁机告状，有些意外。

缪监站在门外听到了，轻声走到院中吩咐道："快去取冰来，大王今夜看来要在此处歇息。"

小内侍道："是。"

新加的冰放入了冰鉴中，散发着凉气。秦王驷和芈月坐在摇篮前，看护婴儿。见芈月额头都是汗，递给手帕，芈月接过，眼神复杂地看秦王驷一眼道："多谢大王。"

秦王驷无奈地叹息一声道："你总是太倔强。"

芈月道："妾身向来都是不聪明的。"

秦王驷轻叹一声道:"你啊!"

芈月道:"妾身虽是弱质女流,却有一些不合时宜的脾气,这也是父母所生的脾气,无可奈何。妾身知道这样的脾气,注定是不讨人喜欢,要撞得头破血流……"

见芈月哽咽,秦王驷不禁伸出手去为她拭泪道:"傻丫头。"

芈月哭着扑倒在秦王驷的怀中:"我后悔了,我早就后悔了,我想你,可我不知道怎么开口迈出这一步来。我才不在乎什么名分,我只是在乎在你心里我算什么,我只是太委屈了……"

秦王驷轻抚着芈月的头发道:"寡人知道,我知道……"

芈月伏在秦王驷怀中低声哭泣。

婴儿的哭声忽然响起,打断两人的抒情,芈月哭声停住,两人彼此对望,有些不好意思和尴尬。

芈月抱起婴儿轻声哄劝着,秦王驷将她拥入怀中,一家三口格外温馨。

清晨,秦王驷走了,但见外头掖庭令派人,将甜瓜冰块等物流水般地送上来。

薛荔带着得意和不屑,道:"哼,看季芈重获宠爱,这些势利之人就见风使舵,上来奉承了。"

芈月神情淡漠,轻摇扇子:"薛荔,你要记住,得意时休躁,失意时休怨。"

女萝见芈月神情不悦,挥手令众人退出,轻声问:"季芈已经重获大王宠爱,为什么还是不高兴?"

芈月有些自厌地道:"我为什么要高兴?为求这一份男人的宠爱,去算计、去扭曲心志、去委曲求全,连子稷的病也要成为手段,我的面目有多可憎、多可怜?"

女萝劝道:"季芈,这满宫里谁不是这样?要说手段算计,您能有多少手段算计?再说从前……"

芈月冷笑道："从前？从前我可以安慰自己，说那是为了救小冉，是为了生存，可我现在……"

女萝劝道："季芈，莫说是宫中，天底下的女人，难道不都要讨好夫君吗？不是为了母族，就是为了地位，或者是为了儿女，或者是为了情爱。男人只有一个，女人却有很多，不争不抢，难道还坐等天上掉下来，或者神灵开眼吗？"

芈月沉思。

女萝悄悄退下。

可是她方才的话，却在芈月耳边久久回响，为了母族？为了地位？为了儿女？为了情爱？

她为了什么？母族没有用，地位她不在乎，难道能说，完全是为了儿女吗？

想到这里，她忽然惊愕不已。

难道，我真的对大王产生了情爱吗？

图书在版编目（CIP）数据

芈月传. 3，未见君子 / 蒋胜男著. -- 北京：作家出版
社，2022. 7
ISBN 978-7-5212-1843-5

Ⅰ. ①芈… Ⅱ. ①蒋… Ⅲ. ①长篇小说 – 中国 –当代
Ⅳ. ①I247.5

中国版本图书馆CIP数据核字（2022）第048061号

芈月传. 3，未见君子

作　　者：蒋胜男
策划编辑：刘潇潇
责任编辑：单文怡
封面题字：李雨婷
装帧设计：书游记
插画支持：书游记
出版发行：作家出版社有限公司
社　　址：北京农展馆南里10号　　邮　　编：100125
电话传真：86-10-65067186（发行中心及邮购部）
　　　　　86-10-65004079（总编室）
E-mail:zuojia@zuojia.net.cn
http://www.zuojiachubanshe.com
印　　刷：唐山嘉德印刷有限公司
成品尺寸：152×230
字　　数：281千
印　　张：21.25
版　　次：2022年7月第1版
印　　次：2022年7月第1次印刷
ISBN　978-7-5212-1843-5
定　　价：50.00元